比较文学与世界文学名家讲堂
王向远 主编

江山之助

邹建军教授讲文学地理学

邹建军 著

中央编译出版社
Central Compilation & Translation Press

作者简介

邹建军,又名邹惟山,1963年生,四川省威远县越溪镇人。文学博士。现任华中师范大学文学院教授、博士生导师、校文学研究所副所长。中国作家协会会员。国家精品课程《比较文学》、《外国文学史》主讲教授。出版《多维视野中的比较文学研究》、《"和"的正向与反向:谭恩美长篇小说中的伦理思想研究》、《现代诗学》等论著,《时光的年轮——邹惟山抒情诗选》、《邹惟山十四行抒情诗集》、《此情可待》等诗文集。主要学术领域为文学地理学、文学伦理学、比较文学与英美文学,主要创作领域为汉语十四行诗、辞赋、散文随笔,兼及书法与摄影。

《比较文学与世界文学名家讲堂》前言

"比较文学与世界文学"学科,顺应改革开放的时代潮流,在上世纪最后二十年开始起步发展,到现在为止的三十多年时间里,已经有了丰厚的知识产出和思想建树。它的异军突起,是当代中国一道引人瞩目的学术文化景观,是中国走向世界、世界走进中国的鲜明印证,也是当代中国学术文化繁荣的一个重要表征。

三十多年的学科建设和学术发展史已经表明,要在人文研究及文学研究中建立世界观念和视野,要把中国文学置于世界文学背景下加以考察和研究,要把外国文学放在中国文化立场上加以审视和阐发,要连接中外文学,要打通文学研究与其他学科的壁垒,要把细致微观的实证研究与高屋建瓴的理论建构相结合,那必然会走向比较文学与世界文学。

在这里,"比较文学"与"世界文学"两者相辅相成、互为依存。"比较文学"是学术观念、研究范式与研究方法,"世界文学"则是学科资源与研究视野。它在贯中外、跨文化、通古今、越科界的学术视阈与研究方法上的优势,使其无可替代地成为当代中国学术文化中最有时代性、最有包容性、最有创新性的高端学科之一。

事实上,近二十年来,中国的比较文学不仅在中外文学关系史研究等方面生产了大量的新知识,而且逐步建立了既有中国特色又具有理论普适性的学科理论系统,逐步完善了比较诗学、中西比较文学、东方比较文学、翻译文学等分支学科,在学术成果的质与量上已居世界各国之首，还全面进入了大学中文系、外文系文学专业的课程体系，从而使中国比较文学成为当代世界比较文学的重心和中心，代表着世界比较文学兼收并蓄、超越学派的第三个发展阶段。

收在这套《比较文学与世界文学名家讲堂》的作者，在当代中国比较文学学术史上，是继季羡林、乐黛云等老一辈学者之后的第二代学人。这些作者固然只是第二代学者中的一部分，却有相当的代表性。他们现年多在四十五至六十五岁之间，从学术年龄上说大体属于中壮年，都是各大学的教授、博士生导师和学术带头人，大都在1980年代后走上比较文学与世界文学之道，1990年代后崭露头角或脱颖而出，进入21世纪后的十几年里，更成为我国比较文学与世界文学学术界的中坚力量。他们有幸拥有了可以安心治学的环境，赶上了数字化、信息化的新时代。既抬头看世界，又埋头务笔耕，既坚持学术的严谨，也保持思想的活跃，充分展示了中国学者的文化立场，充分发挥了中国学者的学术优势和想象力、思考力、创造力，取得了与时代要求相称的成果。这些成果不仅是个人学术履历的证明，也是对中国学术文化史上的一份奉献，更成为新时代"国人之学"即"国学"的重要组成部分。

《比较文学与世界文学名家讲堂》二十卷，选题上以比较文学与世界文学的学科理论为主，以讲述和示范学术方法为要，涉及比较文学与翻译文学基本理论、比较诗学、东方文学及东方比较文学、西方文学及中西文学关系、世界文学总体研究等方面。各卷均按一定的范围和主题，将作者有原创性、有特色的成果收编起来，将大学讲堂搬到书本上来，以读者为听众，以写代"讲"，以言代"堂"，深入浅出，以雅化俗，汇集中国比较文学第二代学者中的代表人物，以使五指成拳、十指合掌，形成大型丛书的规模效应，得以占书架之一角，入读者之法眼，从一个侧面展示近年来中国比较文学的新进展和新成果。而且，不同作者及著作之间也可以相互显彰、相互映照、相互补充，读者也可以在异中见同、同中见异，在参读和比照中领略五彩缤纷的文学世界和世界文学，得窥比较文学殿堂之门径。

《比较文学与世界文学名家讲堂》的编辑出版，得到了北京师范大学的资助和中央编译出版社的支持，编者和作者深表谢意！

愿"讲堂"满座，愿比较文学与世界文学学术事业更加繁荣！

王向远

2014年4月20日

自 序

比较文学是一个广阔的学术领域，上下古今、东西南北，凡是以文学为对象的跨界研究，似乎都可纳入比较文学的范围。因此，这本主要探讨文学地理学批评理论以及以此角度探讨中外文学个案现象的小书，能够为识者列入《比较文学与世界文学名家讲堂丛书》，我在感到惊喜的同时，也觉得释然。

十年以来，我自中国现当代文学、诗学研究转入比较文学研究领域，一直在三个领域内进进出出、来来往往，不仅没有达到进退自如的境地，相反却在往来多次的过程中，不断地有所调整、有所进取：一方面要完成比较文学教学任务与教育部马工程《比较文学概论》的写作任务，一方面许多中国当代诗人朋友的作品也不得不有所关注；一方面要完成英美文学方向的博士论文写作，一方面要探讨与比较文学国家精品课程相关的教学实践与学科建设问题。因此，十年以来的生活与工作一直都过得急迫、紧张，然而却也相当充实与愉快，并且我也因此不断地进入新的学术领域、不断地探讨新的学术问题。文学地理学与文学地理学批评，就是我所发现的一个值得深入开掘与全面开发的学术领域。只不过在外人看来，似乎我本来是一个比较悠闲的人，因为我还总是有比较多的时间与精力，来从事诗与散文的写作，在许多会议上，也还可以看见我的身影。十年以来我过得怎么样，我的状态如何，只有我自己知道。

学术的领域宽广得很，比较文学尤其如此。我第一篇正式学术论文，是以耿秋的名义在《四川大学学报》1985 年第 2 期上刊发的《论鲁迅旧体诗的凝练美》，是我本科毕业论文的一部分，至今已经将近 30 年。这篇论文与文学地理学没有任何关系，只是就鲁迅而鲁迅、就诗艺而诗艺而已！然而，它是我从事中国现当代文学特别是诗歌研究的一个开端，后来的一些著作《台港现代诗论十二家》、《现代诗的意象结构》、《现代诗学》、《大中华诗学》似乎都是它的延伸与扩展。文学地理学研究标志着我学术人生的第二个阶段，即比较文学阶段的一个重要方向，十年以来，它对于我有着强大的吸引力，有的时候我自己也觉得很奇怪，为什么它能够让我不断地有所思考，有所探索。然而，桂子山上的桂花树开了又败了，东湖上的月亮升了又落了，十个春天过去了，第十一个春天又来了，我在文学地理学方面的学术收获，却是如此微薄，如此零碎，让我汗颜不已！关于文学地理学批评理论的学术论文，以及与此相关的学术论文，几乎都收录在此了。相比于我从前的诗歌批评与诗学研究，数量是如此之少，质量也没有得到很大提高，只有期待未来的十年了。古人为什么说"十年磨一剑"呢？以十年为一纪，我想对于学者的学术研究而言是有道理的。十来以来，因为我自己的原因把绝大部分时间与精力在了实际的杂志工作中，耽误了许多宝贵的光阴，又没有取得更好的效果，以至无无法向自己做出交代，也许只有在未来的日子里更多地反思，甚至忏悔了。

文学地理学研究并非自我开始，在西方早有但丁的《论俗语》、史达尔夫人的《论文学》、丹纳的《艺术哲学》等大家名作，而在中国也有梁启超、金克木、杨义等前辈学者，还有梅新林、曾大兴等学术中坚，他们的学术成果丰硕，广有影响，足资借鉴。然而，我之对于文学地理学，的确也有在重视他们学术成果基础之上的不同之处:第一,关注的重点是如何建构起具有中国特色的文学地理学批评理论,提出一些具有理论含量的术语与概念;第二,探讨的重心是作为一种批评方法的文学地理学,如何与20世纪西方诸多批评方法区别开来,在中外文学研究实践中发挥重要的作用;第三,讨论的出发点是以文学地理学批评方法发现与解决文学的来源、存在形态、发展基础等文学本质问题;第四,主体的构想是从源头与基础做起,重新认识作家与作品、文学批评与文学阅读、文学史与文学理论的发生与演变,从而提高中外文学的研究水平。这样的学术目标是否达到,有待文学地理学批评成果进行实证。本书第一辑所收录的是关于文学地理学批评理论,主要是我最近几年对相关概念的讨论;第二辑收录的是有关西方作家作品方面的论文,尽量从文学地理学角度进行探讨;第三辑所收录的是中国作家作品方面的论文,基本上是从文学地理学或相关角度进行探讨;第四辑收录的是比较文学论文,是对比较文学与世界文学学科相关问题的探讨,有的虽然与文学地理学批评没有很大的关系。然而,从文学地理学是比较文学跨学科研究的分支而言,这里的比较文学论文所体现的宏观考察与问题探讨,与前面有关文学地理学的论述是一脉相承、上下一体的。

我之所以对文学地理学批评的相关问题探讨充满热情,也是有根可循的:第一,从小对于自然地理有相当的兴趣,在高中地理课堂上,对地理的感悟与认知之具人超越性,常常得到老师的夸奖;第二,家父是当地小有名气的风水先生,从本质上说,风水就是对于自然山水的研究,我终于没有学会看风水,却产生了对于自然山水的浓厚兴趣;第三,从小开始的对于自然地理的兴趣,让我在十年以来,一直从事自然山水诗写作(在形式上是十四行组诗)、自然山水散文的写作,以及以自然为主要对象的抒情小赋写作,文学写作是观察与研究自然的结果,而文学研究则是从地理空间角度探讨已经成为历史的作品与作家,两者具有相通之处,只是方向与方法不同而已;第四,十年以来到过中国大陆大部分地区,到过西方东方的一些国家,所到之处除了关注人类之外,也更加关注人类所生活与生存的自然环境,做了一些实地考察与田野调查;第五,对于人类与自然的关系,长期以来形成了一个根深蒂固的观念,认为人类中心主义思想需要认真反思,而自然中心主义思想需要引起高度重视,最少是人类与自然要等量齐观。人类没有自然就无法生存,自然没有人类则照样存在,而且本身就是一部更加伟大的书卷。

  本书是我继《多维视野中的比较文学研究》(长江文艺出版社,2009 年)之后的第二本比较文学论文集,期待读者的批评指正。与此同时,还有两本与文学地理学有关的著述:一本是访谈录《文学地理学与当代中国的研究生教育》(覃莉编,世界图书出版公司,2014 年);一本是《文学地理学视野下的易卜生诗歌研究》(与胡朝霞主编,世界图书出版公司广东公司,2013 年),也期待读者的关注与批评。

  文学地理学是一个古老而常新的学术领域,前人已经做出了许多重要的成果,同辈学者也在继续探索相关的重要问题,最近两年中国文学地理学会年会都有众多的参与者,会后出版的论文集都很厚重,就是证明。在这个新的学术领域中,我们需要投入更多的时间、更多的精力,需要有更多的新生力量的加入,为了我们共同的事业。期待我们在文学地理学的广阔天地里,走得更高、看得更远、获得更多!

目 录

《比较文学与世界文学名家讲堂》前言 …………… 王向远 1
自 序 ……………………………………………………… 1

文学地理学批评 ………………………………………… 1
  作为一种批评方法的文学地理学及其实践意义
   ——以《海上夫人》为个案 ……………………… 3
  我们应当如何展开对文学地理学的研究 ……………… 22
  文学地理学批评的十个关键词 ………………………… 42
  文学的产生与作家的地理感知问题 …………………… 60
  文学历史叙述的地理版图问题 ………………………… 82
  文学作品中的地理叙事问题 …………………………… 100
  关于文学发生的地理基因问题 ………………………… 117
  文学批评方法原创性的基点问题 ……………………… 135

西方文学的文学地理学研究 …………………………… 141
  以自然风景呈现为基础的立体创构
   ——《老水手行》主题表达与自然风景的关系 …… 143
  失望与希望的二重唱
   ——艾略特戏剧组诗《"磐石"合唱词》核心精神探讨 …… 164

1

伦理景观的重现及其审美意义建构
　　——易卜生长诗《泰尔耶·维根》的艺术特质 …………… 178
多种力量的交织与冲突
　　——易卜生长诗《在高原》的伦理现场阐释 ……………… 196

中国文学的文学地理学研究 …………………………………… 215

毛泽东诗词中自然景观的五种形态
　　——以山的意象为中心 ……………………………………… 217
审美的力度：当代中国自然山水诗写作的得与失
　　——以车延高华山诗为个案 ………………………………… 231
当代中国的生态寓言
　　——阎志长诗《挽歌与纪念》中的四个意象 ……………… 246
童年时代的地理记忆
　　——江鹅抒情诗的思想艺术来源 …………………………… 268
内江文化与内江名人及其地理基因解读
　　——在内江市图书馆的演讲 ………………………………… 277

文学地理学研究与比较文学 …………………………………… 303

以世界文学为基本对象的比较文学研究 …………………… 305
中国比较文学研究存在的问题及其发展前景 ……………… 318
"以诗译诗"：一种必须坚持的诗歌翻译观念 ……………… 337

后　记 …………………………………………………………… 348

文学地理学批评

作为一种批评方法的文学地理学及其实践意义[①]

——以《海上夫人》为个案

文学地理学批评与从前的作家地理与文学地理研究不同，最大的区别在于文学地理学批评具有方法论的意义，而后者只是借用地理分布的概念来分析作家的地理分布与文学的地理流变。中外文学批评史上的许多作家与作品，只要其创作过程、艺术文本与特定的自然山水环境相关，就可以用此种批评方法进行批评与研究，而这种批评和研究会给我们提供全新的视野、全新的认知与独立的观念。但是，正如其他所有的批评方法一样，文学地理学批评方法也不可能包打天下，只有与它与其他相关批评方法有机结合，才可发挥最佳效用，产生最大意义。对于易卜生名剧《海上夫人》，如果我们采用文学地理学、文学伦理学、精神分析批评、女权主义与审美批评等多种方法并有机结合，就可以把握其要旨、触及其美妙、解说其特质、揭示其内在的艺术与美学图式。本文试图以其为例，作一个前所未有的文本批评尝试，并以此说明文学地理学批评的原创性与具体的操作方法。

[①] 原载《华中学术》第6辑，武汉：华中师范大学出版社，2012年12月。

一、地理批评：对《海上夫人》的四种发现

《海上夫人》是易卜生后期最具有代表性的作品之一，中外学者都曾经做出过批评与的研究，得出过一些有价值的结论。剧本有三位最主要的人物：男主人公房格尔是海边小城里的一各医生，女主人公艾梨达是其续弦妻子，庄士顿是艾梨达年轻时代的恋人，即"陌生人"。除此之外，还包括房格尔和前妻所生的两个女儿博列得与希尔达，大女儿从前老师阿恩霍姆，以及两位年轻的艺术家巴利斯泰与凌格斯川，不包括没有出场的房格尔前妻、房格尔与艾梨达所生的小孩，一共有十位人物；出场的八位人物之中，很难分辨出哪些是主要人物，哪些是次要人物，因为所有的人物都具有独立的意义。从剧情来看，故事发生在夏天，海峡即将封冻以前，剧作家主要关注的是他们的爱情、婚姻、家庭与未来的命运；人物与人物之间的关系比较复杂，他们几乎都处于情感与思想层次，虽然都是生活化的故事情节，然而也具有一定的传奇性。剧本完成的时候，易卜生给出版人写了一封信，信中说："它标志着我找到了一个新方向。"[①]对此，中外学者们一直争论不休，不知道他所说的"新方向"究竟是什么？其实，作家所说的"新方向"，主要指向两点：一是从写实艺术转向象征艺术；二是从关注社会问题转向挖掘人物内心。可以这样说，《海上夫人》一剧中人物形象鲜明，内容广博且艺术精湛，达到了很高的境界。我们所说的文学地理学批评方法，主要是根据对古希腊悲剧与19世纪英国诗歌的研究，而提出来的一种新文学批评方法，然而它的运用前景却十分广阔，不限于外国文学，也不限于小说、戏剧、游记与长诗等文体，对于与地理相关的

---

① 易卜生：《易卜生文集》第六卷，北京：人民文学出版社，1995年，第227页。

所有文学作品以及文学理论、文学史、文学批评，都具有重大的理论意义与实践价值。

运用文学地理学批评方法解读《海上夫人》一剧，有以下四个方面新发现：

其一，《海上夫人》中因为人物与不同地理意象之间的关系，而存在多种相互关联、照应、依存的环形结构。所有的人物都生活于与小城相关的地理环境里，由于人物和人物的特殊关系，人物与人物之间形成了三个连环圈。第一是艾梨达、房格尔与庄士顿之间所形成的三角情人关系，出现了第一个连环结构。第二是艾梨达、博列得与凌格斯川之间的三角情感关系，出现了第二个连环结构。第三是博列得、艾梨达、房格尔及其前妻之间的三角情感关系，出现了第三个连环结构。人物与人物之间形成的三个连环结构，与人物的性格、作品的主题、艺术的结构与艺术风格之间存在密切关系。然而，如果没有小城、海滨、浴场、山坡与海峡这样的地理环境，每一个人物就没有了生存的依托，人物的性格与某种特定地理景观也就没有了关联，比如房格尔与陆地、艾梨达与大海、陌生人与远洋、博列得与海边水池之间的种种关联。更为重要的是，人物与人物之间似乎不存在真正对立的冲突，更多的是一种情感与心灵上的关联，你离不开我，我离不开你，你、我、他之间所形成的都是一种相互渗透、相互依托的连环体。之所以出现这样的人物关系，也许在易卜生看来，人类社会的本相应该如此：人与人之间的矛盾、对立与斗争，都只是某种特定情境下的一种变相，荒唐而可笑。相比较而言，曹禺剧作《雷雨》里也有八个主要人物，然而他们之间却基本上都是对立与冲突的：周朴园与鲁大海之间是劳资之间的你死我活，蘩漪与四凤之间因为周萍也是水火不容，周朴园与侍萍之间更不消说，周萍与周冲之间因为四凤也没有兄弟亲情，如此等等；在阶级斗争的时代里，人与人之间是陌生与冷漠的，没有《海上夫人》人物与人物之间的情感连环体。由此可见，两位作家对于不同社会形态与人物关系的认知，是不相同的，甚至是完全相反的。然而，没有大海与陆地、山坡与海峡、小城与世界、凉亭与走廊之间的关联，易卜生所理解的人物与人物之间的关联，就得不到深度的表达。

其二，每一位人物的性格与命运，都有一个象征体与之对应，从而形成了一种由诸种因素之间相对性而产生的立体结构。主要有这样几种立体关系的存在：艾梨达——"美人鱼"；庄士顿——"淡青色的大珍珠"；博列得——"老鲤鱼"；阿恩霍姆——"夏天的海峡"；凌格斯川——"黑衣寡妇"。如此众多具有象征性的意象琳琅满目，犹如闪闪发光的珠贝，让人回味与沉思。经过深思，才发现它们并不是一种简单的存在，而是有其对应物的。由于主要人物的性格和命运都有一个象征意象与之对应，自然而然就让全剧形成一种对应性立体结构。每一个人物都有与之相对应的意象存在，不仅让读者产生一种满目琳琅的感觉，同时也让剧情发生由时间向空间的转向，从而形成一种圆形的艺术结构，读者不仅可以深究，并且可以将自己的审美情感投入其间，并延伸到其他许多相关的方面。由此可以看出，《海上夫人》是了不起的艺术创造，精巧的艺术构思、出色的艺术想象、精致的艺术传达、独到的艺术风格。然而，与人物心理性格对应的物象，基本都是自然景观，而不是人物内心的某种东西。按照文学地理学批评对于地理的理解，所谓地理就是"天地之物"，那么，《海上夫人》里的人与天地之物之间的关联，就是作家艺术构想与艺术创造的具体体现。也许这就是《海上夫人》超越同时代许多剧本的关键所在。

其三，自然地理空间链接让剧作产生一种循环往复的空间结构。剧中所发生故事的地理环境，可以分为内圈、中圈与外圈。所谓"内圈"，是指由花园、凉亭、水池、山沟、丛林、海峡、大海与人物群像活动其中而产生的地理空间;所谓"中圈",是指由小城、港口、海峡与大海而构成的人物活动并可以远观的自然景观;所谓"外圈",是指由人物主要活动地区海滨小城为标志的挪威,庄士顿因杀死船长而逃往美国、英国、前苏联阿尔汉格尔斯特,以及东方的中国、澳大利亚等地,所构成的涉及世界各国的自然地理景观。如果没有这样一种由小到大、由点到面,以及在此基础上一圈一圈扩大的自然地理空间的组合,《海上夫人》的思想境界也许就没有如此高远,艺术时空也许就没有如此阔大。如果所有的故事都发生于海边小城,就像《玩偶之家》所有故事都发生在家里一样,其艺术效果也许就会发生变动。一般而言,地理因素在文学作品的人物关系与主题表达中并不具有决定作用,然而其美学意义也不可小视,《海上夫人》正是以大陆与大海之间的地理关系为骨架,让所有的故事发生在以挪威为中心的世界地理空间里,人物的性格与人物形象的立体感,也都建立在此基础之上。这样一种循环往复的地理空间,正凝聚了易卜生的艺术智慧,说明他是一个具有深厚地理思想的作家。

其四,具有深厚内涵的象征意象,以及在此基础上产生的意象群落。剧中存在许多关键性的、纠结性的、内涵丰富的自然地理意象,它们以自己的奇特而与人物、主题、艺术结构发生关联,具有独到意义。值得注意的是剧中许多关键性的意象,多半不具有单一性,而是具有双重性或者多重性。首先是"海婚"意象。艾梨达少女时代与庄士顿恋爱,庄士顿把钥匙和两人的戒指挂在一起,用力丢进了大海。两个戒指所具有的意义就是让两个人的命运从此就联系在一起,让它具有一种双重影像与双重精神。其次是房格尔与艾梨达所生的小孩子,虽然十分可爱却很让人纠结:在三、四个月的时候,艾梨达发现他的眼睛和大海具有相似性,一双深邃的眼中总是出现像大海一样的潮涨潮落景观,这种眼神与从前的庄士顿极其相似，小孩眼睛与大海、庄士顿眼睛发生了重叠，具有了多重性。再次，英国的大轮船从海峡外面开进来，然后又开出去，在来来去去之间，陌生人由此而来，也由此而去，海峡的解冻与封冻也由此展开，人物的命运与性格得到暗示，因此海峡及英国的巨轮，具有象征意义。第四，几个死亡意象形成复合性结构：孩子的死、房格尔前妻的死、船长的被杀死、凌格斯川的将死，四个死亡意象之间具有某种程度的关联性，对于主题的表达与人物形象的塑造具有深刻的意义。第五，人物之病的描写具有重要的意义：艾梨达的思乡病、凌格斯川"劳伤症"、庄士顿的心结、博列得的心病等，说明每一个人物虽然身体健康，然而又都是有病的，有的是身体上的病，有的是心理上的病，人物所有的情感与思想往往都是因为病症而产生，所有的故事情节也都是因为病症而发生。因此，所有这样一些意象以及由于相互之间的关联，构成了一种复合性的意象群落，值得在文本细读基础上进行深入全面的探讨，从而得出与从前的学者不一样的，甚至是全新的结论。

由此可见，今天重新解读《海上夫人》，之所以能够得出以上四点认识，是因为我们选择了一种新的角度，采取了文学地理学批评这样一种新的方法，于是发掘出了原作里本来存在的深度思想与艺术意义。

二、文学地理学批评方法与多种批评方法的结合

运用文学地理学批评方法，可以发现《海上夫人》中存在许多与地理相关的问题；然而，要真正地理解与研究它，如果只是运用一种批评方法，是远远不够的，而需要多种批评方法的有机结合。对一部本身曲折而复杂的文学作品，只用某一种批评方法往往都是不够的，因为没有哪一种批评方法可以包打天下。只有将多种批评

方法结合起来，才能直抵其思想和艺术本质。任何批评方法都不能离开审美批评而存在，因为文学作品本身是审美的产物，文学研究是建立在对文学文本仔细阅读的基础之上的，是建立在文学欣赏与批评基础之上的。对于文学作品的阅读就是审美，因此任何一种真正的文学批评方法，首先就是一种审美判断与审美探究。

对于《海上夫人》的探究，也是如此。首先，如果我们关注人物和人物之间的关系构成，探讨由人物的情感与婚姻而形成的三个环形结构，就可以用文学伦理学批评方法。以此观之，就可以发现此剧存在复杂的伦理关系网络，每一个人物都具有深厚的伦理内涵：是离开还是回归房格尔，是摆在艾梨达面前的一道伦理难题；是让艾梨达离开而获得所谓的自由，还是以自己的实力果绝地阻止她的离开，是摆在房格尔面前的一道伦理难题；是违背艾梨达的自愿要她跟着自己离开小城，去过从前所向往的自由广阔生活，还是让她自己自主地选择自己的未来，是摆在陌生人面前的一道伦理难题。因此，如果我们提出此剧是一出伦理悲剧的话，相信没有人会加以坚决地反对。因为剧中人物之所以处于两难境地，主要就是人物与人物之间的伦理关系，不容易处理与解决，所以才产生情感的浪花与思想的交锋。

其次，如果我们关注小孩子眼中的"海潮"、"海青色的大珍珠"，以及"美人鱼"、"老鲤鱼"意象，以及与剧中人物相关的四个死亡事件及其内涵，就可以运用精神分析法进行全方位的观照与深度分析。因为在这些与自然地理相关的意象里具有深厚的心理与人格内涵，与他者的情感、想象、感觉能力相关联，其独特思想价值与美学意义，也与此产生密切的相连。不仅是对剧中人物形象可以进行细致心理分析，如果与特定的自然地理意象相结合，就可以发现易卜生从此剧开始告别外在社会现实描写，而特别关注人的内心世界与灵魂问题，并且达到了前所未有的高度与深度。并不是说所有的文学作品都可以用精神分析法进行探讨，只有像《海上夫人》这样本身具有心理内涵与情感力量的作品，精神分析法才有用武之地。

再次，如果关注艾梨达对于自由的追求、博列得对于外面世界的向往、希尔达对于母爱的眷恋等，就可以运用女性主义批评方法，并且恰到好处。女性主义批评方法关注女性人物的心理世界构成及其成因，关注社会生活里的女性性格与政治权力，也注重探讨作品里的女性与男性之间的关系，及其对她们所产生的影响。《海上夫人》里所有的女性形象都与男性相关，就是没有成家的博列得与希尔达，也不例外，她们既与继母艾梨达发生这样那样的冲突，同时也与房格尔、阿恩霍姆，以及两位艺术家之间存在种种形态的情感关系，在剧中的所有人物里，就是与陌生人没有任何关系。因为她们不认识陌生人，她们并不了解艾梨达的过去，也不想去了解。无论从剧中女性的欲望、心理与情感构成而言，还是从她们与男性的关系而言，女性主义批评方法都是有用武之地的。艾梨达身上典型地体现了那个时代的女权主义意识，她从少女时代开始就追求自由与幸福，并且以自愿为基本原则，一生都生活在自己的梦里，生活在对过去的回忆里；然而，当梦里的陌生人真的到来的时候，她的心理与情感却向相反的方向回转，让所有的人物都始料不及，让所有的读者与观众都感到惊奇并受到震动。在她那里，自由与权力、幸福与约束之间到底是一种怎样的关系？在房格尔、阿恩霍姆与陌生人之间，她身上的女权意识发生了怎样的意义？如果不运用女性主义批评方法，真的还没有办法进行解释与回答。

第四，如果关注剧中对自然风景的种种描写、与自然相关的意象呈现以及特殊的地理空间的建构，并探讨其中所存在的思想与哲学意蕴，就需要运用文学地理学批评方法。在所有可以运用的诸多批评方法中，最重要的就是文学地理学批评方法，因为《海上夫人》中具有对应性的几对重要关系,人与人之间的关系、男性与女性之间的关系、人与自然之间的关系,如此等等,都体现了易卜生对于人生的约束与自由之间的哲学思考;然而,所有这样的一些关系都与地理空间相关联:陆地与海洋之间的关系、挪威与整个世界之间的关系、过去与现在之间的关系、自我和他者之间的关系。作家所提出与探讨的所有问题,与特定地理空间建构及其相互之间的关系相当密切。如果不对剧中的自然山水意象与地理空间建构进行独到把握与探究,就不可能准确地理解与把握作品的主题与人物形象,以及作品的艺术结构、艺术追求与艺术风格。可见,以文学地理学批评方法为中心的多种批评方法的结合,正是我们解读与研究《海上夫人》过程中不可回避的问题。

三、文学地理学批评方法的可能性

文学地理学批评方法是一种理论发现,然而它的作用并不只是停留在理论表述层面,也不能停留在理论表述的层面,而是体现在文学批评与研究的实践里。文学地理学批评的生命力,主要还是体现在对于中外作家作品批评里,即对于具体作家作品等文学现象的讨论上。正是在这里,它才具有了我们想象不到的多种多样的可能性,以及广阔的用武之地。

文学地理学批评方法具有多种多样的可能性。择其要者,有以下四个方面:

第一、既然作家与自然环境之间存在天然联系,作家身上的地理基因问题就具有重大的研究价值。世界文学史上的每一位作家,都不可能脱离他自身的生存与创作环境而存在与发展。易卜生出生于奥斯陆附近小城斯基恩,从小生活于木材商人家庭,因为家境富裕并且娇生惯养,养成了一种无拘无束的生活方式,一有不满意就大发脾气；后来，由于挪威与世界其他国家关系发生变故，生意受困，家境日窘，于是外出另一小城药店打工，受尽种种屈辱。正是在这种生活窘迫与情感苦恼里，不知不觉间与一个大十多岁的女人发生关系，并生下私生子，从此易卜生一生与痛苦相伴左右。这就是他独有的生活经历与家庭环境。易卜生对由高山与峡湾为主体的自然山川深有感情，性格与人格上也受到重大影响。由于性格上的孤立与自我本位主义，同时也由于挪威当政者的不智，以及与他人关系的处理不当，易卜生不得不离开自己的祖国，而到德国、罗马等国家旅居，生活了长达27年的时间。在这个漫长的人生历程里，西南欧诸国独特的自然环境以及在此基础上所产生的民情风俗，对于其情感、心灵、世界观与宇宙观，以及其文学写作所产生的影响，是巨大而深远的。那么，作为"现代戏剧之父"、"伟大的问号"的易卜生，作为一个典型挪威人、斯堪的纳维亚人的易卜生，他身上存在什么样的地理基因？在他曲折而痛苦的一生里，由于不同时期生活环境的巨大落差，地理基因发生了什么样的演变？地理基因对他的文学与艺术创作产生了什么影响？所有问题的解答，都不可能离开文学地理学批评方法的运用。

第二、叙事文学作品对自然地理空间的建构，以此为基础而构成的独立艺术审美空间。特有的地理空间建构，对作家在特定作品里的主题表达、人物塑造、艺术框架与审美方式，往往起着基础性与制约性作用。因此，文学地理学批评关注作品里的地理空间建构及其意义，就是理所当然的。在叙事文学作品里不可能不存在地理空间的问题，因为人物总是生活在一定的时空环境里，戏剧人物故事也有其特定的"舞台提示"；就是在抒情文学作品里，除了抒写的对象以外，也有自然地理意象呈现与布局的问题。因此，从严格意义上来说，每一部作品里的审美空间的建构与展现，往往离不开对特定地理空间的描写与展示。那么，地理空间在作家的创作构想与表达过程中,就不得不居于重要位置,并被赋予重要意义,包括思想与艺术意义,在作品里直接体现为审美意义。因此,文学作品里地理空间的建构及其审美意义,就成为批评家关注的重要对象,文学地理学批评就有广阔的发展前景。

第三、地理大发现与宇宙空间探索为诗人作家提供的科学观念与科学视野,为作家作品的与时俱进提供了重要前提。有史以来,特定的地理现象与地理环境对文学创作产生的影响是人所共识的,更不要说地理学家对世界地理的大发现、海底世界的探索,天文学家对宇宙空间的新发现,对宇宙产生原因的新认识,与世界各国文学的发展都具有十分密切的联系。从地理大发现的角度分析柯勒律治长诗《老水手行》,就可以得出和从前的学者不一样的结论[①]。对于宇宙空间的新探索,让诗人作家的想象方式与想象方向发生改变,古代诗人的"望星空"与当代诗人的"望星空",其内容与方式是不一样的。因此,文学地理学批评方法就可以关注地理新探索与作家作品新观念关系的讨论。13世纪以来,人类对于自然的探索越来越全面与深入,对外层空间与地球内部的探讨从来没有停止过,在文学作品里留了深深印痕;还不包括各国作家创作的大量科幻作品里的地理因素。由此可见,文学地理学批评方法,在此方面也具有广阔的发展前景。

第四、当代中国的文学批评,忽略了作家成长中的地理基因问题,缺少对文学作品里地理空间建构问题的探讨,对世界地理大发现、宇宙空间大探索与文学作品之间的关系,也很少进行深入探讨。因此,文学地理学批评不仅对西方学者有较大的启示,首先是对中国当前文学批评与研究发生重大影响。从本质上说,当代中国

---

① 参见邹建军、邓岚:《以自然风景呈现为基础的立体创构——"老水手行"主题表达与自然地理的关系》,《外国文学研究》,2010年第3期。

文学批评方法几乎全是从西方引进的，不具有原创意义。而文学地理学批评作为中国学者首先提出、并倡导的一种新的文学批评方法，不仅可以用之于当代的文学批评与研究实践，并且具有理论探讨与学术探索的意义，也会引起文学理论研究者的重视与运用。

由此可见，文学地理学批评方法作为一种新的文学批评方法，具有多种多样的可能性，其理论原创与实践意义是不可忽略的。限于篇幅，以上只是就其要者，作一个简明扼要的论述①。

四、文学地理学批评的具体操作方式

文学地理学批评是一种批评方法，然而主要是一种与文学相关的世界观与方法论的体现。因此，我们有必要从两个方面进行理解：一个是方法论，一个是具体操作方法。从方法论来理解：文学地理学批评方法体现了一种以天地之物为人类生存基础的世界观，人类的来源、人类的生存方式、人类的命运都无法离开自然环境即"天地之物"，"天"、"地"、"人"三者之间，"人"在中间，并且"人"也只能在中间，不可能超越"天"、"地"而存在一天半日。首先，人不能离开"大地"及其所提供的一切物质条件而存在，没有江河湖海，没有高山平原，没有雪山冰川，没有风雨雷电，人类可能生存下去吗？其次，人类也不可能超越"天空"而存在。没有太阳与月亮，没有星星与云彩，没有空气与蓝天，人类将是多么黑暗！更重要的是，如果没有"上帝"的存在，没有"天主"的存在，没有"玉皇"的存在，人类就没有所谓的宗教信仰；而没有所谓的宗教信仰，人类与动物则没有什么很大的区别！所以，文学地

---

① 参见邹建军：《文学地理学研究的主要领域》，《世界文学评论》，2009年第1辑。

理学批评并不只是一种简单的批评文学作品的角度，而是一种具有方法论即世界观性质的批评方法。这也许是从前的一些批评方法，包括从西方引进的一些批评方法，本身所不具备的。不可否认，当代西方的一些批评方法具有方法论的意义，如女权主义、原型批评、精神分析批评、新历史主义批评等；然而并不是所有的批评方法都具有方法论的意义，特别21世纪初兴起的一些所谓的新的批评方法，与人类世界观的改变与发展没有任何的关系，它们只具有工具论性质上的意义。

文学地理学批评，同时也具有工具论上的意义。从具体的操作方法来理解，可以有以下六种：

第一是实地考察。地理学最重要的方法之一就是实地考察，古代地理学家如明代徐霞客所写的游记，就是对中国南北方自然山水进行实地考察的结果，如对天台山、黄山等地自然景观的描写，十分引人入胜。古代中国权威地理著作《山海经》是如何产生的？虽然存在很大的争议，然而没有众多人士所做的实地考察，就不会这样一部地理巨著。因此，文学地理学批评工作者研究作家成长的地理基因问题，研究作品的写作与地理环境关系问题，研究文学作品里的地理空间建构与某种特定自然山水之间的关系问题，首先就是要到作家的出生地与居住地看一看，到作家创作某部作品的地方看一看，不然也许就只是一种空对空的研究，所得出的结论就是一种想当然的东西。对于李白诗歌与江汉山水之间关系的研究，对于华兹华斯与昆布兰湖区关系的研究，对于陶渊明作品与桃花源关系的研究，都需要作实地考察与亲自体验。亲自感受一下那里的自然环境，体会一下那里的人文风情，对于分析与探讨无疑是有巨大帮助的。在这种实地考察的基础上，原来不太明确的问题，也许一下就茅塞顿开；原来不能认识的现象，也许就忽然开朗了。

第二是田野调查。田野调查是考古学、民间文学或者人类学研究所常常采用的研究方法,其实也是文学地理学研究者不可忽略的重要方法。如果说实地考察主要是解决对自然环境的具体印象问题,那么田野调查主要是解决某个特定地区的民情风俗,即文化传统的生成与发展问题。在文学地理学批评者看来,地理并不是单一的地形与地貌问题,也是某一地区民众在自然环境基础上所建立的生活方式与采取的审美取向的问题,即地方文化传统之构成与演变问题。所以,了解华兹华斯的故居、李白在安陆的居住地、李白在当涂的终老之地及其人文环境,对于研究其诗歌思想与艺术特别重要。华兹华斯诗歌作品里有许多故事,有的是民间传说,有的是当时发生的事件,诗中的许多人物都是实有其人,许多故事也都是实有其事,因此,对华兹华斯所生活湖区的历史传统与人文风情进行田野调查,无疑是华兹华斯诗歌的研究者必不可少的一道功课①。

　　第三是科学测量。如果说《徐霞客游记》文学性很强,并不只是作为一个行者的亲眼所见,还有作者本人许多想象与情感的存在;那么《山海经》里却有大量的数据,说明山与山的距离、河与河的方位,东方多少里是什么,南方多少里是什么,记载得清清楚楚,明明白白,因此说《山海经》首先是一部科学著作,不会有任何问题。然而,它同时也是一部不可多得的文学作品,因为中国古代的神话与传说,基本上都保存里面。那么,在文学地理学批评实践里,也可以对某一地区进行实地测量,从而以科学数据说明相关问题。郭沫若故居四川省乐山市沙湾镇,从乐山城区出发到那里有

---

① 王忠祥为《傻小子》做有注解:"这里叙述的乃是真人真事,但贝特曼的教名不是理查而是罗伯特。'海岸'指意大利西海岸的里窝那。贝特曼为故乡修建的小教堂至今犹存。"(见《华兹华斯诗选》,长春:时代文艺出版社,2012年,第59页)又为《苏珊的梦幻》做有注解:"据查尔斯·兰姆写给华兹华斯的一封信,这首诗中的苏珊实有其人。这个贫苦女孩生长在农村,后来被迫进城来当使女。诗中通过苏珊的幻觉,表现她对故乡、对田园生活的向往和眷恋。"(同上,第86页)

多少公里,从故居出发到前面两条大河交汇之处有多少公里,从故居所在的山脚到屋后的山峰有多少公里,从故居出发到成都九眼桥多少公里,如此等等,虽然我们没有必要进行一一测量,因为这样的数据也许可以从地图上得到;然而,我们可以重新去走一走、看一看、量一量,计算清楚,可以说明一些与作家作品相关的重要问题。郭沫若上小学的时候,一路上可以看到什么样的景象,早期诗作与散文里有多少意象来源于少年时代,中年以后的作品里有多少形象来自于童年记忆,就有例可寻、有案可查。地理研究是一门科学,文学地理学批评可以吸收其中的科学因素,加强文学研究的科学性。这样的测量数据,也许不能成为直接的研究对象,然而可以帮助我们理解所研究的对象,进行深入的审美分析与准确的价值判断。

第四是画图标示与分析。地理学研究所采用的重要方法之一,毫无疑问是"画地图"。正是因此,才有中国地形图、世界地形图、中国历史地图、世界历史地图等。军事地图特别重要,大家都知道巡航导弹,就是将所要攻击目标之地形数据输入电脑,只有到了那个地方,它才会爆炸,所以巡航导弹想打那里就打那里,威力巨大。在文学地理学批评者看来,不仅是对作家作品的研究,作家的生活环境与写作环境可以画地图,作品里的地理空间建构也可以画地图,作家移居他国的生活历程、作家群体的文学活动,都可以绘制地图的方式进行表达,给人一种直观的感觉与具体的印象。当然,画地图的研究方法不一定就是文学地理学批评,然而文学地理学批评一定可以用画地图的方法进行表达,能够给论文带来一种实证性与科学性。

第五是数据统计与列表分析。数据统计与列表分析方法是经济地理、历史地理等地理学科研究所采用的方法。特定历史时期作家的地理分布,中国古代文学历史发展的统计,西方作家作品的文学史统计,以及在此基础上的列表分析及其结论,在从前古代文学地理学与西方文学地理学研究实践中,一直得到广泛的运用。而在文学地理学批评者看来,实地测量而得到的地理数据十分重要,而与文学研究相关的地理数据,及其相关数据的统计与列表分析,同样具有很强的说服力。易卜生名剧《海上夫人》里,"大海"、"海峡"、"凉亭"、"山坡"意象共出现多少次,分别是在哪些人物、哪些故事情节里出现的,只要一列图表,就一清二楚,不会有任何疑问。以此形成的意象群落,具有的内在美学意义,可以得到充分的论证。

第六是综合评估与价值判断。文学地理学批评虽然特别注重个案,然而在多个个案分析的基础上,最后总还要有综合评估与价值判断。唐代诗人的地理分布,浙江、江苏、湖南、四川、陕西、河南各出现了多少位一流诗人,他们分别出生于何地、何家族,后来到过哪些地方做官,或者被流放,对于他们的诗歌创作产生了什么样的影响,这种分析是十分必要的。然而,这也是最为基础的统计与分析,最后能够说明什么样的问题呢?江浙一带文化传统深厚,宁波的天一阁有着丰富的藏书,无锡的东林书院有议论国是的传统,因此,江浙一带出现更多的具有文化传统与艺术创造性的诗人,是理所当然的。四川是天府之国,历代以来的四川人有走出盆地而行走天下的愿望,所以李白执剑出游、苏东坡父子三人外出参加科举考试而成名天下,创作出了许多文学杰作;陆游、杜工部、黄庭坚等外乡人从外入川,看到奇特的自然山水,感到新鲜无比,留下许多杰出诗作。如果能够走出盆地到外面世界看一看,自然会有很大的收获;如果从中原地区去到四川,也会因地理环境的巨大落差,而让诗人产生情感上的巨变,给创作带来动力。文学地理学批评虽然并不一定必须追求结论,然而通过具体现象与数据的分析,还是要力求说明某个学术问题。文学地理学批评并不是一种单一的批评方法，它可以有自己的独立空间，然而在更多的情况下是要与其他批评方法的结合，才可以得出更加科学与准确的结论。其实任何一种批评方法，都是如此！因此，以一种批评方法为主，适当结合其他批评方法，从而对研究对象进行综合判断与价值评估，得出有意义的、符合实际的结论，就成为文学地理学批评工作者的更高追求。

五、文学地理学批评方法的原创性

以上对易卜生名剧《海上夫人》的分析以及四个新的发现，可以说明文学地理学批评方法的实用性与有效性，如果采用其他的批评方法也许不会得出这样的结论。不仅是对《海上夫人》这样的作品，对中国与西方的所有文学作品，都具有适用性，特别是对叙事性文学作品的解读特别有效。需要特别说明的是，作为一种具有原创性的批评方法，文学地理学批评的理论探讨与研究实践，目前还处于初创阶段，虽然我们已经完成并发表了40篇论文。然而，其学术意义与实践价值是不可低估的。三十多年来中国学者所采用的文学批评方法，基本上都来自于西方，本土自创的批评方法几乎没有，这不能不说是中国学术界与批评界的悲哀。对于西方人来说，一个没有原创思想的民族是并不可怕的；然而，对于我们来说，一个没有原创思想的民族却是相当危险的。春秋战国时代，一批杰出的思想家产生了，可是它只是一个光辉的开始，而没有能够延续下来。近代以来，虽然有一批先驱者思考许多现实的问题，然而能够将问题提到哲学与宗教层面的思想，则很少见到。正是因此，学界公认百年来中国没有真正的思想家与哲学家，这种重大缺失，也体现在文学批评与文学研究方面，许多学者公认当代中国没有具有原创性的文学批评方法。女性主义批评、生态主义批评、后殖民主义批评、新历史主义批评,以至于原型批评、精神分析批评、形式主义批评等,全部都来自于国外,中国学者只是运用与解说,有的虽然有自己的独立解释,然而毕竟也只是一种"解释"而已。之所以出现这种让人痛心的情况,有整个国际局势与文化失衡的问题,也有我们民族传统自身的问题,即我们的传统里缺少深厚的哲学基础、浓厚的宗教情怀,从而忽略了人类与自然的联系,特别是人类的生存与天地共生共存关系方面的理论发现。在我们许多人看来,世间没有"上帝"的存在,没有"天主"的存在,没有"玉皇"的存在,没有终极关怀的存在,从而也没有未来的存在,因此,许多人对历史与人类可以不负任何责任。因此,我们没有自己稳定的思考对象,哪里还有博大精深的思想与哲学呢?哪里还有真正独立的世界观与方法论呢?如果我们真正信奉金钱,就好好地思考一下金钱的问题,就会有新的《资本论》;如果我们真正相信权力,就好好地探索一下权力的问题,就会有新的《民约论》。然而,我们许多人只是实用主义地对待金钱与权力,不仅成不了真正的思想家与哲学家,还最大限度地贪污人民的血汗钱,成为了遗臭万年的贪官与污吏。在这样的时代处境之下,我们的文学批评方法哪里还有原创性呢?即使有人想有一点创造,也被那一群平庸之辈发出的浮泛之论所淹没,哪里还有理论的锐气与实践的动力呢?

在文学批评与文学研究里,提出具有自主知识产权的批评方法,是当代文学研究者的重要责任。文学地理学批评方法,关注的是文学产生的基础问题、文学本体的构成问题、文学文本的接受问题,只是从一种特定的角度,即地理空间的角度进行观照与研究,从而具有自己的独立存在与发展的意义。西方有所谓"环境批评",也有所谓"地理学派",然而他们所关注的只是"环境"问题,只是区域文化的问题,与"文学"、"美学"本身没有很大的关系。从相关资料可以看出,有的西方学者研究的只是与地理环境相关的皮毛问题，有的只是涉及地理问题而已，对相关的理论与学术问题并没有深究。因此，我们可以大胆地说，文学地理学作为一种批评方法，则是我们中国学者的原创。从地理空间的角度切入对象，探讨作家作品等文学现象里的地理因素，并适当运用地理学的研究方法，与文学审美本有的批评方法相结合，就有可能推进文学批评与文学研究事业的发展。同时，文学地理学批评方法也不故步自封，相反它具有很强的包容性与吸引力，它会在不断接受其他学科的研究方法，特别是其他文学批评方法的优势与长处的过程中，得到进一步丰富与完善。现在看来，它已经有了坚实的基础：一是它有成系统的理论术语与概念的提出，二是它有扎扎实实的个案研究，三是它有十分广阔的研究对象，四是它本身具有强大的凝聚力，从而形成了一个颇有实力的研究团队①。相信在未来的半个世纪，文学地理学批评在中国以及世界其他国家，都具有广阔而美好的发展前景。

---

① 参见邹建军、周亚芬：《文学地理学批评的十个关键词》，《安徽大学学报》，2010年第2期。

我们应当如何展开对文学地理学的研究[①]

我们从事文学研究的人,一定要有自己的主导品格。要做一个成熟的学者,每一位文学研究者都应当走到这一步,即一定要有自己比较固定的研究领域与标志性的研究成果。正是因此,我们如果一讲到某一个学者,学术界的很多人就会知道他是研究什么的,他具有代表性的论文与著作是什么,他是一个什么样的学者与专家。这还不只是表明一个学者要有自己比较固定的研究方向,而是一定要有一个能够让别人基本认同的与记得住的研究领域;更重要的是要以此为基础,在研究方法上要有自己的创建,在理论上要有一整套有别于前人的东西。而我们再次所讲的文学地理学研究的基本内容与基本目标及其研究价值与意义,就在于此。

文学地理学批评或者文学地理学研究,自然包括这样一些基本的内容与根本的目的在里面。所以,如果在某一专业领域方面有一块只属于自己的研究领域,长期地、深入地探讨下去,一定会取得预期的成果。这样做的另外一个好处,可以让我们的硕士研究生、博士研究生与访问学者们得到自己的研究方向与学术目标,大家一起来共同努力,就可以形成一个比较集中与稳定的研究方向,在学术界与理论界产生应有的影响。如果大家都能够在这样的研究中感兴趣并发现重大的问题,就可以花费更多的时间与精力进行更深入

---

① 原载《江汉论坛》,2013 年第 3 期。

的研究，充分地展示自己的才华，并最终在当代形成一个引人关注的学术群体。真正的文学流派与学术派别也就是这样的情境下产生与发展起来的。从地理空间的角度研究文学，与从伦理、政治、宗教等角度研究文学，具有同等重要的意义，在某种情况下与某程度上，这样的研究也许更为重要。为什么呢？因为地理与文学的关系更为密切，自然地理对于文学作品的产生具有更为基础与更为直接的作用：没有自然环境就没有人类自身，没有由地球上的所有物质形态的东西所构成的世界，就不会有人类的文明，更不会有当今的人类之如此灿烂的文学与艺术。我们甚至可以说任何作家都不可能离开自然环境与自然山水而存在，作家可以离开某种特定的宗教、政治而生存与写作，但不可能离开特定的自然与山水环境。有的人对此也许不是很理解，对我们提出的理论观点甚至还不以为然，有的采取一种可笑的态度：他们只相信自己的东西，不相信别人的东西；自己想出来的东西都是好的，别人提出来的东西都是不好的。自以为是、自高自大的人自古都有，也没有什么奇怪；但是，历史已经证明并将继续证明这样的人是可笑的，甚至是可悲的；因为世界上事物存在多样性，自然界是这样，人类社会也是如此。哲学、宗教、伦理与政治，莫不如此。通向真理的道路往往并不是只有一条，而是有多条；所以我们要允许别人的探索，要认同别人的合理性存在与发展的空间。所以，我自己在有的时候，感觉到一种深重的孤独感，有点像20世纪初期的鲁迅："两间余一卒，荷戟独彷徨"。但是，我对于文学地理学的研究从来没有因此而间断过，因为我从来没有怀疑过它的意义与价值。我想，经过十年左右的时间，如果我们大家共同努力的话，一定可以在文学地理学领域获得重大的收获，取得巨大的成果，在中国形成那么一个从事文学地理学研究的学者圈子或者学术群体，甚至在国际上也会产生自己的学术影响，有自己一定的学术地位。如果在研究生三年或者四年时间里，每一个人能够写出那么一、二篇有价值的关于文学地理学的研究论文，对于自己的学术研究与学业术水平的提升来说，就很不错了；如果有那么两三个博士研究生与访问学者，真正有志于文学地理学研究，而写出一些高水平的学术论著，那就非常好了。我并不要求所有的人都来从文学地理学的研究，但我十分欢迎有志于学术研究的人能够关注这一研究领域。"学术乃天下公器"，文学地理学作为中国比较文学建设的重要分支学科，同样是"天下公器"。既然如此，文学地理学就是以探讨问题为中心、以追求真理为目标的。文学地理学研究不是沽名钓誉的工具，不需要也容不得那样一些假学者胡说八道。因此，我们认为如果你对具体的文学文本没有阅读的话，你就没有资格来写这方面的文章，也没有必要来谈这方面的话题；如果你没有思考过与此相关的问题，就没有必要为了写文章而来说自己是从事文学地理学研究的，因为如果这样的话，你不可能成为文学地理学研究的专家。文学地理学是需要专家的，研究中国现当代文学、外国文学、文学理论、民间文学的学者，甚至是研究历史与地理的学者，凡是与文学研究有关的学者，都可以根据自己的兴趣，来从事文学地理学的研究，都可以在这个文学研究的"交叉地带"做出自己的贡献。

关于文学地理学，我们已经多次探讨过相关的问题，发表过数篇论文；一般的学者一开始就从事文学地理学的理论研究，显然是不现实的；因此，为了文学地理学研究能够建立在扎实的基础之上，为了让更多的人能够从事文学地理学相关问题的思考，我们现在要回答的一个问题，是我们应当如何从事文学地理学批评与研究。当今的中国学者应当如何展开对文学地理学的研究呢？

一、从自己所熟悉与了解的文学现象开始

首先，文学地理学研究就是要求我们从身边做起，从自我做

起，不要从理论做起、从文化做起。这是什么意思呢？我们到了研究生这个阶段，往往有了自己比较感兴趣的研究课题与研究方向，对于西方的某一个作家、某一个作品、某一种文学现象比较熟悉，不然你也不会考上本专业的研究生；那么，你就可以从此出发，研究它们与地理空间的联系。如果你对华兹华斯的诗感兴趣，那你就可以思考一下华兹华斯的诗歌与英国北部的自然山水有什么样的关系？如果你对谭恩美的小说感兴趣，那么你就可以探讨一下其五部长篇小说中的地理空间构成的特殊性。如果这样的话，在比较短的时间里你就可以取得成效，并形成你从事文学地理学研究的一个起点，为以后的渐渐扩展与加强找下一个坚实的基础。什么事都要从身边做起。所以我平时喜欢讲我的老乡张大千，他的确是我的老乡，我们都是内江人；说我的老乡罗念生，他真是我的老乡，是邻乡的；说我的老乡苏东坡，三苏祠离我老家是远了一点，不过大概也只有五十公里。我想我们与这些人都是同类的人，都是对文学艺术有特殊爱好与兴趣的人，所以是"心有灵犀一点通"呵。最主要的还是因为大家都是人而不是神，因此他们是可以亲近的，也是可以分析与研究的，并且我们这样的与他有关系的人研究起来比较有地理与人文方面的有基础。我们说的这种基础，并不只是情感上的基础，好像他是我的老乡我就只能说他的好话，不是这样的；而主要是指我们之间的关系是以相同或者相似的自然山水为基础的。如果对于作家艺术家生活的自然山水环境与成长的文化成因比较熟悉与了解，对于他们的作品与他们的创作心理与艺术要素的构成就容易理解。文学地理学研究并不高深，它与我们的生活息息相关，它与我们平时所做的研究息息相关。所以，从自我开始从事文学地理学的研究是有道理的，也是容易取得成效的。比如说，如果你对海明威的小说感兴趣，那么你就可以从其小说中对于自然山水的描写来考察，也可以从其作品中人与自然山水之间的关系来考察，分析一下海明威在小说中是如何看待自然环境的，是如何描述大海与大海风光的，甚至看一看他是如何描写海里的动物与生物的。其实，这样的研究也就是文学地理学的研究。如果你对李白的诗歌感兴趣，你就可以看一看李白的诗里是如何对待自然山水的：诗人在《蜀道难》中是如何写出西蜀的山与水、云与雾的，那些自然山水与抒情主人公存在一种什么样的关系；诗人在《梦游天姥吟留别》中是如何描写自然山水的，其中的自然山水与《蜀道难》中的自然山水有什么不同，后一首诗是不是抒写了李白的道家情怀等。比如说你还可以探讨李白名诗《赠汪伦》中的"桃花潭"是一种想象还是一种实写，《朝发白帝城》中的"朝辞白帝彩云间，千里江陵一日还。"是一种写实还是一种象征？这样的描写具有什么样的意义与价值？其实，这也就是在从事文学地理学的研究。当然，文学地理学研究并不是这样简单，并不是只要是考察文学作品中的自然山水形态的都是文学地理学研究，因为文学地理学研究是中国比较文学的一个分支，所以我们在进行阅读与分析的时候还得从跨学科的角度进行思考，看一看特定的自然地理空间与具体的作家作品之间存在怎么样的联系，并且要考虑这样的自然地理空间会产生和已经产生了什么样的意义。无论如何，只要我们对于文学地理学批评有兴趣，就可以从自我做起，从自己感兴趣的文学作品入手，探讨其中的自然山水描写与自然地理空间建构，就可以从事文学地理学的研究。并且我们认为，无论大小与长短，只要不是纯心理描写与纯情感抒发的作品，只要不是在真空里长大的作家，其人其作必定会存在地理空间的问题，并且在文学作品的各种要素中占据重要地位。只要有这样的认识，任何人与任何作品都可以纳入我们的文学地理学研究对象，其实我们的文学地理学研究的开始也就是如此的简单，无论从理论上还是从实践上来说都是如此。

二、从对具体的作家与作品的分析入手

文学地理学批评与文学地理学研究，并不是从理论出发而提出来的一种批评方法或者研究文学的一个角度，而是从文学批评的实践出发，是从对具体文学问题的讨论中提出来的，因此，文学地理学的批评与研究也就不可能离开对具体问题的研究，特别是不能离开对具体的作家作品的分析，并且也是以解决对具体的作家与作品的理解中存在的问题而存在的。在周亚芬做的《作为比较文学之文学地理学的提出》①的访谈中，我已经详细地谈到了文学地理学的缘起与文学地理学研究的发展前景；其实，我之所以喜欢从地理空间的角度研究文学，是从自我的人生经历与人生阅历出发的，是从自我的诗歌批评与小说研究的实情出发的。如果没有长期的文学批评实践与文学研究的积累，是不可能忽然就心血来潮，而提出与提倡一种新的文学批评方法的。我们虽然要注重对文学地理学理论观念与批评方法的研究，但如果没有深厚的学术积累与文学研究的扎实基础，就开始对文学地理学批评与研究的有关学理问题进行探讨，往往是吃力不讨好的，即使努力思考了一些问题，也可能是皮毛之见，很难真正地解决作家作品中存在的问题的。因此，我认为从具体的作家作品入手，来从事文学地理学的批评与研究是一条正道；经过比较长时间的积累，到了一定的时候，在一定的条件下，有关文学地理学的理论体系与批评方法等学理问题，自然就会露出水面，这种理论就可以反过来推动对具体的作家与作品的分析与批评。古人说，"观千剑而后识器"，对于文学地理学的理论建构过程

---

① 周亚芬：《作为比较文学之文学地理学的提出——邹建军教授访谈录》，《世界文学评论》，2009年第2辑。

是相当适合的。对具体的作家与作品了解得多了、分析得多了、研究得多了，自然就会对中外文学史与文学理论的共通规律有所认识。当我们积累了丰富的批评经验与研究体会之后，如何从事文学地理学的批评与研究，我们的后人或者我们自己自然就会有所总结。对于文学批评与研究而言，理论的构想与创造是十分重要的，也是必定需要的，对于任何时代的文学研究来说，这样的理论构思与理论建构都是需要的；但是，这样的任务并不是一般的人所能够胜任，在短时间里就可以完成的。一般而言，只有从事文学研究二十年以上的学者，才有理论构想的可能；研究生甚至是博士研究生与访问学者，要从理论上进行构想与学理上进行开创，可能性都相当小。所以，大家只有从具体的作家作品入手来从事文学地理学的研究，才会起到立竿见影的作用，对于自己的研究才会有所鼓励。因此，我建议大家首先选取一个作家甚至是一个作品，与自然山水关系比较密切的一个作家或者作品，如中国的李白、苏东坡、《西游记》、《红楼梦》，英国的华兹华斯、柯勒律治、狄更斯、哈代，美国的梭罗、杰克伦敦、海明威，北欧的易卜生、安徒生、乔伊斯，法国的巴尔扎克、左拉，古希腊的悲剧与史诗等等，进行文学地理学的批评与研究。其实，只要不是现代主义与后现代主义的作家，只要完全不是意识流的小说与纯心理散文，自然地理空间对其产生的影响必定是存在的，就可以从文学地理学的角度分析，并提出一些有趣的现象与问题进行探讨。当然，对于作家的文学地理学分析来说，主要是研究两个方面：一是作家从小所生活的自然山水环境对其人格精神所产生的影响；二是作家在文学作品里建构了什么样的地理空间系列，这些地理空间意象具有什么样的思想与艺术意义？如果能够从此两个方面来研究作家，也就可以找到其人格精神与创作艺术的特点及其特点的自然与历史来源，也许能够破解从前的学者经过长期的努力所不能破解的谜团。对于具体作品的文学地理研究，可以探讨如下三个方面的问题：一是对作品中存在的自然景观的分析，看一看它具有什么样的特点与意义；二是对作品中地理环境的描写进行评估，看一看它对于作品里的人物形象与思想主题具有什么样的意义；三是对作品中所建构的空间结构进行分析，看一看作家在作品里建立了一种什么样的空间形式，作家为什么要建立这样的空间形式？每一个文学作品中存在的地理空间因素都是千差万别的，因此经过分析而得出来的结论，也应当是千差万别的；这就是文学地理学研究之所以存在必要性的基础。文学地理学研究的结果就是寻求不同文学作品中地理空间各自不同的特点，并由此认识与理解作家的审美意识与艺术思维特征，从而更深入地理解作品、认识作家。正是因此，我们才布置了两个系列的课题研究，一个是"易卜生戏剧作品中的地理空间问题探讨"，一个是对自己感兴趣的一部外国作品的"地理空间问题探讨"。因此，我们认为从具体的作家作品出发来作文学地理学研究，是最为明智的一种选择。如果不从具体作家与作品出发，所谓的文学地理学研究就无从着手，表面上看起来是讨论了一些问题，其实都是一些似是而非的现象描述与史实叙述，对于文学地理学理论体系的建构不会有很大的意义，对于文学地理学研究事业本身也不会有巨大的推动。

三、科学研究方法与审美批评方法的结合

文学地理学批评是一种新的提法，首先是作为一种批评方法而提出来的。那么，从批评方法来说与从前作为科学研究方法之一种的地理研究方法存在什么样的关系？与从前的作为审美批评之一种的文学研究方法存在什么样的联系？文学地理学批评在方法论上有什么样的特点？这是需要我们关注的一个问题。

作为重要支柱性科学研究之一的地理研究，其研究的对象十分

广阔，包括自然地理、人文地理、历史地理、经济地理、军事地理、政治地理、文化地理等等，可以组成一个地理研究的大家族。但是，上述地理研究系列与我们所讲的文学地理学关系比较密切的，应当是自然地理、人文地理与历史地理三个部分。从地理科学研究而言，由于每一门分支学科的研究方法并不相同，所以从总体上来论述地理研究的方法还是有一些困难；并且，中国人从事地理研究的方法与西方人从事地理研究的方法也存在较大的差别，从一般意义上来谈论地理研究的方法也实属不易。所以，我们很难评估从前科学家们在地理学研究中运用了哪些研究方法，哪些研究方法能够为我们所借用与发展。但是，我们在没有其他办法的时候，也可以在前人的基础上作一些抽样式的分析与概括。我们认为，地理科学研究中以下几种研究方法，可以为文学地理学研究提供借鉴：

一是实地考察方法。研究地理的人特别是研究自然地理的人，无论中国还是西方，往往特别注重对研究对象的实地考察，以获取第一手资料。如明代的地理学家徐霞客为了了解中国的自然山水，就亲自到南北各地进行实地考察，倾一生的精力与时间写成了地理学巨著《徐霞客游记》，对于中国古代自然地理的研究做出了巨大的贡献。同时，因为每一篇游记都写得很有特点，被历代学者当成一部散文著作，所以他在中国文学史上占有很高的地位。当代中国的地质学家李四光，也可以说是一个地理学家，他对于中国甚至整个世界的自然地理有着广泛的考察，对于地球内部的地质构造及其历史来源有着精深的研究，而对于中国南北各地的自然山水的情况了如指掌。他们之所以在地理研究方面取得巨大的成功，主要就在于这样一种实地考察的研究方法为他们的研究提供了翔实的材料与具体的数据，让他们的地理研究建立在科学的基础之上。我们的文学批评家与文学研究者，特别是我们从事文学地理学研究的学者，如果能够像地理学家们那样对所研究的对象作实地的考察，以自己的眼睛看一看、以自己的耳朵听一听，那我们的文学地理学研究就一定突破前人，为学界提供许多新的材料与新的成果。看一看文学作品所描写出的自然水山与实际存在的自然山水有什么不同，听一听作家从小所生活的自然界发出的音响与作家创作的作品之间存在一种什么样的关系，作家们是如何从实际存在的自然山水到文学作品中的自然景观与地理空间建构的。如果经历了这样一个实地考察的过程，有了多次进行实地考察的经历与经验，我们的文学地理学研究就会建立在真实可靠与科学合理的基础之上。可见，这种实地考察的研究方法对文学地理学研究会有巨大帮助。文学地理学研究的对象总是与地理空间相关，总是与特定的自然环境与自然山水相关，因此研究文学地理学一定不能离开地理学家们常用的实地考察的研究方法。对作家产生影响的自然山水环境是一种固定的存在，郭沫若老家的几条大河及其开阔气势，鲁迅老家的绍兴湖乡与山石，从总体上来说自存在以来就没有太大的变化，而历代作家与诗人却写出了不同的作品。如果我们能够考察在地球上存在的自然山水，对于对自然山水环境与作家成长之间关系的研究会有巨大的意义。同时，这种考察对于对具体作品存在自然山水意象的分析，也会有很大的帮助。如果不了解西北边疆的自然山水与风土人情，要深入地研究高适与王维的诗作，是不可能的。而实地考察是从事文学地理学研究最为直接与最为重要的一种方式。

　　二是案例分析法。从事地理科学研究的科学家与学者，往往采取对典型案例进行分析的研究方法，而不是对相关物质形态进行全部的考察，也不是对所有的数据进行分析与统计。如他们要研究穹窿地貌，就可以选取我的老家俩母山地区的高台地形作为样本；要研究丹霞地貌，就可以选取青海南部的坎布拉地貌作为样本。因为在照相技术特别卫星遥感技术不发达的时代，没有全景式的照片可供研究，更没有卫星云图可供分析，因此只有采取一些典型的个案与典例，进行一种抽样式的分析与研究，得出的结论也是具有合理性与科学性的。这样一种研究方法对文学地理学研究者来说，具有一定的启示意义：我们可以注重对文学作品中的地理空间问题的研究，但也可以不作全面的考察与分析，可以选取一些具有代表性的个案进行分析，如一些具有代表性的作家与作品，如陶渊明的诗作与哈代的小说，看一看地理空间与自然山水在具体文学作品中有什么样的意义，同样的自然山川放在不同的作家作品中，它们具有什么样的意义。从文学的整体研究的角度来说，如果对一个作家与作品都没有理解到位，就不可能有真正准确与科学的整体把握与整体观照。对一个作家及其作品的研究也是如此。因此，我们在研究华兹华斯诗歌的时候，就可以选取其长诗中的自然景观来做出分析，再选出其叙事诗中的自然景观做出分析，再选取其十四行诗中的自然景观做出分析，对多个个案进行分析与研究之后，就可以得出一种总体上的认识。像这样的一个一个作品的分析清楚之后，再将所有的作品分析组合起来，就可以从理论上认识华兹华斯诗中的自然景观，在其作品多种构成因素中具有什么样的意义与价值。就文学地理学研究而言，案例分析法具有其他研究方法不可替代的意义，发挥十分重要的作用。不过要注意的是，个案分析法并不是举例式的，因为它没有随意性，而是在对整体对象进行把握之后再选取的个案，具有少有的典型性与科学性。从地理学科学研究采取的方法出发，文学地理学研究有必要进行全面的借鉴，并在自己的研究中加以创造性地运用。

三是图表分析法。地理科学学者比较注重一种直观与直接的研究方法，就是将某个地区的地形地质情况在全面调查之后，以图表的形式进行表示，这就形成了许多各种各样的地图，中国地图、湖北地图、中国地形图、湖南地形图、东亚地形图等等，以及相关的多种多样的表格，如气候、物产、山脉、河流等。图表分析的方法在地理学研究是不可缺少的,并且占有基础性的地位与意义。没有图表的制作与绘就,就没有现代意义上的地理科学。而这样一种方法对于文学地理学研究也是富于启示意义的。因此,在文学地理学研究中,我们可以以种种图表的方式来表达自我的发现与自我的见解,不论是理论性还是学术性的发现,不论是对于一个点的深入分析还是一个面的叙述,都可以以具体的有形之物进行传达,这样做的结果是能够给人一种直观的、直接的印象。比如我们在分析古希腊悲剧《普罗米修斯》的时候,就可以将那个为宙斯所害的人间女子伊俄的逃亡路线以地图的形式进行图示,让剧中的人物与人物之间的关系得到直接的呈现,让那一个人间女子的痛苦直观地呈现在我们面前,最重要的是可以让读者最直接地了解悲剧作家在剧中所展示的地理观念,古希腊人对于当时世界地理构成的基本认识。再比如我们在研究柯勒律治长诗《老水手行》的时候,就可以地图的形式将那古老大船的航行路线绘制出来,从北大西洋的一个港口出发,经过北回归线、越过赤道,越过南回归线,进行南极圈与南寒带,再进行太平洋,后来又沿路返回英国港口,得到了救助。如果能够绘就这样一幅航海路线图,自然就可以帮助我们认识长诗中主要的情节与人物,以及人物与人物之间的关系,人物与自然山水之间的关系。由此可见,图表分析法对于文学地理学研究者来说是必须要了解与熟知的一种研究方法,因为文学作品中的地理要素是我们理解作家与作品的重要参照,也是重要的研究对象。如果能够将此种种地理要素化为有形的图表,对于理解作家与作品自然是十分有用的。

　　地理科学研究方法对于文学地理学研究有丰富的启示意义,我们有必要加以借用并发扬光大;但是,我们也要更加清楚地认识到,从本质意义与理论构想上来说,文学地理学的批评方法是地理学的研究方法与文学的研究方法的统一,并且只有做到两者的有机结合,真正的文学地理学批评与文学地理学研究的理论体系才能完整地建立起来。文学地理学研究无疑首先是一种文学研究,并且不能离开具体的作家与作品;所以,文学地理学研究首先还是一种审美的批评与审美的研究,并不只是一种学术的研究与科学的研究。文学地理学批评首先是一种审美的批评,并不是说有关文学地理学批评与文学地理学研究的论文,必须出现艺术美或者审美这样的字眼,或者一定要研究美学意义上的地理空间现象。所谓文学地理学,最主要的内容与角度就是从地理空间的角度来研究文学,首先要对具体的作家创作的作品有一个审美阅读的过程。研究作家首先要阅读作品,因为作家是靠作品说话,没有好的作品就不能说是一个好的作家。获得了诺贝尔文学奖的作家,也总是因为某一部或者几部作品而获奖的,而往往不是因为一个空头作家的名义来获奖的。研究任何一部文学作品,首先就要对此进行全面的阅读,而真正的阅读的过程就是一种审美的过程,一种对于艺术之美的发现的过程。因此,文学地理学批评或者文学地理学研究首先就是一种审美的研究,而不是一种科学的研究。正如比较文学研究的论文中不一定要出现"比较"这么一个词一样,在文学地理学研究的论文中,也不必出现审美这个词。文学研究首先是一种审美批评与对于美的作品的研究,无论是文学伦理学的研究还是文学政治学的研究,都是如此。其次,文学地理学批评或者文学地理学研究要将对象当作文学与艺术来研究,而不能当作没有生命的一堆材料来研究;文学就是艺术,所有的文学作品都不可能离开形式与语言而存在的,不可能离开特定的技巧与技艺而生存的,因为离开了美的形式与美的技巧,文学的艺术性就不存在,文学本身也就不存在。因此,不能将文学地理学研究的对象当作无生命的个体,当作没有情感与思想的对象物。所以,文学地理学批评是审美批评与地理批评的高度统一,是地理研究与美学研究的有机结合。

并且我认为二者的结合是至关重要的。比如我们研究谭恩美的长篇小说《喜福会》，小说中所讲的母亲与女儿的故事，并且是四个母亲各自讲述自己的故事，四个女儿分别讲述自己的故事，于是让小说形成了一种特有的"麻将结构"。每一个母亲要所讲的都是过去在中国内地所发生的故事，而女儿所讲的基本都是自己在美国的家庭里与母亲、在美国的社会生活里与男友所发生的故事，这就产生了横跨两大洲的自然空间与过去与现在之间的巨大反差，其小说艺术的魅力多半由此而来。我们要研究小说中母女之间所发生故事的时间与空间的差异，两种不同的自然环境与生活处境，是如何影响人物的气质与心理的；但是，同时我们也要关注小说中的思想情感之美、艺术结构之美、艺术语言之美，并将探讨两者的统一而形成的整体优势。首先我们要对小说进行审美阅读，然而再从地理空间的角度思考相关的问题。这样的研究才是真正的文学地理学研究，这样的文学地理学研究才达到了较高的学术境界。

四、中外文学批评史上地理批评的理论与实践

文学地理学批评离不开中国文学史与外国文学史，也离不开中国文学批评史与外国文学批评史。无论中国人还是外国人，自小就生活在特定的自然环境里，在他们的生活里具有特定的自然时间与自然空间问题。因此，要完全离开前人的真实历史或早前记忆来研究文学中的地理空间问题是不可能的；无论是中国的作家及其作品还是外国的作家及其作品，对于自己所生存的自然山水与所观察的地理空间，总是或多或少存在这样那样的观照与表达，因此，在世界文学史上就自然会形成一条线索，产生过人类对于自然地理空间观照的历史与对于自然山水进行艺术表现的历史。在中国，虽然有人撰写过《中国山水诗史》、《中国山水文学史》之类的著作，但我

个人认为到现在为止中国学界对于文学与自然山水的关系的历史描述是不完整的，对于中国文学与自然地理空间的历史描述也是不系统的。我们从前有的学者所谓的文学地理学研究，基本上没有涉及这个方面的内容。因此，文学地理学研究者的首要任务，就是要以一个历史学家的眼光来清理中国自然山水文学史的基本情形，清理外国自然山水文学的基本情形。如果我们真正从地理空间角度来研究中国与外国文学史，完全可以写出与从前的文学史完全不一样的内容，会发现许多新的重大问题进行讨论。因此，从地理空间角度研究文学史无论是对于文学史的重新建构还是对文学地理学批评的建设与文学地理学研究的发展，都是十分必要的，也是十分重要的。在中国文学史上，最早描写自然山水的文学作品是哪一部、哪一篇，最早对地球进行完整描写的是哪一部、哪一篇；在西方文学史上，最早描写自然山水的文学作品是哪一部、哪一篇，最早对地球进行完整描写的是哪一部、哪一篇？在东方文学史上，最早描写自然山水的文学作品是哪一部、哪一篇，最早对地球进行完整描写的是哪一部、哪一篇？其实，这是文学地理学研究最基本的方面，是从事文学地理学研究不能不了解的内容。因为任何有关文学问题的研究都不能离开文学史，如果文学理论研究离开了文学史，那绝对是存在问题的；如果文学批评离开了文学史，那也许上不了很高的境界，得出的结论也是不可靠的。但是，这个方面的研究不适合于我们研究生来做，倒是比较适合于专门从事中国文学史与西方文学史、东方文学史的学者们来做，因为他们的积累丰厚、阅历丰富。有关这个方面的研究，可以叫做文学地理学中的"历史研究"。如果我们能够从地理空间的角度重新撰写一部《西方地理文学史》、《东方地理文学史》与《中国地理文学史》，那就对世界文学史的重新建构做出了巨大的贡献。

同时，我们也要注重对中外文学批评史中的地理空间观念及其批评实践的研究。人类发展到今天,说某一个文学研究领域完全没有被从前的学者与批评涉及过是不可能的,因为人类对于自身的认识与对于自然的认识,都是这样一步一步地健全与发展起来的;因此,清理中国文学批评史上的地理空间观念与自然山水观念的形成与发展,并且分析一下中国古代学者所做的文学地理学研究的初始形态;清理西方文学批评史上的地理空间观念与自然山水观念的形成与发展,并且探讨一下西方古代学者们所做的文学地理研究的初始形态,就是有可能的与有必要的。在中外文学批评史上,最早从自然山水的角度批评文学的是谁,最早从地理空间的角度批评文学的是谁?最早认识到自然与人的关系、自然与文学的关系的人是谁?最早认识到文学与自然环境的变迁之间的关系的是谁?最早从地理空间的角度研究文学的人是谁?并且中国的、西方的、除中国之外的东方其他国家的情况肯定是各不相同的,为什么会有这样的差异?所有这些问题,都需要有人进行研究;研究的结果并不会说明我们的文学地理学失去了意义,恰好说明我们的文学地理学是有其历史的:前人已经在关注,但没有展开;前人已经有所认识,但没有自己系统的理论说明。并且我认为到目前为止,这样的研究还基本上是一片空白。我们必须认识到,文学地理学研究与文学伦理学研究一样,自古以来就存在着批评实践,不论是西方还是东方,都是如此。只是我们的古人没有一种自觉的意识来建立一种理论,也没有专门提出来一门文学伦理学与文学地理学的学科。但并不是不存在这个方面的研究,比如在《道德经》里面就体现了老子关于天地的自然空间观念,认为所有的都来自于"道"。所以,如果我们从地理空间角度来撰写《西方文学批评中的地理空间观念》、《东方文学批评史的地理空间观念》、《中国文学批评中的地理空间观念》,就是对世界文学批评史的重要贡献。并且,这个方面的研究对于文学地理学批评来说特别重要,它其实是文学地理学批评的"前史"。

文学地理学批评如何来做，我们的前人即西方与东方文学批评史上那些批评家所积累的文学地理学批评的经验，特别宝贵。

五、了解与认识当代西方的文学地理学研究

我们要在中国从事文学地理学批评与文学地理学研究，可以从自己所熟悉的作家与作品出发进行分析；但是，如果我们要建立中国比较文学的一个分支学科——文学地理学，要将文学地理学作为中国比较文学研究的一个新的学术增长点，就必须了解当代西方文学地理学研究的最近情况与最新成果。并不是指外国文学史上与地理空间相联系的那些作家与作品，也不是指外国文学批评史上与地理空间相联系的那些批评观念与批评实践，而是指当代西方作为文学批评重要方面的地理空间批评。文学地理学批评自古以来就存在，并不是自我们才开始的；文学地理学批评在当代的英美学界，也以种种不同的面目与形式出现，有的引起了我们的重视，有的还没有引起我们的重视。因此，全面地了解西方文学批评与文学研究中的地理空间问题，对我们要建立的中国的文学地理研究会有直接的帮助。

在此，我们有必要区分这样几个不同的概念：一是生态批评，与文学地理学批评相关，但两者并不是一回事，生态批评只是文学地理批评中一个很小的部分；二是环境批评，也与文学地理学批评相关，但是也不是一回事，前者只是由自然山水所构成的环境与文学作品之间关系的研究，其实也只是文学地理批评中一个很小的部分；三是空间批评，与文学地理学相关，但也不是一回事。"空间"是一个哲学概念，空间批评主要是分析文学作品中所建立的空间结构与空间形式，后者也只是文学地理学批评中的一个部分。我认为"地理"与"空间"不是一回事，地理是一个人类对自然与人文进

行双重观照的概念,是指地球上自然山水的走势与宇宙空间的天象构成,它们与文学作品的关系才是文学地理学要研究的主要内容;作家在文学作品中通过对地象与天象的描写,以此为对象建构起来的空间才属于地理空间,才能够成为文学地理学批评与研究的对象。如果在文学作品中只是一种心理空间与情感空间,与地象、天象没有任何的关联,那就只是空间批评,而不是地理空间的批评,也就不是文学地理学关照的对象。文学地理学批评有其特定的研究对象,可以包括生态但并不只是生态,可以包括环境但并不只是环境,可以包括空间但并不只是空间,主要是地球与宇宙空间在文学作品中的反映。我们之所以将"地理"与"空间"相联系,就是因为我们要研究不是西方文学批评史上的"空间",而是"地理空间",是与"地理"相联系的这一部分"空间",着重点在于"地理",并不在于"空间"[①]。

以此而论,当代西方学者有多少人从事过文学地理学的研究?他们提出来的文学地理学概念与中国学者所提出来的文学地理学概念存在什么样的差异?英国学者克朗写过一本《文化地理学》[②],其中有一章讲到与我们所讲的文学地理学相关的内容,但这并不是本质意义上的文学地理学研究,而只是从文化的角度研究文学。从文化的角度研究文学在西方形成流派,在中国也有相当的发展,因此如果我们也讲文化地理学的话,其创新意义不是很大。西方的生态批评比较发达,后来发展为环境批评,空间批评也蔚然成风,并且聚集了一大批学者。生态批评是研究文学中对于生态问题的关心与描写,自19世纪开始,人与自然的关系出现了问题,这就是生态问

[①] 邹建军、周亚芬:《文学地理学批评的十个关键词》,《安徽大学学报》,2010年第2期。

[②] [英]迈克·克朗:《文化地理学》,杨淑华、宋慧敏译,南京:南京大学出版社,2005年。

题。研究作家作品中的生态问题，对于当今世界而言自然十分重要。研究文学作品中对于环境的描写，从中看出生态的好与坏、人类生存环境的优与劣，这个方面的研究自然也相当重要。空间是一个哲学概念，因此空间批评自古就有，只是不同时代的空间在文学作品中的表达有所不同而已。在全球化时代，人类世界主义意识的建立与宇宙空间概念的扩展，于是有越来越多的批评家与学者从空间的角度来研究文学。相比之下，"地理"是一个古老的概念，也是一个具有新时代特点的概念。为什么从地理的角度或者从地理空间的角度探讨文学，不论中外都没有形成热潮？或者说都没有像生态批评、环境批评与空间批评那样引人关注呢？主要是因为从前的文学研究，主要是研究作家作品本身及其在文学史上的地位，即一种正面的作家与作品的解读；从其他学科的角度研究文学，是在比较文学研究方法兴起以后，才开始建立与发展起来的。从世界比较文学的发展史来看，法国学派直接将比较文学定义为一种国际文学关系史的研究，学者们所做的比较文学研究基本上是一种影响研究，少有从地理空间的角度进行文学史或者作家作品的研究。其后，美国学者提出比较文学的平行研究与跨学科研究、跨文化研究，扩展了比较文学研究的对象，推进了世界比较文学的进程。然而，平行研究主要是在具有可比性之间的跨民族文学现象之间进行，不可能专注于文学与地理之间关系的研究；跨文化研究将文学研究混同于文化研究，似乎探触到了文学的文化本质，其实丢失了文学自身的特征，不把文学当文学，因此也没有关注文学与地理之间关系的研究。在跨学科研究中，虽然有人关注文学与地理空间之间的联系，但是更关注文学与哲学、宗教、语言学与科学技术之间的联系，有的时候有所关注，也只是将地理因素当作一种文化来看待，他们所做的其实只是一种地域文化研究。所以，文学地理批评在西方虽然有人在做，如早期的史达尔夫人就提出文学与自然环境之间的关系，欧洲的文学才分成南方文学与北方文学；但是，其发展并不充分，取得的成果是有限的。不过，我们需要做一个基本的工作，那就是西方文学地理学研究的基本书目的编制，将西方学者所撰写的与文学地理学批评相关的论文与著作清理一下，编出一个基本的书目文献资料，以为后来的研究者提供方便。同时，在研究文学地理学的时候，研究综述的工作也是必不可少的。知己知彼，方可百战不殆。不过，到目前为止，西方特别是美国当代学者在文学地理学方面有什么样的研究，提出了哪些有价值的观点，我还没有做过系统的考察，也没有更深入的研究。而这是中国文学地理学研究不可回避的重要方面。因为从总体而言，西方当代学者的学术研究水平比我们高，在许多领域走在我们前面，我们只有先了解别人的研究，我们的研究才有针对性与前沿性，同时，我们的文学地理学研究才能与西方学者进行对话，不然可能是各说各话，两者之间不能产生共鸣性。如果我们的研究生有兴趣的话，可以在这个方面多花一点时间与精力，将西方最近的研究成果介绍给国内，以促进我们的思考与选择，中国的文学地理学研究者不会忘记你们的贡献。

　　我们应当如何展开对文学地理学的研究，在目前来说这只是一个理论构想阶段的话题，只能根据我自己的人生阅历与学术研究水平做一点粗略的讲解。以上所述能不能够为大家解疑释惑，真是不得而知。不过我深信文学与地理之间的密切关系，深信文学的基础在于自然地理以及在此基础上产生的人文地理，深信文学作品中的地理空间是值得我们深入探讨的重要问题，深信文学地理学在本世纪会有巨大的发展。我们能够置身其间，一定会创造文学批评与文学研究新的历史。不过，文学地理学研究要得到推进，关键还是在于各位扎扎实实地进行具体文本的分析与研究，在广泛的积累研究体验与学术经验的基础上，文学地理学批评的相关理论才有可能更加体系化与深度化。

文学地理学批评的十个关键词[①]

文学地理学是笔者提出来的一种批评与研究文学的方法,[②]也是近年来开始形成的批评与研究文学的一个新领域,已经成为中国比较文学研究的一个分支学科。文学地理学批评与研究和文学伦理学、文学心理学、文学语言学、文学宗教学等新兴学科一样,在我们看来具有同样丰富的内涵与同等重要的意义。

文学地理学批评与研究要得到重视与发展,文学地理学批评与研究要对中国比较文学学科做出自己的贡献,就要尽早建立自己的基础理论与基本概念,以便从事文学地理学批评的人得到一定的理论指导,并有所遵循。当然,理论的产生与发展可以在已有的批评实践基础上进行,也可以将批评实践与理论探讨结合起来同时进行。文学地理学批评已经有了好几年的具体实践,目前进行一些关键理论的探讨是有必要的。正是基于这样的想法,笔者认为,对一

[①] 原载《安徽大学学报》,2010年第2期,与周亚芬合撰。收录时略有修订。

[②] 我近年来发表的文学地理学论文,主要有:1."文学地理学研究的主要领域",《世界文学评论》1(2009):41-46;2."以自然风景呈现为基础的立体创构——《老水行》的主题表达与自然地理的关系",《外国文学研究》3(2010):59-68;3."关于文学发生的地理基因问题",《世界文学评论》1(2012):32-34;4."作为一种批评方法的文学地理学及其实践意义——以《海上夫人》为个案",《华中学术》6(2012):198-210;5."我们应当如何展开对文学地理学的研究",《江汉论坛》3(2013):23-29;6.《从原乡、异乡到世界:新移民小说中三重地理空间的跨界书写》(与王娜合撰),《华文文学》,2009年第6期。

些具有模糊色彩与理论含量的关键词必须加以认真而深入的讨论。已有的文学地理学批评实践有两个方面的问题需要加以解决：一是对应当重点研究的有些问题却没有重视；二是有的学者对于什么是文学地理学批评缺少明确的认识。基于此，笔者在此愿意进一步讨论十个与文学地理学批评有关的关键词。本文提出的是与文学地理学批评相关的十个关键词，但在论述的时候是将容易与之相混的一些术语进行比较与对照，以廓清其理论的本义。本文所讨论的十个关键词是：文学的地理基础、文学的地理性、文学的地理批评、文学作品中的自然意象与人文意象、文学的地理空间、文学的宇宙空间、文学的环境批评、文学的时间性与空间性、文学地理空间的限定域与扩展域、文学地理批评的人类中心与自然中心。这十个关键词是建立文学地理学批评理论体系的基础。

　　一是文学的地理基础与文化基础。任何国家与民族的文学，甚至任何作家与作品，都存在一个地理基础与空间前提的问题，因为任何作家与作品都不可能在真空中产生出来，任何文学类型也不可能在真空中发展起来，任何作家与作品及其文学类型绝对不可能离开特定的时间与空间而存在。在中国古代文学史上，《诗经》主要产生于中国北方的黄河流域，《楚辞》产生于中国南方的长江流域，《南戏》产生于中国南方地区，《北曲》则产生于中国北方地区，如《现代汉语词典》对其是这样解释的：北曲是"元代流行于北方的戏曲"。①在中国内地各少数民族文学史上，《阿诗玛》产生于西南云南的彝族，《江格尔》产生于北方草原的蒙古族，《格萨尔王传》产生于大西南边地的藏族，它们无一例外也都是在特定地域与时间里产生的。外国文学史上作家与作品的产生同样如此：易卜生也许只能产生于北欧峡湾地带的挪威，安徒生也只能产生于北欧的丹麦，

---

① 《现代汉语词典》，北京：商务印书馆，2005年，第58页。

莎士比亚也只能产生于西欧海岛之上的英国。可以这样说，如果没有黄河流域的地理环境，就没有《诗经》中精粹诗篇的产生，同样，如果没有多峡湾的北欧，就没有易卜生及其戏剧杰作。①对于文学来说必须具备的因素，就是我们所说的文学的地理基础与空间前提，即任何作家与作品以至于任何文学现象都产生于特定的地理环境，并且是特定时间里的地理环境。以往有的学者认为这是文学发生的文化基础问题，其实，这种认识是不全面的，也是不准确的，在一定的意义上甚至可以说完全不是这样。文学的背后是文化，任何国家的文学都有自己的文化传统，任何作家也都有自己的文化传统，任何文学作品也都有其文化背景，因此，任何文学作品都有其产生的特定的文化基因，但是，决定文化基因的不是文化本身，而是特定的自然地理环境与人文地理环境。自然地理并不存在基因的问题，只有文化与文学才存在基因的问题，因为在任何时代任何国度，海还是同样的海，山还是同样的山。因此，在文学、文化与地理的关系中，最为基础的还是自然地理因素，文化只能产生于特定的地理空间里，而文学产生于特定的文化背景里。但是，自然地理并不是只能通过文化要素才能对文学产生作用，有时往往是一种更加直接的影响。

总体而言，地理因素会对作家人格与文学创作发生作用，文化传统自然也会对作家人格与文学创作发生作用，有的时候也许是双重的，有的时候也许是单一的。从自然地理的角度来理解文化的特性与特点是可行的，即所谓的"地域文化研究"；从自然地理的角度来理解文学的特性与特点也是可行的，即所谓的"地域文学研究"。不过，从自然地理的角度研究文学的结果，并不只是从前的学者所讲的那么一点点"地域文学"。现有的"地域文学研究"并不等同于

---

① 参见王忠祥：《易卜生》，北京：华夏出版社，2002年。

"文学地理学研究",因为"地域文学研究"从本质上来说是一种文化研究,而不是一种文学研究,并没有重视自然地理与人文地理在文学发生与发展中所发挥的作用与所产生的意义。地理因素在文学的产生过程与发展历史中,往往起着一种制约与规定的作用,是作家与作品产生的基础与前提。自然地理以及在此基础上产生的人文地理对于文学活动的意义,是十分重要、巨大的,甚至是基础性的作用。正是基于这样的考虑,我们才提出"文学的地理基础"这一关键词。总之,"地理"与"文化"对于"文学"来说都是基础,但"地理"却是基础的基础。

二是文学的"地域性"与文学的"地理性"。文学的"地域性"是一个旧有的概念,是指因为文学与某种地域文化的联系而产生的性质与特色。樊星教授前些年所做的当代中国小说与地域文化关系的研究,[①]就属于此领域。文学的地域性与特定的自然环境存在密切的关系,从而让某种文学的确具有一定的地域特征,并且由此带来特有的文化意义与艺术价值。由于各自的地理环境以及在此基础上形成的文化传统的不同,不同的地域自然会产生不同的文学,其实也就是我们平时所说的"一方水土养一方人"、"一个地方有一个地方的文学"。从历史上来看,任何一个自然条件比较封闭与文化传统比较保守的特定区域,都容易形成特色非常鲜明的文学。就整个世界文学史构成的态势而言,在中国古代,黄河流域的文学与长江流域的文学之间具有很大差异,欧洲的北方文学与南方文学之间也存在很大的差异,日本的北方文学与南方文学也是各不相同的。就是在交通与通讯条件大为改观的当代中国,也有所谓的"南阳作家群"、"巴蜀作家群"、"湖乡作家群"、"江浙作家群"、"草原作家群"等等,这一方面说明中国当代文学是内容丰富、形式多样

---

① 参见樊星:《当代文学与地域文化》,武汉:华中师范大学出版社,1997年。

的文学，另一方面也说明整个当代中国文学是由许多地方的文学或者说具有地域性的文学组合起来的。当然，上述作家群的命名以及名、实之间的必然性是否存在问题，也许值得进一步思考，但特定的地域文化与作家作品的关系，却是实实在在的一种文学史的现实存在，没有必要否定文学的"地域性"的存在及其所发生的意义。以前的学者们对地域文学的研究，主要是从地域文化的角度来讨论作家的审美取向、作品的艺术风格的构成及其成因等，这样的研究主要是一种文化研究，而不是真正意义上的文学地理学研究。以往我们强调文学与政治等社会因素的关联，我们同时也要深切认识到，任何文学作品在存在各自不同的独特地域性，往往也存在与生俱来的地理性。所谓文学的地理性，是指某一作家的成长与某一作品的产生，往往与特定的自然山水环境存在必然的联系。暂且不说自然地理与山水诗、山水游记之间的关系，就是在小说与戏剧等想象性较强的文体中，其主题的表达与思想的表现往往也与特定的自然环境发生着必然的联系。在易卜生的戏剧里就少有平原地带的自然风光，出现在我们眼前的更多的是一种北欧海峡与海湾的自然风景；在李白的诗作里，也少有作为自然空间存在的大海与大洋风景，其诗作中主要是青山与绿水之类的自然风光，当然，作为艺术想象而出现的大海与大洋意象也许出现过，但并不突出。因此，文学的地理性是与作家的自然观察、成长阅历相伴而与生俱来的，一个作家自小开始的生活中看到了什么样的地形地相，读的是什么样的文学经典，其作品中的地理性就会呈现出什么样的形态。作家的自然视域决定了他的不见与洞见，决定了其作品具有什么样的地理性以及以何种自然山水意象与自然环境形象为主体。正是由于文学作品中地理性的存在，从地理与空间的角度批评与研究文学才成为可能。其实，从文学理论的角度而言，文学的地理性是文学艺术的基本特性之一。如果我们将一个人比作一部文学作品，一个人与自然环境的关系也就等同于文学与自然环境的关系。世界上，每一个人都必然生存在特定的地理环境里，没有任何一个人可以脱离自然环境而生存。比如作者本人小时候生活在四川盆地的中部山区，那里山势起伏，云雾奔腾，这对于我从事诗歌写作与比较文学研究发生了重要影响。①

由此我们可以看出，文学的地域性与文学的地理性是两个性质不同、形式不同、来源不同的概念，对此加以区分很有必要，很有意义。不然，我们所提出的文学地理学批评与从事的文学地理学研究，与从前学者们所从事的地域文学或文学的地域性研究就没有什么区别，也不能取得预期的成效。文学的地理性更贴近于文学与地理环境之间的关系，而文学的地域性更贴近于文学的文化特性。以前有的学者就认为文学地理学研究与地域文学研究是一样的，其实这是一种误解。

三是文学的地理批评与空间批评。对于作家作品的地理批评与对于作家作品的空间批评，其意义与途径不同。所谓地理批评，主要包括对作家生长与成长的地理环境、对作家所关注的自然地理形态、对作品中自然山水描写形态与方式、对作品中地理空间建构形态与方式等因素的分析。这些都是构成文学地理学批评与研究的主要内容与重要方式。一般而言，在文学的地理批评中，可以不包括以自然地理学与人文地理学的研究方法来分析以作家作品为主体的文学现象，如以图表与统计的方式来分析某一特定时期的作家与作品的地理分布、分析作品里存在的种种地理要素及其意义，这样的分析其实并不是真正的文学地理批评，而只是对文学的一种自然地理要素的分析。文学地理批评可以吸收自然地理研究的方法，但研

---

① 参见张德明：《生命理性与自然意象：论邹建军十四行抒情诗》，载《当代文坛》，2009年第6期。

究方法本身并不能构成文学地理学，文学地理批评与其他批评方法的区别，主要还是在于研究角度与研究内容的不同。文学地理批评可以分成对作家的地理批评、对作品的地理批评、对文学思潮与流派的地理批评、对民族文学与比较文学以及总体文学的地理批评等，总之，从地理的角度切入并研究文学现象中的地理要素，就是文学地理学批评与研究。现有的所谓空间批评，主要包括对文学作品中所体现出来的空间观念的分析、对具体的文学作品中空间形态的分析，比如在一个小说作品中作家建构了什么样的空间形式，这种空间是采用什么样的方式建构起来的，作家为什么要建构这样的空间形式等。地理与空间是一对相联系的概念，空间也许可以包括地理要素，地理空间只是空间概念的一个部分，虽然是其中很重要的一个部分。文学的地理批评与文学的空间批评，在所选取的对象与研究的方法上存在重合，或者说具有诸多方面的相似性，但文学的地理批评与文学的空间批评并不完全相同。从前人们对于作家作品的空间批评，总是侧重于对具体作品中所建构空间的分析，将空间当成一个纯哲学的概念，并分成自然空间、心理空间与艺术空间，地理空间只是自然空间中的一种而已。这样的对于文学的空间研究也许存在明显的偏差，因为离开了地理因素，艺术空间的建构往往没有着落，也无法实现。

因此，我们认为，文学的地理批评与文学的空间批评具有一定的相似性，却也只是在空间建构方面相似，而在其他诸多方面则存在巨大的差异。准确地说，文学的地理批评主要是分析与研究具体作家与作品中地理因素的种种现实，即作为作家的人所生存的特定地理空间与作为艺术的作品所反映和创造的、具有虚拟性的地理空间之间的关系，及其存在的意义与价值。因此，西方学者所从事的纯粹的空间批评，虽然有其存在的意义，但不能与我们所讲的文学地理批评相提并论，因为二者在表面的相似性背后存在着巨大的差异，两者根本不是一回事，是两个不同的概念、两个不同的领域、两种不同的方式。如果我们不能对此加以区分，文学的地理批评也许会导向文学的空间批评，或者等同于文学的空间批评，本来很有意思的文学地理批评就没有存在之必要了。文学的空间批评，在西方文学研究界已经是一个热门话题，不仅成果丰硕，并且在研究方法上也形成了自己的特点。文学的地理批评并不是要走别人的老路，也不可能再走别人的老路。如果将文学的地理批评等同于文学的空间批评，文学地理学研究是没有前途的。

四是文学作品中的自然意象与人文意象。文学作品中的意象主要有两类：自然意象与人文意象。文学作品中的自然意象与文学作品中的人文意象，在作品中也许是一种共生共存的关系，有时难以区分。从本质上来说，文学作品中所表现的所有物质形态的东西都是意象，西方文学理论史与中国文学理论史中对于形象与意象的理解，基本上取得了这样的共识。叙事性文学作品中具有物质形态的具体物象，往往偏重于以形象的方式出现，如人物形象、山水形象与建筑形象等，而抒情性文学作品中的具有物质形态的具体物象，则往往偏重于以意象的形式出现，如中国古典诗词作品中的山、水、海、潮、花、叶、土、石等。不过，在讨论文学作品中的物象存在的时候，将它们统称为意象，似乎也是可行的。[①]

所谓自然意象，主要是指由于自然造化而形成的原始自然物象，如山、水、河、海、云、雾、星、辰、太阳、月亮、彩虹，以及大地上生存的动物与生长的植物。也就是说，在这个世界上没有经过太多的人工雕琢、自然而然地产生的自然物体与生命存在，就是文学作品中的自然意象。从本质上说，它们属于地理空间的一个部分，是组成地理空间必不可少的元素。因此，文学地理学考察文

---

① 参见邹建军：《现代诗的意象结构》，北京：国际文化出版公司，1997年。

学中的地理空间要素,自然意象是主要的对象与首要的内容,同时,文学地理学批评也需要考察文学作品中的人文意象。所谓人文意象,主要指文学作品中存在的与人的创造相关的物象,如北京的故宫、南京的总统府、上海的豫园、成都的武侯祠等,中国北方的长城、美洲的巴拿马运河、法国的埃菲尔铁塔等,都是人文意象。不过,需要注意的是,在人文意象中,有一部分其实已经变成了自然意象,因为它们已经成为自然山水的一部分,如长城,因此,它们才可以作为文学地理学研究的对象与内容,我们在分析的时候,在关注其自然属性的同时,也要关注其本身拥有的人文特性。其他与自然山水没有实质关系的一些人文意象,如图书馆里的图书、歌舞剧院里的表演、室内的个人阅读等,则可能只是纯粹的人文意象,它们也许难以成为文学地理学研究的主要对象与重要内容。不过,在具体的文学作品中,对于自然意象与人文意象的考察与分析,有的时候是很难加以区分的,比如故宫及其内部的种种文物,它们也许是自然意象,但从具体的内容来说,有的只是属于人文意象,有的是自然意象兼具人文意象,是两者的统一。如果需要强调其自然属性,那就从自然意象的角度进行分析;如果需要强调其人文属性,那就从人文意象的角度进行认识。所以,从这个角度来说,文学地理学主要不是一种量的分析,而是一种质的分析。自然意象与人文意象不是多少的问题,而是其性质的差异性问题。在文学地理学批评与研究中,自然意象我们要关注,人文意象我们也要关注,并且在许多时候两者是统一的,既有自然属性也有人文属性,自然属性还是起着一种基础性的作用与发挥着主导性的意义的。

五是文学的地理空间与审美空间。在叙事性文学作品中,往往存在三重空间,即现实空间、想象空间与心理空间。其实,任何文学作品中所存在的空间都是想象性的,因为从本质上来讲任何文学作品都是作家审美的直接产物,如果离开了作家审美的过程与情感的投入,就不会有真正的文学作品的产生。如果我们对于文学作品中的空间存在只是进行这样的划分,那就只是对于文学作品的空间分析,而不是对于文学作品的地理分析,因为文学地理学意义上的文学空间,是与地理相联系的文学空间。我们着重要研究的是所谓三重地理空间,即在文学作品中与自然地理相联系的三种地理空间建构。在文学地理学意义上,所谓文学作品的现实空间,是指在文学作品中作家以一种现实的眼光如实地描写自然地理形态,作品中存在的空间形态与现实生活中的客观实景相比没有很大的变形,可以唤起我们对于现实地理空间的实体印象,如许多文学作品里的黄山意象,如果与我们用眼所见的黄山是相同的,那就是一种现实的地理空间,只是作家对黄山的具体印象而已。许多具有强烈现实性的文学作品所存在的地理空间就是现实空间,如提倡自然主义的左拉小说里的地理空间、巴尔扎克《人间喜剧》里的地理空间,就具有很强的实在性与现实性。在文学地理学意义上所谓文学作品里的想象空间,是指文学作品中所存在的事物往往是作家审美认识与艺术想象的产物,并且多半是世界上不存在的东西,从性质上来说是作家自己的艺术创造。如《鲁滨孙漂流记》中的海岛世界与原始森林,但丁《神曲》中的"地狱"、"炼狱"与"天堂",柯勒律治长诗《老水手行》里关于南大西洋与北大西洋风光的描写等,都是作家的审美想象。这些作品里所呈现的地理空间,就是作家根据自己的自然知识或宗教理想所进行的一种艺术创造,纯粹是一种想象的产物。这些艺术空间中的事物,在现实世界中多半找不到,或者说它们不是作家根据现实事物来描写的,它们没有现实世界的真实感,却具有艺术的真实性。在古今中外的文学作品中,与自然山水相关的想象空间是大量存在的,只要不是过于写实的作品,其中存在的诸多自然山水与自然环境都只是作家艺术想象的产物,其所创造的空间基本上都只是想象的空间。所谓心理空间,是指文学作品中存在的、与作家的心理密切相关的自然山水空间,虽然是想象性的,但主要是作家情感与心理的一种直接现实,如抒情诗、抒情散文中的自然空间。舒婷诗作《神女峰》中的"神女峰",显然不是长江三峡的神女峰,也不纯粹是想象中的神女峰,而情感化的意象。贺敬之《桂林山水歌》中的"桂林山水",显然不是一种现实的空间,也不纯粹是一种想象的空间,而一种情感化的空间。其实,在一些重要的经典性文学作品里,现实空间、想象空间与心理空间往往是三者合一的。在一部比较复杂的文学作品里,很难区分哪个区域是现实空间,哪个区域是想象空间,哪个区域是心理空间。作家在长篇文学作品中所建构的自然地理空间,往往存在三重性,即现实空间、想象空间与心理空间的统一。这种你中有我、我中有你的地理空间现象,说明文学作品的地理空间问题是复杂的、高度综合的。正如一个生活在当代社会的人一样,往往并不是一种单一的形态,而是现实的、想象的、情感的、心理的统一与综合,多种多样的因素都同时集中于一个人身上,就文学创作而言,这正是艺术审美的理想境界。

所以,不论现实空间、想象空间与心理空间,其实都是审美空间,离开了审美,文学作品不存在,凡是文学作品中存在的空间形态,都是作家艺术审美的实现,都是种种艺术空间的集合。所谓的三重地理空间,只是程度上的差别而已,本质上都是审美的。审美的空间才让地理空间的存在取得了意义,任何地理空间只有在成为审美的形态以后,才会进入人们的审美视野。

六是文学的地理空间与文学的宇宙空间。文学的地理空间,是指作家在文学作品中所创造的与地理相关的空间,如由自然山川、花鸟虫鱼所构成的地理空间意象。文学的地理空间与地球的形态及其要素的构成分不开。何谓宇宙空间呢?"指地球大气层以外的空间。也叫外层空间"。①而文学的宇宙空间，则是指在文学作品中所存在的与地理空间并不一样的宇宙空间意象。从字面意义上说，所谓宇，就是空间，所谓宙，就是时间，宇、宙两个方面合起来，就是"一切物质及其存在形式的总体"，②但是，此处所说文学的宇宙空间，所强调的不是时间形态，而是空间形态。除地球表面的整体形象以及与地球表面相关的自然山水所构成的空间以外，天上的星星、太阳、月亮等，或者说由天上的星球所构成的宇宙世界在文学作品里的种种描写与存在形态，就是我们所说的文学的宇宙空间。因此，文学作品里所存在的地理空间与文学作品里所存在的宇宙空间并不是一个概念，当然它们是一个相类似的概念。文学地理学批评与研究，可以包括文学的宇宙空间研究，文学的宇宙空间研究是文学地理学研究的自然延伸。所谓与地球相关的自然地理，主要是指人的眼睛平行所视的物象，或者说从天空向地球表面所看到的物象组合，而所谓宇宙空间，主要是指人在地面向上观察所见到的种种物象，或者在空中向周边观察所得到的种种物象，并不包括对地球表面的观察及其结果。这正是文学的地理空间与文学的宇宙空间的区别。对于文学地理学来说，认识到这一点尤其重要。因为我们所讲的文学地理学研究，关注的还是地球本身。虽然人类对于天体物象是相当关注的，但在文学作品中的表现却并不充分，或者说不如对地球的表面如山、水、平原、高原、植物与动物等地理意象那么充分。

七是文学的生态批评、环境批评与地理批评。生态批评是20世纪西方文学界兴起的一种文学批评类型，它主要关注文学作品中对人与自然关系的描写，其指向是为了引起人们对于当今世界所面临

---

① 《现代汉语词典》，北京：商务印书馆，2005年，第1663页。
② 《现代汉语词典》，北京：商务印书馆，2005年，第1663页。

的生态问题的重视，从而将人类引向与自然更和谐共生的方向发展。如果我们将生态批评无限扩大，那么"生态"一词，除了自然生态以外，还可以将社会生态与精神生态也纳入其中，从而消解了生态批评的本义。世界上所有的存在物，包括物质与精神，都存在生态问题，这就出现了一种整体形态的生态思想。但是，这并不是说世界上所有的东西，都可以成为生态批评的对象。所以，我们有必要将生态批评加以适当的限定：人与自然的关系是生态问题，人与人的关系是伦理问题，那么与此相关，就产生了文学的生态批评与伦理批评。将生态批评无限扩大没有意义，因为这可能将生态批评搞得不伦不类，从而丧失了自己存在的可能性。环境批评与生态批评相关，主要关注文学作品中对于自然环境与社会环境的描写。最近二十年来，在西方国家兴起的环境批评，其实是生态批评的一种扩展与深化。当人们认识到生态批评的重要性，以及生态批评关注人与自然关系问题的局限性的时候，就产生了文学的环境批评。环境批评并不十分关注人与自然的关系，只是将文学作品里的自然风景、生存环境、文化环境作为一种客观对象进行分析，以揭示作家的审美理想与艺术风格。所以，在笔者看来，文学的生态批评与文学的环境批评有区别，两者的主要内容与精神指向其实并不一样。文学的地理批评与文学地理学研究，与生态批评和环境批评虽然相关，却并不等同。文学的地理批评主要关注的不是文学作品中的生态问题，也不是文学作品中的环境问题，而是文学作品中的自然地理要素存在的形态与发挥的作用，是作家与他所生存的自然山水环境之间的必然联系与深刻关系。虽然我们可以关注作家的生态意识与环境观念，但它们并不能成为文学地理学分析与研究的重点，甚至不能构成探讨的主要对象与问题。文学的地理批评与文学的地理学研究所要关注与探讨的重点问题是：自然环境对作家的影响，作品中所存在的地理空间，地理大发现对作家的文学创作产生的影响，地理变迁与文学思潮、文学史的关系等。

从总体上来说，文学的地理批评或文学的地理学研究有三个指向：一是指向中外文学史上文学作品中已经存在的地理空间意象，二是指向文学作品中的地理空间意象与审美空间形成的原因，三是指向作家在自己的文学作品中未来可能建构的东西。因此，在实际的文学批评与文学研究里，我们不能以文学的生态批评来代替文学的地理批评，也不能以文学的环境批评来代替文学的地理批评。文学的生态批评、文学的环境批评与文学的地理批评是三个不同的研究领域，它们虽然具有一定的共通性与共同性，却具有各自不同的意义与价值。在这三种文学批评里，文学的地理批评具有更为基础的意义与价值，因为生态是一种现实的问题，环境是一种表面的现象，而地理却决定着文学作品的本质，甚至总体格局。对一个民族而言是如此，从整个世界来说也是如此。

八是文学的时间性与空间性。文学地理学主要研究地理与文学的关系问题，涉及空间的研究，则主要是关注作家在文学作品中所描写的地理空间与所建构的地理空间问题。在已有的文学研究中有所谓空间批评，但并不是任何空间批评都与地理有关。从本质上说，空间是一个哲学概念，因此，空间批评其实是一种哲学批评，它主要是从哲学的角度对文学进行研究。只有与自然地理相联系的空间，如作家在作品里通过对种种地象与种种天象的描写，来表达自己的审美发现与审美想象，从而构成一种审美创造，才是文学地理学意义上的空间。如果描写到天上的星星与地上的小草，那么在天上的星星与地上的小草之间，就形成了一种空间。这种空间是如何构成的？它具有什么样的意义？是不是一种象征性的存在？如果对此进行分析与研究，就是一种标准的地理空间批评。当然，如果作家在自己的作品中以自我想象的方式建构一种过去与未来的空间，与人的生存发展有重要关联，那么对此进行分析与批评，自然也可以成为地理空间批评的一种类型。这也许就是文学的地理批评与文学的空间批评的巨大差异。自然,从总体上来说,文学的空间批评包括文学的地理空间批评,也包括从一切空间形态出发进行的文学批评。这里就要区分文学的时间性与文学的空间性。所谓文学的时间性,并不是从哲学的意义上来谈作为一般哲学概念的时间,而是研究文学作品里与地理相关的时间性。任何事物都存在于一定的空间与一定的时间里,任何事物都有一个空间的问题,同时也有一个时间的问题,但是,并不是任何时间都与文学地理学研究产生联系,只有文学作品中对于自然风景与地理空间的描写在时间里进行的时候,才产生了文学地理学的时间问题。在文学作品中,按时间的线性发展形态来看,任何时间都与现在、过去和未来相关,那么,对文学作品中自然风景这个概念而言,就会出现过去的时间、现在的时间与未来的时间。在对文学作品里的时间与空间进行分析的时候,对此加以区分十分必要。文学作品中对于时间与空间的描写,往往构成一个特定的时空,此时间与空间两者往往不能分离。因此,从事文学地理学批评,时间与空间是一对不可分离的概念。任何作家作品中都有地理空间的问题,但任何作家作品中的地理空间都只能处于特定的时间流程之中,如果不能说明与时间相关的地理空间的意义与价值,文学的地理批评是不到位的,同时,任何作家作品也都有一个时间的问题,因为任何作家作品中的时间也都处于特定的空间形态之中,如果不能说明特定的空间形态中的时间所具有的意义与价值,文学的地理学批评也是不到位的。所以,从事文学的地理学研究,一定要对与具体的作家作品相关的时间与空间问题及其两者关系进行讨论,不然进行判断就可能有失偏颇。

九是文学地理空间的限定域与扩展域。我们还要对文学地理空间的"限定域"与"扩展域"进行区分与界定。文学地理学研究的"限定域",就是研究文学作品里存在的自然与环境问题,从文学文本出发分析与地理空间相关的现象,从中发现一些本质性的问题进行探讨。首先,文学作品对于自然风景的描写,如日月星辰、江河湖海、大地山川等,往往体现了作家对于自然的观察与对于审美理想的建构,自然是文学地理学研究的重要对象。其次,地理环境对作家成长及其心理所发生的作用,对于文学作品的写作与文学风格的创造具有制约与基础的意义,如作家的童年与少年时代所生活的自然环境与其创作有必然的联系与密切的关系,作家在自然山水中的"旅游"与到异域的"流浪"及其对某个时期的创作所产生的影响,自然也会构成文学地理学研究的基本问题。再次,地球表面的某个地域之地理变迁与某国文学史的联系,某个时期所发生的人类对于地理的大发现对文学写作所产生的影响,人类对于宇宙空间的探索对于作家视野、观念与创作心理所产生的影响等,也当然成为文学地理学研究的主要对象与重要问题。因此,以上三个方面都是文学地理学研究的"限定域"或"基本域",除此之外所有的文学地理学批评与研究则是文学地理学研究的"扩展域",比如文学地理学与生态批评的关系、文学地理学与环境批评的关系、文学地理学与空间批评的关系等,就是一种扩展式的文学地理学研究。不同时代的某民族作家的地理分布问题,某个时代的变迁与文学中心的转移问题,以地理学的研究方法对具体文学作品里的有关数据进行统计与分析的问题等,都属于"扩展域"的文学地理学研究。只有作出这样的界定,我们的文学地理学研究才有中心,才有基础,才会取得成效,文学地理学的研究也才会说明本质性的问题。

十是文学地理学批评中的人类中心与自然中心。文学的地理学批评与研究中,自然会涉及学者的基本立场与基本观念,也就是我们在判断文学作品里所体现出来的人与自然关系问题时,究竟是采取人类中心主义还是采取自然中心主义?在中外文学史上,有的作品采取的是人类中心主义的立场,作家在作品中不仅很少关注自然山水形态，甚至认为，为了人类自身的物质利益的实现，可以不顾自然的承受能力。有的人从来不把自然放在眼里，即使自然界受到了人类的极大破坏，似乎也没有很大的关系。一些小说往往以人物为中心，关注的是人的内心世界与内在情感以及种种被抽象了的物质内容，而我们所生活的这个地球本身似乎并不曾存在。面对这种类型的文学作品，我们如何从事文学地理学研究呢？与此相反，有的作家关注的就是自然本身，他们往往将自然放在人类生活的前景，并且认为任何人类的生存与发展都是在自然界所提供的基础上进行的，因此，在他们那里，自然在文学作品中所占的比重，远远超出人类自身，所表现的就是一种自然中心主义的思想。以此而论，在文学的地理学批评与研究中，我们应当采取的是一种人与自然和谐共生的态度，以适应人类未来发展的需要。自然是人类生存与发展的前提，没有现存的自然界为人类提供的种种保障，人类将无以为生、难以为继，人类只有一个地球，正如郭沫若在抒情诗《地球，我的母亲》中所说的那样，地球正是人类的母亲："地球，我的母亲！／我想这宇宙中的一切都是你的化身：／雷霆是你呼吸的声威，／雪雨是你血液的飞腾。"[①]同时，人类是万物之灵长，如果没有人类，这个世界就没有文化，正如莎士比亚借哈姆雷特的口所说的那样："人呵，你是一件多么了不起的杰作！"因此，处理好自然与人类的关系，是文学地理学研究的核心问题，是我们从事文学地理学研究的精神指向之一，也是文学地理学研究的实际目标之一。文学地理学要研究的是文学史上存在的地理空间问题、作家与作品中存在的地理空间问题、自然在文学作品里的地位与价值问题等，所以，我们在文学地理学研究中首先要着重进行客观分析，以及在此基础上的问题发现，而不是要建构一种抽象的理论，也不是要解决

---

① 《郭沫若全集·文学编》第一卷，北京：人民文学出版社，1982年，第81页。

人与自然的关系问题，文学的地理学批评与研究作为中国比较文学的一个分支学科，负不起那么重大的社会责任与历史任务。人类中心还是自然中心，是从事文学地理学研究不可能不涉及的问题，因为它关系批评家的基本立场，关系文学地理学的精神指向，关系文学地理学的学理基础与学科理念问题。

　　文学地理学批评与研究是一种新的批评与研究文学的方法，是中国比较文学需要发展的分支学科，是从事中外文学研究不能回避的重要方面，与文学相关的各学科学者都应该加以关注与研究。但是，正由于它是一门具有新意的学科及研究文学的方法，有关其学科理论的一些关键术语及其所体现的理念才有必要进行分析与清理，这正是本文写作的起因与目的。需要说明的是，本文是笔者关于文学地理学批评与研究理论的最新思考，现在提出来进行讨论，也只是供学界朋友们参考而已，远非定论。

文学的产生与作家的地理感知问题[①]

文学是如何发生的？半个世纪以来，有的学者喜欢从发生学的角度来理解许多人文现象，似乎想从根本上回答与文学起源相关的种种问题。因此，有的人就说文学产生于社会生活，有的人说文学产生于生产劳动，有的人说文学产生于审美心灵，有的人说文学产生于语言表达，有的人说文学产生于伦理的需要，如此等等，不一而足。这是文学理论与中国文学研究中的重要现象，因为人们想从根本上解决文学的来源问题，对于人类重要精神文化现象之一的文学，有一种追根究底的勇气，因此这样的探讨值得引起我们的高度重视。不过直到今天，对于文学的起源的讨论也没有取得完全一致的意见，更没有在文学产生的根源问题上达成共识。即使在最近十年出版的多种多样的《文学理论》教材里面，似乎也没有完全一致的表述。文学是如何产生的呢？文学当然是由作家创作出来的，没有作家就没有作品，正如没人就没有人类的文学一样，人的出现在前面，而文学作品的出现在后面。相反，我们也可以说没有作品就没有作家，因为没有作品作家就没有了存在的可能性，因为作家是靠作品说话的，杰出的作家是靠杰出的作品说话的。然而什么样的人才可以成为作家？作家本身是如何生存与生活的？在什么样的情境之下作家才可能创作出作品来？许多学者认可"文学是审美的人

[①] 本文系在本书中首次发表。

学",似乎文学的核心是人的存在与发展,文学的本质问题是人的问题;然而,许多文学作品里却并没有以人为中心,甚至没有写到人,人并不就是作品关注的唯一对象。不过,没有了作为个体的作家,自然也不可能产生文学。因为至今为止,世界上没有发现除人类以外的生物创造了文学,没有什么动物创造了自己的文学,也没有植物创造了自己的文学。埃及金字塔这样的建筑,有的人认为是外星人所建,其实并没有充分的证据;没有人会认为中国古代的甲骨文与金文,也只是外星人留下的符号,因此,没有了人类的存在自然就没有了文学的产生。在具体的文学作品中,最主要的内容也许可以用"人"、"事"、"景"三者来表述,从表面上看起来"景"似乎排在最后,并不起主导性的作用与发挥最重要的意义,然而我们也可以提出这样的问题来:人类以及作为个体的人是生活与生存在哪里呢?当然是要生活与生存在特定的时空里面,生存在地球表面特定的地域,那么,每一个人特别作为个体作家的人,就与自然环境发生了不可分开离的关系;同时,我们也可以提出这样的问题:"事"是如何发生的呢?所谓"事",除了与人类相关的以外,也还有其他类别的事情,如植物与动物的故事,如江河湖海、风云雷电之类的发生?"事"总是发生地特定的地域里,除了人类之外,其他所有的事似乎都与自然地理发生着天然的联系,天空中的雷电发生在哪里呢?森林它生长在哪里呢?大雨它下自哪里呢?因此,我们认为,世界上所有的事物包括人类自身,都不可能离开由地球与宇宙所提供的时空而独立存在,而作为生活于其中的世界上最重要的生物之一的人类,他们成为了作家每一天观察与认识的最重要对象,丰富多彩的大千世界也成为作家观察与认识的最重要对象之一。因此,无论是从文学作品的构成而言,还是就作家的生活与生存环境而言,还是就文学艺术的本质而言,作家的地理感知都是极其重要的。文学的产生离不开人,离不开人对于自我与世界的观察，而所谓的世界，除了人类社会以外，最主要的就是由自然万物所构成的世界，这就是本文所讨论的"地理感知"与"地理认识"问题。由此可知，地理感知对于文学的产生具有什么样的重大意义，地理感知问题对于文学理论的构成具有什么样的重大的意义。然而，从前的学者并没有认识到这个问题的重要性与严重性。

一、文学是什么？

我们首先要对文学有一个界定。文学到底是什么？我认为文学是一种现象，它指向的是以作家与作品为中心的种种人文精神现象，包括文学史、文学理论、文学批评、文学运动、文学社团、文学流派，而属于文学范围内的所有对象，最重要的自然是文学作品，以及作品背后存在的作家。文学不是自古就有的，在人类开始出现以前是不存在的，而且文学只能是在人类社会发展到了一定阶段，才产生的文化现象，因为文学的产生是有条件的。在没有文学产生以前，人类有了自己的语言；在语言产生以前，人与人之间肯定有过面对面的交流，这种交流的内容与形式，然而因为没有正式的语言与文字没有能够记载下来，就更不可能流传下来。显然，文学产生的基本条件还是要有语言的交流，不论是什么样的语言交流，总之是要有人与人之间的对话，人与自然之间的对话，人与自我之间的对话。这种对话不一定要有文字记载才可以进行。所以，在文字产生以前，人类曾经有初级的文学形态，那就是民间的口头文学，即世界各民族历史上民间文学最初的形态。而在有了文字以后，人类的情感与思想可以被记载下来，才有了我们现在能够看到的书面文学，这就是文本形态的文学作品。显然，文学现象与文学作品，并不是一个等同的概念，因此我们这里所说的"文学"，是以文学作品为中心的文学现象，而不只是指文学作品及其身后的作家。然而，人类社会最初的口头文学与书面文学是如何产生的呢？面对这样一个问题，我们最好不要以不是此就是彼的方式、不是肯定就是否定的语言来进行回答，而只能进行大胆地假设、小心地求证，只有这样才可能做出一种更加辩证的、科学的分析。无论如何，文学作品的产生方式是多种多样的，而作为人类精神文化现象之一的文学的产生，也并不只有一种途径。我认为，文学产生是人类社会发展到一定历史阶段，而让各种因素发生了综合融汇的机会，并且是因为人类有了自己的需要，首先是情感表达与思想表现的需要，才开始产生并发展起来的。首先是人类经历长期的劳动而有了自己的正常身体，可以思考每天观察的对象与自我的生存问题，并且可以以自己的方式发出声音，从而让他们在相互之间能够以一种语言方式进行交流。语言是文学产生的基础，从本质上来说，没有语言就没有文学（不包括民间的口头文学）。因此，从最基本的语言条件而言，马克思主义认为文学起源于劳动，这种观点本身并没有错；鲁迅说的文学起源于"杭唷杭唷"派，本身就体现了一种历史唯物主义与辩证唯物主义思想，因为只有劳动才提供了人类的更加成熟的身体，只有在身体的基础上，才有了人的情感与思想。文学起源于劳动，是历史唯物主义对于文学产生的最基本认识、最根本观点。然而，日常生活里的一般语言交流，并不一定就是文学或者能够产生文学，社会生活里的一般文字记载，也并不一定就是文学作品或者能够产生文学，因此，我们不能说只要有了人与人之间的交流好像就产生了文学，也不能说只要是有了文字而记录下来的东西，就都是古代的文学作品。就相互交流而言，如果人与人之间在交流的过程中讲了一个有趣的故事，或者唱了一段有意义的歌谣，或者发表了一段精彩的话语，讲得美好而动听，那也许就是人类最初的文学作品，它们分别可以算是人类创作的小说、诗歌与散文作品了。因此，可以明确的一点是，在人类发明了具有符号性质的文字以后，如果记录的只是某一件再简单不过的事情，或者只是两个人之间再平常不过的对话，比如说，我老家的人见面时总是喜欢这样打招呼，问"吃饭了吗？"答"吃过了！"这样的对话，就根本不是什么真正的文学作品，只是一般的语言交流与表达。因此，上古时期甲骨文与金文上所记载的大部分东西，并不都是文学作品；如果其中拥有一定故事情节，或者带有情感色彩与想象色调的东西，可以称为文学作品的早期形态，然而它们也多半是一种只言片语式的东西。任何作家都生活于特定的社会与自然环境之中，并且许多作品都是作家自我生活与情感的记录，或者当时人们社会生活情形的记录与人类的早期情感的反映，因此，从前的学者说文学起源于人类的社会生活，并且是特定时代人类的社会生活，这样的说法也并没有错，因为离开了特定历史时期的人类生活或者作家个人的生活，特别是作家自己所理解的生活，文学就成了无本之木、无源之水。因此，我们可以肯定地说，离开了特定的人类社会生活，特别是作家通过自己的途径与方式所理解的人类社会生活，文学作品与文学现象是不可能产生的。有的学者认为文学产生于人类的伦理需要，这种观点有没有错呢？我认为也没有错，因为人类发展到一定社会阶段，人与人之间必然会发生这样那样的关系，于是他自身以及他与其他人之间的关系，也许就在某种程度上具有了伦理的性质。但是，我认为人类的伦理需要只是与部分文学现象发生关系，不是与所有的文学现象发生关系。不是任何文学作品的写作都起源于伦理的需要，但文学作品只要有自己的思想情感与道德主张，在传播过程中它就会产生教化作用，就具有了某种伦理的意义。因此，有的时候作家的确是为了伦理情感的需要而创作自己的作品，有的作品由于具有了某种教化的功能而产生了伦理的意义。因此，对于文学起源于伦理需要的说法，我们要有一个辩证的认识。有的学者认为文学产生于审美的需要，文学作品是作家自觉或者不自觉地进行审美的产物,这样的说法有没有错呢?也没有错。正如上面所指出的那样,人类历史上对于一般事物的记载本身并不就是文学,因为文学虽然离不开语言,形成文本形态的文学作品也离不开文字,然而文字与语言本身并不就是文学。文学与人类的审美情感与审美方式是分不开的,人类对于自我生活与情感的记载,如果没有经过审美的过程并以审美的方式保存下来,文学也是难于产生的。所谓人类的审美需要,就是说人类除了吃饭穿衣这样一些基本的物质条件之外,还要有自己的精神生活,还要有自己的艺术生活,还要有更高的对于美的事物的追求与探索。从理论上对美进行探索就构成了美学理论,以艺术的方式对美进行探索就成了文学与艺术。而所有这一切,都是建立在自然世界所提供的物质基础之上的,因此,无论是人类自身还是人类所创造的文学作品,都与地理环境之间存在天然的联系、直接的关系,基本上是一种决定与被决定的关系、制约与被制约的关系。

二、 作品的内容与作家的地理感知

地理感知对于文学的构成起着至关重要的影响。从本质上说,文学离不开情感、想象与形式三个因素,但是文本形态的东西只要与其中的一个因素发生关联,也就可以算是文学现象或者文学作品了。文学是人类社会的特有产物,至今没有发现动物与植物世界创造了文学与艺术作品;但是,与人类相关的记载并不就是文学,因为文学还是审美的人学。因此,既然文学离不开人与审美,那么人是不可能离开自然环境而独立存在的,任何人都只能产生于一定的自然环境与人文环境里、成长于与发展于特定的自然环境与人文环境里;同时,任何审美也都是作家对于人、事与景的审美,这种审美本身也是在特定的自然环境与人文环境中进行的,在真空里面的

"原审美"是不存在的。因此,任何作家的成长都不可能离开特定的自然地理与人文地理环境,任何作品的创作也只能是在特定的自然地理环境与人文地理环境中发生的。而自然地理环境是一种特定的存在,自从宇宙大爆炸时代开始就形成了,自此以后则很少产生变化,如果不发生巨大的地震与火山喷发的话;那么,文学特别是与自然山水关系密切的文学之所以产生,首先就在于作家的地理感知,因为文学往往产生于作家的感觉与体验,所谓人生的体验也是在感知的基础上产生的与发展起来的。自然地理环境既是作家成长的基本条件,也是作家成长的基本要素。南北朝时代的著名作家庾信生长于河南南阳南部的新野,那里是大河边的一片平原,因此,他从小所见就是平原与河流,以及与此相关的自然风景;这些地理景观对于其后创作的诗赋,产生了巨大的影响。那么,没有从小开始的对于新野平原及白河风光的地理感知,也许就没有后来其大量的诗赋作品的产生。据考证,李白出生于西亚的哈萨克斯坦,5岁时迁移到四川江油居住,生活到了20岁的时候,告别母亲执剑出游,经过三峡地区到了湖北的安陆,并在那里生活了十年,多次往返于长江中下游地区与黄河流域地区,以至于在安徽南部的当涂病逝,并与一脉青山相伴终身。因此,西亚的荒凉与四川高丘陵地区的自然环境,以及长江与黄河流域的自然风光与人文风韵,永远留在了他的记忆里。这些自然地理与人文地理因素,对于其一生的诗歌写作所产生的影响是至为深远的。他的《蜀道难》、《梦游天姥吟留别》、《将进酒》之类的作品,也是以其一生的地理感知为基础的,他所表现的主题可能与人相关,而他所描写与吟咏的对象,却主要是自然山川与地方风物。如果庾信没有对于黄河流域与长江流域的地理感知,那么他笔下的诸多杰出的赋作与诗歌就不可能产生,或者不是我们所看见的思想与艺术形态;如果李白没有对于西域、西蜀、长江与黄河流域自然山水风光的地理感知，那么他大量的自然山水诗以及其他诗歌作品也就不可能产生，或者不是我们所看见的思想与艺术形态。地理感知是李白、庾信等古代作家从事诗赋写作的基础，也是其诗赋作品的基本内容与重要主题。

　　文学的存在也是起因于作家的地理感知与社会认知。任何叙事性的文学作品甚至是抒情性的文学作品，真正能离开地理环境而存在的，基本上是没有的。屈原的《离骚》等文学作品，如果离开了楚国以及长江流域的自然地理环境，其中的思想与情感、体式与形式、意象与风格的特殊性，其来源就无法得到有效的解释。华兹华斯自传体长诗《序曲》以及《露茜组诗》、《丁登寺》等一系列诗歌，如果离开了英国北部的昆布兰湖区，许多引人关注的自然意象与天体意象，以及与自然亲近的那样一种情感，以自然为根基的人生理想，其来源也无法得到合理的阐释。因此，文学作品是由作家所创作的，文学作品里的地理空间建构来自于作家本身的地理感知，以及在感知基础上才产生与存在的地理基因。因此，我们可以提出文学起源于地理环境、文学作品产生于作家的地理感知的说法。因为现存在世的大部分文学作品，特别是叙事性的文学作品，文学的地理因素与文学的伦理因素是同样存在，并且是同时存在的，它们在文学作品中往往都发挥着重要作用。从人类早期的文学作品而言，地理因素也许比伦理因素更为浓厚、更为重要、更为关键。因为那个时期作家的视野还无法超越自己所在的国家与地区，他们在生活中所观察与在文学作品中所表达的对象，还处于一种非常特定的自然环境与人文环境之中。只是越到后来，某一类文学作品中的伦理因素得到了发展，而地理因素则永远存在于所有的任何类的文学作品里。文学作品伦理因素的加强是伴随着人类与自然关系的调整而出现的，早期的人类必须依赖于自然而生存，因此文学与地理的关系就更加密切；后来，当社会生产力发展起来，特别城市兴起以后，越来越多的人在城里生活得无忧无虑，对于大自然越来越漠视，甚至有一些人整天沉浸于自我的世界里，相互之间的关系越来越复杂，作家对于伦理因素的关注就超过了地理因素，伦理现象与伦理冲突成为了文学作品的重要的关注对象甚至是最主要的主题。从地理感知到社会认知，体现了人类社会存在一个从关注自然到关注自我、从关注外在的自然世界到关注内在的自我世界的过程。这是一个很长的历史发展过程，其中的情况是相当复杂的，也是符合人类社会的总体发展规律的。为了说明作家的地理感知对于文学创作的直接性与重要性，在此我愿意提供我在王忠祥教授[①]80大寿的时候，创作的一组十四行诗《桂树满山》（六首），如果我没有对江城山水的地理感知，如果我没有对桂子山、沙湖、南海与东湖的地理认识，组诗的产生是不可想象的。我在桂子山下的南湖畔生活了30年，在桂子山上已经工作了11年，对于我所叙述的主人公之生活环境与生存处境是深有感知与认识的，具体都存在于这组诗歌作品里了。

桂树满山六首[②]

之一：华美树冠

一只大雁从东湖飞沙湖消隐在长江边

[①] 王忠祥，华中师范大学文学院教授，《外国文学研究》前主编，我国外国文学界的前辈学者之一，编有八卷本的《易卜生文集》（北京：人民文学出版社，1995年），著有《易卜生》等多种学术专著。

[②] 组诗发表于《华中大报》2012年6月30日，并收入《邹惟山十四行抒情诗集》，武汉：长江出版社，2013年，第112—122页。

忽然又转过头来露出自己神秘的笑脸
强光来源于东方天幕片片云彩的衣间
身披光彩向南飞翔立在檀华林的树冠

在江汉山水之间华夏腹地升腾着紫气
顽强生命以自己的色彩降生在这人间
东湖高峰与沙湖水波跳起了双人舞蹈
参与合唱的是长江南北的蛇山与龟山

那只大雁她为什么再次消隐在蛇山边
不吃不喝不鸣不唱总是在与山水对看
是从千里的长沙回到长江腹地来的吗
还是从天而降伴随着神仙身上的温暖

以深陷双眼与双翅望守着人间的春天
又以蓝天雄姿顽强呵护着生命的童年

之二：高山峡湾

北欧大地多半是冰雪与高山边的峡湾
以自我主义闻名的易卜生诞生在前年
青年时代的他就与东方山水相知相恋
一双大眼里全都是北欧神秘的大自然

总是以自己的青丝演绎易卜生的大戏
八部巨著让汉语知识分子睁开了双眼
长篇导言浓缩了一个东方学者的心血

多篇雄文撑起中国易卜生研究的蓝天

在那眼观六路的双瞳里又有峰回路转
英伦三岛的美丽就是他想象里的烽烟
双城记里的故事让他年年如痴又如醉
莎士比亚的悲剧月月演出在神奇镜片

你是围绕着英伦三岛天天流动的海水
你是挪威冰雪满身而热情膨胀的高山

　　　　之三：红色城门
在蒙古草原的南沿隐藏起东方的都市
沙漠锋芒再锐利也不敢来袭它的城池
燕山如一只巨鸟以双臂护卫它的心脏
双眼总在城楼上了望着西方星云如织

在海淀的大湖边探索西方文学的遗迹
与木天前辈朝夕对话乃一生美好记忆
北国美女在眼前飘来飘去气质又高雅
只好榆树下藏匿着念念有词双目紧闭

西方文学杰作让你彻夜失眠长醉不醒
满脑子都是他们的身躯又与月光对话
东方古城里为何会瞻望到西方的星辰
从晨雾里望穿欧洲北部的海水与雪花

以少有的热情与冰雪接吻大约在冬季
北中国苍凉的山水在你身上留下印记

之四：文学星空

黄鹤楼下面有一颗以语言为内容的心
整日整夜你的嘴里都弥漫文字的味道
莎士比亚粗野的对话在你脑海里发酵
你以粗短的笔黄纸上响起情感的波涛

要以一个东方人的姿态讲述西方文学
满脸上写满了当代文学教育者的妩媚
以自己的心血灌溉着漫山满坡的青苗
一代一代桃李在桂子山上长高再长高

古旧的三楼总也闪现你那瘦弱的身影
世界各国精神心理在笔下得到了凝聚
西方文体文学史在你眼里最博大精深
二十多部教材也许高过你强大的身体

一个拥有文学情与世界爱的老人走来
崛岖的河山里永远葆有着一颗中国心

之五：牵手朝阳

每个民族的文学都是一阵有形的长风
灿若星云的作家作品就这样成了银河
有人以自己的手势展示着艺术的神奇

有人以论说的姿态体现了思想的探索

外国文学研究展示着东方学者的理念
以独特的话语隐藏着中国学人的底线
许多的诗人以光耀的诗篇点燃了星空
每一个花盆以独特体形展现花的鲜艳

有一些男生在舞台上吼出自己的声威
有一些女士在树林里舞出自己的秀姿
立体结构精彩地呈现着一丝丝的智慧
三代学者处处展现着自己的超群见识

一个年迈的老人要与东方的朝阳牵手
在 AHCI 数字里闪现出他想象的长洲

之六：天下桃李

老者以丝丝白发微笑在桂花树的中间
满山的桂花站立在东湖与南湖的水边
当余光中在桂子山上望向明月的时刻
老人漫步哼响在外国文学编辑部外面

美利坚的大河边有诸多的故交与门生
从西边的云彩间飞来的一袭一袭雪片
红色城楼叠映十五年永不倦怠的身影
东方与西方的海涛就是你圆润的声音

在东方山林里生活着一群爱他的男女
在东方山水间活跃着数千代文学子孙
你的一生像身边的长江一样波澜壮阔
性格就像满山的桂花树一样青翠甜润

当满山遍野的桂花树清香四溢的时节
满头银丝的老人立在树下手握着史卷

2010年12月16日　星期四

三、地理感知与文学历史的构成

　　不仅是文学的起源与人类的地理感知存在密切的关系，文学历史的构成往往也建立在作家的地理感知基础之上。作家对于地理的感知构成了早期人类文学作品的重要内容，在不同的历史时期则有不同的表现，那么，从总体上而言，正是作家的地理感知决定了文学发展的历史，或者一部分最重要的历史内容与历史形态。文学作品所表现的对象主要是自然、自我与人类社会三个方面，从早期的文学作品而言，无论是中国古代的《诗经》与《楚辞》，还是古希腊的悲剧与喜剧以及史诗，抒写自我的情感与人类的社会生活自然是文学关注的中心，然而，自然世界也是它们表现的重要对象，特别是《诗经》与《楚辞》对于长江与黄河流域的自然地理有独到的描写，最大限度地保存了诗人们对于自然地理的感知。文学的起源肯定与人有关，而人之所以出现也是自然进化的结果，这是达尔文"进化论"思想最主要的内容之一，生物界进化的规律与人类社会进化的规律具有高度的一致性，尼采的进化论思想也同样地证明了这一点。这只是问题的一个方面，另一个更重要的方面在于人类的文学产生于劳动也好，产生于审美也好，它必然与自然环境相关，并且许多文学作品的重要内容都产生于诗人作家对于地理的认识与感知，首先是感知基础上的生命体验。比如《诗经》里对于不同季节的描写，《楚辞》里对于山川河流的表现，特别是《山海经》与《徐霞客游记》这样的作品，其主体内容更是作家本人对于地理感知的记录。因此，地理感知与人类的起源是直接相关的，不过许多时候诗人作家是将对于地理的感知、人类的经验与自我的审视有机统一起来，如屈原的代表作《离骚》，一个方面是对自我痛苦的抒发，一个方面是对君王愤恨的记录，一个方面是对于自然山川的描写。因此，对于文学的产生与发展而言，"地理感知"是一个重要的概念，因为没有这个概念的话，人类对于地理的认识就没有基础，文学与地理的关系就无从表述，文学地理学批评理论就没有了起点。对于自然的观察与体会，首先建立在对于地理以及在此基础之上的自然世界感知的前提之下。今年我到杭州的西湖出席第二届中国人文社会科学学术集刊年会，住在西湖边的玉皇山庄三天，为了感知西湖的美景，我选择了早上、中午与黄昏三个时段，从不同的角度观察西湖的秋天，就是为了写一篇《西湖游记》，那么，我的写作就是建立在对于西湖的地理感知基础之上的。我的目的不是感知人类的生活，也不观察人类的心理，而是直接感知西湖的大美，在不同时候作为自然与人文山川的西湖，可能会存在哪些不同的呈现。自我的生活微不足道，然而通对于西湖地理环境的感知过程，可以发现作家对于自然的感知可以是无限丰富的，对于地理的认识与探索，必须建立在对于地理感知的基础之上。写一篇游记尚且如此，写作表现一个地区与民族生活的长篇作品，那就更是如此。对于作家而言，虽然有一点感受就可以创作作品，然而要做一个有独立追求的杰出作家，对于人类社会的认识与对于自然风光的感知，同等重要。因此，我们谈文学的起源特别是与自然相关的文学作品如山水诗、山水散文、游记与报告文学作品，以及与自然地理相关的实用性著作,如那样一些旅游指南、中国地图集、世界地理之类的著作,也必须援用"地理感知"的相关理论。从大的方面来讲,文学历史的构成是由作品与作家为中心的,没有作品与作家其实就没有文学史,因为没有作品就没有文学的传播与阅读,同时也没有文学社团与文学流派,从严格的意义上说也没有文学思潮与文学运动,因此,中外文学历史的研究,首先是对于作家作品的研究,对于作家作品的流传与阅读的研究。正是因此,作家生存于特定的地理环境之间,作品产生于特定的历史时空之间,而这两个相互联系的方面,都不可能独立于作家的地理感知与社会认知,那么,我们说作家的地理感知与社会认知,决定着文学历史的构成与文学历史的发展,不仅是没有问题的,而且是具有科学性的。地理与伦理问题是许多文学作品的重要主题,伦理关注人的问题、人与人之间的关系问题,地理关注自然山川与人文风物的存在及其意义,所两个方面的问题都需要作家来实现,也只有通过作品才可能得到实现。从某种程度上说,伦理问题也是由地理基础所制约的,东西方具有不同的伦理传统,与东西方不同的自然环境有重要的关系。以此而论,中外文学的历史是由地理与伦理两个轮子所驱动的,直到今天也仍然是如此。因此,作家与作品在文学历史的构建中起到了一种基础性的作用,发挥了一种主导性的意义。而地理感知是作品产生的基础之一,地理感知是作家之所以成为作家的最主要的因素之一,文学历史的构成与发展就这样通过作品与作家,与地理感知发生着并且还将继续发生着重要的关联,作为文学产生的一种原动力与触媒点成为我们文学理论必须关注的关键环节之一。

四、作家眼中的自然地理与人文地理

在文学起源于作家的地理感知这一命题中,有必要分辩自然地理与人文地理之间的关系,从而更准确地认识地理感知的意义与价值。自然地理与人文地理具有不同的内涵,是人类对于地理认识的两大分支学科,其实在作家眼里它们却是合二为一、有机统一的。在人类还没有开发的原始自然地区,没有任何建筑与人文雕刻作品的存在,甚至没有人类常年居住的地区,那么那里就只是纯粹的自然地理的存在,与人文没有任何的关系;然而,在人口比较密集的地区,或者曾经在历史上经济比较发达的地区,人类的遗迹往往得到了完好地保存,人们的生活习俗与精神生活方面的内容,往往就成为了一种文化,它们附着于自然地理上面,并且与自然地理相关联,让自然地理与人文地理成为了一种一体化的存在。作为江南三大名楼黄鹤楼、岳阳楼与滕王阁,在中国传统文化中具有重要的地位,它们既是自然景观也是人文景观,二者在此方面没有任何的分别,即使我们想加以分别,似乎也没有很大的意义。因此,在这种情况下,作家对于地理的感知就是统一的,不可能只去感知自然地理景观,而不去感知人文地理景观。更为典型的也许像凤凰、花垣、长汀、乌镇、周庄这样的小城,自然景观与人文景观也是高度统一的,甚至像黄山、华山、衡山这样的风景名胜,表面上是以自然景观为主体存在对象,然而人文的东西也不可忽略,因为它们的存在是与宗教名胜相关的,每一座名山与名镇,似乎都有重要的宗教场所,来者必到,并且会产生重要的影响。中国历史上重要的宗教圣地,基本上都在这样的名山大川里面,让自然地理景观与人文地理景观得到了高度统一。在这种情况下,作家是重视自然地理景观还是人文地理景观,那就因人而异,不可能存在一种统一的东西,体现在不同的作品里面,自然就存在很大的差别。《山海经》[①]

[①] 《山海经》由《山经》与《海经》两大部分组成,《山经》则由南山经、西山经、北山经、东山经、中山经五个部分所组成,《海经》则由海外南经、海外西经、海外北经、海外东经、海内南经、海内西经、海内北经、海内东经、大荒东经、大荒南经、大荒西经、大荒北经和海内经共十三部分组成。参见杨淮译注《山海经》,太原:三晋出版社,2008年4月。

里面对于地理景观与地理方位的记载，基本上来自于作家对自然地理景观的感知，因为在人类的早期还不存在成型的宗教，人文的因素相当薄弱，更缺少宗教的因素，因此人类早期的文学作品基本上是产生于作家对自然地理的感知；而从东汉开始，一个方面是中国本土的宗教道教开始形成，一个方面是佛教东传并形成了气候，所以自那以后的中国诗人作家对于地理的感知，就形成了自然地理与人文地理并重的局面。魏晋时代的诗歌与骈赋作品，唐宋时代的诗词与散文作品，明清时期的戏剧与小说作品，只要与自然山水相关的，都可以说明这种变化。黄鹤楼耸立在长江南岸，蛇山的顶上，它是江南才名的人文景观，同时它也成了长江中游自然景观的重要部分，以其为题的诗词成千上万，谁可以分清楚其中哪些是自然景观，而哪些是人文景观呢？作家对于它们的感知是统一的，并且总是在一瞬间就完成的。因此，在作家眼里，自然地理与人文地理是不可分开的，也是没有必要分开的，因为它们本身就是一体化的存在，它们的意义也是整体存在与呈现的。

然而，为什么不同的作家与诗人对于同一个地理景观的表达并不一样呢？就是因为他们对于同一地理景观的地理感知并不相同。对于地理的感知自然是因人而有很大的不同，文学作品的价值首先就是在于这种不同，每一部文学作品的个性就是其生命力的来源，如果相互之间没有什么区别，或者是大同而小异，那它们的意义与价值就会大打折扣，从而让文学作品以至于作家本身消失于无形。由于每一位作家与诗人存在不同的前理解，具有不同的人生经历与人生观念，他们也就会有不同的眼光与不同的色彩，那么，他们对同一处自然景观的感知就会有所不同，对于人文景观的感知就更是如此，这正是文学与地理之间的关系的规律，正是因此，同一个黄山，历代作家都有不同的表达，如果把关于黄山的作品集成一本书，自然会是一部丰富多彩的大书，不仅有不同的文体，还有不同的语言，最重要的是每一个作家，对于同一座黄山有差别甚大甚完全不同的认知，不同时代的作家还有时代之间的差别。对于描写一座黄山的文学作品可以作如是观，对于其他天下名山的文学表现，也都可以是如此。它们之所以能够构成丰富多彩的大书，关键就在于历代作家不同的地理感知，以及在此基础上不同的地理想象与艺术创造。男性与女性不一样，少年与老年不一样，东方人与西方人不一样，处于不同境遇中的人不一样，历代文学作品及其文学的历史，就是这样构成的。所以，自然地理景观与人文地理景观，在作家那里并不成其为问题，在具体的文学作品中更不成其为问题，而之所以有这样的区别，是因为学术研究的需要，理论表述的方便。并且从本质上说，人文地理往往也是由自然地理所决定的，所谓深山古寺、江河大城，讲的就是这个道理。不过，自然也因为人的存在而更加丰富，自然加上人文之光，作家对于地理的感知就更为深厚与博大了，因为人类毕竟是自然界的灵长，其精神生活是另一个了起的宇宙。更为重要的是，作家诗人本身也是一直参与了人类的人文景观的建构历程，他们以自我的地理感知为起点，以文学作品的方式参与了人类的精神生活，首先是参与了具体的人文景观的建构，比如没有唐代诗人笔下的黄鹤楼意象，没有历代诗人作家对于黄鹤楼的表现，它只不过是一座楼而已，而不可能成其为一种文化、一种精神、一种传统。据说当年李白来到黄鹤楼，看见前人崔颢题诗就不敢再题了。①然而，李白也有关于黄鹤楼的诗存在，可能是后来再到黄鹤楼时所写了。②无论是崔颢的诗还是李白的诗，以及

---

① 这首题名为《黄鹤楼》的诗天下人皆知："昔人已乘黄鹤去，此地空余黄鹤楼。黄鹤一去不复返，白云千载空悠悠。晴川历历汉阳树，芳草萋萋鹦鹉洲。日暮江关何处是，烟波江上使人愁。"

② 李白写黄鹤楼的诗还不只一首，现录两首在此：其一："故人西辞黄鹤楼，烟花三月下扬州。孤帆远影碧空尽，唯见长江天际流。"（黄鹤楼送孟浩然之广陵）"一为迁客去长沙，西望长安不见家。黄鹤楼中吹玉笛，江城五月落梅花。"（《与史郎中钦听黄鹤楼上吹笛》）

历代诗人写黄鹤楼的诗,都自觉不自觉地参与了黄鹤楼人文景观的建构。可以设想,如果没有历代诗人墨客所写的黄鹤楼,也许它只是一个楼而已,可以登高远望长江,没有任何的人类学与文化学的意义。

五、一个重要的理论命题

　　文学的产生与地理环境的关系是一个重大的命题,也是一个重要的理论问题。从前学界不太重视文学与自然之间的关系、文学与地理之间的关系,从而对于文学的产生与文学的来源的认识存在诸多误区。从生态批评的角度认识文学,只能认识文学与世界生态问题之间的关系,作家对于人类生存之生态问题的关注,而文学作品里存在的自然远远不是"生态"一词可以穷尽的;从环境批评的角度认识文学,只能认识到文学与环境之间的关系、文学作品里对于环境的描写与表现,而文学作品里自然地理的存在远远不是"环境"一词所能概括的。因为"环境"是一个很宽泛的概念,并不只是一个地理或者自然环境的问题。从文学发生学的角度进行认识文学与自然之间的关系,就会发现任何文学都是产生于特定的自然环境之中的,自然也是可能是附着于特定的人文气候之中的,文学与地理环境之间存在十分密切与基础的关系。从作家的生存与生活来看,从文学作品的主要内容与思想基础来看,说文学产生于地理环境并且生存于地理环境不仅没有任何问题,反而是一种科学的认识与辩证的认识。像易卜生这样的作家及其作品,也许只能产生于北欧的大海与峡湾之间;像华兹华斯这样的诗人及其作品,也许只能产生于英国北部的昆布兰湖区;像李白与孟浩然这样的山水诗人,也许只能产生于中国南方的汉水与长江流域之间。因为他们的许多作品都产生于对于这些特定区域的自然山水的感知,并且是一种非常个人化的感知,任何人都不可能代替的感知。一个方面,自然是一部伟大的书,其中所蕴含的意义与价值,直到今天也没有多少人能够真正地认识到;既然是一部伟大的书,那就需要我们的诗人作家进行书写,而书写的基础就是感知与认识。中国古人所谓的"读万卷书,行万里路",讲的也许就是文学与地理之间的重要关联,并不只是一个简单的比喻。另一个方面,人是世界上最为重要的精神之源,如果世界上没有人的生存与发展,自然景观可以同样的伟大而不朽,然而无法转化为人文传统的内容,也实在是一种沉重的遗憾。人是世界上最复杂的动物,其内心世界是另一个宇宙、另一种自然,正是因此,作为人类重要分子之一的诗人作家对于地理的感知,其丰富性、曲折性与深厚性,也就是一般的动物与植物所不可比拟的。正是在此意义上,作家的地理感知与文学作品的产生,才成为了重要的理论问题,超越了实践与实用的层面,进入了哲学的层次,值得我们进行全面而深入的探讨。

  作家的地理感知与文学的产生是人与自然之间的关系的生动实践,是对文学艺术产生与构成来源的重要认识,是对文学本质与文学本体的真理性认知,是对现有文学理论中关于文学产生理论的重要补充,是对文学反映社会生活理论的重要发展。并不是说从前的学者,从来没有认识到自然地理在文学产生中的作用,而是说他们并没有重视自然地理在人类历史上所发生的作用,并没有认识到自然地理在人类文学中所产生的意义,并没有认识到在文学作品中自然地理所占的重要位置。重视人类自身在文学创作中的意义,以人为世界的中心的世界观,本身并不存在什么大的问题;然而,现在我们所必须面对的问题是,人类过于重视自我在世界上所发生的意义,自高自大的人类越来越不把自然世界放在眼里,并且以自身的行为对自然世界造成了巨大的破坏,特别是最近30年来,世界上所发生的种种对人类的生存与发展至关重要的系列恶性事件,如印度洋大海啸、四川大地震、东京大地震、北方的沙尘暴、中国各大城市里的雾霾天气,如此等等,都与自然环境被人为地破坏存在直接的关系。在此情有景之下，我们的诗人作家如果重视对地理景观的感知，对地球上所有地理景观进行观照探讨，并揭示背后存在的原因，那么也许一些新的重要文学作品就会产生了，中国的或整个世界的文学史的发展，就会转向了。这样的话，作家的地理感知不仅决定文学作品的产生，并且可以影响文学历史的构成与发展，影响文学理论中对于文学来源与文学产生的表述。

认识到文学作品产生于对地理的感知与发现，对于现有的文学理论是一种严重的冲击，文学产生于劳动吗？文学产生于社会生活吗？文学产生于伦理需要吗？文学产生于审美吗？所有这些说法都是有道理的，然而它们只是说对了一半，而没有说出另一半。文学产生的最基础的基础、最重要的根源，就在于作家的地理感知与地理认识。文学产生于自然地理以及在自然地理基础上产生的人文地理，这是符合逻辑与实际的一种论断。文学与地理环境之间的关系，通过诗人作家的地理感知而实现了链接，并发生了意义，产生了作品，从而才有可能确立作家的文学史地位。文学是什么？文学是如何产生的？文学是如何构成的？文学是如何发展的？地理与伦理之于文学产生了什么样的关联？相信本文的论述有助于我们重新认识文学的来源、文学的本质、文学的构成、文学史的发展，重新建构起一种新的、更接地气的、更符合实际的文学理论体系。

文学历史叙述的地理版图问题[①]

文学历史叙述的地理版图问题,首先是一个文学历史的空间建构问题。文学历史的空间建构问题之所以成为一个重要的批评概念,是因为从前的文学史叙述存在很大的问题,既不完整,也不完善。有的外国文学史或世界文学史只讲英美文学,不讲亚非文学,更不讲东方文学,那么,这样的"外国文学史"可以成立吗?从学理上来说是不能成立的,从逻辑上来看是存在问题的,因为它只是世界某一个地区的文学或者某一种文化圈的文学,那么你凭什么说它是整个的外国的文学史与世界的文学史呢?同时,有的外国文学史即使是只讲英美文学或者欧洲文学,或者是对某一个国家文学的叙述,往往也是不完整的,它们只讲小说或者诗歌,而不讲其他的文体;只重视古代的作家与作品,不重视当代的作家与作品。所以在我们的国家,不论中国文学史教材,还是外国文学史教材,往往只注重时间的一维性,没有空间的立体感,只重视文学的某一个部分,而轻视文学的另一个部分。即使是在对某一个国家文学史的叙述里,对于各个文类的作家与作品,各个民族的作家与作品,都需要进行同等的关照,民间文学作品也要包括在内,不然我们所撰写与出版的文学史,就是存在严重问题的。文学历史叙述过程中的空间建构问题,不是指某一部文学作品里的地理空间,而是整个文学

[①] 本文系在本书中首次发表。

史构成中的地理空间,即杨义先生所讲的"文学版图"问题。从本质上来说,是关于文学史组成里地理空间是不是完整的问题,其文学史里的史学构图是不是符合历史事实的问题,是不是符合历史发展逻辑的问题。对于文学历史的叙述不能是缺东少西的,更不能是轻重不均的。针对我们文学史编写的现实,最重要的就是在我们的外国文学史或世界文学史里,除了英美主要国家的文学不能少之外,亚、非、欧、大洋州等众多国家的文学,从古至今的文学,都要包含在内。不然,我们最好不要冠之以《外国文学史》、《世界文学史》这样的名称,因为明眼人一看,就会大笑不止,更重要的是让我们的学生受到莫明其妙的损失。

一、文学历史叙述要符合空间逻辑

对文学历史的叙述,既要符合时间的逻辑,也要符合空间的逻辑。有的学者认为所谓"文学史",只要有一个时间发展的线索,或者按自然时间叙述历史上重要的作家与作品,似乎就大功告成了,其实完全不是那么回事。为什么呢?因为任何作家作品等文学现象的出现,都是在特定的历史时空里实现的,缺少了时间要素或者缺失了空间要素,都是很难叙述清楚的,也是不能成立的。古希腊悲剧是在公元前后产生的,有三大悲剧诗人及其众多的杰出作品,然而,它们是在什么环境里产生的呢?它们是在东方的中国产生的吗?是在美洲的加拿大产生的吗?是在太平洋南部的新西兰产生的吗?显然不是。因此,如果我们在描述文学发展历史的时候,只讲它们产生的时间背景,而不讲它们产生的空间背景,显然是不可能讲清楚它们的来龙与去脉的。它们的出现存在什么样的地理环境影响?它们产生于北方或者南方的山与海之间吗?它们是在什么样的文化语境中发生的呢?希腊半岛三面环海,土地资源与物产不是太丰富，人们的生存环境不是太优越，那么，自古开始他们就执着于向外拓展，注重于加强与外界的联系与交流，这就是处于地中海地区自然环境与人文环境的希腊半岛的具体生存空间，由此而形成了这里独特的气候及其自然风物，包括植物与动物、大地与天空、大海与平原、地峡与海峡，特别是修建在山中间巨大的圆形剧场，与古希腊悲剧的产生与发展存在十分密切的关系。而上述内容，只是影响文学历史构成与发展的一个方面而已。每一个民族都生存在特定的地理环境里，每一个民族的文化与文学，也不可能脱离特定的自然地理环境而产生，自然也不可能脱离自然地理环境而得到解释。因此，在文学史叙述中讲清楚每一种文学现象产生的空间背景，是至关重要的。文学史是由时间逻辑与空间逻辑共同构成的，缺一不可，时间只是一个重要的方面，只是历史构成的线索，而不是历史构成的边界。

更为重要的问题是，世界文学史与外国文学史编写中存在的所谓地理空间问题，如果得到重视与研究，就可以体现一种新的文学史观念。如果只有时间观念，可以发现文学史的历史线索，把所有的作家作品划分在不同的历史时段里面，叙述起来自然就会比较简单。近代以来的所有作家作品，似乎都可以划分在不同的文学思潮与文学流派里面，叙述起来自然也就比较方便。然而，也有一些作家是不属于特定的文学思潮，也不属于特定的文学派别，近代以来的西方文学史同样是如此，因此，如果只是以文学思潮与文学流派而进行叙述，这样的文学史可能存在很大的问题。有的作家还可能不属于同一个文学史时代，而是跨越两个历史时代的，现有的一些中国学者编写的文学史，是以世纪为时段进行历史叙述的，如 19 世纪美国文学、20 世纪法国文学、17 世纪英国文学之类的，而有的大作家分属于不同的世纪，因此，即使以时间观念为基础建构起来的文学史，也是存在问题的。当然，如果在文学史的叙述中只有空间观念也是存在问题的，因为我们可以将作家作品分属于不同的版图，不同的国别，不同的地区，而没有时间的一维，显然也无法建构起文学发展的完整历史。现在的问题不是只有空间观念，而是没有空间观念，因此，空间观念的建立与实施是至为关键的。如果只有时间而没有空间，或者只有空间而没有时间，时空一体化的文学史观念的建立就无从说起。科学的文学史观念是编写完整的、立体的、科学的文学史的前提与基础，因此，空间观念的建构是文学史编写的重中之重，前提中的前提，而我们所说的文学史叙述中的地理空间观念，则成为了文学史空间观念建立的最重要的基础。

为什么可以这样说呢？因为所有的作家都生活于地球之上，所有的作品之写作都只有在特定的地域里，才有可能完成，并在特定的时空里出版，而形成自己的读者群体。而在地球上不同的地区，有不同的地貌与气候，包括自然气候与人文气候。如果文学史的编撰者只知其写于什么年代，而不知其在什么地方所写，恐怕你也没有办法对其内容及其意义，在文学历史叙述里进行准确的揭示，那么，你的文学史叙述就是不准确与不科学的。因此，文学史的空间建构并不只是指其版图构成的不能残缺，也是指每一部能够进入文学史的作品及其作家的存在，也有一个时空合理性的问题。从前只是注重其时间而不注重其空间，只要讲了他是哪个年代的、哪个国家的，似乎就是一种标准的文学历史叙述了，其实，这样的文学历史叙述是存在严重问题的。哈代的小说是在什么样的环境中创作出来的？其整个的小说创作历史是不是因为其生活空间的变化而发生了重要的转变？哈代小说中多次反复描写的"威塞克斯"与作家的生活环境是不是存在一种对应关系？文学史是不是只可以分析其诸多小说里的一部，而不涉及这位作家的其他小说以及诗歌作品？所有这些与文学历史叙述相关的问题，都值得我们重新思考。文学历史的叙述有符合时间的逻辑，前后要有一定的关联；同时也要符合空间的逻辑，左右也要有一定的关联。既符合前后的逻辑，也符合左右的逻辑，那么文学史叙述的时空结构就建立起来了，文学历史就成为真正的历史叙述了。

二、着重考察文学史构成的地理空间因素

所谓文学历史的空间建构，也是指我们在研究文学史的时候，除了社会历史的因素值得考察以外，地理空间的因素也是需要加以关注的。包括以下的两个方面：一是作家在作品中所着力建构的特定的地理空间，如严歌苓早期小说中所建构的"草地空间"，海明威在《老人与海》中所建构的"海洋空间"，陶渊明在其诗作里所建构的"山水田园"[①]空间，它们都具有各自不同的审美意义与理论价值。如果从文学作品所建构地理空间的角度，重新清理世界各国文学发展历史的话，可以分别写出许多国家的地理文学史，如《英国地理文学史》、《美国地理文学史》、《日本地理文学史》，如此等等。从审美角度而言，以自然山水空间作为切入点，分析多部出自一个民族的杰出作品，可以认识一个民族的自然山水观念、审美理念以及特有的山水文化传统。不过要注意的是，这里所说的"自然地理空间"，同时也是一种审美空间与艺术空间，因为任何文学作品里存在自然地理空间与人文地理空间，都是作家审美创造的产物，是艺术创造的重要内容与重要结果。因此，我们不能混淆二者之间

---

① 陶渊明山水田园诗甚多，此录其中二首。《归园田居》其一："少无适俗韵，性本爱丘山。误落尘网中，一去十三年。羁鸟恋旧林，池鱼思故渊。开荒南野际，抱拙归园田。方宅十馀亩，草屋八九间。榆柳荫後檐，桃李罗堂前。暧暧远人村，依依墟里烟。狗吠深巷中，鸡鸣桑树颠。户庭无尘杂，虚室有馀闲。久在樊笼里，复得返自然。"《拟古其九》："种桑长江边，三年望当采。枝条始欲茂，忽值山河改。柯叶自摧折，根株浮沧海。春蚕既无食，寒衣欲谁待！本不植高原，今日复何悔。"

的区别，而要加以明确的区分。二是以地理学的研究方法来重构一种新的文学史表述方式，即以地理图表与图像为主要内容与表达方式的历史图式，可以成为文学历史叙述的新途径，为从前的只靠文字进行叙述的方式所不及。杨义等人《中国新文学图志》、曾大兴《中国历代作家的地理分布》之类的研究著作，其意义与价值首先就是表现在这个方面。杨义还著有中国古代文学的地理研究之类的书，也多半是以地理研究的方法来对文学史进行重构。当然，这样的文学史研究，虽然不具有文学地理学批评与研究的本体或本质的意义，但具有方法论的意义与价值。前者是以文学作品里的地理因素为考量对象，后者是以文学史研究的方法为考量对象，但都与文学史叙述的地理空间问题相关，是一个问题的两个方面，一个是内部的要素，一个是外部的要素，一个具有本质论的意义，一个具有方法论的意义。

文学历史叙述的空间建构，之所以成为中国文学地理学批评的重要概念，是因为它可以为重写文学史提供理论视角。我们目前所看到的一些文学史，包括中国文学史与外国文学史，不仅是东拼西凑的，同时也是只有时间一维，而没有空间与时间相统一而形成的立体性。历史并不完全是由时间决定的，同时也是由空间决定的，标准地说是由时间与空间双重因素所决定的。有的文学史里时间概念都不清楚，更没有空间观念。比如说有的文学史只讲西方而没有东方，就是因为没有完整的空间概念；有的文学史只有20世纪而没有21世纪，就是因为没有时间概念。中国文学史是如何构成的，从时间上来说有哪些主要的发展阶段，从空间上来说是如何演化而组构起来的？都需要我们进行重新的思考。从中国现代文学史的构成来说，每一个十年的文学版图都不一样，所以现代文学史上才有"三个十年"的说法，正是因此，一些重要的文学史教材如钱理群等人的《中国现代文学三十年》就是按"三个十年"的结构来进行历史讲述的。文学的历史不完全是由政治与社会历史发展所决定的，而是由文学史发展的规律所决定的。每一个十年的历史是由哪几种主要文体所构成，诗歌、小说、戏剧、散文、报告文学、文学批评与文学思潮等，都是并不相同的。当然，并不是说每一个十年都必须有这几种文体，作家在不同的文体上取得的成就也许并不相同，这就形成了一种文学历史叙述不同的空间组构方式。

文学史的构成自然有多种多样的因素，有社会历史因素、文化传统因素、人类的主体与客体因素，自然也有地理空间的因素，并且地理空间的因素往往起着关键的作用。中国古代文学是以亚洲大陆自然地理为基础的，而日本文学则是以日本列岛为地理基础的，印度文学则是以南亚次大陆为地理基础的，只说亚洲而言，也就有了这样的区别。因此，我们在进行文学史叙述的时候，就可以也必须做出这样的区分，日本列岛文学、中国内地文学、台湾海岛文学、印度次大陆文学这样的说法，不是不可以成立的。就中国内地地区文学而言，四川盆地文学、蒙古草原文学、湖南湖乡文学、广东岭南文学、山东半岛文学等，这样的命名不仅是可以成立的，并且也是有道理的。从前的文学史叙述基本上不采取这样的叙述方式，是并不明智的。只有在当代中国文学史编写中，有的时候体现了这样的思想。如有的学者对于中国各少数民族地区文学的叙述，为了突出民族文学的特色，而部分采取这样的叙述方式，获得了许多学者的认同。作家作品中的自然地理与人文地理要素，值得引起我们的重视，而文学史的构成要件中，作家作品是最为核心的与基本的内容，因此，在文学史叙述中重视自然地理空间因素，是顺理成章的，也是符合逻辑的。

三、世界文学史是如何构成的

所谓世界文学史，自然是指整个世界的文学发展的历史，而现在我们的"世界",就是指人类所居住的地球。因此,世界文学史当然包括中国文学史在内,这是一种最基本的认识。然而,我们现在有的所谓的"世界文学史"是不包括中国文学史在内的,是中国文学之外的世界上其他国家的文学发展的历史①。把中国文学排除在世界文学史之外,显然是没有道理的,也是不符合逻辑的。虽然按照黑格尔的说法,中国长期处于世界历史之外,没有进入整个世界的历史发展进程,我们也没有理由自己把自己排除在世界历史之外,其实,黑格尔的这种说法也是不准确的,没有任何的科学依据。中国是一个独立发展的具有五千年文明的国家,对于世界人类文明做出了重大的贡献,它不可能处于世界历史之外;同时,从"世界"的概念而言,中国是世界上极其重要的国家,中国的文学史是世界文学大家族里的重要部分。因此,世界文学史历史叙述里面,没有关于中国文学历史的内容,是不可思议的。如果只是为了叙述的方便而不涉及中国文学,那就更可笑了一点,文学史叙述首先不是考虑方便不方便的问题,而是符不符合文学历史概念的问题,同时也是文学历史叙述有没有完整性的问题。

世界文学史是如何构成的?对此问题必须有所思考,有所回答。世界文学史是由东方文学或西方文学两大板块所构成的,东方文学板块里包括中国文学,并且是其中最为重要的部分。如果中国学者在编写世界文学史的时候,都没有把中国自己的文学放在眼里,那么,西方学者或外国学者如何可能将你的文学及其发展历史放进去呢?首先自己不自重,如何让他人重视呢?世界文学史的构成首先是西方与东方各国家的文学共同构成的,西方与东方两大版

---

① 李明滨主编《世界文学简史》(北京:北京大学出版社,2002年8月)就是一个例证。本书的第一部分是"欧美文学",共十三章,从古代讲到20世纪,自然没有"中国文学"的影子;第二部分是"东方文学",总共只有三章,分"上古文学"、"中古文学"和"近现代文学",只讲了印度、日本与阿拉伯文学,更没有"中国文学"的任何信息。

图的文学史构成,是自然形成的,因为在三千年来的历史上,西方是一个系统,东方是一个系统,两者具有很大的区别,这不完全是学者们研究出来的,而是由不同的地理环境与历史进程所决定的、所产生的。因此,所谓的世界文学史如果只是西方文学史,显然是不符合实际的;如果只是东方文学史,自然也是不符合实际的。而现在我们中国的世界文学史叙述事实,是往往将西方文学史当成世界文学史的全部,或者是最为主要的部分,东方文学史只是世界文学史或外国文学史叙述的一种附属品,这不是一天两天的问题,也不是一种两种的问题,而是普遍的问题,虽然引起过讨论,但并没有引起重视,长期以来存在的问题并没有得到解决。近代以来,东方文学史一直没有受到中国学界的重视,文学史界存在一种唯西方文学马首是瞻的风气;同时,研究东方文学的学者本来就不多,研究成果自然也不是太丰富。然而,这并不影响我们对世界文学史的叙述,特别是对中国文学史的叙述,因为中国学者对于中国文学史的研究,是极其细致与深入的。因此,从世界文学史(或者外国文学史)而言,首先是要让文学史叙述的版图完整与科学,不然的话,可能经不起小学生的质疑,让我们参与文学史编写的学者们,成为历史的笑话。

同时也还有一个南北文学的问题。不论是在中世纪但丁的《论俗语》,还是后来史达尔夫人的《论文学》,都曾经提出过南北文学的问题,并不是我们今天提出来的一个新的问题。在欧洲,南方文学与北方文学具有很大的区别;在美洲,南方文学与北方文学也存在巨大的差别;在中国内地,南方文学与北方文学也具有重要的差别,刘师培就曾经提出"南北文学不同论"的问题。在非洲与澳洲,我想也会存在同样的文学现象。因此,世界文学史的构成,并不只是一个东西方文学并重的问题,也存在一个南北方文学比较的问题。然而,我们的世界文学史叙述似乎从来没有这样的论述,只是在讨论美国文学史的时候，专门讨论过美国南方文学的问题。因为我们的文学史家没有这样的观念，只有东西方的分别，没有南北方的分别，东西方以经为分，南北方是以纬为分，性质与方法是类同的，然而人类对于地球的认识，由于习惯的原因，只愿分东西，不愿分南北，具体到文学批评与文学史叙述，也是如此。一个大的文学史框架如何构建，也许并不只是一个实践问题，同时也是一个理论问题，一个重大的学术问题。

其次，对东方文学史或者西方文学史来说，也要涉及所有的国家与民族的文学。显然，从现有的外国文学史对于西方文学的描述来看，涉及的国家也可以数得出来，英国、法国、美国、德国、西班牙等，而我们所知道的"西方"，显然不只是这样一些国家，并且在历史上不同的时段与时期，各国家与民族文学发展阶段并不相同，因此，要根据历史的事实而不是根据国家的大小来进行文学史的叙述，像北欧五国的文学，挪威、冰岛、瑞典、丹麦、格陵兰群岛的文学，可能都要有所叙述，而不能只是一般地讲一讲北欧文学或者挪威文学的特点。相比之下，东欧文学与南欧文学的情况就更为复杂。东欧与南欧国家形态复杂，处于与非洲、亚洲的交错地带，文化传统也各不相同，相互影响与渗透更加厉害，因此文化与文学呈现出许多异质性，因此在文学史叙述上难于一律，不好叙述。也许正是因此，我们现在许多文学史并不涉及。然而，文学历史的构成却是以事实为根据的，不是以我们的主观愿望为转移，不是我们想舍弃就可以舍弃，许多时候不顾及也还不行。所以，文学史的叙述要顾及到各地区文学构成的复杂性，不能只是挑大放小，以至于让几个主要国家的文学代表了整个地区的文学。对于东方文学的叙述也同样是如此，我们现在有的所谓"东方文学史"，或外国文学史的亚非部分，主要讲日本文学与印度文学，朝鲜文学与韩国文学基本上不讲，越南文学、老挝文学与斯里兰卡文学，以及东亚南其他国家的文学历史,基本上是不涉及的,这就让东方文学本身也支离破碎,残缺不全,这样的文学史真是让人惨不忍睹①。所以,世界文学历史叙述的地理版图问题,并不只是世界文学史的问题,也不只是西方文学史的问题,同时也是东方文学史或中国文学史的问题。

世界文学历史的构成,要体现出一种全方位、全息相、全记录的观念。所谓"全方位",是指既要重视西方文学,也要重视东方文学,既要重视南方文学,也要重视北方文学,不可以传统观念而偏视,以自己的偏见而视而不见。中国学者的文学史叙述,总体上来说没有创造性,人云亦云的情况相当严重,并且百年以来没有大的改变。所谓"全息相",是指对于文学史的叙述要丰富多彩,所有重要的作家作品等文学现象,都要在文学史中有所叙述,特别是我们的"世界文学史"。各种文体、各种语言、各种文化与各个地域的文学,在一个地区是如此,在一个国家也是如此,在一个民族更是如此,不可顾此失彼,而当别人提出问题的时候,又不知所措。所谓"全记录",是指我们对于世界文学史的叙述,要反映文学史构成的各个方面,作家与作品、文学运动、文学思潮、文学批评与文学接受,可能都要有所顾忌、有所反映,或者在叙述以作家作品为中心的文学现象的时候,需要与文学思潮、文学批评、文学运动、文学批评与文学接受结合起来,不能只是作家作品的评价。文学史叙述还是要有史的概念,凡是在历史上产生过影响的作家作品,或其

---

① 不过,也有朱维之、雷石榆、梁立基主编的《外国文学简编》(亚非部分)(北京:中国人民大学出版社,1983年2月)是一个例外。它分成"古代亚洲文学"、"中古亚洲文学"、"近代亚非文学"、"现代亚非文学"四编共25章,涉及了古埃及、古巴比伦、古印度和古希伯来文学,中古伊朗文学、中古日本文学、中古朝鲜文学、中古越南文学、中古印度尼西亚文学、中古缅甸文学、现代泰国文学,只用一章来讲了"现代黑非洲文学"。

他文学现象,都需要在历史上有所记载,有所评价,占有一席之地,不能只是以今天的审美标准来进行选择。以今天的审美标准来进行选择,可以写出新的文学史,然而并不一定符合历史的事实。如果我们在文学史叙述中,做到了"三全",不仅符合历史的事实,并且也会具有准确性与科学性。

四、国别文学史是如何构成的

在关注世界文学史是如何构成的同时,我们也需要关注国别文学史的构成内容与方式。就某一个国家的文学史叙述而言,同样存在地理版图的问题。从前许多的中国文学史,不讲各少数民族文学、不讲民间文学作品,在中国现当代文学史中也不讲古典诗词,不讲台湾与香港地区的文学,之所以出现这样的现象与问题,自然是没有认识到中国文学史地理版图的完整性与科学性。中国文学是由五十六个少数民族文学所构成的,虽然有的民族人口较少,而没有自己的杰出作家,但他们还是有自己的文学,有的可能只是处于口头形态或者民间形态,那么,它们还是可以在我们的文学史上,占有一席之地。在中国自古以来的文学史上,作家文学发展到了相当繁荣的阶段,而与此同时民间文学也是极为发达的,有最近30年以来每一个省市出版的民间文学集成,可以为证。然而,我们有的文学史家在撰写文学史的时候,只讲作家文学而不讲民间文学,似乎只有作家创作的作品才可以进入真正的文学历史,民间的文学作品不算文学,那么,这样的文学史叙述显然是有所偏失的。中国现当代文学史对于台港文学的叙述,虽然现在已经有所调整,然而也不是不存在问题;中国现代文学史中对于旧体诗词的叙述,直到现在也没有得到改变。海外华文文学不是中国文学的范围,因此,我们认为将台港与海外华文文学作为一个概念是存在问题的,因为台湾与香港，包括澳门是中国固有领土的一个重要部分，而海外的任何地方不属于中国，因此，那里的文学自然是不能进入中国文学史，因为从性质上来说，它们只是外国的少数民族文学。所以，在一个国家文学内部的文学历史叙述中，也存在地理版图问题。

国别文学史的构成，也有一个各民族、各地区、各语种、各文体、各类别的平衡问题。从中国文学史而言，从前的中国文学史基本上是汉民族的文学史，而各少数民族文学，像蒙古族、回族、维吾尔族、满族、壮族、藏族等大的民族的文学史，基本上也不包括在内。最近20年来才有所改变，但也仍然存在诸多问题。其他各个更小的民族之文学，就更没有进入文学史编写者们的学术视野。其次，中国文学史中只有汉语文学，而没有或少有蒙语、满语、维语、藏语文学，而其实他们的民族语言文学也相当发达的，发表与出版了许多的作品。语言是文学的基础，中国既然是一个多民族的国家，许多民族都有自己的语言，那么用自己的语言创作的文学作品，当然就是中国文学的一个部分，如果只是讲以汉语为表达工具的文学作品，那就只能叫《中国汉语文学史》好了。在中国文学史中，文体与类别不是很大的问题，近代以前不重视小说与戏曲，重视诗歌与散文，"五四"新文化运动时期，胡适与郑振铎等人编写中国文学史，才将小说戏曲也进行叙述。多数中国现当代的文学史，除了分时期以外，也是分文体而叙述的，所以在文学史的叙述中，文体问题并不严重。

但在世界文学史与外国文学史叙述里，还是存在文体问题。各文学史教材对于小说、戏剧自然是比较重视的，而对于诗歌、散文、报告文学等文体，就不是那么重视了，它们进入文学史家叙述眼光的机会，极少极少。那么，是不是因为每一个国家的诗歌、散文都没有取得很高的成就，产生很大的影响呢？似乎不是。中国古代的散文成就是很高的，古罗马的散文成就也不低，英国与法国的随笔也具有世界影响，然而，它们在世界文学史叙述中所占的比重，与历史事实是并不相符的。因此，我们有必要思考各类文体的历史，在文学历史叙述中所占比重的问题。我们的文学史不能只是重视小说一种文体，也不能只是在此基础上附加戏剧文体，似乎就构成了整个文学史，因为就文体而言，文体与文体之间的区别并不能构成文学史叙述的根据，并且小说与诗歌相比，散文与戏剧相比，很难说哪种文体重要，而哪种文体不重要，哪种可以进入文学史而哪种不能进入文学史。在现有的中外文学史教材中，这是实际存在的问题，显然不是学术研究的结果，而只是编者固有的主观意愿的体现。文体没有上下高低之分，各文体的成就在各国各民族文学里也是不一样的，因此有所区别本身并不存在问题，然而如果以文体而分高下，以编者自己的审美趣味而进行进入不进入文学史的取舍，那就存在问题了，并且是极为严重的问题。因为文学史是客观历史的叙述，不是主观情怀的叙述，文学史是科学为本的，而不是以情感与审美为本的，历史不能是一块泥，它不能人为地变形，所有的叙述要符合历史的事实。

五、地理版图问题是如何提出来的

文学历史构成的"地理版图"，并不只是借用一个与地理相关的概念，而是因为文学历史的构成形态与发展规律，都不可能离开特定的地域，国别文学也好、民族文学也好、世界文学也好、外国文学也好，首先是一个地理的概念，并且是以地理区域的不同进行区分的。没有不同的地理存在，就不会有这样的文学形态的存在。中国文学史，自然是发生在中国的大地上；日本文学史，自然是发生在日本列岛上；印度文学史，自然是发生的南亚次大陆上；英国文学史，自然是发生的英伦三岛上。因此，我们说国别文学与民族文学，首先就是由地理因素的不同而构成的。只有各语种文学也许与地理没有很大的关系，如英语文学涉及世界各大洲，汉语文学、法语文学与西班牙语文学也往往涉及世界各大洲，因为语言的流散力是相当强大的，与此相关的文化与艺术，也是一样。其次，许多国家与民族的文学都有多种多样的地方文学，地方文学的存在就是因为不同地方的自然地理环境，以及在不同的自然地理环境之基础上产生的不同的人文地理环境所造成的，总之，文学的产生与发展都是与不同的地理环境相关。如南阳作家群，也只有在南阳那样的盆地中才可能形成；湖乡作家群，也许只有在湖南那样的地理环境中才有可能形成；岭南文学也是独自存在的，开放的、具有海洋性的地方文化，才有可能形成那样一种既与中国传统文化相关，也与域外文化与文学相关的包罗万象的文学形态。在一个多民族的国家里，往往具有多民族的文学，虽然民族的形成并非只是因为地理环境的不同，然而不同的民族文学却总是与其生存的地理环境关系密切。壮族文学、土家族文学、布依族文学、白族文学、满族文学、蒙古族文学都各具特点，与其所生存的地域特色是完全一致的，只不过由于我国各民族在近代以来联系更加密切，民族与民族之间的距离更加接近，产生了所谓的民族同化倾向。然而，由于各自不同的居住与生存环境，民族文学之间的差别仍然是存在的。草原文学、黑土地文学、红土地文学、黄土高原文学、浙江海洋文学之类的名称，也见诸期刊发表的许多学术论文。我们在进行文学历史叙述的时候，就必须注意这样的区别与联系，从而关注文学历史构成的地理版图的来龙去脉。再次，在文学历史的叙述中，对于各国家与各地方的文学，特别是对作家作品进行讲述的时候，有必要增加一些作家的出生地、成长地与写作地等自然环境图片，以及作品所呈出的地理要素，如长江黄河、高原平原、盆地高山，这样有利于读者认识文学史构成的地理版图，有利于更清楚地认识文学史形态中的地理因素，在时间之外增加空间的因素，让时空一体化的文学史框架能够真正的建立起来。

文学历史叙述的地理版图概念，让时空一体化的文学史能够得到最终的确立。中国文学史从哪里开始，最早的小说、诗歌、戏剧与散文是什么？后来有什么样的发展，到了现代是一种什么样的形态？这只是时间之维的文学史叙述。文学发展的规律与历史线索的构成，可以从此得到说明。如果我们很用心地研究所有的作家作品，就会发现只是作家与作品还不足以构成完整的文学历史，因为文学史的构成还有与此相关的文学思潮、文学流派、文学社团、文学阅读与文学批评等，多种多样的因素才可以构成真正的文学历史。时间是构成历史的最主要因素，然而以时间为基点的文学史，也必须是空间化的，即每一位作家与作品都只能产生于一定的时代环境里，而时代环境还有另一个重要的方面，那就是空间形态。并且从空间形态而言，可以从根本上认识文学历史之所以是这样而不是那样的原因。艾略特认为每一个人都处于特定的文化传统中，而这里的文化传统也不纯粹是一个时间概念，多半是一个由时间与空间相统一而形成的立体时空。对于文学历史的叙述者来说，时间的认识是重要的，空间的认识同样是重要的。如果说从时间上可以找到文学构成的原因与文学发展根源，是因为前代作家与作品所形成的传统对于后来者的影响；那么，从空间特别是地理空间上则可以找到文学形态构成的原因与文学发展的动力，环境特别是自然环境与人文环境对于文学所产生的决定意义，是十分显著而有目共睹的。对于文学历史的描述，不可能只是讲一种现象，恐怕还得分析其中的原因，找到其中的规律，而离开了特定地域文化与地理精神，这样的原因与规律是不可能找到的。文学历史叙述的地理版图问题的提出，其最重大的意义就是体现在此。

文学历史叙述的地理版图问题，是基于文学与地理的关系而提出来的，也是基于文学史叙述存在的问题而提出来的。如果文学的产生与发展与地理没有什么关系，没有什么地域色彩与地方特色，在文学作品中也不存在自然环境与人文环境的影响，那么文学历史叙述的地理版图问题也就没有存在的依据；因为东方文学与西方文学的区别就不存在，南方文学与北方文学的区别就不存在，各民族、各国家与各地区文学之间的区别也不存在，那么就没有必要关注文学史叙述里的地理问题与版图问题。与此同时，文学史叙述中如果不存在东方文学与西方文学、南方文学与北方文学的不平衡问题，不存在在一个地区文学叙述里的各国家、各语种文学的不平衡性问题，不存在对每一个国家文学的叙述里的文体、语言文学不平衡的问题，自然也不会提出文学历史叙述的地理版图问题。因此，一个是基于文学的本质与来源，一个是基于文学史叙述存在的问题，都是具有理论建设性与现实针对性的。

六．地理版图概念对于文学历史叙述的意义

"地理版图"是一个地理学的概念，是指地理描绘中所注重的总体框架与整体构成，要有结构性、完整性与科学性。本文借用于此，指文学历史叙述的合理性与科学性着问题。由于过去的文学历史叙述，存在只注重时间而不注重空间，只有时间的一维而没有空间的一维，完全忽略文学史叙述中的地理空间背景，完全忽略文学作品的产生与发展与地理空间之间的关联，所以地理版图概念的提出与运用，对于文学历史叙述具有重要的实践意义与理论价值[①]。首先，它可以改变我们现有的文学史观念。历史总是时空的混合体，时间只是一个过程，然而它本身并不能构成历史的事实，只有将空间引入其中，与时间一起发生作用，才有可能建立起时空一体的时

[①] 杨义先生也曾经讨论过类似的问题。他说："值得关注的是，把地图这个概念引入文学史的写作，本身就具有深刻的价值。它以空间维度配合着历史叙述的时间维度和精神体验的维度，构成了一种多维度的文学史结构。因为过去的文学史结构，过于偏重时间维度，相当程度上忽视地理维度和精神维度，这样或那样地造成文学研究的知识根系的萎缩。"《文学地理学会通》，北京：中国社会科学出版社，2013年，第57页。

空观念,以及在此基础上的历史观念。文学史是如何构成的?只有时间而没有空间的确无法构成文学史,确立了时空一体的文学史观,就可以为真正的文学史的提出建立观念上的基础,其次,可以让文学史叙述更加全面与科学,编写出更加合理与实用的文学史教材。现有的文学史教材,基本上是多人合编的,一个方面参编者水平不齐,一个方面主编者没有科学的文学史观,自然问题多多,而一般的人又无法认识到其中存在的问题。文学史叙述地理版图问题的提出,要求编者注重世界文学史的构成、世方文学史的构成、西方文学史的构成、中国文学史的构成,从而为编写出全面的、合理的、科学的文学史做出自己的努力。第三,对于所有历史现象的构成,都会有新的启示意义。中国的历史学科并不发达,虽然注重材料的发掘,但没有独立的历史观念,也没有坚持个人写史的传统,所以对于历史的构成与历史的发展,难有准确与科学的认识。近年我读到一部美国学者徐中约教授所著《中国近代史》[①],与我们从前读到的中国近代史有很大的差别,对于许多重大的历史现象有了重新认识,它从明代中期开始讲起,以至于中华人民共和国的今天,是一部完整的、合理的、科学的历史叙述。而之所以如此,一个重要的原因就是因为作者有合理的历史叙述的地理版图概念,所以它才从明代中期开始讲起,而在最近的发生的重大事件才结束。所以,我们讨论的是中外文学历史叙述的地理版图问题,而它的影响可能会超出文学研究之外、文学史的研究之外。

[①] 徐中约著:《中国近代史》,计秋枫、朱庆葆译,茅家琦、钱乘旦校,香港:中文大学出版社,2001年。

文学作品中的地理叙事问题[①]

地理叙事是指文学作品中以地名、地景、地理影像与地理空间建构为主要的叙事方式，是指向文学作品的艺术传达问题，似乎与作品的思想、情感、主题、题材等没有直接关联。叙事学在西方是一门显著的学问，然而传到中国以后，虽然产生了很大影响，然而也存在一些问题。最常见的现象，是中国学者似乎什么问题都可以与之相关，于是就有了所谓的"伦理叙事"、"生态叙事"、"家族叙事"、"民族叙事"、"农村叙事"、"历史叙事"等等术语，其实，这样一些说法在本质上是很难成立的，在方法上是没有适用性的。因为就其运用的方式和所揭示的内涵来看，与西方意义上的叙事学本身之间，并没有什么内在的关联；对于文学研究实践来说，也不能揭示什么实质性的东西。上述概念，只是表明了我们对不同作品主题与题材关注点的不同，而它们相互之间并不存在实质上的差异，"伦理叙事"、"乡村叙事"与"历史叙事"之间是如此，"生态叙事"、"家族叙事"与"民族叙事"之间，也同样是如此。我们这里所说的"地理叙事"，则在本质上与上述所有的概念都不相同，因为它既不是对于作品主题表达的描述，也不是对于作品题材的表述，而只是与文学作品特别叙事性文学作品之艺术传达方式相关。在文学作品的艺术传达上，作家以自然地理意象与人文地理意象为基本

[①] 本文系在本书中首次发表。

的方式，不仅关注自然世界与自我世界，也关注人类社会，以自我与自然的关系为主体，对相关的社会人生问题进行探讨，形成了一种特点鲜明、富有张力的艺术传达方式，如果离开了这种方式，文学作品里由作家所创造的许多现有的东西将不复存在。这就是我们所说的"地理叙事"的内涵及其重要意义。

一、关于"地理叙事"概念的提出

"地理叙事"概念的提出，从我个人而言，最开始是从对中国当代诗人郭小川、贺敬之诗歌作品地理意象的发现开始的。从读大学的时候开始，我就对两位诗人的作品极有阅读的兴趣，即使到了今天，当有的人对他们的作品评价不高的时候，我也喜欢朗诵他们的作品，认为《团泊洼的秋天》、《放声歌唱》、《乡村大道》、《望星空》、《雷锋之歌》等，其味道之足、境界之高、艺术之美妙，就是放在整个中国文学史上来看，也不会逊色。从郭小川的作品中我们看到，许多诗都是以特定的地名或者自然山川之描述为题目的，如《乡村大道》、《厦门风姿》、《团泊洼的秋天》，还有《青纱帐——甘蔗林》、《林区三唱》、《深深的山谷》、《白雪的赞歌》，以及还有许多以自然界存在的季节为题目的，如《秋歌》之一、之二、之三，《春歌》之一、之二、之三，并由此而形成了诸多著名诗歌作品系列，从当代中国文学史来看，郭小川这一类诗作，在普通读者中产生了巨大的影响。而在贺敬之作品中，也存在基本类似的情形，如《回延安》、《桂林山水歌》、《西去列车的窗口》、《三门峡歌》等，就是在《雷锋之歌》、《放声歌唱》这样的长篇抒情作品中，也有许多城市的名称、历史名胜与自然风景名胜之地名的出现，以及深厚的地理因素的存在，在《放声歌唱》中就有关于长城与长江的对话、黄河与黄山的对话，在《西去列车的窗口》中，也有一路西行所看见的不同地域风光，诗人将它们与中国革命史实联系起来，并以此展望未来。对于当代诗歌中这样一种注重以地名的罗列与地理因素的重现为主要形态的艺术表达，并且形成了鲜明的特色与强大的优势，引起了我的高度重视，虽然一直都在思考，却没有机会与条件对其进行命名。在我近年来深入思考文学地理学批评理论的时候，才发现这其实是一种标准的叙事方式，可以称之为"地理叙事"。言说到此，概念及其内涵已经可以做如下的界定了：所谓"地理叙事"，就是在特定的文学作品中，以地理景观、地理空间等地理因素作为表情达意的主要工具、艺术传达的重要方式，在文学作品的艺术传达上产生了创造性的意义。自然，地理叙事也不可能是单一的存在，而是在与其他叙事方式相结合的过程中，才完成了一部具有独立思想艺术价值的文学作品。因为没有一部作品自始至终只是采用一种艺术手法，也没有一个作家在一生的创作实践中只用一副行当，而能够走遍天下，而让读者们心悦诚服。

我们还可以进一步延展开来，以便对"地理叙事"有一个更加准确与科学的认识。地理叙事是文学作品中的艺术表现手段，一种艺术传达的符号，其所指的内容与存在形态也许比较宽泛，但是其意义与内涵却是特定的，那就是作品里与地理因素相关的艺术传达手段，而不是作品题材与主题的代称，所以不同于西方叙事学里面所讲的"叙事"，而只是偏重于揭示文学作品中的艺术体式与艺术形式。"地理叙事"的概念，特别适合于用以解读游记、传记、山水散文、系列地域小说等文学作品，因为作家在这一类的作品中，对于自然地理景观的观察与感觉，往往有诸多的集中独到表达。需要说明的是，并不是每一部文学作品中都存在地理叙事，也并不是所有与地理相关的艺术手法都叫地理叙事，它只是指在文学作品中以地理关注与地理因素为中心而形成的艺术表现手段，并在此基础上产生了不可替代的艺术优势，对于作品的思想主题的表达、人物形象的塑造，艺术结构与艺术风格的形成，发生了某种重要的关联。只有在这种情况下，我们探讨地理叙事问题，才会产生独立的理论建设意义与文学批评实践的意义。

二、与"地理叙事"相关的三个概念

在此，有必要厘清与"地理叙事"相关的三个概念：抒情、描写、叙述。"抒情"作为一种艺术手法，主要是运用在诗歌、散文与杂文类作品中，小说、戏剧中自然也可以抒情，特别是像日记体、书信体小说，大段大段直接抒情也是存在的，特别是在西方的感伤主义文学与浪漫主义文学时期。抒情，在文学创作实践与文学批评中，其实是一门很讲究、很高深的学问，然而，从前的学者只是把它包含在叙事里面了，所以在西方只有"叙事学"，而没有"抒情学"。从现在来看，这样的理论概括是有失偏颇的。因为在所有的文学体式中，抒情所占的比重并不比叙事更小。在中国古代的诗歌作品中，抒情诗占了绝对优势，叙事诗并不发达，甚至有学者认为中国古代没有像西方意义上那样的史诗，甚至杰出的叙事诗也很少，那么你只是援用西方来的叙事学理论，如何研究中国古代的诗歌作品呢？中国古代散文高度发达，然而，无论是山水散文还是政论散文，是骈赋还是小品，抒情艺术所占的比重也远远超过叙事艺术，甚至可以说在中国古代的散文文体中，并不存在严格意义上的"叙事"，那么，你只是用来自于叙事学理论，如何研究中国古代的散文作品呢？即使是小说与戏剧，抒情小说与抒情戏剧也是大量存在的，像《红楼梦》、《水浒传》、《西游记》这样的小说，虽然有宏大的叙事框架，却以抒情为本质，如果仅仅援用来自于西方的叙事理论，也许无法解决中国古代小说史上存在的所有问题。所以，从中国文学史的实际出发,与"叙事"相对的"抒情"应当成为一个重要的文学批评概念,这不仅符合中国文学史的实际,并且也是文学批评与研究实践的需要。

另一个与此相关的概念是"描写"。"描写"作为一种艺术手法,在中国古代山水游记和山水散文里大量存在,并且发挥了重要的作用。在这样一些文体中,甚至在小说与戏剧作品里,对自然风景的描写成为艺术传达的重要部分,成为了"地理叙事"的重要存在形态。在《山海经》之类的中国古典文学作品里,描写自然风光与动物植物的篇幅很大,虽然在许多时候似乎只是一种知识介绍,然而让我们看了以后,就知道这是什么山那是什么水,它们分别是什么样的形状、什么样的色彩,这就具有了描写的意义。"描写"主要由人物描写与风景描写所构成,如果说对于人物的描写与地理叙事没有很大的关系,那么对于自然风景的描写则是典型的地理叙事方式。在易卜生的戏剧作品中,绝大多数作品里都存在风景描写,特别是台词里对于剧情发生地的介绍,以及人物所活动的种种场景,没有这样的描写,戏剧情节就没有办法展开,人物的形象就难于独立的建构,这也是一种典型的"地理叙事"。与此相关的"叙述",主要指小说、叙事散文、报告文学作品中对于故事的讲述,在叙事类文学作品中是大量的存在、固有的存在,它自然是"叙事"概念中的题中应有之。来自于西方的"叙事学",有的时候也被称为"叙述学",也是出于这样的考虑与同样的原因。所以,"地理叙事"并不只是集中在"叙事"一词上,"叙事"只是一种说法而已,它自然要包括"抒情"、"描写"与"叙述",因此,所谓"叙事"是一个宽泛意义上的存在,并不只是指作家在文学作品中讲述相关的故事,它是艺术表达与艺术传达的同义语,具有了一种理论建构有意义。

所以,我们认为无论是抒情还是描写,如果与地理因素相联系就成为了一种叙事的方式，与我们所讲的"地理叙事"发生了关联。从前有学者所做的关于美国诗人弗洛斯特诗歌中的地名研究，关于白居易诗歌作品中的地名研究，对于当代中国诗歌中的地名研究，对于中国古代戏曲中的地名研究，西方学者所做的小说里的自然景观研究，都属于我们所说的文学地理学研究范围，与"地理叙事"存在着诸多密切的关系。所以，"地理叙事"概念具有广泛的运用前景，因为它能够揭示文学作品中存在的重要现象，而我们现有的文学理论中还没有一个相关的概念可以代替它，更为重要的是"地理叙事"的概念及其理论，还没有引起学者们的高度重视。"地理叙事"与从前文学理论中的任何一个叙事概念不重复，它是从对文学作品的阅读实践里抽象出来的，因而在具有理论价值的同时，也具有文学批评与研究实践的意义。

三、"地理叙事"解读体力类作品更有效

为什么"地理叙事"对于山水游记、山水散文与山水诗歌之类作品的解读特别有效呢？因为这样一些作品中存在大量的地理影像（包括地理意象、地理景观、地理空间），并且总是存在某种独立的思想与艺术意义。从地理角度而言，作为中国古代重要著作之一的《山海经》，就是一部经典的地理叙事著作，因为它的整体结构与主要内容都是由地理所构成的，山经与海经，东西南北经，加上"大荒北经"与"大荒南经"，以及"海外经"，全部的内容都是对于自然山水的描写，记录的江河湖海数以百计，南北东西在自然景观的方位与布局讲得清清楚楚，读了这部书之后，我们就可以了解各山水相互之间的距离，以及相互之间的关系。读了一部《山海经》，东方中国的自然山水就会明明白白地呈现在我们眼前，只不过是我们的古人对于当时当地地理景观进行观察而作的一些记录而

已。因此,《山海经》中的地理叙事,就成为一个很有研究价值的问题。像《徐霞客游记》与《马可波罗游记》这样的作品,其意义与价值之间的关系,同样是如此。如果说游记是一种特别的文体,强调其亲身经历的纪实性与个人眼光的观察性,那么山水诗与山水散文则与此相似,然而也具有很大的差别,因为它们更具有主观性与抒情性。如果以地理叙事的理论而论李白与谢灵运的山水诗,陶渊明的田园诗与王维的山水诗,也许与此不同。李白的《蜀道难》、《梦游天姥吟留别》这样的长篇山水诗作,自然也是最为典型的地理叙事作品,因为它们对于诗人个体思想与情感的表现,都是建立在对自然山水的观察、感知与认识基础之上的。就是李白的一些小诗,也同样是典型的地理叙事。"李白乘舟将欲行,忽闻岸上踏歌声。桃花潭水深千尺,不及汪伦送我情"。其两个地理意象所起的作用,是最为基础的与根本的①。陶渊明《桃花源记并诗》并非梦中所游,而是对于曾经生活过的某地自然山水之回忆,以及在此基础上的某种想象,诗人把自己归隐的理想与志趣,全部寄托在一个"乌托邦"的世界里。孟浩然与韦应物的山水诗,着重于对特定地区自然景观的呈现与描写,往往具有地理上的真实性,然而其情其景却与诗人自我之间存在种种密切的关联性。因此,地理叙事的理论对于中国古代山水诗的研究,对于西方自然山水诗的研究,都具有同样重要的意义。

在西方自古而今的小说、戏剧、史诗等叙事文学作品里,地理叙事理论的运用则有更加广阔的天地,因为它们的叙事艺术与叙事方式,与地理之间的关系更加密切,地理叙事的内容更加丰富。在美国华裔小说作家谭恩美的五部长篇小说中,每一部都有并不相同

---

① 中国古代的诗词作品中,存在大量的地名与地理景观,往往具有一种地理上的真实性,李白、杜甫、白居易、王维、孟浩然等诗人的作品中,没有了地名与地理景观,似乎就无法完成抒情叙事了。以此为题的硕士与博士论文,也有不少。

的地理叙事存在，并且具有各自不同的意义，显然，作家对于地理问题有着一直的关注，对于地理经验与地理想象也有丰富的表达。在《喜福会》里，我们可以看到抗战时期的母亲在广西逃难景象的描写，以及另一位母亲对于江南太湖有月的夜色风光的抒情性描写；在《接骨师之女》里，我们可以看到外婆所出生并生活的"仙心村"，以及战争时期一大群孤儿寄生的那一个教堂所在的荒凉高地；在《灶神之妻》里，我们可以看到战争初期的东方大都市上海与大轰炸时期的西南边城昆明的自然景色；在《通灵女孩》中，我们可以看到广西长鸣具有神秘与古怪气息的山洞原始风光，还有美国旧金山及周边地区的自然风光；在《拯救溺水鱼》中，我们可以看到东南亚密林深处的兰那王国，以及与中国四川云南交界处的香格里拉美景。因此，我们可以说其长篇小说里的地理因素是相当丰富的，它们都可以看成是地理叙事的重要方式。从历时性的角度来看，从第一部到第五部，其长篇小说在地理叙事艺术上有了很大的扩展，并形成古与今、西与东相对而存在的地理空间表达。《灶神之妻》里关于旧金山湾区的"水龙"与"火龙"地理景观的描写，对于小说的主题与思想而言也并不是一种无缘无故的存在。有的文学作品里的地理景观，也许只是人物生活与成长的一种背景，然而在谭恩美的长篇小说里，许多地理景观不仅是人物存在的背景与基础，而是具有了独立的思想与情感意义，上面提到的诸多地理景观，往往就具有政治与文化的内涵，甚至成为了一种具有象征性的符号，它们对于人物形象的塑造与思想主题的表现，往往具有重要的意义，需要我们以地理叙事的理论进行深入地思考与探讨。

从前，有学者认为地理景观与地理空间的存在，只是作家为了表现人物的命运而不得不有的描写，并不具有自足的美学意义，其实这是一种似是而非的见解。不过，因为人总是要生活在特定的历史时空里面，没有天地自然就没有人的生存，而人的生存总是一种与自然地理相关的一种实实在在的状态，因为人不可能生活在真空里面。在许多现实主义与古典主义作品里，多半是这样一种实在与真实的情况。然而，即使是在现实主义作家如巴尔扎克的《人间喜剧》里，对于自然地理景物的描写，也绝对不是无缘无故的，"伏盖公寓"也许并非只是一种背景；在左拉的系列长篇小说中，对于自然景观的描写，讲究准确与至于精确，然而也不可能是对于生活与现实的照相式的描写，它也会有作家自己的选择与艺术重建。浪漫主义诗人与作家的笔下，自然景观的存在就更是如此，华兹华斯与柯勒律治的诗歌往往都是艺术想象的产物，就是超验主义作家如爱默生与梭罗等人的笔下，自然地理世界的呈现与存在，也与现实主义作家的地理存在具有了很大的不同。因此，对于不同流派的作家与作品，从地理叙事的角度进行探索，要根据作品的实际情况，不可一概而论。现实主义作家与自然主义作家不同，古典主义作家与浪漫主义作家不同，唯美主义作家与超验主义作家不同，首先是因为他们对于自然的态度不同，对于人与自然关系的认识不同，对于人类所生活的这个世界的构成及其来源的认识不同。并且，同一个流派里的不同的作家，同一个作家笔下不同的文体，其地理叙事的内容与方式都有可能是不同的。因此，文学作品中的地理叙事，并不是一个简单的问题、局部的问题、非本质的问题，而是一个复杂的问题、全局的问题、本质的问题。对于小说与史诗等叙事性比较强的作品而言，地理叙事是一个值得研究的重要问题，这样的研究有可能发现文学理论与文学批评理论中的重大问题，只不过需要我们在许多个案研究的基础上，发现与总结其中的规律，以构成"共同诗学"的重要内容。

如何对待抒情诗性作品里的地理叙事问题，需要我们根据不同的作品中地理因素的存在状况，进行不同的辨析与探索。在马致远《天净沙·秋思》这样的抒情短诗里，如果没有对于自然季节及其相关地理意象的呈现，则没有"秋思"的本身，而"秋思"是最重要的主题之一。在华兹华斯《咏水仙》中，对于自然的热爱、人与自然关系的印象，就是通过诗人以想象的方式，在天空所见的大海边上的地理延展而得到了完整而充分的表达。

  我好似一朵孤独的流云，
  高高地飘游在山谷之上，
  突然我看到一大片鲜花，
  是金色的水仙遍地开放。
  它们开在湖畔，开在树下
  它们随风嬉舞，随风飘荡。
  它们密集如银河的星星，
  像群星在闪烁一片晶莹；
  它们沿着海湾向前伸展，
  通向远方仿佛无穷无尽；
  一眼看去就有千朵万朵，
  万花摇首舞得多么高兴。
  粼粼湖波也在近旁欢跳，
  却不知这水仙舞得轻巧；
  诗人遇见这快乐的伙伴，
  又怎能不感到欢欣雀跃；
  我久久凝视——却未能领悟
  这景象所给带给我的精神至宝。
  后来多少次我郁郁独卧，
  感到百无聊赖心灵空漠；
  这景象便在脑海中闪现，
  多少次安慰过我的寂寞；

我的心又随水仙跳起舞来，

我的心又重新充满了欢乐。

（顾子欣 译）

  自然之结晶"水仙花"的倾慕之情，如果没有对从天上看地下的空间形态的呈现，则很难得到充分与完整的表达。在华兹华斯的另一首杰作《致布谷》里，诗人则以不同季节、不同年代对于地理景观的观察与想象，抒写了从童年到少年再到青年时代的心灵成长历程。在这样一些作品里的叙事，其实就等同于抒情，因为严格说来它们不存在叙事方式，抒情也包括在叙事里面，构成了叙事的另一种形态。而这样的抒情与地理之间存在什么样的关系呢？如果与地理环境与自然意象没有什么联系，如果没有特定的地域文化景观的呈现，抒情与地理因素则没有任何关系，那就不能称之为"地理叙事"；如果在标题中就标明了地理景观与地理名称，在文学作品的本体里也以自然景观为主要的描写对象，或者以对自然的印象表达对人间的种种认识，地理因素在艺术传达里发生了重要的意义，那么就是典型的"地理叙事"，就值得我们进行深究，从而探讨更加重大的问题。

四、文学作品里"地理叙事"的三种形态

  一般而言，文学作品里的"地理叙事"存在以下三种情况：

  一是以具体的地名或者地理景观名罗列方式进行叙事。兰斯顿·休斯诗中的地名是大量存在的，并且具有一种叙事功能，并且发生了重要的意义。郭小川诗作里的地名，也往往具有一种抒情功能，发生了重要的意义。这里讲的"抒情"，其实也可以"叙事"代之。"抒情"是狭义的"叙事"，"叙事"是广义的"抒情"。在政治

抒情诗流行的时代，郭小川与贺敬之的作品中却出现大量的地名名称，表现了深厚的地域色彩，与那样一种纯粹空洞的抒情诗，拉开了很大的距离，的确是一种文学史奇迹。在中国古代文学作品中，也存在类似的情形，如苏轼的诗词与辞赋作品里，往往明确地标明此作在那里写的，是在什么情况下写的，这就是现有的许多著名的风景名胜，总是依赖于著名的作家及其作品的由来。如果没有苏东坡的前后两篇《赤壁赋》，现有的黄州恐怕也就不具有文学与文化的意义。李白《蜀道难》虽然没有标明所写的是哪里的蜀道，然而它毕竟标明了"蜀道"；而《梦游天姥吟留别》则标明了具体的地名浙江的"天姥山"；并且以此表明了诗作的主题。而像李白其他的许多诗作，也同样是如此，具有深厚的地理意义与地域色彩，"五月天山雪，无花只有寒"、"峨眉山月畔轮秋"这样的诗句，则是对于具体的自然景观的抒情。这种情况，在中国古代文学作品中是大量存在的，如《诗经》则采自诸多国家，并且分成了由地方所构成的部分，特别是"国风"中有15个部分，就是采自不同地方的民歌作品。《楚辞》之名同样与地理相关，楚国的不同的历史时期有不同的范围，然而"楚辞"产生于楚国则是一定的，没有任何的疑问。文学作品中可以有地名，也可以没有地名；然而有地名与没有地名作品，其意义也许是并不一样的。像小说与戏剧等作品中的地名也许是虚拟的，而像散文与诗歌中的地名，往往是真实可信的。不论是虚拟的还是真实的，作品里的地名罗列都可以构成地理叙事的重要方式，构成文学的地域性与地理因素的重要方式。苏轼作品中往往标明时间与地点，而李白的作品中许多地名都是确实可考的，与华兹华斯诗歌中的地名有一点相似。像"桃花潭水深千尺"中的"桃花潭"，"两岸青山相对出"里的"青山"，都具有地理上的真实性，地理在其诗作里具有了艺术与文化的意义。

二是以对自然风景的描写来讲述人物身上所发生的事件，从而表现人物的心理与性格。如沈从文散文集《湘西》与《湘行散记》里的自然风景描写，往往与人物、事件相统一，它就具有了一种叙事的功能。在许多西方小说文本里，也存在这样的情况。在哈代与劳伦斯的长篇小说里，所有的人物都生存于特定的自然环境里，无论是乡村还是城市，对于人物故事的讲述，总是在特定的自然风景里展开，人物的活动也绝对不只是在某一所小屋内进行。如果没有自然风景的展现，小说里的故事也许就无从讲述，人物形象的塑造也许无法完成，作品的感情与思想也许就无法得到表达。更多的时候，自然景观本身也具有一种叙述功能，因为它们本身具有特定意义，有的时候甚至还具有一种象征的意义。对于文学作品里的自然景观意义的研究，在西方形成了一门专门的学问——景观学，他们特别注重对诗人与作家笔下的自然风景描写，以及对于作为"天地之物"地理景观的描写，在文学作品中存在意义的研究，对于作家审美心理的构成与发展的研究。因此，文学作品对于自然风景的描写绝对不是无缘无故的，也不是随意为之的，它能够说明的问题，并不亚于对文学作品中人物与故事情节的研究能够说明的问题，因为在许多杰出的文学作品中，人、事、景的存在往往都是统一的，自然景观的描写往往占有重要的一席之地。海明威小说《老人与海》中的大海之景象，与老人思想与观念之间的象征关系，成为文学地理学研究的重要题目。在小说这样的文学作品里，自然景观的存在与人物都会发生这样那样的关联，纯粹作为场景而存在的不是很多，在戏剧类文学作品中，自然景观也并不只是作为道具而发生作用，如曹禺戏剧《原野》中的"森林"与"铁轨"，就具有了某种象征意义，对于人物的心理世界的表现具有重要的意义。

三是对于过往时代所见到自然景观的一种回忆。如果我们以回忆的方式，展开过去的人生故事与历史事件，如散文、诗歌、回忆录、游记之类的作品中所呈现的那样，从小生活地方的一草一木、一山一水，往往都具有了一种抒情与叙事功能。在拙诗《西湖十四行》、《俩母山的石头》、《内江十四行》、《青海观察》、《草原十四行》等十四行组诗中，地理风光本身具有一种广义叙事（抒情）的功用。如果没有什么意义，也不会有这样一些地名的存在。我所创作的汉语十四行诗，基本上都是以地名来命名的并不只是说整组诗的标题，也包括每一组诗里的每一首的标题，只有少数诗如《游泳》、《向往春天》例外。我创作的十四行组诗，无论是写老家的自然风光与风土人情，还是写到各地参观考察所得的印象，那么，都是对自我生活里自然风光的一种回忆，是将自然与自我联系在一起进行表达的。同时，我们所说的地理叙事，绝对不只是地名与地景的问题，还包括自然环境里的气候、水文、天象、地象、动物、植物以及大地上与天空下所呈现出来的一切景象，以及两者之间的空间景象如风云雷电，地理绝对不只是地景的问题，因为人在天地之间所能够见到的所有的东西，往往都是与地理相关的自然景物的一个部分，它们共同构成了人之地理认识的重要内容。因此，文学作品里所有的与自然相关的部分都具有了地理的意义，自然也就具有了艺术的意义。

五、"地理叙事"可以解决三个方面的问题

通过对具体作家作品的地理叙事分析，可以解决以下三个方面的问题：

一是作品的叙事是如何展开的？小说、戏剧、诗歌与散文等文类，如何表现自己的主题与抒发自我的情感？虽然不同的文体有不同的要求，不同的作品具有不同的存在形态，然而以叙事为基准的艺术手段，则是共同的艺术选择。在此基础上将表现手法进行分类，"地理叙事"也许是其中最为主要的方式。长篇小说、史诗、多

幕剧这样的故事情节比较强的作品，其叙事的方式也许是多种多样的，有的直接展开以人物或者动物为主角的故事，有的则以人物的回忆方式展开过去时代所发生的故事，有的则以人物与人物的对话而展开现在发生的故事，然而无论是何种故事，似乎都不可能脱离特定的自然与人文环境，因为人物不可能生活在真空里，就人物而对人物进行纯粹的心理分析，让人物自身直接地展开自己的情感，既不可能丰富，也可能没有依托。所以，从地理因素的构成方式来看地理叙事的构成，就具有了独立的意义。戏剧讲究布景，小说讲究环境，散文讲究人与自然的对话，诗歌则不可能全部直抒胸臆，因此，地理景观与地理环境则成为文学作品构成的重要内容与主要方式。因此，对于文学作品中地理叙事的分析，可以认识地理因素在文学作品的思想内容与艺术传达中所发生的意义。叙事是一门至关重要的艺术，也是十分重要的一种理论，而文学作品中的叙事是如何展开的？就是对于叙事艺术的直接研究，让我们的文学研究直接进入实际操作的层面，让理论发挥自己的作用。

二是可以更清楚地认识文学作品在地理叙事上形成的特点，是以自然景物的描写为主，还是以地理环境的呈现为主，还是以地名行走的方式为主，可以说明作家的艺术选择与艺术策略。因为文学作品里的地理叙事是多种多样的，不同的方式体现了作家的艺术想象与对于自然景观的关注程度。如果我们深入探讨其中存的问题及其成因，自然是有很大的意义的。一般而言，诗歌作品中不可能长篇大论地描写自然环境，但《荷马史诗》这样的西方古代作品，却是一个例外。它对于故事发生的环境与背景的描写相当细致，对于战争场面的描写也许远远超过了当时的小说作品，而为什么会如此呢？一般而言，小说对于环境的描写是相当周详的，然而在《三国演义》、《金瓶梅》这样的古典小说中却相当简洁，也许只有《红楼梦》是一个例外，情感表达细致，心理描写深入，而对于自然与人文环境的描写也不让前人，后来的小说也难于相比。而这又是因为什么呢？这就体现了不同的作家不同的艺术趣味与审美追求，有的人追求宏大的场景对于人物的意义，有的人追求人物的内心世界的展示，有的人追求故事的讲述。所以，研究文学作品里的自然地理之存在状态与其整体的叙事艺术，具有重要的意义。

三是可以考察一部特定的文学作品中地理叙事与其他叙事的关系，以及地理叙事所产生的意义与特点。在一部长篇文学作品里，叙事的方式也许是多种多样的，地理叙事在其中占多大的比重，形成了什么样的特点，发挥了什么样的优势？如果我们进行探究，就可以发现在不同的文体里，地理叙事存在不同的情况，也具有不同的意义。就是在同一种文体里，地理叙事也具有不同的情况。中国古代小说不太注重自然风景描写，《红楼梦》也许是一个例外，那么，地理叙事与其他方式的叙事就形成了不同的结构方式。而在西方现实主义与浪漫主义作家的许多作品里，往往存在大段大段的风景描写与自然环境描写，在各种叙事方式里占据主导的地位，有的时候还具有独立的艺术意义。更为重要的是，在一部长篇文学作品中，多种多样的叙事手法是联系在一起的，往往是你中有我而我中有你的情况，地理叙事只是其中的一种手段而已。在《蜀道难》里，有对于自然景观的直接展示，也有对于历史的感慨，还有诗人的自我抒情，但地理叙事在其中占据了主导地位，有三分之二的篇幅是对于蜀道自然景观的描写，并且正是以此种方式才展示了诗人眼中的蜀道之难，以及人与自在之间的关系。

"地理叙事"是一个重要的地理学批评概念，没有必要以曾经形态的叙事学理论来进行解释，因为它本身具有原创性，不是从所谓的叙事学理论那里来的。文学地理学批评与文学伦理学批评的相关概念，基本上都不是从现有西方理论那里来的。我们的批评理论，是从以作家作品为主的文学现象研究里得来的，因此也可以回到作家作品研究里面去，同时也必须回到研究对象那里去，以期做出进一步的修正与完善。"地理叙事"的概念，针对的是文学作品里与地理因素相关的艺术建构问题。如果没有这个概念，文学地理学批评也许就只能解释作家作品的思想与内容上的成因，而不能解释其艺术上的成因与艺术上的特点。因为所有的作品都存在叙事的问题，作家就是靠语言进行叙述来展开故事、人物、情节与思想的，由于人类自身与地理存在种种密切关系，在进行艺术表达的时候，"地理叙事"则成为首要的选择。从中外文学史上来看，地理叙事作为文学作品最基本的艺术表现方式，为许多作家诗人所看重，并与自我、历史、自然、社会相联系，成为了艺术作品的有机组成，作家的个性与气质才得以充分表现。因此，提出与深化对"地理叙事"的认识，不仅具有理论原创的意义，并且具有重要的文学批评的价值。

关于文学发生的地理基因问题[①]

地理基因之所以成为文学地理学批评的重要概念,是因为它与文学的发生与文学的存在密切相关。文学之所以与地理发生关联,是因为以下三个方面的原因:第一,作家总是生活在特定的自然环境与人文环境之中。没有生活于真空中的作家,生长于真空中的作家也不可能创作出作品。所以,我们说中国作家、德国作家、法国作家与日本作家的时候,并不只是意味着他的国籍,更重要的是意味着他的自然环境与人文环境,他生活的地域与地方。因此,每一位作家都只能属于特定的地域与地方,不可能只是生活于大的地球与宇宙之中,而拥有了地球人的共同特点。作家的地理性与地区性是与生俱来的,任何作家诗人都不可能例外。第二,每一部作品总是反映一定地方人们的生活,以及在这个地方生活里所产生的情感与思想,因此作品的内容不论是什么样的形态,也不论是什么样的文体形式,它总是特定地方与地域的产物,不可能脱离人类的生活与生存环境而单独存在。虽然有可能想象的产物,如科幻小说与童话作品,然而也是基于地理现实而产生的,包括那样一些高度地理想象的产物,不论是东方还是西方。第三,文学发展也只能是在地理基础之上的发展,描述文学发展的文学历史叙述,也不能脱离地理环境与人文环境而单独进行。所以,我们才有了许多民族的文

[①] 原载《世界文学评论》,2012年第1辑,收入本书时有增补。

学、国家的文学与地区的文学，我们才有了亚洲文学、欧洲文学、美洲文学、非洲文学与澳洲文学，才有了北美文学、南美文学、东欧文学、东亚文学这样的概念。正是因此，地理基因才成为了文学批评与文学研究中的重要概念，才成为了文学地理学批评的重要术语。

可以从人类所居住地方的几类典型的地理环境入手，来探讨文学发生的地理基因问题。高原、平原、丘陵、极地、海滨、山谷、盆地、湖泊、海岛等，不同的地相与气候密切相关，因而会极大地影响人的心理与性格、气质与思维，而文学就是因为人的存在而发生的，是人与自然的相遇而发生的，是人对于自然、社会与人自身的种种反映。因此，在文学创作中起关键作用还是人，然而人是受特定自然环境所影响、所制约、所决定的了！文学与自然环境之间的关系，虽然也有人进行探讨，然而只是限于自然环境对于人的影响，而没有全面地探讨人与自然环境之间的双边关系，也没有细分各种不同的地理状态对于人所产生的不同影响，特别是对于诗人作家所产生的影响。有的人出生于并成长于山地，有的人出生并成长于平原，有的人出生并成长于盆地，有的人出生并成长于高原，其性格与心理也许有重要的差别。并不是说出生并成长于同一类自然环境里的人，就一定具有同类的性格与心理，但最少是具有重要影响的。地理环境决定论有一定的局限，并不是决定人的个性与气质的唯一因素，然而地理环境却是重要的因素之一。只是由于平原与平原并不一样、盆地与盆地并不一样、沙漠与沙漠并不一样、湖区与湖区并不一样，所以同一类地理形态所出生与成长的人，自然也并不一样。更为重要的是人文传统对于人的成长，也具有重要的影响，并且是更加内在的影响。

华兹华斯之于湖区、易卜生之于峡湾、郭沫若之于盆地里的江河、毛泽东之于高山秀谷，鲁迅之于江南小镇，其中存在必然的联系。徐志摩是典型的江南才子，显然他不是出生于北方平原，也不是出生于西方盆地，不是出生于西部高原，与原始森林也没有什么必然的联系。他就是一个柔美安静地方产生的情感型诗人、一个时代生活的感应者、一个自我情感的表达者！每一个诗人与作家都可以找到自己的地理故乡，如果没有自己的心灵对应之地，那肯定是一个怪物，也是一个不祥之物也！因为每一个诗人作家不是生活于真空之中，也不可能生活于真空之中，所以他对于他所长期生活中所见到的天地之物，必然是深有印象，并且是情有独钟的。一个地方往往有一个地方的标志物，在城里叫地标，在乡下叫风水之物如风水石、风水树之类的，如我的老家就有五梅花、五根松、五皇庙这样的地名，显然是风水的标志，而诗人作家往往以它们为心中之神物，一见钟情，而永生相伴。所以，我们在研究一个作家的个性与风格的时候，在批评一部作品的个性与风格的时候，就必须联系到其产生的地理基础。有的可能是在一瞬之间实现的，有的可能是在一生之中完成的，但都是通过人与地理的偶遇而实现的，通过诗人作家的感觉、想象与发现、探索而实现的。

可以从这样三个层面来讨论文学发生的地理基因问题：一是作家身上的地理基因，直接来自于他从小生活的自然与人文环境，这是地理基因形成的最主要途径；二是从上几代人所遗传下来的生命基因中的地理要素，比如祖父母是山地出生的，父母是平原出生的，而自己是海边出生并成长的；三是特定地域的文化传统中所形成的统一地理基因，它已经成为了特定文化传统的一个重要部分。一个作家身上的地理基因，也许正是由三个方面综合起来而产生的统一体与混合体。地理基因本来是复杂的、交叉的、综合的，不是单一的、纯净的、绝对的，所以才是需要研究的、辨析的与探索的。地理基因并不是在短时间里形成的，一是地理形态及其内涵，是在亿万年之间才逐渐产生并发展起来的；二是人类对于地理基因的认识，而形成某地特定地区文化传统的根本，也是在长期的历史过程中才有可能实现的；三是地理基因的产生与构成，都是相当复杂的与曲折的，有的时候也许没有常态，有的时候也许难于捉摸，虽然都是可以得到解释的。

对于文学发生的地理基因问题，只有将作家与作品统一起来进行分析，才可以把握到与认识到。文学作品自然是地理因素存在的最主要方式，但它们需要从与作家相关的种种文献中得到说明；从对文学文本的审美分析中，可以发现作家身上的地理基因，在文学创作过程中发生了什么作用、产生了什么意义？地理基因所发生的作用并不都是积极的、建设性的，有的时候也许是破坏性、与主体精神并不统一的。在对文学发生的地理基因的研究过程中，对于文学作品的审美把握的到位与否，至关重要。作家以作品说话，作家身上的任何东西都可以转化为文学作品里的内容与形式，并成为其思想艺术特色的重要组成部分，地理基因同样是如此。并不是说离开了作品就没有办法把握作家身上的地理基因，而只是说作品是说明作家身上的地理基因最重要对象，一是因为它是作家之所以成其为作家的最重要条件，二是因为作家重要的目标就是创作出优秀的作品，三是因为作品里的美学与人学存在，就是作家本人的存在，并且要大于作家本人的存在。文学是审美的人学，而文学最核心的对象就是作品，审美之所以能够得到转化，就是通过人而实现的，直接地说就是通过作家而实现的。因为，文学作品是最为重要的文学现象，一切的文学现象都需要作品的支撑，没有作品似乎一切都谈不上。与此同时，地理基因并不是一个文学作品里的概念，它只与作家本人相关，是作家与自然之间的关联性之体现，它的来源是自然世界，特别是作为人之生存与发展基础的地理环境；它的目标是文学作品，即它只有转化为了具体的文学作品，它的意义与价值才得到了完整而充分的实现。在没有文学作品的时候，地理基因是不是就不存在呢？也不是这样，它只是存在于人的身上，任何自然人身上都存在地理基因的问题，只不过它没有转化为文学作品以及其他艺术作品而已。因此，从没有作品的人身上，可不可以发现其地理基因的存在呢？也是可以的，比如一个人热爱自然山川，长期与自然山水打交道，久而久之就想隐居了，那么他身上就有相应地理基因的形成，他说的话、做的事所体现出来的审美趣味与为人之道，就是地理基因的外在表现。也许他没有作品，没有文学作品，也没有艺术作品，然而地理基因对于他的人生形态与生命形态也是发生了意义的。

　　说到文学的普世价值，个人认为作家在自己的文学作品中对于自然环境与自然景观的表现与想象，则是最具有此类价值与意义的。西方人也许会认为中国有的人很丑陋，中国人也许会认为西方有的人很恶心，然而也许没有哪个东方人会认为英伦三岛的自然风光是很丑陋的，没有哪个西方人会认为黄山的自然风光是很丑陋的。在东、西方文学作品里，对于自然风光的描写与自然环境的展示，对于所有的人类成员来说，其美学价值都是等同的，是永远值得记忆的。这就是文学地理学批评对于中、外文学研究来说，都具有不可忽视的重要意义与价值的原因。自然之美是具有超越性的，人类社会的任何成员，不论他们的文化传统存在多大的区别，不论他们的社会制度有多大的不同，然而他们对于自然山川的美会有同样的或相似的认识，对于地理的认识也会具有相似性，美之为美、丑之为丑，差别不会太大。其原因在于人类都生活于地球之上，虽然他们可能出生于地球表面的不同区域，但他们都是地球的子民、自然的儿子,他们对于自己的母亲都有同感。当代有所谓"地球人"的说法,有的人一生就在地球上不同的地区旅行,他们虽然出生于某一地区,但没有自己固定的终结地,他们以整个世界为生活的环境,对于自然山川与宇宙风云有一种特别的爱好,他们中的许多人成为了作家艺术家,产生了许多优秀的作品。因此,地理基因对于他们而言并不是固定不变的,而是时时有所增益,并转化为自己文学艺术作品中的重要部分。人类所谓的具有普世价值文学艺术作品,地理基因是一个重要的来源,是一种共同的基础。普世价值自然是存在的,人类之所以能够交流与对话,人类之所以在各族之间能够通婚,共同生活在一个天宇之下,也就是因为普世价值的存在;而普世价值之所以存在,与我们生活在共同的地球、共同的自然环境具有重大的关系。

以从地理空间的角度研究文学作品为主的文学地理学批评,不仅只是具有开创一种新的文学批评方法的意义,同时也具有认识人类存在与发展本质的意义。自然是人类共同的家园,也是人类唯一的家园,因为到今天为止,我们没有发现除此之外的第二个适宜于人类居住的星球。然而,许多人并没有认识到这一点,他们只关注人类自身的存在与发展,贪欲、自私、无度、残杀、战争、掠夺,从来没有停止过。在人类社会发展的历史进程中,自然处于一个什么样的地位?自然对于一个地方的文化与文学意味着什么?特定的自然环境对于作家的心理、思维、情感、想象、气质、个性、审美趣味、审美方式产生了什么样的影响?所有这样一些带有根本性的问题,值得引起我们的高度重视与全面研究。如果把文学地理学批评放在这样的理论框架里,在文学研究中才可以发现更加重大与深刻的问题。文学地理学批评不只是一种批评文学的方法,也是通过文学探讨人类的现实与未来的重要途径,对于人类的存在与发展至关重要。地理环境是人类存在的基础与前提，因为没有地球为人类提供的生息之地，人类既不会产生，也不会存在，更不能发展。有的人自以为是，目空一切，似乎人类可以创造一切，人类可以忽略一切，没有把自然放在眼里，表现出一种严重的人类中心主义倾向。文学地理学批评关注的对象首先是文学，但不是文学作品里的人，而是文学作品里的自然，自然与人之间的关系，自然与艺术之间的关系，自然的存在对于文学的意义，自然的存在形态与艺术形态之间的关系，因此，文学地理学批评是对于人类中心主义的反思，而提出了自然中心主义的理论，或者是人类与自然两个中心的理论。因此，它的出发点与根本点都是关于人类的存在与发展的问题，只不过是从文学现象出发来探讨问题，也是通过对文学现象的探讨来提出与解决问题。

然而，人类是文学的创造者，也是文学的传播者，没有人类便没有文学的产生与发展。因此，文学地理学批评理论中也不能没有人的地位，没有对于人的探讨。首先，文学的地理基因也是通过人而实现的，准确地说是通过作家而实现的。文学地理基因是如何形成的？如果没有人，也许就不存在地理基因的问题，人是自然与文学之间唯一的中介。正是在此意义上，我们才说文学是审美的人学。然而，人是从何而来的？根据进化论的观点，是从高级动物进化而来的；而在这个过程中，自然环境所发挥的作用，是主动的还是被动的？是基础性的还是可有可无的？自然的力量，是通过每一天、每一月、每一年实实在在的影响，而在人类身上发生作用的。任何作家与任何人一样，都逃不出它的规定与限制。随着居住与活动环境的变化，作家的心情与心理也会发生变化，但地理基因却会一直保存着，直到离开这个世界。自然对于人类的影响是巨大而深远的，不仅是提供了人类生存的基础，并且是提供了人类生存的内容，人类的文化与文学，人类一切意识形态的东西，都是在特定的自然环境中产生的，每一民族的文化与文学，每一个国家与地区的文化与文学，之所以有所不同甚至有很大的不同，主要在于各自不同的自然环境，以及在此基础上形成的人文环境。每一种类的地质与地相，以及在地理环境基础上产生的气候与物候，本身具有特定的地理信息系统，并且是年复一年、季复一季，人类正是在这样的历史循环中，产生了对于地理与天文的认识，形成了人类的地理学与天文学。如果它们是外在的理论知识的话，那么作为物质形态的东西，会成为人类身体与生命中的重要因素，并始终支撑着人的生存与发展，这就是地理基理的形成与存在的基本原理。从本质上来说，每一个地球人身上都存在地理基因，只不过绝大部分的人没有通过文学与艺术的方式表现出来，但并不是对于他们的人生不发生意义。因此，作家只是人类中的某一部分特殊成员，他们更为敏感、更为深厚、更为博大，同时他们要以自己的作品为自我代言，同时也是为人类代言。文学只是他们内在心灵的外化形态，只是其地理基因的直接载体，是通过审美的方式与审美的形式而实现的。

  作家身上的地理基因是静态的还是动态的？是一成不变的呢，还是不断演进的生命之河呢？我认为是变与不变的统一。从人的生理与心理来说，一个人从出生到十八岁，各方面基本成型，包括身体、心理、思维，也就是世界观与方法论。自然环境，在这个过程中起到了决定性的作用。而后，如果作家随着生活的需要而不断地变动居住环境，那么就会有新的自然地理因素的加入，与原有的地理基因发生碰撞而产生新质，并且一直会有所变化；但是，它们都是围绕早年形成的地理基因而存在与发展。因此，地理基因是动态与静态的统一。所言"静态"，是说其从出生那天开始，以至于十八岁以前，他所看见的自然山水与人文景观，也就是他所能够接触到的一切，在他身上所产生的影响，形成了其地理基因的基础，成为其一生中十分稳定的东西在其身体与心灵中得到保持，并对其一生的言行产生影响与制约。所谓"动态"，是指从其十八岁开始以至于以后的岁月里，不论是他生活在出生的那个地区，还是世界各地旅行，他所能接触的自然景观与人文景观，也就是他所能接触的一切对他所产生的影响，会对其早年形成的地理基因进行调节，让其发生一定程度的改变，产生一定的运转与演变，从而让其身体与心灵里的地理基因产生一定程度的发展，其程度会因人而异。这就是地理基因的常态与变态，静态与动态的统一。也许有人会提出为什么会是十八岁而不是十九岁？需要指出的是，这是一个约数，或者说是一个简略的说法，而不是一种科学的定义，有的人也许是十八岁，有的人也许是二十岁，东方人早熟也许是十六岁，西方人晚熟也许二十二岁，也是因人而异，不可绝对化；然而其生理与心理产生与构成的基本原理是同样的，不会有太大的区别。对于人类而言，地理基因的构成是一条不断演进的生命之河，只是到了六十左右，也就相当稳定，不会有什么新的发展。不过，东西方人也许有所不同，男性与女性也许有所差异。

地理基因与文学是如何发生联系的？地理基因主要是通过作家在写作的过程中，通过文学的方式而与作品发生联系的。作品是作家写的，集体创作的情况除外，只要是个体创作，就通过自己的语言表达方式将自我的一切生理与心理形态的东西灌注到了新的作品之中。作家的思维、想象、情感、感觉、气质、个性、风采，包括作家本人身上的缺点，都会自然而然地存在于具体的文学作品之中。因此，地理基因从文学作品里进行审美寻找，是最为直接、最为可靠的。与作家有关的材料，可以佐证作品里地理基因的存在；作品里地理基因的形态，也可以说明作家身上经历多少年代而保存并沉淀下来的地理基因。文学艺术作品里本身并没有所谓地理基因，它只是地理基因的转化形态，已经成为了一种美学与艺术形态，地理基因总是存在于作家身上，既有生理的因素，也有心理的因素。在某一个作家身上，其存在是多种多样因素的综合，不可能只是地理基因，也许还同时存在文化基因、种族基因、家族基因等，地理基因只是其身上存在多种基因中的某一种，并不是所有，但是其中很重要的一种。对生命基因的破解是一件艰难复杂的工作，直到今天人类也没有能够完全实现，因此，对于地理基因的研究也同样是如此，不可能得到十分具体的说明与科学的概括。然而，我们可以进行把握，可以进行分析，并在相关的材料与具体的作品中得到说明。对于文学艺术作品的研究，所谓"科学性"是一个并不科学的概念，对于作家身上的地理基因虽然可以进行实证性的研究，然而却难于做到绝对的科学与准确。

　　地理基因是不是在每一个作家身上都会发生作用？是不是都会完整地保存在相关的文学作品里？根据我所了解的情况，情况比较复杂，并不完全一致。本真的作家在创作诗歌、散文与小说的时候，地理基因也许会完整而充分地显现出来；而有的小说作家从其实用主义立场出发，总是在那里编造故事、自我煽情地抒情，凭空想象地进行描写，其身上的地理基因也许就无法得到很好地表达。有的作家与自然接近不多，喜欢观察的是自我的内心世界，自己身边的人与事，如果闭门造车的话，也许他身上的地理基因就发挥不了很大的作用。然而，每一位正常的人身上都存在地理基因的问题，特别是像诗人作家这一类敏感的人，他们从小开始的自然生活与社会生活，一定会在身体与心灵上得到保存，并对其一生的创作产生全面而深刻的影响。至于地理基因可以发挥什么样的意义，这就只能是因人而异，在每一个个体的作家身上都是有所不同的。有的人一生不写任何东西,他身上的地理基因在文学艺术方面就不会产生任何意义,但也许在其他方面会产生意义,比如说商业、工业、教育、考古等方面,只是其表现形态不相同罢了。对于诗人、散文作家、小说作家、戏剧作家、书法与摄影家而言,地理基因的外化是肯定的,当然也有程度上的不同。而且它们所表现的方面,也并不相同,有的可能是童年时代的所见所闻发生作用,有的可能是少年时代的所见所闻发生意义,有的可能是青年时代所见所闻发生影响,有的可能是人至中年以后的所见所闻发生影响,有的可能是从出生开始到从事写作的时候之所见所闻都发生了意义,形成了一种综合性的影响。文学创作本来就一种具有高度创造性的工作,诗人作家所有才华与气质,全部地融汇在一部具有创造性的作品中,这是不言自明的,作品的艺术风格与艺术气韵,也就是这样形成起来的。

谭恩美的长篇小说里的地理基因也许就比较特殊。她对于美国旧金山的自然地理是相当熟悉的,在作品里有相当出色的表现,并且有独立的审美价值。但是,她的小说里最为出色的是对中国内地自然山水,以及在其间所发生故事的叙述与描写,大量地理意象的存在构成了其小说的重要内容,是其思想与艺术形态的现实存在。然而,她在写作第一部长篇小说《喜福会》之前,是从来没有到过中国内地的,所以,她作品里存在中国内地之山川河流、北方与南方、东方与西方的自然景观,主要是出自于作家本人的地理想象。她没有到过中国来,她想象的基础何在呢?根据研究,她的小说主要是根据母亲的讲述,讲述自己过去发生在中国的故事,以及母亲的母亲即外婆早年发生在中国的故事,那么,她地理想象的基础就是她母亲所述的过去时代的生活。那么,作为作家的谭恩美身上的地下基因中在中国内地的自然景观与人文景观吗?本身是没有的,然而她可以间接地获取母亲身上的地理基因，从而与自己的母国山水进行接通，并产生独特的意义。地理基因是不是可以发生遗传现象？如果从生命基因的角度来说，当地理基因与生命基因发生了关联的时候，当它们成为了一种一体化的生命形态的时候，遗传就有可能实现。为什么说母亲与女儿的气质与个性相似，父亲与儿子的性格与形象相似，那就是因为遗传发生了作用。在一个人成长的过程中，先天的因素总是发生着巨大的意义，在东方的中国尤其明显。比如说山东孔子的家族，历代都出了不少杰出的人物；山西的裴氏家族，历代都有权位甚高之人，甚至说是一共出了六十多位相国。那么，种族基因的遗传是肯定的，而地理基因也是最为基础的部分，通过生命基因与种族基因而发生意义。

如果要探讨谭恩美身上的地理基因，我想还是要采取一种综合考察的方式。她出生于美国旧金山，但自小就开始到过美国各地区，并与自己的母亲到瑞士生活过一段时间，因此她对于欧洲的自然山水也是比较熟悉的。然而，其长篇小说的主要内容，是从小听母亲讲自己从前在中国内地的生活，以及母亲的母亲在旧时代里所发生的爱情悲剧。所以，她身上的地理基因也许可以分出两个层次：一个是自己的亲见，一个是上代人的叙讲。真正的学术研究，就是要考虑到研究对象的种种复杂性。她从小在美国奥克兰地区的童年与少年时代生活，在美国各地的读书生活，后来到欧洲的旅行生活，以至于改革开放以后到中国内地母亲出生所在地区的考察，都成为其地理基因发生的外在条件。作家亲自所见毕竟是重要的，并对其人生过程与工生形态产生直接的影响；然而对于谭恩美这样的出生于美国的第二代华人而言，她从小在唐人街所见与在家族里所闻，也会产生出意想不到的作用，她五部长篇小说里的前四部之所以取得巨大的成功，在很大程度上就是因为她的特殊家族与家族在中国内地的生存与发展，在中美文化之间所产生的巨大反差而形成的思想与艺术张力。

文学地理学批评其实是一种综合研究的方法，关注作家作品里的自然地理意象是重要的，但也要注意将地理因素与其他存在种种因素结合起来，才可以达到开阔自由的境界。主题、人物、结构、语言、体式与艺术等，都需要与地理因素联系起来进行分析。文学地理学批评与文学伦理学分析也可以结合起来，文学地理学批评也可以与生态批评、原型批评、环境批评相统一，对于相关问题的研究才可以做深做透。不能自我孤立，而需要上下相关、纵横相连，而又以自我的研究方法为主。在具体的文学研究实践中，一开始说意识到自己要自觉地运用哪一种研究方法的情况是很少的，更多的时候是并不明确，在具体的研究过程中，需要使用哪种方法就使用哪种方法，并且并不限于只是使用哪一种研究方法。世界上没有哪一种批评方法可以打遍天下，某一种批评方法往往只能解决某一个方面的问题，开拓只属于自己的那一片天地，这只是问题的一个方面。另一个方面是许多批评方法都可以合用，解决一个问题的不同侧面，综合起来才可以解决一个问题的多个侧面。地理基因是文学地理学批评的重要术语，探讨某一作家身上的地理基因存在的形态与发挥的意义，属于文学地理学批评方法的实践；而种族基因的遗传与演变，则属于20世纪西方原型批评方法之一部分；基因是由自然环境与人文环境在长期的历史过程中产生与形成起来的，因此西方的环境批评与生态批评可以适当地结合与统一。所以，在文学研究实践中，文学地理学批评可以与多种多样的批评方法结合起来、统一起来，让我们的文学研究发展到一个更高的阶段。

诗人作家自己对于自我身上存在的地理基因的认识，应该是最独到、最深刻的。从我自己来说，每一个文学作品的产生，几乎都不能离开我老家的俩母山地区，那里的自然地理与人文地理景观为我所提供的独特情愫，以及与此相关的种种历史影像，最为主要的就是童年记忆。没有俩母山就没有我的诗，也没有我的部分散文。当然，成年以后我有遍访名山大川的计划，甚至德国、日本、越南、马来西亚等国家的自然地理景观，对我的写作也有重要的影响。一个作家认识世界上的事物，总是从自我开始的吧？在自我的身上有什么样的地理基因呢？首先是四川盆地中部的高台地区，就是所谓的穹窿地相，一个高台一个高台地隆起，高台之上还有高台，沟深谷险，森林茂密，河川奔流；夏天暴雨倾盆，洪水时时暴发，一泻而下，无所阻挡；春暖花开，满山红杜娟鹃，百鸟成群飞；冬天有大雪，漫天皆白，冰霜期也较长。一年四季浓雾天较多，山头台顶总在若隐若现之间，往往见首不见尾。因此，我身上的地理基因主要是由俩母山的高台地区所奠定的，可以从我的诗歌和散文作品中得到说明。

在文学地理学批评理论的术语中，对于"地理"也许我们要有新的定义。我所讲的"地理"，其实是"天地之物"，也就是我们古人所说的"天"、"地"、"人"三者中，"人"在中间所能够见到的所有自然物象。物质的、自然的、天体的，当然也包括一些人造之物，都属于我们所说的"地理"范围。"地理"本来是一个演进的概念，比如说自然地理、人文地理、政治地理、军事地理、经济地理，如此等等的分支学科，就表现了人类对于地理的认识越来越全面与深入，似乎什么样的景观都可以纳入地理对象进行考察。大地上的花鸟虫鱼、天空中的风云雷电、宇宙里的日月星辰，气候、物候、空间、大地，如此等等，我们在进行文学地理学批评的时候，都需要进行观照与探讨。不要自我设限，好像"地理"就是自然地貌，除此之外的东西就与"地理"无关。因此，"天地之物"就是我们文学地理学批评里的"地理"概念。有的人也许会说,文学地理学批评理论里的"地理"概念,与我们平时所说的"地理"、"历史"、"语文"并不相同,是的,它是原"地理"概念的基础上,出于文学作品里的思想与艺术事实,因为研究的需要而提出的一个新概念,是对于原"地理"概念的重新定义。也许一些学术保守人士会说,你可以重新定义地理概念吗?当然是可以的,世界上任何概念都是可以定义的,因为任何概念都是人所提出的,自然也是可以改变的,任何概念也还有一个适用范围的问题。"比较文学",有史以来就存在数以百计的定义;什么是诗,据说有史以来存在一万多个定义,还会有新的定义被不断提出。"天地之物"作为"地理"的新定义,可以概括文学作品里所有的地理景象之类别,也可以揭示作家作为创作主体在文学创作里的地位,可以更具体地揭示人在自然社会里所能够产生的意义。"天地一体"、"天人合一"、"自然与人的统一"、"自然与人和谐"这样的思想,也许都离不开"天地之物"这个新的地理概念。

　　文学地理学批评与文学伦理学批评一样,都是一种以审美为基础的批评形态。如果不把文学当文学,不把文学当艺术,相反当作一堆材料、一段历史,那么就只能是为伦理而伦理,为地理而地理,那就离文学伦理学批评与文学地理学批评的本义甚远。文学地理学批评关注的主要对象是作品,在对作品进行审美阅读的基础上再来研究作家,在作家研究的基础上再来研究文学流派,以至于文学思潮与文学运动,最后是文学史与文学基本理论。无论何种文学现象的文学地理学研究,都是以审美阅读与审美发现为基础的。我们研究的是文学,而不只是伦理与地理问题,甚至可以说,我们并不研究文学作品里的伦理与地理问题,而是文学作品里的与地理与伦理相关的文学艺术问题。文学作品是作家所创作出来的,一旦发表就成为了人类的公共财产,人类共有的精神文化产品。然而,它是特殊的精神文化产品,首先它是艺术品,同时它是具有高度创造性的艺术产品,并不是一堆没有生命力的材料,也不是一种人类一般历史现象的证明。它是作家审美创造的产物,因此也要以审美的方式来对待,也只有以审美的方式来对待,才可以发现它的意义与价值。文学伦理学批评与文学地理学批评,首先就是一种审美批评,或者说是通过审美而进行的批评。

文学地理学批评作为一种新的批评方法,还处于不断地完善与发展之中,所以需要许多学者与批评家进行探讨,相关的问题还有许多有待进一步思考。它需要产生许多大学者,也可以容纳许多大学者的批评与研究。如果我们长期坚持,会让它成为未来最有前景的文学批评方法之一,也可以借此建立在世界范围内产生广泛影响的文学地理学批评学派。这不是危言耸听,而是一个很现实的目标,也会成为我们每一个人人生价值的重要体现之一。但是,作为一种文学批评方法,它与其他批评方法相比,自己的优势在哪里呢?它与其他批评方法的关系,如何处理呢?在所有的文学批评方法中,因为地理基因的存在与意义,文学地理学批评往往起着基础性的、制约性的意义。最基本的文学批评方法,就是社会历史批评、艺术审美批评与读者反映批评,这三大批评方法都与文学地理学批评相关,因为文学不可能离具体的环境而存在,社会也好、历史也好,艺术也好、审美也好,读者也好、反映也好,都只能在特定的自然环境与人文环境中进行,也要受特定的自然环境与人文环境的影响。因此,文学地理学批评在所有的东方或西方的文学批评体系里,不可能不占有重要的地位,发生重要的意义。

文学的发生也许有多种多样的情况,因此对于文学的起源,学界有多种多样的说法,提出了劳动说、情感说、意识形态说、审美说等；劳动只是为人的发展提供了生理基础，人只是为文学的发生提供了心理基础，并不是文学发生的唯一因素。因此，如果可以说文学起源于劳动，那也可以说文学起源于地理。因为任何作家都生活于特定的自然环境之中，任何作品也是在特定的自然环境里写出来的，任何文学作品也只能在特定的自然与人文环境中才可以得到传播。离开了天地之物，人根本不能生存与发展，文学也不可能产生与存在。所以地理在文学的发生过程中起着最为基础的作用，可以说没有地理就没有文学，没有地理就没有类的一切，所有的上层建筑、所有的意识形态，都是在地理所提供的基础上产生与发展起来的。所以我们说文学的起源，虽然有了多种多样的说法，但都没有能够揭示文学的全部本质，没有能够穷尽文学的整体意义，地理才是文学产生的基础与发展的基础，并且是文学存在与传播的基础。而在这个过程中，地理基因所发生的意义是极其重要的。

文学地理学批评作为一种新的批评方法，本身就是一种理论形态的东西，但它并不以理论创新自居，也不以理论创新为根本目标。它的目标还是在于对于具体的文学批评的指导，提升当代中国中外文学研究的水平，为许多从事文学批评与研究工作的人提供理论支持与方法论前提。目前，相关的理论并不完善，有的还处于一种理论构想阶段，因此需要大量的文本分析作为支撑，需要更多的人从事文学地理学批评的实践。理论与实践的有机结合与统一，才可以让文学地理学批评得到更好的发展。某一种理论的产生并不是无缘无故的，只靠一种构想不可能提出一种理论，特别是具有体系性的理论，因此，文学地理学批评贵在实践，贵在解决具体的问题，只有在实践中才可能发现新的问题，并提出解决问题的方案，并提高到理论层面进行认识与表述。

我们的研究都需要落到实处，同时要锐意进取，勇于创新，包括新的术语概念都是可以提的，也是可以得到运用的；只要界定清楚，从词源学角度追根溯源，没有任何的破绽与漏洞，每一种观点都能够有根有据地展开，自圆其说，就是一种正常的学术探讨态度。文学地理学批评要发展起来，需要最大限度地考察作家的故乡、文学作品诞生地、文学作品的描写地等自然景观与人文景观，将作品与作家结合起来，将文学创作与文学接受结合起来，提出新的问题进行讨论。文学地理学批评是一个十分宽广的学术领域，可以从多个角度进展讨论，解决许多方面的问题。从历史上来看，西方的文学地理学研究也存在许多角度，提出与解决了不同的问题；中国的文学地理学研究也同样是如此，每一个学者的思路也并不相同，解决问题的方式也不一样。我们所关注的重点是文学地理学批评的理论建构问题，而在其中"地理基因"是一个重要的概念，因为它不仅与文学的产生相关，并且与文学的存在形态相关，正是它将作家与自然、作家与作品、作品与自然连接了起来，因此它是一个基础性的概念。

文学批评方法原创性的基点问题[①]

20世纪以来，中国学者所采用的文学批评方法，不是来自于西方，就是来自于古代，总体而言，主要是来自于西方，特别是20世纪的西方几个主要国家。在最近一百年的中国文坛，"西风"总是绝对性地压倒"东风"，这就是最近20年以来学界所一再讨论的中国文论话语的"失语症"问题。由曹顺庆先生提出的这一话题，已经成为研究20世纪中国文论的学者绕不过去的话题，也成了当代中国文化与文学研究者十分关心的重要问题。

造成此种现象的原因，主要在于以下三个方面：一是由于最近三百年来世界总体格局所形成的"西学东渐"的大文化语境，东方国家成了后发展国家，西方国家成了发达国家，再爱国、再强大的知识分子也无法改变这样的政治与文化格局；二是中国古代文论思想与批评方法没有能够实现"现代转换"，许多被认为是很有价值的思想与方法都难于为当代人所接受，当代中国学者的文学观念与文学研究方法似乎产生了断裂；三是当代中国的哲学大有问题，没有产生世界一流的哲学家，许多学者胡说八道，对于西方哲学总是借用，对于中国古代哲学没有自己的发现与创新，有自己的哲学思想体系的学者基本是不存在，正是因此，中国人的创造精神受到了严

[①] 原载《中外文化与文论》第21辑，与覃莉合撰，成都：四川大学出版社，2011年。

重的制约。正是基于以上三个方面的不可改变之因素，因此，20世纪以来中国文学理论与批评主要借鉴于西方特别20世纪的西方诸国，有的学者在从事文学理论批评的时候，甚至到了言必称西方、唯西方马首是瞻的地步，完全没有自己的独立性，失去了自己的创造性。因此，我认为文学批评理论的缺失与文学批评方法的没有原创性，是我们当代中国中外文学研究者面临的重大问题。

文学批评方法要不要有原创性？对此也许是存在争议的：有的学者也许认为任何批评方法都可以为我所用，就像发达国家的科技成果，可以为西方人服务，也可以为东方人服务，西方人发明了导弹，中国人也可以制造许多的系列；东方日本人发明了高铁技术，中国借用过来可以为不发达的国家造出许多条高铁，以创造出可观的经济效益。没有错，人类共有的科技成果可以为全人类所用，现代文明也就是这样建立起来的，然而也存在一个知识产权的问题。我们许多产品是没有自己的知识产权，因此处处受制于他人与他国，成为中国人的悲哀！文学批评方法的借用与原创也同样如此，在最近一百年以来，我们中国学者运用西方的文学批评方法，是大量的、普遍的存在，许多批评家也取得了一些小小的成功，然而我们自己拥有知识产权的批评方法基本上是没有，由中国学者自己提出的文学批评方法为西方学者所运用而取得成功的实例，似乎难于找到。这也成为了中国文学批评者的悲哀！因此，中国的文学批评方法要有自己的原创性，没有原创性的民族不可能是一个强大的民族，在文化与哲学上缺失自己的创造性的民族，是没有远大前途的！

文学批评方法原创性的基点在哪里？要回答这个问题，首先要认识到西方或者中国现有的文学批评方法，它们究竟来自于哪里？我认为，现有的文学批评方法主要来自于以下三个方面：一是研究对象的需要。如巴赫金的"狂欢化"理论来自于对拉伯雷长篇小说《巨人传》和塞万提斯长篇小说《唐·吉诃德》的研究，其小说的

"复调理论"来自于对陀思妥耶夫斯基长篇小说的研究。如果没有这些小说的存在，如果没有他对这些小说的深度阅读与审美分析，也就不可能有这样一些理论发现，自然也就不会有后人将此当成一种批评方法来进行运用。二是他学科的借鉴。如后殖民主义批评来自于对当时政治理论的借用，符号学文论来自于对现代语言学理论的借用。20世纪西方的文学批评方法，许多都是来自于对他学科的借用，文学与其他学科研究的交叉，生发出来许多新兴学科，它们自成一体，有的还自成一派，许多成为了一种新的批评方法，如现象学文论、阐释学文论等，都是如此。有人说20世纪是一个文学批评的世纪，主要就是因为多种多样的文学批评流派一波未平、一波又起，而基本每一个流派的理论与观念都具有一种方法论的意义。而之所以如此，学科交叉与综合是最重要的原因。三是引进。对当代中国来说，新历史主义文学批评、女权主义文学批评、精神分析批评、文化原型批评等等，都借用自西方现有的文论。对于西方来说，巴赫金的"狂欢化"理论与小说的"复调理论"就是自前苏联引进的；对于美国来说，精神分析批评与话语批评理论就是自德法引进的。因此，一个国家现有的文学批评方法，从国外引进的也占有相当大的比重，有的还占有主导地位。

那么，文学批评方法原创性最初的基点在哪里呢？我认为，最初的基点就在于研究对象的需要：一切学科发展的起点都在于具有独立的、特定的研究对象，研究对象需要什么样的批评方法，就可以发明与运用什么样的批评方法；什么样的批评方法最适合、最有效，就可以也应该采取什么样的批评方法。因此，我认为文学批评方法最初的基点并不在于对现有理论的阅读与研究，也不在于对于他学科研究方法的借鉴，而在于对具体的作家作品等文学现象的研究，需要什么样的方法才能够揭示作品的价值、发现作家的意义，我们就可以生产什么样的理论，创造什么样的批评方法。在现有理论基础上的概括与总结，表面上看起来可能比较完善与具有体系性，其实可能是没有原创性的，也是没有任何效用的；对其他学科研究方法的借用，表面上看起来有一个新的角度，也会有一些新的发现，其实未必切合特定的研究对象，所以许多时候分析是离题万里、结论是似是而非。所以，文学批评方法原创性的最初基点还是在于特定的研究对象，它自身的需要、自身的呼唤。

文学伦理学批评与文学地理学批评，是最近几年来我们所提倡的具有原创性的批评方法。这两种批评方法是不是具有原创性，也许存在争议，因为有的学者也许会说西方也存在从伦理角度研究文学的个案，也存在从地理角度研究文学的个案，的确是这样；然而我想提醒各位的是，作为一种文学批评方法的文学伦理学批评，却是由聂珍钊教授在2004年的一次学术演讲中提出来的，作为一种批评方法的文学地理学批评，却是笔者在2008年的一次学术访谈中提出来的。相对于西方多种多样的文学批评方法而言，它们都具有自己的独立性，都具有相当的原创性。这两种文学批评方法的基点，就在于研究对象的特殊性与研究对象的需要。当代中国学者提出与提倡的文学伦理学批评方法，并不是来自于西方，而是出自于中国文学批评伦理价值的缺失，出自于中国学者对西方经典文学作品的重新发掘，他们所提出的一整套理论观念与术语概念，是西方类似批评理论不能相比的。当代中国学者提出与提倡的文学地理学批评，同样也不是来自于西方，而是出自于对西方经典作家作品重新发掘，出自于对文学现象（包括作家与作品）发生基础问题的深度思考，他们所提出的一整套理论观念与术语概念，也是西方的类似批评理论不可同日而语的。

文学伦理学批评，最初来自于聂珍钊教授在20世纪80年代后期对哈代小说中种种伦理现实的思考，同时也来自于当代中国社会生活伦理缺失现实的探讨，也来自于对一些当代中国文学作品道德感与伦理意识缺失问题的关注；文学地理学批评主要来自于对古希腊悲剧的重新阅读，来自于对柯勒律治长诗的研究，同时也是来自于对人与自然地理环境关系的思考，来自于对海外华人小说时空混合体特点的探究。相对于其他文学批评方法，文学地理学批评在现存所有的文学批评方法中，更具有基础性与主导性的意义，因为任何作家都不能生活在真空里，任何文学作品都不可能离开地理环境而存在。也许有人会说文学是"审美的人学"，这一点也没有错，然而"人"是生活在哪里呢？人性是从何处生长起来的呢？以人的思想与意识为基本内容的美学对象的作品是如何产生的呢？如果没有自然地理与人文环境对作家与作品所发生的作用与体现的意义，一切都是虚拟的、不现实的、非学理性的。正是因此，文学地理学批评，也许会在不远的将来成为最重要的文学批评方法之一。需要说明的是，无论是文学伦理学批评方法还是文学地理学批评方法，既不是引进西方现有的文学批评理论，也不是借用他学科的研究方法而产生的。文学伦理学批评可以借用伦理学研究方法也可以不借用，借用与不借用关系不是很大；文学地理学批评可以借用地理学研究方法也可以不借用，借用与不借用关系也不是很大。在这两种批评方法里，占主导地位的是审美批评与历史批评方法的统一。

　　因此，我认为文学批评方法原创性的基点，就在于特定的、独立的研究对象。在文学理论研究与文学批评实践中，我们是不是可以少一点空头理论的建构，少一点对他学科研究方法的借用，更多地消化西方现有的文学理论与文学批评，以自我的创造为主进行中外文学的研究呢？我们是不是可以更多地关注中国古代固有的文论观念与批评方法，尽最大努力将其进行现代转换呢？比起西方的文学批评观念与方法来，中国固有的东西总还是属于自己的知识产权吧？最少是我们祖先的发明与创造吧？什么时候我们的文学批评方法具有更多的原创性、更多的个性、更强大的可操作性了，那中国的文学批评就进入自由与自在的境界了。没有具有原创性的文学批评理论与方法，我们就没有底气与西方学者进行交流，我们就没有可能与外国学者进行真正平等的对话，因为我们在文学批评理论与批评方法上没有自己的知识产权！有西方学者针对中国学术原创性缺失曾经指出：一个不输出思想与理论的民族是并不可怕的，对此我们要有清醒的认识。当代中国的文学批评理论与批评方法，在我们这一辈来一点真正的原创性又如何呢？

西方文学的文学地理学研究

以自然风景呈现为基础的立体创构[①]

——《老水手行》主题表达与自然风景的关系

柯尔律治代表作《老水手行》[①]是一首杰出的诗篇,自在与华兹华斯合著的《抒情歌谣集》中发表以来,一直受到中外学者的关注,研究论文众多,涉及此诗的学术专著也不在少数。这首抒情长诗具有相当的神秘性,不仅在艺术上具有开创性,同时在思想上具有相当深度与广度。直到今天,关于长诗的主题仍然有多种多样的说法:它所注重表现的主题是与基督教思想有关,特别是基督教中有关善与恶的冲突与转换的观念;它所注重表达的是个人的成长主题,与西方人类的精神历程中忏悔意识与反省精神存在对应关系;它所注重表达的是人与自然的关系,是一个古老的生态寓言,体现了诗人思想的超前性;它所关注的是神秘主义主题,探索世界上存在的与人类生存相关的神秘现象,如此等等,不一而足。《老水手行》究竟表现什么样的主题?这是一首什么样的诗?上述说法都具有一定的道理,因为它们的提出,往往都能够有根有据、自圆其说;但是,没有一位学者可以说就此穷尽了所有主题,某一种认识是一种最终认识。同时,我们认为诗中表现了以地球为中心的自然现象的强烈关注,以及在此基础上的地理观念,而形成了此诗的自然主题,这才是诗中最重要的主题之一;并且,诗人对人类命运、

---

① 原载《外国文学研究》,与邓岚合撰,2010 年第 3 期。

宗教与生态等问题的思考，都是建立在对地球的观察与想象基础之上的。其实，诗人对地球的观察与想象，正是其所有其他主题表达的基础。甚至我们可以说其思想主题与艺术建构的"大地"，正是诗人的自然地理观念与地球空间观念。

一、《老水手行》所建立的五种自然空间

《老水手行》的题材来源于诗人朋友的一场梦，但与华兹华斯有密切的关系。正如江枫所指出的那样：

> 据华兹华斯回忆，其始初素材，是柯尔律治一个朋友的一场梦，原计划由华兹华斯与柯尔律治合写，最终由柯尔律治独自完成。但，华兹华斯也还是作出了贡献：射杀信天翁和死人驾船，都是华兹华斯的主意；而且有少数诗行，出自华兹华斯手笔。①

诗作完成以后，首次发表于他们合著的第一部诗集《抒情歌谣集》②。柯尔律治没有让朋友失望，诗人站在北大西洋的一个海港上，想象在遥远的古代曾经有一只古老的大船向南航行，它在经历了许多曲折之后，而返回了自己的故乡，但是一个老水手总是讲述自己的航海经历，要求人们相信上帝。柯勒律治以自己超群的想象力与对于自然的观察力，在哥伦布发现新大陆所带来的人类地理空间视野大

---

① 江枫："荒诞，神秘，玫丽——序柯尔律治杰作三首诗汉译"，《神秘诗！怪诞诗！——柯尔律治的三篇代表作》，杨德豫译。北京：人民文学出版社，1992年，第5—6页。

② 华兹华斯与柯勒律治合著《抒情歌谣集》，出版于1798年9月。此首长诗被列为第一首。此诗创作于1797年冬天到1798年春天。

开拓的基础之上,以英国的传教士与航海家的一些日记与游记为基础,创作出了这么一首前无古人的抒情长诗,成就了一代诗名。我们认为,长诗对善与恶主题的表现、对忏悔主题的表达、对生态主题的表达等,都是基于自然主题的基础之上的;如果没有对于地球表面自然界的精细描写,并在此基础上所构建来的多重自然空间,也许所有的主题都只是一句空话。通过诗人的艰苦努力,长诗中的确以自己的特有方式建立起了五种自然空间,在五种自然空间之间,形成了具有深意的诗意结构。

这五种自然空间是:

一是故土空间。在长诗的开头与结尾,诗中的抒情主人公老水手以自我的口吻交代了自己所生活的地方,那就是由教堂、山冈与塔楼所构成的故土空间,而这正是老水手的精神寄托之所在。抒情主人公这样开始了故事的讲述:"人声喧嚷,海船离港,/兴冲冲,我们出发;/经过教堂,经过山冈,/经过高高的灯塔。"①(《神秘诗!怪诞诗!——柯尔律治的三篇代表作》,2)同时,他也是以这样的方式结束了故事的讲述:"美滋滋一场梦境!前方/那不是高高的灯塔?/那不是山冈?那不是教堂?/莫非我梦里回家?"(27)这是老水手在经历了不平凡的人生,而回到故乡时的具体感受,它是如此的真切,又是如此的迷离!正如他自己所说的那样,好像是做了一场美滋滋的梦。然而,他又是如此地兴奋、如此地踏实:"峭岩和岩上耸立的教堂/都在月光里闪耀;/高高的风向标稳定安详,/让静静月光朗照。"(28)前后两度出现的对自我出发地的描写,自然地呈

---

① 采用杨德豫所译《老水手行》,"《老水手行》虽然已有多种译本,但是,只有杨译本刻意遵循原诗的节奏和韵式(包括诗中屡屡出现的行内韵)而且取得了很大成功,从而以相应的汉语音韵手段忠实地再现了原诗动人的音乐美。"(江枫:《荒诞,神秘,瑰丽——序柯尔律治杰作三首译汉》,《神秘诗!怪诞诗!——柯尔律治的三篇代表作》,杨德豫译,北京:人民文学出版社,1992年,第5—6页。)

现出了故土空间，不仅让全诗故事更加完整，情节相互照应，也让抒情产生了一个回环，在一个巨大的时间与空间距离之后，让诗情与诗意以及诗的艺术结构产生了一个环形；然而，这样的艺术安排最主要的功能，还是因为故土自然空间描写所体现出的艺术构思与哲学思想：一切又回到了开始与原初，故土难离，人心向善。"到底回来了！我踏上故乡/牢牢实实的地面！/隐士从小船蹒跚走下，/站不稳，腿软如绵。"（33）在诗的开头与结尾都一再出现的故土意象，其实是一个空间，人类的主体总是生活在大地上，海洋只是交通之利，在海洋上生活的人总是过一段时间要回到大陆，因此由故土意象而产生的自然空间对于人类而言就具有了重大的意义，精神与宗教的最终都离不开故土的意象。这样的自然空间意象让全诗达到了意想不到的效果，正如江枫所指出的那样：

  表层的情节，始于斯，终于斯，但是深层的情节转化为无限：可见有明显的事物变为永恒的先验的理念，经过幻想变形的可感具体事物通过浪漫主义象征将观念世界与现实经验世界贯通联结，将脆弱而又有罪但在悔恨中获得力量和永生的人所经历的悲怆历程表现了出来。"[1]江枫所说的表层的情节，就是指长诗的故事开始于海港也终于海港，就是指长诗的故事中中再包涵一个故事，表面的故事是在新郎的宅院旁展开的，而讲述的则是多少年以前发生在海上的故事。而他所说的深层的情节则是指故事后面的观念与思想，这是相当深厚与广博的。但我们也不能将故土空间当作表层情节，因为在长诗里表层与深层往往是二位一体的，故事也就是观念，情感也就是思想。无论如何，故土空间是我们首先要加以关注与探讨的。

---

[1] 江枫：《荒诞，神秘，瑰丽——序柯尔律治杰作三首诗汉译》，《神秘诗！怪诞诗！——柯尔律治的三篇代表作》，杨德豫译，北京：人民文学出版社，1992年，第6页。

二是南极的冰雪空间。当那只大船一直往南航行，无意之中就进入了南极圈与南寒带，由于那里风雪迷漫，冰川纵横，二百个水手进入了十分危险的境地。老水手向我们描述了那里的自然景观，这样的自然世界也许是那个时代许多人都没有机会见到的："起了大雾，又下了大雪，／天色变，冷不可支；／漂来的浮冰高如桅顶，／绿莹莹恰似宝石。"（4）诗中还这样写道："雪雾迷漫，积雪的冰山／明亮却阴冷凄清；／人也无踪，兽也绝种，／四下里只见寒冰。"（4）老水手并没有明确表示为什么这只大船会航行到没有任何人烟的南寒带与南极圈？他们是有目的地航行，还是无目的地乱走？长诗中对南极的自然风光虽然没有十分详细的描写，但如此的展示已经让我们心有余悸了。显然，南极圈里的自然环境是不适合于人类生存的，人也无踪、生物也绝种，四下里只见寒冰，没有人类的自由与生机。而正当大船在生与死的严重关头，一只不知从哪里来的信天翁来到了船的上边，它引领着大船向北航行，离开了这一冰冷地带，脱离了危险，回到了风和日丽的蓝色海洋里，于是从北大西洋南来的大船以及其上的人们又恢复了生机与活力。我们认为诗中所呈现的南极自然冰雪空间是有其深意的：在生存还是毁灭的恐惧里，人类自己是无能为力的，而那只无名的信天翁却拯救人类。人与自然界的生物是一种什么样的关系？人是不是生物种类中的一个部分？人类能不能离开生物界而生存？在少有生物生存的南极冰雪空间里，却有着种种神秘的力量，正是这种神秘的力量，让人类从死亡的边缘回到了生存与精神的自由境地。对此冰雪世界描写，我们只有作如此的解读，舍此无他。然而，那只古老的大船为何要航行到此地，是无意之中来到的，还是有意要经历一番风险，从诗的描写叙述中，我们无法确知。虽然无法确知其来由，但南极的冰雪世界却总是与神秘力量相连，对人类来说也许是恐惧，而对于生物世界而言却是福音，那是一种独立的世界，20世纪的南极探险也许与此有关。

　　三是太平洋里的死亡空间。由于那一只神鸟信天翁的出现，将他们引领到了自由境界，然而这一位老水手却在无意之中射死了它，一只对他们有救命之恩的神鸟，就这样莫名其妙地、无辜地死去了。这件事发生之后可不是好玩的了：那一只大船从大西洋绕过南美洲的最南端合恩角，进入了太平洋。只是他们眼前的太平洋却过于太平，太平得成了一片"死海"，正是在这里，船上的二百个水手再一次面临生与死的严重考验。老水手这样讲述到："中午，滚烫的紫红色天上，／毒日头猩红似血，／它端端正正对准了桅顶，／大小如一轮圆月。"（7）这里描写的自然景色，表明那只大船已经到达太平洋的赤道上，因此也表明他们受到了火的考验。因为从此天始的一天又一天里，这一只船不得不存在于画师画出的海洋里："连海也腐烂了！哦，基督！／这魔境居然显现！／黏滑的蠕虫爬进爬出，爬满了黏滑的海面。／／夜间，四处，成群，飞舞，／满眼是鬼火磷光；／海水忽绿、忽蓝、忽白的，／像女巫烧沸的油浆。"（8）在此死亡与寂静的大海里，全船的水手没有了生的希望，看来是必死无疑了。正如诗中所描写的那样："全船老少一齐瞪着我，／那眼神何等凶暴！／我脖子底下没挂十字架，／却挂着那只死鸟！"（9）在信天翁的引领下，那一只大船从南极冰雪地带好不容易来到了太平洋里，可是太平洋里也并不太平，等待他们却是更为凄惨的结局。老水手如此说道："孤儿的诅咒可以把亡魂／从天堂拖下地府／而死者眼中发出的诅咒／却更加可惊可怖！／受这等磨折，我求死不得，／有七天七夜功夫！"（15—16）那么，诗人在此设置的情景，也许是全诗里最值得关注与思考的自然空间了，正是在这里生存还是灭亡成为一个问题。正如莎士比亚在《哈姆雷特》里提出的问题是一样的。因为如果不出现奇迹的话，二百个水手看来是死定了。但是，曲折的故事似乎又有了转机。那就是接下来自然神怪空间的出现。

四是太平洋里以水蛇与女妖为主体而构成的神怪空间。那一只远洋巨轮在故事开始的时候就在大西洋上航行,一直到在南风的吹拂下到了南极圈里,一路上都很顺利。直到信天翁出来之前,他们都没有遇见过任何神怪,其实就是那只神鸟信天翁,本身也不是神怪,它只是一只鸟而已。当然,当时那只大船上之水手们对此有不同的看法,甚至发生了一场小小的争论:有的人认为正是此鸟救了他们,"我行凶犯罪,看来只怕会/连累全船的弟兄,/他们都念叨:全靠那只鸟/引来阵阵南风。/'你怎敢放肆,将神鸟射死!/是它引来了南风。'"(6)而有的人认为正是此鸟害了他们:"不暗也不红,威严庄重,/金灿太阳涌出;/众人又念叨:全怪那只鸟/惹来了沉沉烟雾。/'你干得真好,射死了妖鸟!/是它惹来了烟雾。'"(7)其实,有的水手提出的信天翁是妖鸟的看法是没有道理的,有问题的是那位老水手,而不是这只信天翁。老水手无端地射死了信天翁才带来的祸患,神鸟与他们的相处是善与美的。因此我们不能将信天翁当成神怪,虽然其来历具有某种神秘性。我们所说的神怪世界是深水大怪、太平洋里的水面女妖与那一群红色的精灵等组成的自然世界。正如诗中所展示的那样,南极雪乡的深水大怪一直尾随着他们,让他们陷入了太平洋里的生不如死的境地,于是太平洋里以水蛇与女妖、来自于南极雪乡的深水大怪等所组成的神怪空间,值得引起我们的高度关注。"嘴唇红艳艳,头发黄澄澄,/那女子神情放纵;/皮肤白惨惨,像害了麻风,/她是个精魅,叫'死中之生',/能使人热血凝冻。"(12)显然,老水手对于这里描述的两位妖,实在是令人恐惧,她们并不能与信天翁相比,如果说信天翁是美与善的,那么这里的女妖则是丑陋与罪恶的。然而,她们却代表着神怪世界里的一种力量,这种力量高于与大于人类自身,人类的命运就是掌控在她们的手里。在长诗里,在两位女妖的打赌事件里,由于"死中之生"胜利了,这时就出现了令人神奇的景象:"两百个水手,一个不留,/(竟没有一声哼叫)/扑通扑通,一迭连声,/木头般一一栽倒。"(13)这时,老水手的眼前发生了出人意料的神奇景象:"魂魄飞出了他们的皮囊——/飞向天国或者阴间!/一个个游魂飞过我身旁,/嗖嗖响,如同响箭!"(13—14)这样的情景,在正常的人看来简直是不可思议的。然而,更神奇还在后面:"那大片阴影之外,海水里/有水蛇游来游去:/它们的路径又白又亮堂;/当它们耸身立起,那白光/便碎作银花雪絮。"(16)在这个死亡之海里,一直是见不到一点生命的气象,而此时水蛇意象的出现则带来了奇迹。然而,开始的时候,它们给人的印象也仍然是恐惧的,如果不是老水手意识到那是一种生命的话,他们仍然继续处于一片死海之中。本来是一片死海,如果再加上神怪的话,对于当时人们的压力将更为强大。然则,水蛇的出现成了长诗故事讲述的一个拐点,老水手的命运也出现了一个拐点,这就是由死到生的拐点,同时也是人类精神历程中所必然发生的事件。正是由于那一群水蛇的出现,生的希望在老水手身上出现了,不过只是他一个人的生,与此相对的是除他之外的一百九十九个水手的死。这就是生与死的相对,这就是生与死的结局。不过从全诗来看,《老水手行》里的妖怪其实并不止这里的两位女鬼与一群水蛇,至少还有来自雪乡的神怪即深水大怪,还有大船回到故土时那桅灯上成百上千的红精灵,自然还包括两个精灵的精彩议论。当巨轮从南大西洋北返的时候,第一个精灵问为什么这条船走得这么快?第二个精灵认为是海洋与月亮之间的关系而发生的作用:"月亮是向导,他向她请教,/仰仗她指点祸福;/你瞧瞧月亮:她俯视海洋,/那神情多第亲睦!"(24—25)这里涉及的是天体自然之间关系的知识。因此我们所说的神怪世界,其实是长诗里所写的一切自然界里神秘现象的一种代称,正是它们组成了与人类世界相对立的一种景象、一种力量。只不过,在长诗所描写的神怪世界里,不是所有的神怪都是令人恐惧的,如那深水大怪就具有某种神性，这正是惩戒做了坏事的老水手的一种力量，而那成百上千的红精灵，却是神怪世界里生命的象征。正如诗中所描写的那样："每具尸身上，都停着一位／红光遍体的仙灵。／这一群仙灵挥手不停，／好一派神奇景象！／红光闪闪，像红灯盏盏／把信号传给岸上。"（29）所以，对于神怪世界里的一切个体，我们并不能一概而论。神怪空间是长诗所着力展示的一个自然世界，也是除人类之外的一种神秘力量，它既有自然的本性，也有与人相对的彼岸世界的神性，其身上所存在这两种性质都值得我们加以关注。

　　五是以天上与大海一体化而构成的宇宙空间。在这首长诗里，诗人以极大的热情展示了自己的想象力，正是在超前想象力的支配之下，北大西洋、南大西洋、南极圈与南寒带里的自然风光，太平洋里的自然风光，才多姿多彩地呈出在了读者们面前，自古以来人类的文学作品中，似乎还没有哪一部作品有如此丰富的对于地球表面的自然风光的描写与展示。无论西方的读者还是东方的读者，无论是到过大海的读者还是没有到过大海的读者，都可以直接观察与感受我们所生活的这个地球是如何构成的，以及地球表面的不同地理位置与不同地段的自然风光所存在的区别与各自不同的特色。对于地球表面自然风光的展示，总是从那位老水手的眼光来进行观察与表现的，在长诗里建立起了一个真实可信的宇宙空间。"太阳从左边海面升起，／仿佛从海底出来；它大放光明，在天上巡行，／向右边沉入大海。"（2）大船从北大西洋的某一个海港出发，在那个时候，由于大船是由北向南航行的，所以才出现了如此景象，太阳从左边的海面上升，从右边的海面落下而沉入海底；然而，当大船由南向北航行的时候，景象却与此不同甚至相反："如今太阳从右边升起，／仿佛从海底出来；蒙着一层雾，它半藏半露，／向左边沉入大海。"（6）这里所描写的景象，显然是从南极圈返回来，从南大西洋向北大西洋航行的时候，所以太阳的方向与前面正好是相反的，不过诗人所呈现的是同样宏伟而阔大的大海气象。诗人是以自己的想象力如此地描写太阳，他又是如何地描写天上的"月亮"呢？"月亮姗姗登上了天宇，／一路上从不停留；／一两颗星星在她的左右，／陪着她静静遨游。"（16）如果说诗人眼里的太阳是一种过程，那么诗人眼里的月亮却是一种动态的展现了，同样的生动甚至是灵动。然而诗人又是如何描写天上的"闪电"呢？"那块浓黑的乌云裂了缝，／月亮还在它旁边；／闪电劈下来，不留空隙，／像高山瀑布冲下平地，／又像陡急的河川。"（19）在诗人眼里"闪电"却是一种神秘力量的展示，用大陆上才有的意象进行呈现，表现的同样是自然山川的一种大美。就是同样的一个"太阳"，在不同的地理位置上，诗人就有不同的描写："太阳一天比一天更高，／中午正对着桅顶——"（3）这是大西洋赤道上空的"太阳"；"不暗也不红，威严庄重，金灿太阳涌出；"（6）这是南大西洋上空的"太阳"；"中午，滚烫的铜色天上，／毒日头猩红似血，／它正正对准了桅顶，／大小如一圆月。"（7）这是太平洋赤道上空的"太阳"；"西边的海波红如烈火，／黄昏已近在眼前；／西边海波上，临别的太阳／又圆又大又明艳，／那船形怪物匆匆闯入，／我们与太阳之间"。（11）这是太平洋赤道上黄昏时的"太阳"；"残阳落水，繁星涌出，／霎时间夜影沉沉；／怪船远去，声闻海面／顷刻便消失无痕。"（12）这是写太平阳赤道上"太阳"落水的景象。由此可以见出，长诗里对于天上的"太阳"的描写是如此的多姿多彩，而诗人对于"星星"、"月亮"与天上景观的描写，对于不同海面之海浪与风云的描写，也同样是如此的多彩多姿与丰富多样。诗人简直就是一个画家，在一首诗中施展了自己的绘画才能，中国古人所说的"诗中有画、画中有诗"，没有想到在遥远的西方存在如此突出的例证。那么，我们有理由相信，诗人在这首长诗里，是以自己卓越的观察力与想象力，建立起了一个广阔无限的宇宙时空。如果要说空间感，诗人的空间感是特别强烈的,特别是对宇宙时空的想象是如此的出人意表,如此地超越于前人。长诗展示的宇宙空间,是诗人着力打造的自然世界中的一种,取得了出人意表的思想与艺术效果。诗人并没有关于宇宙空间来历的描写,不过诗人以老水手的口所多次提到上帝,那么他是不是认为这样神奇的宇宙空间是由上帝所造?果真如此的话,那也可以与其宗教思想联系起来。无论如何,在长诗所展示的五种自然空间里,宇宙空间是最为基础的,其实所有的人类世界、神怪世界,都生存于宇宙这样一个大的空间世界里。

二、自然地理空间在主题表达与艺术建构中的基础意义

《老水手行》中绝对不仅只讲述一个古老的航海故事,虽然它的确是讲述了一个不知什么时代所发生的故事;在这个故事里,诗人也绝对不只是表达自己对基督教基本教义的一种理解,虽然诗中确曾多次提到了圣母玛利亚与上帝,甚至也提到了基督的"使徒"①。正由于如此,许多学者都认为此诗的最重要主题是关于宗教问题的思考。然而,我们认为诗人是有意模糊故事发生的时代与国度,而之所以如此是为了独到地表达自己所发现的更为宏大的主题与自己所思考的更为深远的思想。如果诗人将自己的故事限定在 13 与 15 世

---

① 长诗里多处出现与基督思想相关的意象,在第一部里当信天翁出现的时候,"我们像见了基的使徒,/喜滋滋向它喝彩"、"让上帝搭救你吧,老水手!你怎么惊魂不定?"在第三部里,当那两个女妖小船出现的时候,"一条条杠子把太阳拦住,/(愿天国圣母垂怜!)像隔着监狱栅栏,露出/太阳滚烫的大脸。"在第四部里老水手看见水蛇出现而感到生命千可贵,于是向上帝祈求:"我刚一祈祷,胸前的死鸟/不待人摘它,它自己/便掉了下来,像铅锤一块,/急匆匆沉入海底。"在第五部里,当老水手在死海里无法休息的时候:"选美圣母玛利亚!她亲自/把你从天国送到了人世,/让你溜入我心魂。"在第七部里,受到老水手讲故事的影响,那个客人发生了巨大的改变:"和众一起走进教堂,/和众一起祷告。"

纪期间，也许长诗的主题就会比较单一，长诗的意义与价值就会受到限制。由于长诗中故事的发生并没有特定的时间，我们就可以根据自己的需要与理解，将这只巨轮还想象为十九世纪以前的任何一个时代，也可以将其故事的主人公们想象为北大西洋边上的任何一个国度与任何何一个民族。由于诗人的出身与学习经历中的宗教背景，我们可以将其主题理解为善与恶的主题：不论是有意还是无意，只要无端地杀死了生灵，任何人都会受到严重的惩戒。正如诗中抒情主人公老水手多次宣讲的那样："对大小生灵爱得越真诚，／祷告便越有成效；／因为上帝爱一切生灵——／一切都由他创造。"（35）看来，诗人对基督教中关于博爱的思想是十分认同了。无论是东方的读者还是西方的读者读了这首长诗，都可以直接地认识到最为明显的主题就是宗教，其实这只是其中最为重要与最基本的主题。正如我们在开始的时候所指出的那样，长诗的主题是多重多样的。除了宗教主题之外，至少还有如下的三重主题。并且，我们要论证的是，三重主题中每一重都是以地理空间的建构为基础与条件的；如果没有上述五种地理空间的构建，这里所列的三重主题，特别是关于宗教的主题，就无从表达，或者说无法得到如此丰富的表达与如此有深度与广度的表达。

一是人类命运的主题与自然地理空间建构的关系。《老水手行》中那一条古老的大船，首先是一条真实的远洋巨轮，同时也可以理解为人类命运的象征，从而具有一种整体意义。在人类辽远的历史上，有的时候风平浪静，有的时候风起云涌，有的时候春风温暖，有的时候秋高气清，有的时候夏日炎炎，而有的时候冰冷严寒，一路走来，可以说历尽艰苦，饱受磨难。由于诗人年纪轻轻就已经是古希腊与古罗马历史的专家，所以他对于人类的历史是相当了解的，那么，长诗中所描述的这条船一路上所经历的曲折与坎坷，其实正是人类历史以来的高度概括与深度象征。"海上的暴风呼呼刮起,/来势又猛又凶狂;/它抖擞翅膀,横冲直撞,/把我们赶赶向南方。"(3)这里呈现的是巨轮在北大西洋向南航行的情景,格调是如此的欢快,也许正是人类的春天或者说人类的顺境之象征。自然,更多的人类的逆境与苦难的象征。"我看看腐烂发霉的大海,/扭头把视线移开;/我看看腐烂发霉的船板,/船板上堆满尸骸。"(15)这也许象征着人类的死亡与消失。从北大西洋到南大西洋,从南大西洋到无意中闯入南极圈,再在神鸟信天翁的引领下从南极圈逃出来,又回到了南大西洋;而从雪乡一直跟踪而来的深水大怪为了惩戒船上的水手,又让它绕过合恩角来到了太平洋的死海里受罪受苦;然后,再从太平洋折回到南大西洋,再从南大西洋回到北大西洋,直到回到出发时的海港与二百个水手的故乡,其间的曲折与艰难是可以想见的。正如有的学者所指出的那样,这正不是人类自己发展经历的象征与成长历史的隐喻吗?如果我们承认这是长诗重要的主题之一,那么它是如何得到表现与丰富的呢?我们认为就是通过四个关键性事件的发生与诗性的转折的:一是神鸟信天翁的到来,拯救了那条大船以及船上的水手,其实也就是拯救了古老的人类;二是当老水手射杀了信天翁受到严厉惩戒的时候,在无奈之中那一群花花绿绿的水蛇出现了,让老水手发现了人间的生命原来是如此可贵,于是双眼流出了忏悔的眼泪,于是老水手的生命再次得救;三是在太平洋的死海里两位女妖的打赌,如果是"死"胜利了,那船上的二百个水手全部都会死去,也就表示人类的历史到此完结,然而"死中之生"胜利了,所以老水手活着,而其余的一百九十九个水手则死去;四是当大船回出发的港口的时候,那船桅上成群的红精灵以自己的方式向岸上发现了求救的信号,正是它们拯救了那位处于十分危险境地的水手,再次让他一个人得到了生存下去的机会,而其余的一百九十九个水手全都沉入海底,消失于无形。值得我们注意的是,这几个关键性的意象,无一不是大海中的自然生物与自然神怪,并且长诗中所有的人物与故事都是发生在以大海为主体的自然天地之间的。因此,我们有理由认为,长诗关于人类命运的主题是建立在对自然世界的描写与自然意象的建构之间的,如果诗人不是将整个故事放在以大西洋、南寒带与太平洋之间的长远航道上,不是将人与怪的故事放在由太阳、月亮、星星与海浪、云雾所组成的天地之间甚至宇宙空间里,人类命运与人类历史的主题也许就无从体现。因此,长诗中对种种自然地理现象的描写是如此细致,长诗中所展现的地球表面的种种风光的精致观察,就绝对不是偶然的与局部的。从人类的命运而言,其生存也好,灭亡也好,辽阔的大自然与宇宙空间都是其巨大而永恒的母体。

二是其前卫生态主题与自然地理空间建构的关系。之所以说长诗表现了对于生态问题的思考,主要体现在信天翁被老水手无端地射死,二百个水手受到严重的惩戒,引发了太平洋成为了死海,消失了本有的生机与活力;而之所以莫名其妙地发生这样的奇事,就是因为人类以自己的意志破坏了生物界的神性,特别是具有神性的生物信天翁,就引来了巨大的生态的灾难。"冰海上空,一只信天翁,/穿云破雾飞过来;/我们像见了基督的使徒,/喜滋滋地向它喝彩。"(4—5)信天翁当然是自然的产物,是海洋生物界的代表,在长诗里就是除人类之外的一种神奇生命的存在,信天翁有情有义,与大船上所有的人们成为了好朋友,正是它给人类带来了好运才转危为安。可是,它一旦受到人类的无端残害,大船上的人无论如何努力,也只能进入太平洋里的一片死海,在这里一切的生机都停止了,不仅是大船进一步退两步,而且船上所有的人员都是生不如死。当船只在深水大怪的推动之下回到出发的海港,人们即将回到自己的故乡,可是从海底传来一声巨响,大船在一瞬之间沉入海底,除了老水手之外,所有的人们全部消失于无底的深渊。他们不仅不能活着回到自己的故土,自己的亲人们也不可能再见到他们的身体，这样的结局照样是由于老水手射死了那一只神鸟信天翁，然而老水手没有死，而没有直接杀死信天翁的其余水手则全部消失于海底。不知如此地处理是出于什么样的考虑？诗人自己在写作此诗的时候，是不是具有生态意识？我们真是不得而知。将长诗里的故事当作一个古老的生态寓言，其实也是不敢肯定的。为什么呢？因为我们很难找到有力的证据来证明诗人具有超前的生态意识与完整的生态思想。作为湖畔诗人之一的柯勒律治，热爱大自然、向往大自然是可以肯定的，但是他是不是思考过人与自然的关系问题，则很难说；在诗人其余的诗作里，似乎只有《忽必烈汗》中对于亚洲大旱的描写，也许与生态有关。但是，无论如何这首长诗里存在的种种对于自然风光的描写是如此鲜活与丰富，正是它们在长诗里具有一种基础性的意义与价值。长诗里少有对人之心理的描写，也少有对水手生活情形的描写，所以我们读了以后，水手们是如何生活的、船上有一些什么设施，我们无从知道。为什么会如此呢？因为诗人在诗里并没有关注这些东西，我们只知道那是一首古老的大船，黑乎乎的又高又大。如果我们不把信天翁当作一种神秘力量之代表的话，它所表现的只能是一种自然的力量，因为它是来自于自然界的某种神灵，与人类始终是友好相处的。诗人以极大的热情描写了信天翁所生活的雪国仙乡，同时也叙述了地球表面各个地段上奇特的自然风光，特别是由太阳与月亮、星星与大海、风与云所组构起来的宇宙空间景象，这正是以信天翁为代表的生物界所生存的大背景，这里也就是可爱的家乡。如果人类不把宇宙空间当成自己的家乡，只重视那个有教堂、塔楼与山冈的地方，那么人类所谓基督之爱与博大之爱就无从谈起，人类就只能是更加虚伪与更加可恨。从长诗可以看出来，船上的人们没有一个人能够欣赏自然的美景，没有一个人能够认识到自然的伟大，他们关心的只是个人的来与去、个人的生与死，并且没有人思考那一百九十九个水手为什么会死去？没有对大自然的破坏他们如何会死？只关心自我而不关心他者的人为何又不死？自然是人类的朋友还是人类的敌人？如果没有对宇宙空间的描写，生态主题如何表达？如果没有生物所生存的雪国仙乡，哪里能够表现人与自然的关系？因此，长诗中大量而生动的对于自然山水的描写，是生态主题艺术表达的基石。

  三是自然至上主题与自然地理空间建构的关系。如果我们将诗人对于人类的命运之思考、宗教的善与恶之思考以及生态问题的思考除开，诗中对种种自然风光的描写与呈现所表达出来的自然至上的主题，也是独立存在并且具有本位的意义。长诗中所描写的地球表面不同地段的太阳与月亮，基本上也不因为人的情感而发生变化，而是因为处于不同的地理位置就自然具有不同的形与态；海里的波浪与风向，以至于天上的云彩与星星，多半也是如此。我们不得不承认，由于诗人本身所具有的基督教倾向，在描写不同自然风光的时候，其间自然会有诗人的感情色彩，比如太平洋里的海水的死寂、回到故土港口时的月亮，以及在太平洋里的两个女妖，那是诗人以有情之眼来观察自然，而出现的正常现象。这与我们所讲的自然风光描写具有本位意义并不矛盾，而正好说明全诗所有的主题，都是建立在诗人对自然风光独到而深刻描写的基础之上的。全诗虽然有老水手与他拦住正要参加别人婚礼的人之间的对话框架，但主要的内容却是以老水手的口所进行讲述的。在那条远洋巨轮上，我们没有看见人与人的对话，也没有看到人与生物之间的对话；如果说有少量的对话的话，只有小船上两个女妖的打赌时所发生的对话、信天翁与水手之间的自然交流，因此，长诗里对于人类的命运的表现、对于人与自然关系的表达，靠的主要是什么呢？像小说里人物与人物之间的对话、戏剧里人物与人物之间的对话，以及大量的人物内心描写与人物内心独白等，在长诗里都是不可能的了；然而，此首长诗还是如此地丰富与深刻，就是得力于诗人对种种自然景象的描写，而这种种自然景物多数都成为了宇宙空间里的自然意象。如果说老水手对他们所见的自然景物并没有多少独到认识的话，而诗人则通过自己的想象，将大西洋、南极圈与太平洋里的自然风光进行自动呈现，并且超越了前人也让后者难以为继，其意义与价值实在是不可小视。也许在诗人看来，如此多姿多彩的自然山水与宇宙空间是具有独立意义的，如果没有人类的生存，自然世界也会具有本体的意义，因为它们本来就存在着，不会因为人的感情与思想的变化而发生改变，自然世界所拥有的那种永恒与绝对的意义，是任何宗教与任何势力所不可改变的。如果加以改变，受到惩处的将是人类自己，就如那条远洋巨轮的命运一样，就像那一百九十九个水手的命运一样，就像那个老水手的命运一样。自然界是如此的威严，如此地高尚，它们自古以来就是如此，从来没有改变过自己的姿态与精神。如果谁要与它们作对，那他的命运与这位老水手相比好不了多少：只能用自己的一生不断地忏悔自己的过失，以求灵魂能够得到一点安慰。在长诗里，自然地理空间的建构与自然至上主题的表达是二位一体的，自然风光虽然与宗教主题、生态主题有关，但也具有独立的本体意义，它们的呈现就是诗人的思想，它们的本义就是永恒的要义。

四是立体的诗歌艺术与自然地理空间建构的关系。《老水手行》是世界文学史上少有的艺术精品，是十九世纪英国诗人对人类命运的千古绝唱，是杰出诗人对世界前景重大问题的深入思考；然而，长诗中所有的思想主题与艺术表现都不可能离开自然山水与宇宙空间而存在，它正是以自然地理为基石的立体艺术创构。《老水手行》自问世以来虽然一直受到争议，但是许多学者与批评家对它往往是赞赏有加，不得不承认其航海的故事编得天衣无缝；虽然有的读者认为其中的基督教思想过于明显，也不得不承认其艺术体式与艺术形式上的创造性：采用古老的歌谣体形式，单行六音节、双行八音节，音韵和谐，旋律起伏，成为了一个音乐艺术的精品；相同或者相似诗节的反复，在诗中多次出现，各部分相互照应，在无形之间形成了回环型的艺术结构；谈话式的语言亲切可感，生物与生物之间的对话形成种种交流形态，语言与音韵上都达到了和谐的极境；具有浓厚的绘画之层次感与色彩感，与杰出画家的大作品没有任何的差距；不同的地球表面之自然风光往往具有不同的色彩，它们似乎并不只是出自于诗人的想象，而是种种自然风光的实景摄像了。总之，此首长诗的艺术上有着极高的造诣，远非英国其他长诗所可相比。然而，自然地理在长诗的艺术表达中却具有一种牢不可破的基石意义。

　　长诗的主题具有多重性，其艺术也就建立在多重主题的前提之下，但是，无论是人类命运的主题、基督教的善与恶的主题、人类的精神历程中忏悔与反省的主题，还是人与自然关系的生态主题、自然本位的主题，与诗中对自然风光的描写是二位一体的存在。如果没有全方位的自然风光描写，并且以大船航行的过程为顺序进行展示，这些主题也许可以得到一点表达，但不可能像现在这样的充分、丰富与深刻。离开了自然风光的基础，所有这些思想与主题的表现就无从下手，也许长诗里只有一点关于基督教道德的说教罢了。长诗里对于自然风光的描写，主要体现为对五种地理空间的建构，这五种地理空间的建构过程也就是诗人的艺术传达过程，因为它们体现了诗人的整体艺术构思，因而在诗中具有独立存在的意义。五种地理空间是按照大船的航行过程进行呈现的：首先呈现出来的是故土空间，其次是南极冰雪空间，再次是太平洋的死寂空间，第四是遍及三大洋的神怪空间，最后是由天上的天体与大海里的生物等所构成的宇宙空间。由于开始的时候呈现了故土自然空间，长诗的最后又以另外的方式呈现了故土自然空间，于是让全诗形成了一个环形结构，从哪里开头，最后就回到哪里。其实，在五种自然空间之间，还存在着一个立体的结构：三个立体的观察与两个平面的观察。三个立体的观察，就是对故土空间的立体观察、对南极冰雪空间的立体观察、对巨轮在大西洋航行过程中的立体观察；两个平面的观察，就是在太平洋里的对天体的观察，在大西洋、南极圈里与太平洋里对于海洋的观察。更重要的问题是，五种自然空间，其实是对应着人类的五种精神形态：故土空间是人类自有史以来所形成的乡土情结与家园意识的象征，冰雪空间是人类自有史以来形成的恐惧情结的象征，死寂空间是人类自有史以来形成的死亡情结的象征，神怪空间是人类自有史以来所形成的彼岸情结的象征，宇宙空间是人类自有史以来所形成的天地情结的象征。如果我们承认如此解读是有道理的，那么，诗人对五种自然地理空间的建构，就具有一种本位上的意义。正是因此，长诗中关于自然地理的描写与自然空间的建构，就成为了诗歌主题表现、思想情感表达与艺术创造的基石。没有五种自然地理空间的建构，就没有长诗的多重主题与立体性的艺术创构，要成为世界文学史上的精品是少有可能的。

《老水手行》是柯尔律治的代表作，也是19世纪英国浪主义诗歌中的代表作，之所以如此，最为主要的原因在于长诗中的自然空间的建构与其他作品有所不同，那就是诗中对于自然景观的描写与自然地理空间的建构，具有独立的价值与本位的意义。在这个世界上，真正能够与人类相对而存在的就是三个部分：人类世界、自然世界、鬼神世界。那么，长诗中对于人类世界、鬼怪世界与自然世界，都有比较充分与完整地表达。不过，诗人对于自然世界的表现是最为具体的，对于神怪世界的表达是半显半露的，对于人类自身的表达则是象征性的。因此，我们说诗人对于自然世界的表现，不仅与人类世界、神怪世界具有密切的联系，并且具有本位的意义。长诗中的"太阳"、"月亮"、"星星"、"闪电"、"风云"、"海浪"、

"冰雪"等意象，并不为某一具体的抽象观念服务，而只是作为自然世界中的个体而发生着重要的意义。值得关注的是，长诗里与自然空间相联系的时间观念也是很强的，比如从南极圈出来走了九天九夜，在太平洋死海里过了七天七夜，如此等等都很清楚。因此，我们说诗中对于自然世界的呈现是具体的，对于自然时间的表现也是具体的。并且对于数字的运用也是具有深意的，比如神鸟信天翁是一只，深水里的大怪是一个，小船上的女妖是两个，神鸟被杀事件发生后进行议论的精灵是两个，船上的水手是两百个，死去的水手是一百九十九个，如此等等。所有这些，也许有待于我们另文专门讨论。因此，诗人对于一条巨轮航行过程中自然风光的描写，特别是对三大洋里不同地段自然风光的描写，与天地相对的宇宙空间的描写，就具有一种不同寻常的意义与价值。"接连九晚，云遮雾掩，／它停在帆樯上歇宿；／接连九夜，苍白的淡月／映着苍白的烟雾。"(5)这是长诗里对信天翁到来以后，连续九天九夜与大船上的水手们在一起的情景之描写。一方是时间的延续，一方面是空间的演变，而不变的则是自然世界的本色。从此我们可以看出：首先它们是都美好的，其次它们都是自然生长的，再次它总是以一种本然形态而出现的。从长诗中我们可以看出，在永恒的自然面前，改变的只有人类自己，人类要战胜自然只是一种美好的愿望而已，自然的神力是如此的了不得，就像一直跟随巨轮而行的深水大怪，它来无踪去无影，没有人见到了它的形体，却没有人不能感受到它的威力。①因此，诗人真正向往的就是自然世界，人类的悲剧，就在于没

---

① 从长诗中可以看出，巨轮自从在南极圈里处境艰难开始，就一直有深水大怪与它在一起，并说它生活在九寻深海，一直与大船到了太平洋、南大西洋，将巨轮送到大西洋里的赤道为止，才没有再相伴。可是，在长诗的最后，巨轮之所以在一瞬之间沉入海底，也许仍然与深水大怪有关。那么，它究竟是海里的巨大生物，还是体现了一种自然界的力量，或者是上帝的力量，不得而知。虽然诗人在诗里并没有说破，但谁都可以感受到它在存在。

有认识到自然的伟大与永恒。以此而论，长诗里通过具体的描写所展示的五种自然地理空间、着力表现的人类世界、神怪世界与自然世界等三个世界正是体现了诗人对哲学与宗教问题的深刻探索，自然地理空间的建构与自然世界的呈现，在其中起着至关重要的基础性的作用。

失望与希望的二重唱[①]

——艾略特戏剧组诗《"磐石"合唱词》核心精神探讨

艾略特在 1934 年创作的戏剧组诗《"磐石"合唱词》之所以重要,并不只是因为它可以说明其对后期自我形态的"自况"——"文学上的古典主义者、政治上的保皇党人与宗教上的英国天主教徒",更重要的是它所追求的正是诗人自我的心态之"失望"与"希望"的"二重唱",这两个方面的内容及其有机统一,正是后期艾略特自我精神的"核心"。"失望"与"希望",正是艾略特后期诗作核心精神之二重性的体现:一方面是对当时人类现实处境的绝对不满与高度失望,一方面却又没有完全失去对人类的热情以及对于未来人类的希望。正是在极度的"失望"与微弱的"希望"之间,作为特定历史时期里诗人的主体精神形态才得以具体表达甚至披露无遗;相应地,诗人为了表现这样的主体情绪与核心主题,在艺术上进行了极具自主性的选择与开创性的探讨,并形成了鲜明的艺术个性与艺术风格。

一、核心精神之一:对当时人类的三重失望

《磐石》的"合唱词"本身并不是一个独立的作品,它只是多

[①] 原载《三峡论坛》,2010 年第 3 期。

人合作完成的戏剧作品《磐石》中的"合唱词"。因为整个作品并不是由艾略特一个人完成，所以在出版其戏剧集的时候，诗人并没有收录此部戏剧；在出版其诗歌集的时候，也只是收录了其中的"合唱词"。因为艾略特认为这部戏剧作品是受命而作，由好几位人士合作完成，只有这些"合唱词"才是由他单独执笔的，才是他个人创作的作品。这样的事实，表明艾略特对于自身有相当高的期许，也可说明艾略特认为这组合唱词，可以体现其后期作品里思想与情感的真实形态，他自己是比较看重这部作品的。

　　如果要讨论此组诗的核心精神，就不能不涉及合唱词的主导思想与主要内容。我们认为，艾略特在这组"合唱词"里，对人类当时的精神状态进行了全面而深刻的批判，浓墨重彩地表达了一个诗人对当时人类世界的"三重失望"。

　　首先，诗人没有歌颂当时人类的现实处境，反而对此进行了无情的揭露与深入的批判。全诗共十节。在第一节里，作为抒情主人公的"我"向人们描绘了自己旅行到西方大都市伦敦时所看的情景："到那气数将尽之城，/那里河水流淌，载着外国的漂浮物。在那里我被告知：我们有太多教堂，太少餐馆"（一）①。海外那些"外国的漂浮物"表明伦敦的确是一个世界性的大都市；在那里抒情主人公"被告知"有"太多的教堂"、"太少的餐馆"，其实是对当时伦敦人没有精神追求的一种讽刺。此后，作为上帝代言人的"磐石"②，以一种影视艺术的方式，直接展现了当时英国首都的悲惨现实：在半明半暗的天气里，众多工人在那里不断吟诵："在空无一物的地方/我们将用新的砖头建造/有新的人手和机器/用泥造新的砖头/用石灰造新的灰泥"（一）。稍后，在苍茫的天空下，一群失业者

---

① 艾略特：《磐石》，傅浩译，《诗歌月刊》（下半月刊），2008年10月号。

② "磐石"，就是耶稣的门徒，他原名西门，耶稣给他赐名叫彼得，也就是"磐石"的意思。他被认为是罗马天主教的首任主教，后神化为"天国守门人"。

以这样的声音回答了他们:"一直没有人雇佣我们/我们双手插在衣袋里/低垂着脸/散立在空旷的地方"(一)。这就是为世界各国的人们所向往的伦敦吗?这就是伦敦人的现实生活处境吗?在第七节里,上述的情景与意象再度出现,与此不同的地方在于工人们与失业者们的声音越来越弱小了,以至于全无。由此可见,诗人对当时人类生活处境的观察是相当仔细的,也是相当全面而深刻的,同时也表明诗人对当时人类的生活处境极度悲观与失望。在这组诗中,诗人没有展示人类社会的好日子、好气象,反而总是处处描述所见到的种种阴暗、种种不幸,这就体现了诗人的一种观点甚至思想。他对当时西方人类社会处境的最后结论以及他自己的深深失望,似乎就体现在这样的诗句里:"在这块土地上/将只有一根香烟两个男人分,/两个女人分半灌苦艾酒。"这样的诗句,对于诗人来说是意味深长的。为什么会如此呢?知识界与经济学界人士,不总是说"工业化"以后人类所创造的财富是从前的多少倍吗?人类在科学技术与机器制造方面不是取得了巨大进步吗?为什么人们无法生存下去呢?为什么不论是男人还是女人连基本生活都无法保障呢?下面的两句诗,也许可以给我们一种合理的解释:"这世界怎么说,全世界都乘着大马力汽车在环城公路上乱跑吗?""在这块土地上。一直没有人雇佣我们"(七)。一个方面是交通的高度发达,一个方面是工人的大量失业。在诗人看来,人类所生存的这个世界是存在严重问题的。只是,因为这只是剧本的"合唱词",不可能对整个人类世界作出全面描写,也不可能全方位地展现人类的生活场景。但是,以诗歌方式展现的情景,却表明人类正在受灾与受难。那些工人们不得已而在废墟上"建造",而他们在"建造"什么?也许他们自己也不知道。更引人关注的是那些失业者,他们不仅没有好日子过,甚至连饭都没的吃,十分凄苦。按照诗里的展示,在伦敦的郊区甚至远离城市的乡下,情况也都差不多,有的时候还更为严重。

诗人这样写是有根据的。在 30 年代初期，世界经济正处于大萧条时期，东方世界与西方世界一样，受到种种灾难的严重威胁。诗歌是时代生活的晴雨表，作为 20 世纪初期大诗人的艾略特，也不例外。因此，诗人没有像当时有的诗人那样粉饰现实而掩盖了生活的真实，而是以自己的勇气与眼光，揭示人类那样一种悲惨的现实处境，从而让这组戏剧合唱词拥有了与中国古代大诗人杜甫的《秋歌》、《三吏》、《三别》同样的悲天悯人的历史情怀。那是对整个人类处境的一种悲悯，是对世界历史的一种拷问。尖锐的批判眼光与深刻的反思精神，总是在这组合唱词的字里行间透露出来。不过，艾略特主要不是揭露当时人类的现实处境，而是以此表现自己对人类社会的深深失望。他对人类社会的第一重失望，就是基于当时的现实，人类的生活处境是令他深深失望的基本与重大问题。因为在他看来，如果人类自身都不能生存，所谓人类的精神与理想问题，就没有存在与解决的条件。

其次，诗人对人类当时真实的精神状态也极为不满。这是其组诗着重表达的第二重失望。在第一节里，诗人这样写道："我们在生活中丢失的生命何在？／我们在知识中丢失的智慧何在？／我们在信息中丢失的知识何在？"在此，诗人对人类精神形态存在的问题提出了三个方面的质疑。据说，这几行诗是多次为人所引用的。为什么人们喜欢这样的诗句呢？就在于其中充满着辩证法的意味：我们虽然"生活"着，却丢失了自我的"生命"；我们虽然追求着知识，却丢失了真正的"智慧"；我们虽然拥有丰富多样的"信息"，可是在这种拥有中，却往往无法识别什么是真正的"知识"。这正是近代人类存在的真正毛病，一个非常严重的问题。正如诗中上帝的使徒"磐石"所言："由于善忘，你们忽视你们的神龛和教堂；／你们是这近代之人，嘲弄／一切善心义举；你们寻找解释／以满足理智觉悟的头脑。／其次，你们忽视且小看沙漠。／沙漠不在遥远的南方热带;/沙漠就在街拐角那边;/沙漠被挤进你身边的地铁车厢里;/沙漠在你兄弟的心里"(一)。在这里,"沙漠"作为一个引人关注的意象,是有其深意的:诗人一方面指责人类对于"知识"、"智慧"与"生命"缺少识别能力与珍惜的精神,对人类追求真理的能力表示怀疑;另一方面揭示了当时人类心灵上存在的"荒漠化"倾向,指责人们没有以起码的"善心义举"来建立起种种社会公义,更重要的是当时许多人甚至未能认识到人类心灵的"荒漠化"[①]。有的人只知道要以科学的方式解释世界上存在的种种现象,认为那才是有意义的、重要的,而不知道对于整个人类的现实与历史发展来说,真诚的情感与超越的想象才是最重要的。对于当时人类的精神形态的阴暗与无序的评判,正体现了诗人对当时人类的第二重失望。从组诗中可以看出,对于当时人类如此的精神形态,诗人简直是痛心疾首,眼泪长流。作为一个有远见的、具有思想家气质的诗人,艾略特对于人类的心理与情感了如指掌,同时对人类精神上所存在的问题也洞若观火。他爱得越深,恨得也愈切,因此对于人类的失望也就越大。从物质到精神,诗人对于人类的理解以及在此基础上产生的失望,从一开始就产生了一种跨越,并上升到了一个全新的层面!

　　那么,诗人对人类的第三重失望是什么呢?诗人认为当时许多人没有自己的坚定信仰,这才是人类面临的最严重问题,正是这让人类进入一个最危险境地。正如诗人所指出的那样:"而现在你们散居在狭长如带的路上,/无人知道或者关心谁是谁的邻居,除非邻居过分烦扰,/而都驾驶着汽车往来奔突,/熟悉公路却无处定居。家人甚至不一块儿活动,/而是每个儿子都要有自己的摩托车,/女儿们则随随便便坐在后座上疾驶而去"(二)。诗人的眼光是相当敏锐

[①] 参见艾略特长诗《荒原》,其中将第一次世界大战后的欧洲比做"荒原",隐喻当时人类的心灵成为了一片"荒原"。

的,他发现当时的西方社会在人与人之间产生了严重的隔膜,邻居与邻居之间不认识,家人与家人之间不关心,在儿子们与女儿们之间,关系也并不正常。这样的世界如何得了?人类与动物是有区别的,人类是有爱的、有意识的、有思维的,人与人之间应当是相爱、相亲与相助的!从道理上来说,任何人都只能生活在群体里,生活与生命才会有实质性的意义。那么,人类在当时为什么会出现上述情况呢?诗人说:"假如你们没有共同的生活,你们会有什么样的生活?/没有什么人的生活不是在社会群体之中的,/没有什么社会群体不是在对上帝的赞美之中维持的。/就连独居冥想的隐修士——/日日夜夜都为他重复对上帝的赞美——/也为教堂,基督的化身,祈祷"(二)。诗人以肯定的语气提出了对上帝的信仰问题:没有什么社会群体不是在对上帝的赞美中维持的,就是那个"隐修士"也不得不每日颂唱"上帝",并且上教堂而"祈祷"。而如今,人类不仅没有真正的"知识"与"智慧",并且心中没有"上帝",也不为"上帝"祈祷,甚至教堂毁坏了,也没有人提出和进行重修。所以,在第三节里,诗人进一步借上帝的口,严厉地批评现实中的人类:"你们阅读得很多,但不读上帝的言辞;/你们建造得很多,但不造上帝的房子。/你们会给我建造一座塑料房子,用石棉瓦盖顶,/里面填满周日报纸的垃圾吗?"最后一句诗,才是闪光之笔,流露出了"上帝"的真实情怀,具有很强的讽刺意味!其实,这里所表达的才是诗人最为严重的失望!

  总的来看,诗人对当时人类的失望,主要体现在以上三个方面:人类的现实处境、人类的精神生态、人类的信仰缺失,正是这三个方面的内容构成了组诗主体精神的立体结构:以对现实的处境呈现为基础,以对人类的精神状态的描写为重点,以对人类宗教信仰的缺失之批评为核心。其实,这正是对当时人类生活与精神信仰的全面关注与深入探讨,体现了艾略特自己的精神形态与心理流程。艾略特通过自我形象所表达的对当时人类社会的三重失望,对当时人类所做出的尖锐批判,也未尝不是对当今人类现实处境与精神生态的一种预言。今天的人类处境与精神状态,其实也好不到哪里去!

二、核心精神之二:对未来人类的三重希望

《磐石》表达了诗人对当时人类现实处境与精神状态的深深失望,同时也抒写了诗人对未来人类的深厚希望,并且越到后来,表达的希望越是真切、越是厚重,许多诗行有如一个世纪老人的喃喃自语,体现出一种宗教的情怀。不过,所谓"希望"多半是诗人对改变人类眼前处境与精神生态的 种"呼唤",并不就表示诗人真的看到了希望,相信人类一定会具有光明未来。如果说有希望,多半也只是对未来人类的期许,而诗人在面对人类的眼前处境与精神形态的时候所表现出来的,多半是种种失望乃至绝望的情绪。从总体上来分析,诗人对于未来的人类,存在以下三重希望:

首先,诗人要求人类将现实生活处境进行改变,并且在这个过程中,首先要坚持社会公义。诗人对当时世界上存在的三种人生形态是很不满意的:"人的命运是无休止的劳作,/或无休止的清闲——那更难受,/或者无定时的劳作——这令人不快"(一)。在诗人看来,第一种人生是难受的,第二种人生更让人难受,第三种也令人不快。可见,诗人并不愿意接受当时人类所拥有的三种人生方式。那么,诗人追求的是一种什么样的人生方式呢?随后,诗人让"磐石"对眼下人类正在做的一些事情和已经做过的一些事情进行了生动的展示。正是在这里,我们可以看出一点眉目:"有大家合作的工作/所有人共有的教堂/每个人都有的分工/人人都致力于工作"(一)。后来,诗人再度以工人们的吟诵肯定了未来人类所应有的生

活形态:"我们建造下列意义:／所有人共有的教堂／每个人都有的分工／人人都致力于工作"(一)。其实,诗人通过"上帝"之口所表达的:人人都有劳动的权利,大家都有共同的教堂,每一个人都努力做好自己的工作,这是一幅多么美好的社会生活图景!我们忽然警觉到,这正是共产主义者理想中的社会生活形态:每一个人有基本的生存条件,每一个人都有共同的信仰,每一个人都致力于自己所喜欢的工作!可见,诗人真还是一个了不起的思想家!诗人为什么会产生这样的希望?因为当时世界许多人没有基本的生存条件,现实生活处境十分凄凉,正如诗中失业者的控诉,体现的正是当时的人类以及诗人自己身上的种种不满情绪:"我们的生不受欢迎,我们的死／在《泰晤士报》上提都不提"(一)。也许正是因此,诗人才将第一重希望寄托在未来人类对于现实生活处境的改变上。

如果说这是诗人对当时人类的第一重希望,那么,第二重希望就是要求人类认识到人间善与恶的存在及其合理性,两者的相生与相报从来没有改变过,并且永远不会改变。正如在组诗的开头对于天宇景象的描写所展示的那样,自古以来人间虽然发生了许多改变,但"有一事不变"(一)。因此,人们要做好事以求得好报,而不要做坏事,因为如果做坏事的话,必有恶报。诗人对于人类心态的复杂性是有所认识的:"有的前去是出于对荣誉的热爱,／有的前去是由于不安和好奇,／有的是贪财和好色的"(八)。对于前两类人,诗人没有表现出什么不安,真正令他不安的是最后一类人。这一类人的所作所为,正是为基督教所不容的:"不是贪财、好色、不忠／觊觎、懒惰、贪食／嫉妒、骄傲;／不是这些造就了十字军骑士,／而是这些毁掉了他们"(八)。这是他对于历史的一种认识,并且是一种具有真理性的认识。如果能够认识到这一点,那么人类就还有希望;如果不能认识到这一点,那么人类就不可能有希望,甚至是彻底地完了。在第九节里,抒情主人公这样写道:"为以往每一桩恶行,我们都承受其恶果:/为懒惰,为贪财,为好吃,忽视上帝之道,/为傲慢,为淫荡、不忠,为每一项罪行。/过去所造作的善业,你们都继承其福报。/因为一个人独立地在死亡的那一边时,善事恶行都只属于他一人,/但是在这尘世之上,你们都拥有前人所作善事恶行的业报"(二)。在这里,诗人向人们展示的基督教所认为的"七重罪"①,其实是恶有恶报、善有善报的注解。在从前,如果哪一个人犯了这样的大罪,其罪过将由他自己一人承担;而现在,如果一个人犯了大罪,也许要由许多人来共同承担。这就是艾略特提出来的问题:前人的罪要由后人来承担,因此每一个人都要有对于善与恶的认识。因此,当诗人看到人们在建造教堂的时候,他是那样高兴,并提出了这样的哲理:"假如殉道者的鲜血将要流淌在台阶上,/我们就必须先建造台阶;/假如圣殿将被摧毁,/我们就必须先建造圣殿"(六)。为什么要建造这样的台阶与圣殿?首先是因为上帝的事业需要有人牺牲;其次,是因为人间还有为恶的人;再次,就是人类需要有一个忏悔的场所。所以,诗人不仅通过诗句揭示了善与恶的关系,还要求未来的人类要懂得人间永恒存在的现象,要为人类心灵的净化建造教堂,要为上帝建造更多更好的教堂!有了这样的教堂,人类才有忏悔的可能,那么人类才有希望!

第三重希望体现在对虚拟的"光"的赞美上。在第十节里,诗人用了较大篇幅来赞美"光",这是诗人对信仰的自信与景仰!"光"是从何而来的呢?第九部分是如此结束的:"在许多努力之后,在许多阻碍之后;/现在你们将眼看圣殿建成:/因为创造之功从不会不劳而获;/成形的石头、可见的基督受难像、装饰一新的圣坛、高悬的光,/光/光/可见的光——令人想到不可见的光"

---

① 基督教教义里所说的"七重罪",就是指人类所犯的七种大罪,包括:骄傲、贪财、好色、嗔怒、贪食、妒忌与懒惰。

(九)。前面所说的"光"是一种可见的"光",后面所说的"光"是一种不可见的"光",诗人赞美的,既是那种可见的"光",更是那种不可见的"光"!后来,诗人这样无限深情地唱道:"不可见的光啊,我们赞颂您!/您对于凡胎肉眼太过明亮。/更亮的光啊,我们替较小的光赞颂您:/清晨我们的塔尖触及的东方的光,/傍晚斜照在我们的西门上的光,/蝙蝠飞翔的时辰浮荡在静静池水上的微光,/月光和星光,猫头鹰和飞蛾的光,/草叶上萤火虫的亮光。不可见的光啊,我们崇拜您!"(十)。诗人对"光"进行了前所未有的、无限深情的由衷赞美,让我们想到中国现代诗人艾青名诗《光的赞歌》。从此可以看出艾青也许是受到了艾略特的影响。什么是"光"?其实也就是人类的信仰!人类如果没有信仰,那人间就没有光明;即使地球表面上有阳光、月亮,人类的内心也只能是黑暗!人类要有什么样的信仰呢?诗人所主张的其实就是他自己所相信的宗教信仰:"我们建好了礼拜不可见的光的圣坛之后,/就可以把我们凡胎肉眼可见的小光安置在上面。/我们感谢您,因为黑暗让我们想起了光。/不可见的光啊,我们因为您伟大的荣耀而感谢您!"(十)。全诗就在这样的感谢声中,结束了!诗人将"光"分作了这样的三个层次:圣坛上的光是可见的、物质形态的"光",人们心中的光是不可见的、精神形态的"光","上帝"身上所拥有的光是处于可见与不可见之间的、宗教精神的"光"!诗人虽然在此歌唱了三种不同的"光",但最为核心的精神还是人类心中的"光",就是人类世界所必不可少的那样一种"信仰",也就是基督教的"信仰"!根据诗中所呈现的"上帝"、"磐石"、"教堂"、"圣殿"等意象看来,诗人所主张的人类信仰,就是基督教的信仰!因为诗人信仰正是英国的国教——基督教!正是因此,他歌唱起"光"来,是那样地无限深情,那样地声声动情!读者与听众读到与听到这样的关于"光"的诗句,也不得不受到深深地感染!由此可见,这是诗人对于未来人类社会的最终希望,也是诗人自我的信念之寄托!

三、 失望与希望的二重唱:精神核心的双重性

《磐石》之所以成为艾略特后期的重要作品,并在 2008 年重新由傅浩翻译发表,原因当然很多,最为重要的就是组诗体现了一个大诗人身上的主体精神:对于人间存在问题的尖锐批判,对于人类所缺失信仰的深切呼唤,对于人类的未来寄寓种种希望!诗人为了人类的幸福,坚持以基督教的精神改造人类,认为"上帝"的意义不仅在于让人类保持一种信仰,也让人类始终有一种"光"的照耀!这就是组诗所探讨的精神核心、诗人所提出的主体精神!那么,诗人之所以参与这个剧本的创作,并以极大的努力来撰写其中的"合唱词",根本的原因就在于可以在此表现自己的宗教信仰,并可以对人类的未来起到一种引导作用,发生一种警示意义!

对当时人类的极度失望与对于未来人类的深切希望,这正体现了诗人艺术构思的精致与高妙!诗人不满于人类的现实,所有的现实都让他产生失望,甚至是绝望的情绪,所以,其间有许多愤世嫉俗之词:有对当时人类生存形态的生动展示,有借上帝之口发出的种种警告,以及对世界发展方向的种种担忧!诗人也好,诗人心中的上帝也好,诗中的"磐石"彼得也好,那些工人与失业者也好,都无一例外地对当时的人类表示失望,其实这正是在那样一个特殊的时代里,在世界各地所漫延的一种失望情绪的反映!30 年代发生的世界经济危机,并不是一个简单的经济问题,也是一个极为复杂的社会问题,同时还是一个相当高深的宗教问题。因为当时的许多人没有固定的信仰,没有与动物相区别的精神生活,这才是最为可怕的危机!为此,诗人在诗中展示了宗教史上的一些人物及其故事,讲述了西方历史上的一些神话与传说。诗人以直观的方式展示

了当时人类的现实处境与精神生态，一再地表明人类之所以走到当时那样一种境况，并不只是一个经济问题，而是人类的精神生态出了大问题！这才是让诗人最为失望与痛心的！如果要说诗歌的精神核心的话，这就是其精神核心的一个重要方面；不过，它只是精神核心的一个半圆！

组诗精神核心的另一个半圆，就是对未来人类的希望；正是两个半圆的结合，正是两者的有机统一，才构成了组诗精神核心的整体，一种具有双重性的主体精神！组诗的主要篇幅是诗人对当时人类现实处境的展示，对当时人类的精神生态的揭示，诗人的主体精神也基本上处于批判与揭露的层面上，也就是说组诗是以批判精神、反思眼光、问题意识与痛苦心理的表达为主的。如果说有愉快与欣喜成分的话，也只是在组诗的最后一两节里，在对"光"的歌唱时有所表露！诗人为什么没有放弃对于未来人类的希望？诗人为什么要赞美与歌唱"光"？诗人为什么要在组诗里搬出上帝的使徒"磐石"出来说话？因为诗人的心中有"上帝"，有真理，有信仰！诗人对当时的人类采取一种否定与批判的态度，而对未来的人类采取一种同情的态度，并寄寓很高的期望，就是在于诗人有自己的追求、理想，有自己对于未来的理解，他将自己的全部精神都寄托在上面！作为人类社会的一个成员，作为一个古典主义者与英国国教的信徒，诗人认识到了人类现实处境的可悲与精神生态的可笑，所以他只有寄希望于未来的人类。宗教的基本指向就是改变人的精神形态，让他们趋于善、趋于美、趋于完成！虽然诗人在诗中对于希望的表达，不如对于失望的表达那么浓重，但对于"光"的赞美的力度也是不让前人的。在此，我们深深地感觉到诗人艾略特精神形态的复杂性与双重性，感觉到组诗的成功在很大程度上就是宗教精神与人间信仰形塑的成功。所以，组诗里存在的失望与希望的二重唱是如此的动听。由失望与希望所构成的精神形态的双重性，正是其艺术构思与艺术传达的重要特点!

但是,失望与希望的二重唱也好,失望与希望的双重性也好,都建立在诗人对上帝的观察与对人间的了解基础之上。其实,这正体现了诗人两个最基本的观念,并深具一种哲学内涵与宗教精神:一个是世界永恒,一个是善恶争斗。首先,诗人认为世界是永恒存在的。组诗一开始对天宇的描写,就给全诗定下了基调:"雄鹰翱翔在天宇之顶,/猎户与猎犬永恒追逐。/啊,有序群星的永久轮转;/啊,有定季节的永久轮回;/啊,春与秋、生与死的世界!"(一)。在这里,诗人不仅展示了整个天体的运行规律,并且描写了季节的春秋代序与人间的生死轮回现象及其两者相似性,将一个永久的世界呈现在我们面前,让我们感到世界的广大与天地的永恒!其实,这就是基督教的世界观与人生观之形象化的表达!正是在这样的情况下,诗人对于人类的现实处境与精神生态是如此的失望,如此的不满!其次,诗人认为在这个世界上善与恶是永远争斗、并相互转化的。组诗中有这样的闪光诗句:"世界旋转;世界变幻,/但有一事不变。/在我有生以来,有一事不变。/无论你们如何掩饰,此一事不变:/善与恶的永恒争斗"(一)。诗人以三个"一事不变"来揭示人间的善与恶之间的对立与冲突,认为这是从来如此,并且也会永远如此。但是,诗人同时认为善与恶是相关的、相互转化的,而现实的人间许多人却没有能够认识到这样一点,因为他们没有自己的宗教与信仰!其实,这样的表述正是基督教人生观的形象化!以上所引的两段诗行,具有很强的概括力、很浓的哲学意识,成为组诗闪闪发光的诗句。

如果我们要准确地认识《磐石》为什么能够成为艾略特后期的重要作品,要理解作为诗人的艾略特真实的心理与精神形态,要理解他后期诗作的精神核心及其构成方式,要理解他后期诗作的思想与艺术探索,那么,我们不得不再次阅读这组合唱词,不得不探索它的精神核心。这部作品之所以具有重大的价值与重要的意义，我认为主要就是因为艾略特以自我的方式指出了当时人类的精神与信仰缺失的问题，因而倡导人类的道德重建与信仰重建。如果不能解决精神与信仰的问题，工业再发达，经济再发展，社会再文明，也是没有意义的。只不过，艾略特是以诗人的方式提出与思考这一问题，并非以思想家与社会学家的方式来进行的；虽然组诗里说教的成分比较浓、宗教的因素比较重，但从总体上来说诗人有自己的构思、自己的选择、自己的创造。后期的艾略特在想什么、他如何看待当时的西方社会、西方文明，他如何认识人类的处境与人类的未来，我们都可以在这组"合唱词"中得到答案。所谓的"希望"与"失望"都统一于一种情感形态、一种精神形态，诗人都是从自我出发并且也是以自我的方式进行表达的，读来感人至深。特别是关于"光"的那两段唱词，具有很强的艺术魅力，具有超越前人的闪光品质。因而，从诗的角度而言，这不失为一组深厚的、精湛的作品，值得引起我们的高度重视。

伦理景观的重现及其审美意义建构[①]

——易卜生长诗《泰尔耶·维根》的艺术特质

"现代戏剧之父"易卜生32岁(1860年)的时候创作的两首长诗《在高原》[②]与《泰尔耶·维根》[③](以下简称《维根》)在思想与艺术上都极具探索性。《维根》充实而完整地展现了诗人的个性与风采,在艺术上形成了以下优势:如何开头、如何结尾,如何打乱叙述的自然时间以形成多重合理的艺术结构,都体现了诗人独到的艺术构思;以独特而鲜明的意象呈现,全方位展示人物及其相互之间的关系,揭示主人公伦理身份的变换与人生悲剧之间的关系;以节与节之间分开进行伦理叙事,形成比较稳定的关系结构,让全诗产生诗意空白形态;讲究诗句与诗节的长短组合,以及节奏与韵律的构成,让抒情委婉曲折、多彩多姿,如此等等。然而,长诗最为鲜明的追求在于诸多戏剧情境即伦理景观[④]的重复与再现,及其展现的

[①] 原载《华中学术》第9辑,与胡朝霞合撰,武汉:华中师范大学出版社,2014年5月。

[②] 易卜生:《在高原》,卢永译,《易卜生文集》第八卷,北京:人民文学出版社,1995年,第123—142页。

[③] 易卜生:《泰尔耶·维根》,卢永译,《易卜生文集》第八卷,北京:人民文学出版社,1995年,第143—160页。

[④] 所谓"伦理景观",指文学作品中由于人物与人物的伦理关系而产生的种种情景,如对于伦理冲突、伦理困惑、伦理困境、伦理纠葛的具体描写与刻画,是我借用西方景观学而提出的一个伦理学批评概念。

强大的美学力量。对于易卜生文学成就的评价,许多人只认可其戏剧,而漠视其诗歌,其实是没有道理的。正是勃兰兑斯所指出的那样:"从那时起,易卜生坚定的、有力地向前发展着,在诗歌方面也高飞猛进,以至远远地把国内外的对手抛在后边。"①而长诗《维根》中所呈现的多种多样的伦理景观及其独特的审美意义,一再地说明了易卜生在诗歌思想与艺术境界方面所达到的高度,并且对于当代中国诗歌创作有着丰富的启示。

一、泰尔耶:三次出海及其回归

《维根》中通过主人公三次出海及其回归所展示的人生历程与人生回环,表现了泰尔耶作为一位远洋水手完整的一生,及其人生悲剧本身的丰富性与复杂性,揭示了其精神光辉与人格魅力。远洋水手一生大部分时间在海上度过,因为"他有一个不变心的、经过考验的朋友——/广阔无边的大海。"(147)他回到出生的故乡往往感到无所事事,而一旦回到大海则感到充实与幸福。终其一生,有三次外出大海又三次回到故乡的经历,并且每一次出海与回归的时候,都发生了惊天动地的变化,不仅是人世的变迁,也是其人生轨迹的变动,构成不平凡的命运轨迹。正是因此,他在海洋与陆地之间行走,但最终不得不回到陆地,让自己的身体与崖石为邻,与阳光为伴。

泰尔耶很小就有了第一次出海的经历:"他打从小孩子的时候起就是个淘气鬼,/很早就和亲人们分了手,/他到处闯荡,见多识广,成了一位,/最大胆的见习水手。"(144)少年不识愁滋味,然

---

① 乔治·勃兰兑斯:《第三次印象》,《易卜生文集》第八卷,北京:人民文学出版社,1995 年,第 280 页。

而他也有想家的时候；因为想家了，才回到了陆地上的故乡，然而当他回到故乡，感觉却那么陌生，许多人他根本不认识，许多人也不认识他："但是不知怎的，有一次，来到阿姆斯特丹，／他突然因想家而苦闷，／乘着普拉姆舰长的'联合'舰，／他来到了被遗忘的家乡的海岸，／但谁也不认识这位年轻人。"（144）他为什么来到"阿姆斯特丹"想念家乡并不是太清楚，"我"也没有交代"普拉姆舰长"为何许人也，与泰尔耶之间是一种什么样的关系；然而，少年水手虽然以大海为家，与陆地上的家庭和亲人之间关系密切且情感深厚，因为他本来属于这一片辽阔的大海，也属于那一片狭长的土地。可是让他没有想到的是，在他离开大陆的这些年间，其父母早就离开了人世，没有了亲人与家园，失去了精神上的寄托。大陆孤独与难过，生命总是与海洋相关，于是他做出了新的选择："他不能在大陆无家可归到处流浪，／他应该离开这里，投身广阔的海洋，／再一次在大海上漂流。"（145）然而短时间并没有离开，且在一年以后他竟与一位女子结了婚，结束了多年的单身汉生活，组成了美满的家庭。

　　泰尔耶有了家庭并承担起了责任，为了一家人的生计，他不得不第二次出海："但是冰层开始破裂。泰尔耶突然／乘两桅方帆商船再次出洋，／只有秋天向着南方飞去的大雁／才有可能发现他的去向。"（145）"冰层开始破裂"并不就意味着春天的开始，"秋天"、"大雁"意象表明收获季节的到来，之所以出海是为了获得生活的来源。只有一年多的时间，有日夜思念他的妻子，他第二次返回了故乡。此时，天使般的女儿已经出生，他是那样的喜出望外，享受了人间有史以来最大的幸福。此后，泰尔耶长期在家，努力尽一位父亲的责任，成为了真正的男子汉。"他的温柔的妻子纺着亚麻不停，／而一个像蓓蕾一样绯红绯红的小婴／正笑眯眯躺在摇篮里。"（146）这个"小婴"正是妻子带给他的惊喜，故乡给他的回报。可是，1807年发生的英丹战争①却让他的美梦不能成真，挪威航道全被英军封锁，粮食几乎全靠进口，人民只能处于饥荒之中。为了一家大小能够渡过难关，泰尔耶不得不第三次出海。

第三次出海却让他的人生经历了苦难。"他给自己找了一艘小一点的船，/他出了海，没有帆；/因为他相信大海，他这样看，/海本身会保你平安。"（147）在大海上，泰尔耶与英军之间进行了激烈的斗争，发生了惊心动魄的冲突："突然泰尔耶和一块大礁石相碰，/水兵们的舢板紧随。/一位军官向他命令：'不要动！'/而且打穿了小船；像一个凶狠的顽童，/用桨狠狠地一击。"（150—151）他是那么的强壮与勇敢，以自己的双手进行过搏斗，以自己的智慧进行过抗争，然而最终没有能够逃脱追捕。长长的五年之后，他被无罪释放，于是第三次回到了大陆，可是亲人们不知所终。"泰尔耶下了船回到故土，/他的祖先的家园；/谁还能认出当年那位年轻的水手，/看见这位白发的海员？"（152）泰尔耶回到故乡之后，没有了亲人、房屋与家园，处于极大痛苦之中；他当了一位领港员，并想以此度过自己的余生。三次出海与三次回家的经历，具有深厚的道德与伦理内涵。主人公的一生就是在这种出海与回陆的情景回环里度过的，在反反复复的戏剧情景里展示其曲折多变的一生，展示其性格、精神与人格，以及伦理与道德的选择。善与恶的关系是长诗的最重要主题，伦理身份②在失去与复得的过程中得到了延续，多种多样的伦理景观由此产生，具有震撼人心的美学力量。如果没有三次

---

① 原诗有如下的注解："和丹麦联合的挪威参加了1807—1814年的英丹战争。英国军舰切断了挪威的所有海上商路。而挪威所需要的粮食大部分从海上输入，1809年又值挪威农业歉收，因此挪威开始了饥饿的时期"。（《易卜生文集》第八卷，北京：人民文学出版社，1995年，第147页。）

② 维根伦理身份问题已有专文探讨，参见胡朝霞、邹建军：《泰尔耶·维根伦理身份问题探讨》，《四川外国语大学学报》，2013年第2期，第2—7页。

出海与回归及其所产生的意义,泰尔耶一生之苦难与幸福就无从体现,善与恶的交集与转变也无从表达,人物的命运与人生的哲学也无从体现。泰尔耶三次出海与三次回归的故事,形成了引人关注的伦理景观,每一次出海与回归都是他所作的一次伦理选择:第一次出海是为了成长,让父母认可自己的人生价值;第一次回归是为了见到父母,表明情感成长与心灵成熟。第二次出海是为了负起丈夫的责任,要以更多的收获得妻子信任;第二次回归是因为妻子与家庭,不能离家太长而让妻子等待,还要有自己的后代。第三次出海是为了侵略战争期间全家人活命,作为丈夫与父亲义不容辞的责任,只是没有完成使命反而被关押;第三次回归是因为出狱获得了自由,然而妻离子散、家破人亡的情景让他陷入无尽悲痛。三次出海与三次回归都不是简单的故事展示,具有生动而具体的情感与思想内容,构成了如大海波涛般的伦理景观。为什么是三次出海与三次回归,"三"也许具有更为深刻的内涵。在长诗中,我们发现许多与"三"相关的景象,如维根外出经历了千辛万苦却只得到了"三袋东西"(148),他经过了"三天""三夜"的抗争才回到"伊门涅斯"外海(148),英国的军舰也正好是"三桅舰"(149),所有这些都是出海与回归的过程中所发生的,因此也可以说是伦理景观的具体内容,反复与循环正是其独到的审美意义。

二、两个男人的两次下跪与忏悔

泰尔耶与英军舰长(即后来的勋爵)经历了与自己以及一家人命运相关的"两次下跪"与"两次忏悔",以至于忏悔之后的"两次白头"。而这"两次下跪"、"两次忏悔"与"两次白头"所形成的景观,都具有深厚的伦理意义。

《维根》以相似的笔法描写了两个家庭中不同人物的两次下

跪，两位夫人的不同命运，以及两位天使般女儿的不同命运，展现出了深厚的道德力量与伦理意识。某一天，泰尔耶发现一艘快艇发出求救信号，迅速驾艇救援。当他在一瞬之间发现眼前的勋爵竟然是当年那个打破生命之舟者，精神顿时失去了控制，他要复仇。"白发的挪威人突然站起全速前进，/而且打穿了小船：像一个凶狠的顽童，/用桨狠狠地一击。"（154—155）与上一次相比只是调换了位置，性质却有所不同：泰尔耶那次所遇到的是一个国家对另外一个国家的武装侵略，以及对人民生命财产的严重侵害；而眼前是挪威的海员对受难客人的救援，只是勋爵妻子与女儿在场。两位主人、两位夫人与两位女儿，来自两个不同的家庭，在两个不同的时刻，角色倒置之后经历了同样一件事情，产生了两种完全不同的命运，形成了某种对应而复杂的关系，"两次下跪"、"两次忏悔"与"两次白头"都与此相互关联。所谓"两次下跪"，一是指泰尔耶在英丹战争期间，在英国军舰上向年轻的舰长"下跪"；二是指十年之后，在救援船上舰长向泰尔耶的"下跪"。虽然同样都是"下跪"，意义却并不相同：泰尔耶的"下跪"并不是一种投降，也不是一种求救，只是因为自身力量太过弱小，没有能够将"救命粮"送回家里而感到无助与悔恨："第一个战役他就没有被打败，/怎么能不让人傲慢！/而泰尔耶却在他的面前跪倒尘埃，/祈求宽恕，像孩子般痛哭了起来，/想这样使顽童心软。"（151）泰尔耶之所以在"他"前面"跪倒尘埃"，并且像孩子一样痛哭起来，是想让"他"心软而手下留情，"他"作为胜利者不可能。正是这样的铁石心肠让泰尔耶及其家人遭遇了灭顶之灾。如果说泰尔耶"下跪"是一种无奈，那么英军舰长的"下跪"则是一种悔恨，目的是要得到救命恩人的谅解，让心灵得到解脱，灵魂得到拯救。当年的下跪并没有让舰长后悔，相反却更让他目中无人，泰尔耶为妻子与女儿失去了宝贵的生命而悔恨一生。勋爵的悔恨却是当下的，因为泰尔耶挽救了他一家大小的性命，而为当年犯下的罪行而悔恨不已，并且十分恐惧。"两次白头"发生在不同的时间与不同地点，只不过白头的原因不一样。英丹战争期间，泰尔耶在英军逼迫之下一夜白头，是因为善良与责任；而十年之后的勋爵是为过去的罪过而悔恨，是因为恐惧而瞬间白头。"两次下跪"、"两次悔恨"与"两次白头"的性质，无疑是因为伦理关系的变化而对心灵产生的冲击，伦理景观就是因此而建构起来。伦理景观的重复与再现及其产生的意义，体现了诗人独到的艺术构思与主体思想：在人间，善与恶都是相互关联的，善有善报、恶有恶报，每一个人的生命及其价值都与此有关，任何人都不可能有违于固有的伦理准则。虽然故事是发生在战争期间与战争之后，人性与人道却是每一个人身上最基本的东西。如果舰长当年放人一马，也许就不会让泰尔耶一家死于饥荒；如果泰尔耶没有以善为本，就可以让勋爵一家葬身于大海。因此，"两次下跪"、"两次忏悔"与"两次白头"所具有的意义，都是从实实在在的伦理景观产生出来的，并且是从重复与再现的伦理景观中产生的。

长诗《维根》主要围绕两个家庭的命运而展开伦理叙事，两个家庭的命运如此不同，是与各自的伦理选择相关。当泰尔耶坐牢五年之后回到故乡，实在是不敢相信自己的眼睛："他在自己在家里发现了陌生人，／知道了可怕的情况：／'泰尔耶不在家，没人能养活他们，／在弟兄们的坟里，也像许多其他的人，／村里教民把他们埋葬。'"（152—153）无人知道他的妻子与女儿何年何月离开人世，据说是与当时许多死亡的人一起被教民们埋藏，简直是悲惨至极。十年以后偶遇仇人，泰尔耶身上复仇的愿望再次被点燃。泰尔耶告诉勋爵十年之前发生的事情，此时他的心里满是愤怒："'你夺走了我的生活！'——泰尔耶·维根叫了起来。——'你是我全家死亡的罪魁！／现在我要和你算账，我的时候终于到来！'／于是现在跪在领港员面前的活该／是不列颠的显贵。"（156）勋爵此时担心妻子与小女的命运，而发出了呼喊："'我的孩子，安娜！'因为这声叫喊，／老人仿佛从梦中惊醒，／非常巧妙地赶紧抓住了船帆，／于是小船就像眨眼就飞走的鸟儿一般，又展翅向前飞冲。"（155）奇怪的是泰尔耶的女儿叫安娜，危急之中勋爵的一声叫喊，唤醒了泰尔耶的父爱，心情开始平静下来。不过，泰尔耶虽然没有再从行动上进行复仇，却没有放弃情感与心灵上对勋爵的清算，他要让对方意识到自己犯下的罪行："你的夫人比春天还要美丽，／她的双手像丝绸，／我的老婆的双手粗糙无比，／但它们却是我的幸福……"（156—157）这样的对比鲜明而有力：一位高贵与漂亮，一位却低微与平凡；一位像天使，一位却像野草，生命却是同样的可贵。正是因此他决心要以恶对恶，以善对善。果不其然，在这样关键的时候与特定情境之下，善与恶的对决很快就见出了分晓："不列颠人猛地一动，浑身瘫软，／他无法克服自己的惊骇，／他默默地奇怪地看着领港员；／清算完成了——在这短短的夜晚／他的头发已经变白。"（157）勋爵的精神已经开始全面崩溃，并对自己曾经的行为悔过，头发在一夜之间全变白了。诗人以"两个男人"的"两次下跪"，"两位夫人"、"两位女儿"的不同命运两相对照，"善"与"恶"发生了其应有的效力。每一个人心中虽然都会有一个上帝，但在不同情境之下，不同的人就会有不同的选择：勋爵年轻的时候选择了作"恶"，泰尔耶却选择了为"善"，正是"恶"对于"善"的逼迫与打击，让泰尔耶的"善"付诸东流；十年以后当泰尔耶将其视为"恶"的时候，他却遭遇了应有的惩罚；当泰尔耶以自己的"善"而原谅勋爵"恶"的时候，一家三口才得到拯救。泰尔耶夫人与女儿是善的，自然也是无辜的；勋爵夫人与女儿自然也是善的，不能承受泰尔耶的惩罚，因为他们无从知道从前发生过什么；夫人与女儿也无从知道泰尔耶的苦难，她们并不知道泰尔耶为何一去而不复还，让她们悲惨地离开了人世。"两次下跪"与"两次白头"，"两位夫人"的生与死,"两位女儿"的生与死,都是由于"两个男人"伦理身份发生了转换而发生的。无论是"两个男人"的"两次下跪",还是他们的"两次忏悔"以及由此带来的"两次白头",皆因为他们与他人之间的伦理关系陷入了困境,情感与心灵受到了强大冲击,不得已而为之。也正是在"善"与"恶"的对决之中,人与人之间的关系形成了多样性的伦理景观,正是它们带来了震撼人心的思想力量与美学力量。无论是前面的"三",还是这里的"两",都体现了诗人所拥有的反复、循环与曲折的思想观念,同时,也只有在这样的历史过程里,伦理景观才有可能达到一种惊心动魄的程度,具有强大的审美力量。

三、以"伊门涅斯"为中心的地理景观

重现的不仅是人物与人物之间的关系,也有人物与自然之间的关系。《维根》故事的发生,既有其特定的时代背景,也有其特定的自然环境,地理景观的适当重复,形成循环往复的结构,起到唤醒与强调的作用。地理景观不全是对自然的描写,反而具有某种伦理性质,而地理景观是以"伊门涅斯"为中心而建构起来的。"那不是一堆堆奔跑的云,/而是一连串阴森的山岩,/蓝蓝的,在一列峰头和峭壁更上一层,/屹立起伊门涅斯——壮丽、恢宏,/泰尔耶认出了自己的海岸。"(148—149)"伊门涅斯"正是生养泰尔耶之地,是大海与陆地交界的标志。"霍斯涅松"是故乡的海港,每一次进出都是从这里开始,海岸景观具有了某种伦理意义。"英国的三桅战舰开进了霍斯涅松,/张起所有的帆,不可一世。"(149)英国军舰开进"霍斯涅松",让他感到了事态的严重性,意味着他有可能成为亡国奴。"埃林斯"是不远的另一港湾:"从霍波罗松向东就是埃斯林——/一片阴森森的礁石;/这里的水也不过两英尺深,/即使

是大涨潮时。"(149—150)这里的自然条件很恶劣，人们的生存与发展还是有保障的。以上四处地理景观呈现的是十年以前泰尔耶所生存的环境，表现了对故乡与祖国的深情厚谊；正是对这些地理景观的描写，让一种以自然环境为基础的伦理选择得到了强化。由海岛、海港、曲折的海岸与海洋构成的地理景观，既是纯自然的，也是伦理的，因为它们已成为人们生活的一部分，成为与人的生命与苦难相联系的对象物。无论是泰尔耶一家，还是英国舰长一家，他们的情感、生命、生存与发展，都与这样的地理景观紧密相连。

在战争环境之下泰尔耶的故事讲述，同样是与多处的地理景观分不开的，而它们同样是以重复方式得到再现的。"于是快艇升起了挪威的国旗，/绕过了霍斯涅松，/那儿狂野的激浪对什么也不会怜惜，/在白色的岩石上奔腾。"(159)泰尔耶对勋爵一家的拯救在同一片海域进行，"狂野的激浪"与"白色的岩石"同样具有某种象征意义与伦理性质，因为它们与"怜惜"相关联。因此，"霍斯涅松"是有意的选择。"前面是埃斯林的礁石和激浪汹涌，/接着是霍斯涅松，这里，——/白发的挪威人突然站起全速前进，/而且打穿了小船：像一个凶狠的顽童，/用桨狠狠地一击。"(154)"埃林斯"具有同样的意义，在此情境下泰尔耶所采取的与十年前舰长同样的动作，也不是无缘无故的。"他抓住了母亲和孩子的手，/他阴郁而坚定：/'安静！不要动！不要向前一步！/你会失去他们的，大人！'"(157)在与从前一样的海港里和海岸边发生着同样的故事，说话的方式与语气几乎都是相似的，只是其结果不一样，泰尔耶没有犯下任何的罪行却坐了五年牢，让其妻女死于非命，根源就在于"善"与"恶"的对立与转化。"但是泰尔耶脸上、心里却再没有一丝忧愁，/他的心里一阵轻松，/他吻了吻小孩子的双手，/突然开心地笑了一声。"(157—158)为何发出如此笑声？心情突然变得轻松，因为他以自己的本善而让仇人得救。他认识到不能以"恶"抗

"恶",而要以"善"来化解所有的仇恨。有一百个理由对眼前仇人进行惩罚,因为正是他让自己失去了亲人、失去了家庭以及生活下去的勇气;十年来,他没有从痛苦中走出来,没有过上一个正常人的生活,此时却选择了"善"与"美",让勋爵的灵魂得到了救赎。"不管是勋爵,还是夫人,为了告别,全都/来到穷渔夫的家中,/他们摇动着领港员的结实的手,/承认他是他们的救星。"(159)长诗以此种方式结束了两个家庭,甚至是两个国家与两个民族之间的纷争,也许是让我们始料未及的。故事虽然简单,却有着许多重复的内容,似乎只是故事情节与人物对话方式的相似,然而它们发生在相同的地点与不同的时间。相同的环境所产生的意义虽然有所不同,而它们都具有同样的性质,这就是自然与伦理的相互统一。诸多地理景观如果具有感情色彩与思想意义的象征,它就与人物的伦理选择与人生理想密切相关。战争之前与战争之后两个家庭特别两位男性主人公海上故事,伴随着地理景观的重复与再现,而产生新的意义。如果诗人把它们安排在两个完全不同的地方,则是另外一回事。战前与战后的故事几乎发生在同一个地方、同一片海域,并且以同样的方式进行着,"埃林斯"、"霍斯涅松"、"伊门涅斯"、"狂野的激浪"、"白色的礁石"等等,在讲述的故事中反复地再现,虽然无法统计维根究竟多少次出现在同样的地理景观之中,然而可以肯定的是它们是重复多次出现的,就具有了不同寻常的伦理意义与美学意义。"伊门涅斯"像一座高高的城门,耸立在离海港不远的地方,就是与大海与大陆相关的象征,诗人多次提到它并以此为地理景观的中心,并不是无缘无故的:它在大海边永远屹立,象征着一个民族与一种文化,泰尔耶·维根正是这个民族与文化的重要代表。地理景观与伦理景观在长诗得到了高度的统一,在许多情况下,地理景观具有深厚的伦理性质,而伦理情感往往融汇到了地理景观里面,让景观的外在与内在得到了相互说明,就像意与象得到了高度的统一而成为了具有空框性的意象一样。

四、"我"及诗中人物对泰尔耶的伦理评价

并不完全是因为人物都具有自己的伦理身份，也并不完全是因为诗中存在诸多具有伦理性质的地理景观，更为重要的是作为抒情主人公的"我"（不是泰尔耶本人，也不是他的朋友）对泰尔耶做出的种种伦理评价，以及诗中的其他人物对泰尔耶做出的评价。

首先是泰尔耶在世时人们对他发表的议论，说明他是一个有个性而引起关注的人。有人认为他不太好打交道，怕他身上的"坏脾气"。"然而遇到坏天气，他却提心吊胆，/就好像精神失了常。/'泰尔耶·维根很古怪！'人们这么传言。/那时候他的朋友当中谁也不敢/去和他聊聊家常。"（143）之所以"提心吊胆"是因为作为一个远洋水手，如果天气不好的话，就会牵挂朋友们在大海上的命运；心情极不稳定，被别人认为"精神失了常"。在这个时候要与他"聊家常"，自然就只能是找气受了。两次出现略有变化的同样话语，形成结构上的一种反复，是出于艺术构思的需要。为什么会对他有"古怪"、"坏脾气"、"精神失了常"这样的印象呢？根源在于曾经受到的伤害，特别是战争期间妻子与女儿在饥荒中的死去，以及坐牢的非人待遇，后来孤独地度过后半生；在此情境之下，自然没有谁敢去和他"聊聊家常"。"我"作为故事的讲述者，转述当时人们对他的看法，可以看作是对泰尔耶的一种民间评价。从"我"对他外表一副"鹰的眼"的描写，到人们"脾气古怪"的议论，说明泰尔耶是一位很有个性的水手，却是一个以善为本的强者。不得不提到当年人们对其婚姻的议论："一年以后，他讨了一个老婆。/邻居们窃窃私语：'可好！/他枉然地把自己的命运和她结合，/他会后悔的，走着瞧！'"（145）由于长诗没有介绍"她"的来历，从此

可以看出"她"勤劳而本色，能够承担起家庭重担。显然，人们在此的议论具有一种负面性，但没有对泰尔耶的选择进行否定，后面故事情节同样也没有说明。在泰尔耶老年时代还能够得到人们的关注，说明他代表着某种力量与品质，多半是一种伦理的品质与伦理的力量。

其次，泰尔耶自己的言行说明了他自身的复杂性，是一个活生生的、有血有肉、充满活力的男人。长诗开头有一个与女性相关的评价："他能用一句俏皮话让姑娘们羞红脸，/和小伙子们说笑，像平辈一样。/他只要一个纵跳就能坐上船，/扯起帆，坐在下面，一派威严，/离岸驶向远方。"（143—144）其情其景充满着动作性与戏剧性，同时还具有一种神秘的意义。这是一位什么样的水手呢？他与姑娘们说了一句什么话呢？他与小伙子讲话为什么像平辈人一样呢？他为什么能够如此轻松地跳上跳下呢？而这样的诗节却在诗中重复了两次，体现了诗人独到的艺术构思，产生了明显的审美效果。第一次评价是在长诗开头的时候，第二次评价是在长诗快要结束的时候，作为一位老水手，如此处理与年轻女性及男性之间的关系，说明他为人处事的平。在"我"看来，泰尔耶是一个健康的人、正常的人。其实，这样的言行也并不是说明他本身复杂，只是说明其言行在当时的人看来是正常的，人们对他的传言也表现了一种伦理评价，自然是一种肯定性的评价。

再次，"我"对泰尔耶的评价是最为重要的。长诗伊始，作为故事讲述者的"我"对泰尔耶有一个总体印象："在我们这阴暗的地方住着一位古怪的老人，/坏脾气，一副鹰的眼；/他在海边度过了自己整整的一生，/但他却从不给人难堪。"（143）叙事者显然是在后来以回忆的口气讲述故事，然而，此处显然是对泰尔耶故事的一种当下叙事，不仅对其一生作了总结，并且肯定了泰尔耶的为人，虽然"他在海边度过了自己整整的一生"，但他却"从不给人难堪"。

"一年年过去，泰尔耶当上了领港员，／他一辈子都在海上度过，／他不止一次地把轮船领进港湾，／从没让谁难堪过。"（153）"他一辈子都在海上度过"与"从没让谁难堪过"两句，在后面又重复出现。"我"再次肯定了泰尔耶的自我克制、自我约束与自我坚持，坚持与人为邻、与人为善，正是因此，他得到人们的高度肯定。"我"的这种评价显然是一种伦理评价与道德评价。全面评价也是通过"我"而发出的："后来有一次我看见他把捕来的鱼怎样／给我们运到了城里。／他虽然头发花白，但仍然很有力量，／而且愉快、健康，有朝气。"（143）虽然只是对老年泰尔耶形象的描写，然而也是对他一生的高度肯定。"我看见他就是这样：他打了大量的鱼，／然后运到城里，／他虽然一头白花，但仍然欢愉，／强壮、健康，有朝气。"（159—160）前后两次略为改变的重复句式，就其生活态度所做的评价，其思想意义与审美意义不可小视，因为这样的反复，不仅强化了泰尔耶的形象，突出了他坚定执着的人生态度，以及他固有的人生观与世界观。"我"之所以要讲述这个故事，就是要让泰尔耶的一生得到高度认可，要让产生于战争期间的英雄形象得到确立，一个虽然平凡却也伟大的民族英雄，绝对不能被历史的尘埃所埋没。

　　以上三个方面人物的评价，泰尔耶的伦理身份以及一生的伦理选择就得到了确立，也会得到广大读者的共鸣。泰尔耶并没有成为一种抽象的符号，而是一个活生生的、有血有肉的水手，一个拥有宗教精神信仰的挪威人。在长诗的最后，他说自己不再有复仇的愿望，他相信上帝的存在，上帝创造的身体让他像一个人一样的生活。无论是"我"对泰尔耶的评价，还是他人对泰尔耶的评价，都是一种伦理景观的存在。诗人正是通过以上评价，让泰尔耶的伦理形象得到了确立：在他的一生中曾经拥有多种多样的伦理身份，战争的发生让他在关键时候不得不做出伦理选择，每一次多半是无奈的，最后还是主动选择了"善"与"美"，发散出了光彩夺目的人格光辉！人们对泰尔耶的评价具有高度的伦理性质，构成长诗伦理景观的重要部分，体现了诗人的伦理思想与美学理想。诗人表面上并不存在，"我"显然不是诗人自己，他只是泰尔耶故事的讲述者，诗中的人们与诗人自我也没有任何的关联，然而诗中的一切都是诗人的影子，他们发出的声音都代表了诗人的思想。诗中的伦理景观是多种多样的，并非只有形象化的东西才是景观；每一个人对泰尔耶所做出的评价，本身就是一种情感与思想，成为了最重要的伦理景观之一。

五、伦理景观的审美意义及其艺术价值

《维根》是一首关于伦理主题的长诗，其中的故事情节与人物讨论的都是伦理问题，泰尔耶身上到底有股什么样的精神？他是如何坚定走完自己一生的？所有这些问题都是通过多种多样的伦理景观之呈现而实现的。读者对长诗的理解以及对易卜生的理解，都可以通过这些得出自己的结论。

核心的伦理景观就是"我"。作为故事讲述者的"我"，不是泰尔耶同时代的人，根据最后对泰尔耶坟墓的描写，"我"应该是泰尔耶离开世界多年以后的人，因为所有的故事都是听来的："所有我不止一次听到过的他的事迹/我现在告诉你们：/我的整个故事会显得不可思议，/但都是真的，朋友们！"（144）然而，故事并不是他一个人讲述的，许多时候是现身说法，特别是泰尔耶在面对仇人的时候，内心世界的描写与说出的话往往混杂在一起，展现了心中"善"与"恶"的纠结与纷争。泰尔耶的故事是完整的，长诗要展现的是他一生的轨迹，而不只是某一人生阶段的故事，从出生一直到他离开这个世界，并且延续到多年之后人们关于他的种种传说。

同时，故事的讲述者并不是只有一个"我"，还有许多的参与者，包括那些对他做出评价的人，同时也包括他自己。长诗是多声部的大合唱，分别从不同的角度对泰尔耶的一生进行展示与做出评价。最重要的伦理之源来自于"我"，"我"对泰尔耶的一生是高度认可的，所以才要来讲述泰尔耶一生的伦理故事，讲述他传奇的、平凡而伟大的一生。因此，"我"所讲述与展示的都可以看作是伦理景观，因为他所要表达的思想与情感，都具有明确的与高度的伦理意义。

泰尔耶一生的故事相当丰富与复杂，时间与空间跨度很大，联系到了英丹战争与特定的地理环境。长诗里所有的景观都是伦理景观吗？有没有只具有客观性质的自然景观？从本质上而言，大多数的自然与人文景观，都具有伦理性质。泰尔耶在海上的生活不是太清楚，战争期间的海上争斗与重见勋爵时的景象则比较细致，而它们多半是一种伦理景象，并且是不断再现的伦理景观。"胜利的礼炮很快就一声鸣响：／渔夫被押上了三桅舰！／舰桥上得意洋洋地站着舰长——／一位十八岁的青年。"（151）一方是战争的发动者，一方是战争的受害者，其形象都具有了伦理的性质，所形成的景观自然都是伦理景观。"但是泰尔耶站在那儿，依靠着桨，／像年轻时一样，庄重，笔挺，／他的眼睛闪耀着一种奇异的力量，／风把他的鬈发抚弄。"（156）这是一个特写镜头，老年的泰尔耶与年轻时完全相同，外形庄严笔挺，而内在力量特别强大；因此，我们看到的是一位与像大海一样自由自在的人物，一位敢于斗争的远洋水手。他受到了战争的摧残，但没有被打败；他失去了人生的信念，也重建了人生的信念；他失去了自己的家庭，然而并没有完全失去生活的勇气。因此，不论是"我"还是泰尔耶都是伦理形象，因此相关的景观就是典型的伦理景观。

"伦理景观"并不只是长诗里的自然景观或者人文景观，而是包括了人自身在内的种种存在景象,包括人自身的情感与思想、内心独白与他人评价,当然最主要的还是自然景观与人文景观,如大海、海港、礁石、大小轮船,所有这些都具有某种特定的思想意义,其中也包含了伦理的意义与审美的意义。在文学作品中,伦理思想与伦理观念往往都不是一种抽象的存在,而是一种具体的存在,比如说人物,包括人物关系、人物的话语、人物的描写、他者对人物的评价,如此等等;正是因此,每一种伦理景观就都具有特定的审美意义,只是有的并不完整而已。就诗歌而言,主要是由故事情节、人物形象、具有象征性的意象之类所构成,某一个人物、某一种意象、某一句话语,也许不具有独立存在的价值,要与其他部分相关联,才具有更完整的意义。此外,文学是人学,文学是审美的人学,那么文学作品里所有的内容,都具有了审美的意义与价值,因为它们都是作家艺术构思与艺术表达的本体,同时也是以具体而形象的内容而呈现出来的。正是在此意义上,《维根》里以地理与人物为主体的景观,多半是伦理景观,并且具有独特的审美意义。然而什么是美,与易卜生本人对于诗的理解存在密切的关系:"生活就是——同心中的/魔鬼作殊死战/写诗就是——对自己的/灵魂进行审判。"[①]诗人对于生活的理解与对于诗的理解,同样达到了相当的高度,触及到了人的情感与思想、魔鬼与灵魂,并且提升到了"殊死战"与"审判"这样的极致程度,因此我们可以认为在诗人的心中,美首先体现在思想与灵魂的层面,其次才是语言与形式的层面。在此首长诗中,思想没有独立于形式之外,艺术也没有独立于思想之外,思想就是形式,形式也就是思想。伦理景观就是其思想的具体展示,也是其艺术表达的具体方式,所以,长诗中的种

---

① 《四行诗》,《易卜生文集》第八卷,北京:人民文学出版社,1995年,第52页。

种伦理景观并不是可有可无的，正是易卜生作为一位杰出的诗人之所以杰出的体现。

显然，《维根》的结尾之诗句，是"我"对泰尔耶一生的定格，自然也是一种伦理的定格，一种具有象征性意义的定格。自然开阔的人格，自由自在的精神，疾恶如仇的性格，与人为善的品格，热爱生活的情感，像大海一样开阔的胸怀，像石头一样坚贞的品质，都可以在此得到完整呈现与深刻说明："五个字：'泰尔耶·维根'和卒年/在石头上还泛着白,/雨冲洗着墓石,太阳把它烤干,/各种各样的野花编成一顶花冠/把墓石四周覆盖。"(160)如果说这只是长诗的审美意义的话，那么易卜生是如何写出的呢？在此，我们想起他的一首小诗："银本是如此高贵的矿石，不像秋日的稻草一样易碎；数千年来它静卧在土地上，是那样光彩夺目，永不会销毁！生的渴求恰像秋日的稻草，悲哀属于银，银——高贵的矿石！"①这里的"银"与"稻草"两个以对比的方式出现的意象，诗人显然是在肯定"稻草"，因为它富有"生的渴望"，而在否定"银"，因为它数千年以来静卧在土地上，没有生命力，所以它是"悲哀"的。《维根》所肯定的就是他身上强大的生命力，三次出海又三次回到陆地，父母的死亡、妻子的死亡、女儿的死亡，牢狱生活所受到的种种打击，并没有消弭生存的意志。十年以后有了报仇的机会，而在复仇的过程中，"善"终于战胜了"恶"，让自我与所有的他者都得到了拯救，成为其人生最大的亮点。以维根为中心而构成的人与人之间的伦理情感，在特定的地理环境之中，产生了许多丰富多彩的伦理景观，形成了强大的审美力量，这正是长诗最为成功的标志。

---

① 《银》，《易卜生文集》第八卷，北京：人民文学出版社，1995年，第112页。

多种力量的交织与冲突[①]

——易卜生长诗《在高原》的伦理现场阐释

易卜生长诗《在高原》[②]以自我抒情的方式,展现了一个青年成长过程中所遇到的种种冲突,极具哲学意蕴与悲感力量,成为其所有诗歌作品中最为杰出的作品之一。其深刻而强大的力量来自于哪里呢?除了其深厚的哲学之思与独特的生态之维以外,与五种来自于不同方向力量的冲突,及其所产生的伦理景观即"伦理现场"关系至为重大。长诗的感召力、震撼力与圆满的艺术建构,与此类充满张力的"伦理现场"有着密切关系。五种力量的交织与冲突,构成了引人关注的情感世界与心理世界,并且通过"我"与自然世界、社会世界、宗教世界、哲学世界、爱情世界的关联,实现了博大精深的思想建构与高远深厚的艺术创构。

一

首先是自我价值与爱情力量的交织与冲突。《在高原》以"我"为抒情主人公,展现了自我成长过程中上帝与世界、天堂与人间、人类与自然之间所发生的种种冲突,然而一切皆以"我"的眼光进

[①] 原载《南京师范大学文学院学报》,与杜雪琴合撰,2014 年第 1 期。
[②] 易卜生:《在高原》,《易卜生文集》第八卷,卢永译,北京:人民文学出版社,1995 年,第 123—142 页。

行描写与抒唱。自我在社会生活中所面对种种现象的时候应该何去何从，究竟如何思考、如何选择，自己的未来在哪里，让"我"实在是上下徘徊、痛苦不堪；然而，正是在如此多维多度的困难处境中，让"我"产生了情感与心理上的种种困难。长诗特别让人感动之处，就在于诗人以丰富多彩的艺术手段，着重表现抒情主人公"我"在情感成长历程里所发生的曲折性、反复性与复杂性，让我们在他身上发现在那个时代里所具有的多重伦理身份的特殊性与价值度，正是这样的伦理身份在"我"身上的反复纠缠，才让长诗产生了震撼人心的强大力量。第一重强烈的交织与冲突，就产生在自我价值的实现与对纯美爱情的追求之间。"她曾穿一件粗麻布衣服，/黑暗里向我走来，/是那样美丽，那般温柔，/山花般绽放异彩。/在她那幽深的双眸之中，/闪着愉快的光辉。/我也变得分外高兴，/赶紧走向前去接迎，/我却看见了眼泪。"（124）这是"我"第一次对所爱的女子进行描写，看来不仅只是两情相悦，并且是情深之时、意之浓时。为什么"我"看见了她的眼泪？因为"她"已经知道了"我"有了离开"家屋"而上"高原"的想法，所以才"喜"中有"忧"。之所以"喜"，是因为"她"见到了"我"，"我"见到了"她"；之所以"忧"，是因为"我"即将离去，"她"很有一点不舍。那么，"我"是不是无情之人，不听劝阻执意要离开热恋中的情人呢？看来也并不如此："我拥抱了她，搅得她/失去了心的平静，/我把对她的爱告诉她。/以我的妻子相称。/凭什么，我发誓，无论何时，/也不能把我们分开！"（124）"我"信誓旦旦，表示要与自己的所爱永不分开、绝不分离，无论在何种情况下，都是如此。特别是以"妻子"相称一行，见出俩人之间的感情，已经相当深厚。这也许是为以后的故事做铺垫，因为他们之间的感情越深，在"她"身上所发生的事情就越能让"我"难以承受。在这种情况下，"我"并没马上离开老屋与爱人，而是与"她"在月光下散步，与森林对话，他们陷入了深深的爱河之中。然而，故事的后续发展却出乎意料：在如此美好的爱情面前，在如此纯美的姑娘面前，"我"却清楚地意识到了自己的使命，爱情力量也没有能够阻止其独自一人登上高原，因为"我"内心的力量更加强大。其根源在于"我"固执地认为自我的人生价值"在高处"，只有高处才与"上帝"更接近，只有与"上帝"更接近，未来的路才会更广阔。在这个艰难的过程中，"我"的情感与自我的决定，本身也具有反复性："我们走向很远的山丘，/好像是爱尔菲，或是怪兽/在那儿树叶下歌唱。"（125）"爱尔菲"或者"怪兽"在他们之间产生了某种神秘性，也许是来自彼岸力量对"我"的劝告，也许是"我"内心所产生的某种恐惧。虽然我们没有看到恋人的阻止，然而她的依恋本身就是一种力量，"她"并没有做好与"我"一同上山而不复下山的准备。也许是"她"并没有那么高的境界，所以经历了许多次的回合，他们也没有以婚姻方式生活在一起。在此过程里，至少在"我"的内心深处，存在复杂而痛苦的选择。虽然他们的爱情到了快要进教堂的地步："你真的不要再去想/你的这个梦幻曲。/你怎么了，管它呢，我的新娘，/快去准备结婚的嫁妆，/我们就上教堂去。"（127）然而他们终究没有进教堂，并由此失去了机会。"我"并不是不爱"她"，就是在上了"高原"之后，"我"也一直在想念"她"，要求上帝关照"她"："我被我的梦想所激励，/我恳求上天，/求他不要使我的未婚妻/命途更加艰难。/但是不，我又年轻又刚勇，/我自己会给她帮助。/我要把伟大的事业追寻。/如果我的恳求你犹未闻，/天哪，就让她去受苦！"（129—130）虽然"我"对上天是否听到恳求表示怀疑，但是仍然认为为了"伟大的事业"，让"她"受一点苦，也不要紧。究竟是要让"上天"关照"她"，还是要让爱给"她"力量，在他身上也存在相当复杂的矛盾。所谓"伟大的事业"，就是"在高处"实现自我的价值。"你可以在河上筑起拦河坝,／摧毁不牢靠的小桥,／你可以让她浪迹天涯,／让鞋磨坏双脚。／我会抱起她,和她一起／渡过激流险滩,／沿着山间小道奔向前去。／来吧,新的磨难,谁战胜谁,／咱们就试试看。"(130)"你"显然是指上帝,让"她"受磨难的是"上帝",而我要与"上帝"比一比高低,看谁的力量更加强大,即使上天让"她"受苦,"我"也会以刚勇保护"她"。即使到了这个时候,"我"对于爱情也没有失去勇气,"来吧"一语表现了小伙子的胸怀。所以,在上山追求上帝的过程中,"我"仍然是一个内心充满爱情的人。可是,当他正要修炼成功,看到自己喜爱的姑娘嫁给另一男人,真正的痛苦开始了。"快乐的歌的华彩乐段清晰可闻,／它们似乎在把我戏弄,／它们在刺激我,冷嘲热讽,／于是我折断杜鹃花,诅咒命运,／烦恼地咬紧牙根。"(140)听到山谷教堂里响起结婚曲,于是"我"感到苦恼,甚至产生了仇恨,眼前一切都与"我"作对,其心态五味杂陈,极其复杂。看来"我"没有心思再在山上待下去了,他不能眼看别的男人抢走自己的所爱。"那儿新嫁娘骑在马上,／走在人们中间,／一绺鬈发波浪般在背后飘荡,／闪闪发光。从谷地最后一个晚上,／它一直留在我的心坎。"(140)眼前的所见与从前的记忆杂在一起,两次的头发飘起形成了鲜明的对比,巨大的痛苦可想而知。可是事情还没有完结:"我看见了亚麻布的头巾飘荡,／看见男人的红色短上衣,／牧师等着结婚夫妇的教堂,／我曾认为是自己妻子的新娘,／以及往日的幸福的岁月。"(141)"我"张大眼睛所看见的景象,越来越让人无法忍受:"红色短上衣"与曾经以"妻子"相称的"新娘",残酷的现实与过往的幸福,"我"内心的痛苦与无奈,可想而知。内心的风暴足以让"我"冲下山去,然而,他终于没有,向往"上帝"的思想最终还是控制自我的情感,理性还是控制了感性。从此可以看出:一方面是爱的力量,不是被动的爱而是主动的爱;一方面是自我的要求,登上高处与"上帝"更加接近的愿望。在两种力量的纠结与较量里，谁战胜了谁，"我"与所有的读者都是十分清楚的。更重要的是"我"并不只是痛苦于一时，而是痛苦了一生："一杯提神的酒我一饮而尽，为了我的心不怕严寒。/我的风帆降下了，我的树折损。/可是你看啊，她的红头巾/怎样在山下的白桦林里打闪。//永远地消失了，亲爱的面庞，/马向着教堂的院墙跑去。/呵，我祝你永远、永远幸福欢畅！/我如今已不需要昔日的梦想。/我只想高处的一瞥。"（142）在这里，诗人以种种破败意象象征"我"所受到沉重打击，"美酒"也不能减少一点点痛苦，只有无助地祝福未婚妻子永远"幸福"了。是出自本心的意愿吗？完全不是，有一种深远力量控制了"我"，那就是终极追求："我如今已不需要昔日的梦想。我只想高处的一瞥"。向往高处而要与"上帝"生活在一起，正是一股强大的力量让"我"离开了深爱的"妻子"，造成了爱情的悲剧；然而，值得注意的是"我"始终没有完全与"上帝"在一起，他一直在两种力量间游移不定，一会儿向左，一会儿向右。正是这种具有强大思想与艺术张力的伦理景观，成为长诗具有重要审美价值的根源之一。所以，向往上帝的自我力量与为爱所困的爱情力量，在"我"的身上一再交织并发生深刻的冲突。自我价值的追求与对纯美爱情无法割舍之间的矛盾与冲突，是诗人着力表现的重要问题之一，是长诗所要表达的主要的伦理情感，让我们看到了因爱而起的滔滔波浪与闪闪火花。长诗内在的感人力量首先来自于自我与爱情的交织与冲突而产生的伦理景观，让我们不得不置身其间，感受并欣赏其情感的美、痛苦的美、悲喜的美与曲折的美，也就正是一种伦理冲突的美。

二

在多种力量的交集中，自我价值与亲情力量的交织与冲突也是重要的伦理景观。在"我"的身上不是没有亲情,相反却有着强大的亲情,并对"我"产生重要的影响。家中只有老母亲健在,老母对"我"一直宠爱有加,而"我"对母亲也是有着至爱之情的。当离开母亲而上高原的时候,"我"亲自到母亲那里告别,说不久就会回来,让母亲一切放心:"墙那边是我的老妈妈,/总得去看看老母,/去告个别,再说几句话:'不久就会再见,等着我吧!/我这就要上路!'"(123)既然"我"与母亲感情深厚,为何还要告别老母而去到高原?还是因为"我"对于自我心中那"伟大的事业"一直都有的绝对追求。在高原上,"我"却是那样的思念母亲,以至于多次都很想下山回到母亲身边,可是每一次都被那个神秘的猎人给劝阻了。"我曾经从那里瞭望/我的母亲的小屋,/她在那儿必须和困难顽抗,/我在那儿却变得更聪明,更坚强,/天知道变成什么人物。"(126)"我"的成长与对母亲的想念关系密切:"我"在高原之上自然而然地成长着,然而也看着年纪大的母亲正在经历着日常生活的困难。不过,"我"对自己的前途也比较迷惑:"天知道变成什么人物"。"我"为什么有这样的心境呢?也许就是因为对母亲的思念,让"我"让心神不宁,所以对于未来,没有稳定的把握。"我"对母亲是不是有什么回报呢?"那儿烟囱上是袅袅青烟,/炉灶早已起火,/母亲绕着小屋打转,/亚麻田已经干涸。/这就是下面平凡生活的画图。/上帝保佑,母亲!我要是/在林子里碰上几只野鹿,/我一定把一张皮送给老母,/两张——给未来的妻子。"(126)春去秋来,"我"总是想打下几只野物,削下皮来,将皮毛送下山去,一张给母亲,二张给恋人,这样的愿望虽然最终未能实现,其情感却可以感天动地。高原之上的"我"无时无刻不在关注山下的老屋以及母亲的生活、母亲的健康。除了愿上帝保佑母亲以外,总是想以自己的所获来报答:一张野物的皮送给母亲,两张送给未来的妻子,虽然是小小的礼物,却寄托了儿子与情人的全部心绪。"我"也并不是不想下山与家人生活在一起,与恋人生活在一起,却没有办法实现这样的心愿。"我"曾经明确地说:"上帝降生到了这个世界上,/钟声郑重地这样宣说。/邻居老人已把家里的灯燃亮,/我母亲的窗户上突然发光,/它们奇怪地在把我诱惑。//枯燥无味的家和过去的生活/像古代的萨加一样闪射光辉。/在山顶,冰之国总在沉默,/在山下是我的妻子和老母,/和他们在一起——这就是幸福。"(137)"我"既然有这种强烈的感受与明确的认识,然而总是在"上帝"与谷地里平凡生活之间被拉扯,有的时候上帝的力量更强大,有的时候母亲的力量更强大,让他纠结,让他痛苦。母亲窗里的光"把我诱惑","和她们在一起——这就是幸福。"同时,"我"又觉得"冰之国总在沉默",不知道最终是不是能够与"上帝"在一起。因此,到底坚持在山上与"上帝"更接近,还是回到山下过一种平凡人的生活,总是充满着矛盾。当看到山谷里发生火灾,母亲住处被烧毁,"我"在情感发生巨大波动,灵魂受到震动,正当"我"要冲下山去的时候,还是被那个神秘的猎人阻止了。"猛烈地燃烧,发着熊熊火焰,/我正要大叫,猎人开了口,/他赶忙安慰我:'你怎么看,/只不过是燃烧,破旧的家园,/脱了毛的猫,外加啤酒。'"(138)神秘猎人阻挡"我"下山,冷嘲热讽,没有一点人间亲情,并且管人家的私事,太不像话。此时此刻,"我"身上两种力量的冲突最为激烈,内心的痛苦与失去恋人时所产生的痛苦同样巨大而深刻。这种冲突是如何发生的呢?是在自我信仰与母爱之间的选择中实现的:一方面自我价值的实现十分重要,也是母亲的希望所在;一方面要与"上帝"接近,就不能时时与母亲生活在一起。在高原上与动物为伴,以冰雪为伴,才有可能实现自我的最大价值,在"猎人"看来是如此,在"我"看来同样是如此。所以,"我"曾经是多次上高原而又下高原,最后才下定决心与那个神秘的猎人生活在高原;正是在此之后,"我"不但失去了自己的母亲,还失去了自己的恋人，产生了巨大而永远的痛苦。"默默地操劳，菇苦含辛，／默默地在荒野里来回奔跑，／我们爱你的痛苦的灵魂，／我们站在雪山之巅，把你送进／天国，现在，我为你祈祷！"（139）"我们"显然包括了那位猎人朋友。由此看来，"我"经历了这样两件大事之后，并没有仇恨那位猎人朋友，相反却一直总是把他当成精神导师；然而对母亲的赞美却也是前无古人，一个儿子对母亲的全部感恩得到了完整表达，母子之情具有相当深度与广度。虽然"我"如此痛苦不堪，最终还是战胜了自己，维持了自己的信仰。"月亮隐去了，猎人也已入梦，／我心里的血液又在沸腾。／我站在深渊之上极度悲痛。／但同时我也绝不否定，／这种双重启示的效应。"（139）"双重启示的效应"值得重视：一方面是母亲的逝世，一方面是上帝的力量，作为上帝子民的"我"与作为母亲儿子的"我"，实在是没有办法两全其美：站在深渊之上虽然"极度悲痛"，然而"血液又在沸腾。""我"在此时精神上达到了全新高度。由此看来，自我价值的实现与母爱的引力两种力量之间的交织与冲突是相当曲折的，三番五次不能自抑；当母亲因为火灾悲惨地离世了，"我"也得到了最大限度的发展，终于与上帝在一起，总是"生活在高处"。如果说自我价值的实现与爱情力量的交织与冲突是长诗悲感力量的来源之一，那么自我价值的实现与母爱力量的交织与冲突，则是长诗悲感力量的来源之二，两者相比，性质相似，不相上下，都体现了独到的艺术构思与高远的艺术选择。深厚的母爱让"我"痛苦，纯美的爱情让"我"痛苦，然而他终于战胜了痛苦，让自我的精神境界达到了一个前所未有的高度。

三

在多种力量的交集中，自我价值与友情力量的交织与冲突也形成重要的伦理景观。在"我"与社会多个人物的关系里,神秘的猎人是相当关键的,正是他以自己的力量坚定了"我"往高处走的决心,让他最后与"上帝"更近,而与世俗的人间更远。在故事的最后,所有的人都在谷地踏步,只有"我""站在高处",实现了自我的人生目标。在"我"与恋人力量、母爱力量交织与纠合的历史过程中,这个来自南方的陌生人,对"我"产生了强大的吸引力,发生了巨大的意义。"流浪人从南方来我们这里,/渡过了无边无际的大海,/各种各样的思想麇集脑际,/北极光使他茅塞顿开。//他的欢乐里响着哭声,/思想寓于他的沉默里。/但他想什么?直到如今,/风的呼啸仍清晰无比。"(130—131)在故事开始不久的时候,"我"就以无限赞美与高度肯定的语句介绍这位来自南方的朋友,具有思想但并不张扬,不太开口却具有力量,让"我"更加宁静与向往。"他"究竟因何而来?属于哪个民族?他接受过什么教育,拥有什么素质,没有明确交代,我们也不得而知。只知他来自"南方",渡过了无边的"大海"而来到挪威,"北极光"让他的大脑与天地同在,流动不居的"风"认为"他"是一个具有卓越思想与丰富情感的人。由此看来,因何而来因何而去,来无踪而去无影,的确具有相当的神秘性质。更为重要的是,每当"我"因为人间力量之牵引而想下山回到谷地,让自我的事业半途而中止的时候,都是那个猎人及时地提醒了"我",甚至简要的几句话就控制了"我"的意志,最终不得不放弃,而坚持永远地追求自我价值。抒情主人公"我"并没有说明那个陌生人是谁,为何而与"我"为伴?似乎可以目之为一种神秘力量,或者是一种具有神性力量的象征,然而可以肯定"他"显然不是上帝,也不是宗教的代言人。在长诗里,"我"非常明确地呈现了这位神秘"朋友":"我颤栗了,不敢看一眼/那双冰冷的视线的深谷,/他的眼睛,湛蓝湛蓝,/俨然两面冰川的湖。//他的思想像鸟一样飞翔,/在眼前铺展开一片平原。/思想开始漫卷,像旋风一样——/告诉你,快卷起你的船帆。"(131)不是神仙却具有神仙的性质,不是上帝却具有上帝的力量:一方面"眼睛"象"两面冰川的湖",似乎是来自于大自然的神灵;一方面思想"像鸟一样飞翔",似乎具有一种不可否定的力量。由此可见,"我"对于"他"是相当敬仰而向往的,甚至无法不接受"他"的思想,无法不被其人格魅力所吸引,只能听从"他"的呼唤。然而,"我"对于"他",有的时候也有明确的认识:"究竟为什么却犹豫不定,/自己本来要和他分手?/我知道,我遇见的这个人/会把希望从我的手里夺走。"(131)为了世俗的人间生活想与他分手,明确意识到他会夺走自己的"希望","我"却一直下不了决心,实在并非是因为性格犹疑,而是神秘"朋友"力量过于强大。下面的诗行就表明了"他"在气质上的神秘:"我的背后传出了笑声,/猎人站在我的身后,/他能把我的思想读诵:/'我看,我的朋友心事重重,/那还用说——亲爱的家屋!'//于是我重又变得勇敢而坚定,/我重又得到了锻炼,/山顶上的风使我变得冷静,/今后谁也别想用圣诞节的钟声/使我意乱心烦。"(137—138)"朋友"对于"我"的心思是了如指掌的,甚至可以说"我"的一切想法都逃不过他的眼睛,每一次当"我"发生动摇的时候,他所说的话总会击中"我"的要害,让我不得随心所欲。到了故事的最后,当"我"已经要修成正果的时候,他却悄悄地离开了高原,离开了"我"。"我又听到了谁的笑声——/原来是和我要好的猎人。/'我看,已经到了分手的时辰,/朋友,我跟着你落得个一场空,/我不再是你需要的人。'"(141)"他"落得一场空还是"我"落得一场空,不得而知;然而,可以肯定的是"他"对于"我"并没有恶意,对于"我"的恋人与母亲也没有恶意,在他看来似乎还是提供了极大帮助。告别时所说似乎只是客气而已,并没有表明真实想法。"他"并不是作为"我"的对立面而现出的,不论是"我"还是长诗里其他的人,从来没有将

"他"当成一个恶人，只是有的时候不近人情，有的时候心情冷凝，象高山上的冰雪一样，虽然闪闪发光，然而没有温暖。"为什么做梦？莫非生活中／真正的事业你未曾找到？／创造一个充实的人生，／胜过陪长眠的祖先睡大觉。／／不管暴风雨怎样肆虐，／我们也得要追猎野鹿。／难道把石块从谷地田野／清除出去没有好处？"（132）在神秘猎人对"我"所说的话中，人生哲理是相当深厚的。他是一位不请自来的朋友，对"我"的命运中发生指引作用。由于他不知来自何方，也不知为何而来，是一个实有性的存在，还是一个虚有性的存在，值得我们深入讨论。有的时候，我们可以将"他"看作是"我"心中的影子，是自我内在力量的一种外化，或者是自我灵魂的一面镜子。然而，他却有着巨大的吸引力，足以与来自恋人的力量、母爱的力量相提并论，最后，正是他的砝码让"我"没有下山而回到谷地人间。也许他所代表的正是与上帝更加接近的一种神秘力量。三种力量交织在"我"的身上，让"我"动弹不得，来去不得，自由不得，却让"我"心潮高低起伏，形象血肉丰满。

四

自我价值与自然力量的交织与冲突也形成了引人关注的伦理景观。长诗中存在一种来自自然的力量，原始森林、冰雪世界与丰富多彩的动物世界，构成了一个只是生活在谷地里的人们所无法认识也没有机会认识的世界，正是它对于"我"有着强大的吸引力，因为它身上也具有一种神秘的强大力量。这种来自于自然的力量，与来自恋人与母亲的力量没有很大的关系，并且他们与自然两者之间，也没有交织与交集；然而，两者通过"我"也与自然世界产生了一定的关联。在"我"的身上，本来就存在上"高原"还是下"谷地"的矛盾，并且在许多时候犹豫不决，且为此十分纠结。在这个历史过程中，来自于自然的力量产生了关键意义。"我"对于自然世界是相当向往的，从故事一开始的时候就有这样的心态，即使到了最后，"我"对于自然世界也同样是如此。"我"并不是一次性就来到了高原，故事中存在多次的、反复的上山下山的过程，当"我"告别自己的恋人与母亲，来到属于冰雪世界的高原以后，已经习惯于高原上森林里的生活，从其习惯与内心而言，并不是很想回到谷地里去，因为当他与大自然融为一体的时候，他感到了巨大的自在与自由，没有来自任何方面的羁拘，具有与在社会生活里完全不同的感受。在高原上，"我"与大自然之间已经达到了极高的融合："我躺在山上，望着南方。／太阳正从那里升起，深谷的上空，四面八方，／闪射着冰雪的光辉。"（126）从"南方"升起的"太阳"对于他来说是如此新鲜，那冰雪的光辉其实也就是他内心的世界，"我"与"自然"实现了相当程度的统一，达到了你就是我、我就是你的程度。"在我所处的深谷的上面，／只有火红的杜鹃花明光耀眼，／在那儿迎风摇曳。我从倒伏的杜鹃花枝上／摘下一朵杜鹃，／我把它别在我的帽子上。"（128—129）那火红的"杜鹃花"，并不完全属于自然界里的植物，同时也是"我"的心爱之物，因为"我"一直与它们生活在一起，纠缠在一起。如果没有自然力量所起的作用，也许"我"就会回到谷地，而重新开始人间的平凡生活，自我的价值就无法实现。所以，在自我价值本身力量与自然力量的交集与交织中，两者的方向是基本一致的，两者形成的是一种合力。然而，由于思念恋人与母亲的关系，有的时候也会形成一种交织，并产生特别的美感力量。"哦，能再回去找一朵花多好，／我把它摘下来！然后就像条忠实的狗躺倒，／和这根花枝相贴。我要在你的双眼的深海里，／把自己的灵魂涤净，／然后带着嘲笑杀死特罗利！／这家伙那时候躲在丛林里，／控制着我的灵魂。"（129）"我"来到高原上之后，偶尔也回到谷地的家里，然而"我"总是自觉不自觉地忆起高原上的"杜鹃花",以及高原上与他生活在一起的陌生猎人。为什么要杀死"特罗利"呢?因为特罗利作为自然界里的一种鬼怪,代表一种神秘的力量。可以想见,在"我"与"特罗利"之间是存在冲突的,原因是特罗利不能光明正大地与之交往,总是以不恰当的方式控制着"我"的灵魂。可以看出特罗利其实并不代表来自于自然的力量,而只是代表一种与自然相分离的力量,所以,它总是与"我"处于一种对抗状态。总体来说,"我"与自然界是和谐共处与生死与共的,自然与自我的交织,表明"我"对于自然的向往,同时也表明"自然"对于"我"所具的魅力。"我"之所以一直无法离开自然是有原因的:"一天天过去,我也变得安然。/我不再沉湎于忧伤。/雪像揉软了的衣裳躺在河面,/月亮照亮了皑皑雪原,/群星开始发出希望的光。"(136)"群星开始发出希望的光"其实是一种象征,说明"我"选择来到高原生活与成长是正确的,并且产生了重要的意义。也许那"群星"并不代表着"上帝",然而它肯定是代表着"自然",在这里,"自我"与"自然"相互发现与相互拥抱,两者之间达到了很高的精神境界。自我与自然作为两种重要的力量,也与前三种力量一样,产生了强大的张力,给长诗带来了特别的美感与美学的力量。所谓《在高原》里的生态之维及其哲学思想,也就是由此而产生并发展起来的①。

五

自我价值与"上帝"力量的交织与冲突,也产生了突出的伦理景观。"我"的指向自然是自我价值实现的一部分,照说与"上

---

① 参见:《易卜生长诗"在高原"的哲学之思与生态之维》,《烟台大学学报(哲学社会科学版)》,2011年第1期。

帝"所指是一个方向，并不存在交织与矛盾的问题；然而，"上帝"究竟在何处？"我"是不是可以通过努力而更加接近"上帝"？"我"能够从"上帝"那里得到什么？长诗故事开始的时候，无论是"我"还是诗里的其他人物，对此都是不太清楚的。"上面一条小路通向林莽，／这条路曲曲弯弯，／月亮把它虚幻的清光／从天上洒向峡湾。"（123）这里的"月亮"虽然不是"上帝"的同义语，然而在"我"看来也许与"上帝"处于同一个空间，因为它们都居住于高处。根据那个时代挪威与欧洲人的宗教信仰，"上帝"肯定不是在地下，也不会在水里，而是应该在天上，"谷地"离上天是很远的，只有"高原"离上天最近，所以人们直观地认为，如果我们要接近"上帝"的话，只有往上走，往高山上走，往高原上走。自我价值与意义的发生，就在于站得更高、看得更远，与"上帝"更加接近。如果我们与"上帝"更近，以后就可以直接居住在天堂；然而，"上帝"是人间的一种信仰，其基础在于人类对于自我的一种想象与寻求，而不是一种实有的物质性探索。因此，"我"与"上帝"之间总是存在相当的距离，直到最后，也没有看见"上帝"究竟在哪里，就像《布朗德》一剧里的主人公布朗德一样，他心中只有自己的"上帝"，而没有人间的所谓"上帝"，不过首先是因为他并不相信这样的"上帝"①。也许有人会问，在教堂里不是可以看见"上帝"吗？然而，长诗里的"我"似乎并没有这样的认识："在教堂里有乐队的歌唱，／在祭坛上有闪亮的明灯。／'更光明的是早晨的太阳，／更动人的是暴风雨的轰隆！'"（133）"我"承认"教堂"与"祭坛"有着特定的意义，然而更光明与更动人之处却在于自然界，是自然世界里的"太阳"与"暴风雨"，他甚至这样直接地说：

---

① 参见邹建军：《无爱的悲剧：布朗德形象本质新探》，《华南师范大学学报（社会科学版）》，2010年第3期。

谁愿意上"教堂",就让他去吧,"我"却只愿意来到"高原"。虽然"高原"也并不纯净,有的时候还有种种怪异对"我"进行干扰:"魔鬼开始玩一种游戏——/我的朋友知道——这很危险,/他给了我一顶降妖的帽子,/保护我不受诱惑的欺骗。"(134)"魔鬼"也许就是"我"心中的影像,也许是"高原"上的一种妖魔,总是与"我"对立的一种力量存在,但是,可以肯定的是它不是"上帝",它与"上帝"相对立而形成了一种特殊关系。那么,在"自我"与"上帝"之间,就存在一种重要的交织与矛盾,只不过没有"我"与"爱情"、"亲情"、"友情"、"自然之力"的交织与冲突那么明显与突出。"我已经能克服许许多多/不纯的肮脏的动机,/如今我已经找回了自我。/我现在更接近上帝。/我要最后一次亲眼目睹/那熟识的情景,/鹿的脚印在诱我上路,/愿上帝保佑妻子和老母。/我要直抵山顶!"(128)最后,"我"终于战胜了自我内在不纯的动机,更接近于"上帝"的所在;正是为了更接近"上帝","我"要顺着具有神性的鹿之脚印,而"直抵山顶"。"我"之所以有如此巨大的勇气与坚强的毅力,都来自于对于"上帝"的信仰,来自于对于"自然"的景仰。也许正是因此,他才在向往上帝与自然的过程中,总还不断地祈愿上帝保护"妻子和老母"!在长诗中,"自我"与"上帝"始终是一对相互依存与发现的力量,前者是为寻找后者而存在的,后者是为前者的探索而存在的。如果没有"上帝",也就没有了"自我";同样,没有了"自我","上帝"的存在,也就没有了很大的意义。以此而论,"上帝"与"自我"也是统一的存在,最少有抒情主人公的一种期待,一种向往,一种探索。

多种伦理身份与伦理力量交织与冲突而形成的景观,可以称作"伦理景观"。以此角度而言,《在高原》中存在非常丰富与感人的伦理景观,全诗的悲剧力量与震撼人心之力,主要由此而来。所谓"伦理",主要是指人与人之间所发生的关系;所谓"伦理景观",

主要是指因为伦理关系而让人的情感与思想产生的种种奇特而引人关注的精神现象，它们都是可视的、可握的、可听的、可感的。《在高原》中，伦理景观是通过抒情主人公"我"的情感与心理表达出来的，五种不同的力量交织在"我"的身上，是因为他具有多种多样的伦理身份：作为母亲的儿子、作为恋人的情人、作为猎人的朋友、作为自然的儿子、作为上帝的子民，而他正是处于多种伦理身份的建构过程的核心，所以"我"是复杂的、曲折的、丰富的、多维度的，其伦理景观才如此可观、如此可感，让我们总是能够感到惊异与提升。在"我"成长的历史与心理过程中，上帝的力量原来如此强大，强大到"我"可以让其替换自己的母亲与恋人，而与上帝同体与同在的自然，其力量同样是强大的，强大到让"我"可以只在高原成长，而不在谷地里生活，宁愿失去自己的故乡、人间的生活与尘世的繁华。易卜生的高妙之处，就在于他懂得一首诗之所以能够得到读者，以及可以流传于世的生命力，不在于它是不是提出了一种"在高处"的哲学，不是在于它的故事有多么曲折与复杂，而在于诗情的曲折与复杂，在于对情感与心灵开掘的深度与广度。"我的心灵已获得新生，／血液已经冷却。／生活，曾经呈现双重，／（这里是忏悔，那里是罪行），／如今恢复常态。"（127—128）能够把一个人的成长写得复杂与多姿，并且是从伦理情感与伦理想象的角度，就可以据此研究那个时代里所发生的许多问题。长诗无疑探讨了那个时代里所发生的重大伦理问题，只不过是以"我"为核心的伦理问题，所有的问题都是与"我"相关的，并且也是通过"我"而得到表现的。"我"的一切都与上山或者下关相关，上高原还是下高原相关，离开谷地还是回到谷地相关，正是在"来"与"去"的纠结里，"我"的多重身份的集合，多种力量在"我"身上的交织与冲突，才得到了充实与完整的体现。"回到她们身边哪怕一天，／恭顺地把珍宝交给她们，／我要回到我山里的圣殿，／那儿到春天我们就是三个人。//回去吧！快回到她们身边！/但雪花飞旋，暴风雪四起！/想起这件事已经太晚！——/所有的道路都被封闭。"（135）除了"我"之外，长诗里还有"母亲"、"恋人"、"猎人"、"红色短上衣"、"牧师"等人物形象，并且他们都具有各自不同的意义；然而，最为重要的人物还是"我"，"我"代表着一个青年的情感成长的历史，一种特定伦理关系图景，一种"在高处"的哲学，一种以自然为中心的生态思想。以"我"为中心的伦理关系网络，可以图示如下：

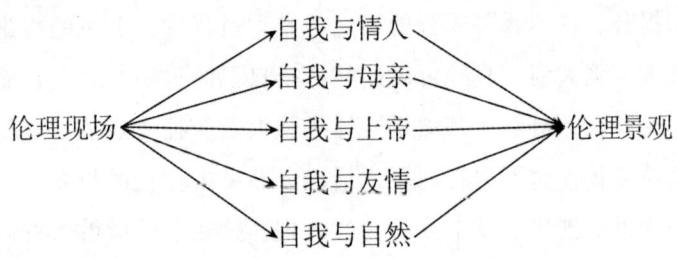

文学是人学，文学是审美的人学，作为"文学明珠"的诗歌，更是审美的人学，作为一直关注与的探索人的生存与发展问题的"伟大的问号"的易卜生，他倾力创作的这首长诗，更是与人的生存、人的成长、人的情感、人的心理、人的身份与人的选择等产生了再密切不过的关系，从而有力地探索了他那个时代青年人的成长与出路问题。如果一个人选择了自我成长的道路，并且追寻一种"在高处"的人生哲学，同时让自我与自然更加接近，通过自然更加接近"上帝"，那么他应当如何处理好与家人特别是与至亲至爱的母亲与情人之间的关系，还有作为引路人的猎人朋友之间的关系，是摆在面前的重要且重大的问题。对于长诗中"在高处"的哲学，以及深厚的生态思想之维，我们已经做过具体的探讨。如果止于从哲学与生态的角度来理解，虽然可以破解其思想与艺术魅力的主要来源，然而还是不能解决最为根本的问题，那就是自我与他者的关系问题。在长诗中，以自我为中心，诗人展示了五种力量与其发生的交集，这种交集多半是交织与冲突，与自然、上帝之间是一种同向的关系，与母亲与情人之间是一种反向的关系，与朋友猎人之间是一种同向与反向交织的关系，从而形成了引人注目的"伦理景观"，让我们看见情感与情感的浪花、感觉与感觉的重叠、心理与心理的冲突、思想与思想的交锋，并且产生了一种十足的现场感，这就是我们一再论及的"伦理现场"。长诗思想与艺术的创造性，思想与艺术的生命力，主要来自于这种具有现场感的伦理景观，来自于由于种种力量交织与冲突而形成的情感与思想的冲击力。在文学作品中，人物与人物之间的关系往往是一种伦理关系，如果都是同向与顺递的关系，则难以产生伦理景观；如果是交织与矛盾的关系，则可能产生伦理现场基础之上的伦理景观，并且产生强烈的力量震撼读者的心灵，发生与作品思想情感之间的共鸣。文学伦理学批评理论中所谓的"伦理身份"、"伦理困境"、"伦理选择"等术语①也就是这样产生的，本文所提出的"伦理景观"与"伦理现场"也是建立在文本基础之上的，它们有其实用性与可操作性。

正是这样的伦理景观让长诗成为易卜生诗歌最重要的代表作之一，成为与《泰尔耶·维根》相提并论的"双璧"。长诗里的"我"具有特定的伦理身份，是一个处于成长期的青年，其情感、心理与思想都极不稳定，他要不断地进行选择，在"母亲"面前他是儿子，然而为了"上帝"他没有负起儿子的责任；在"未婚妻"面前他是情人，然而为了"上帝"他没有负起一个未婚夫的责任；在"猎人"面前他是朋友，然而为了"母亲"与"未婚妻"他时不时在与友人发生冲突，终至于让友人离他而去；只有在"自然"与"上帝"面前，他才显示出精神取向上的一致，最后与"自然"、

---

① 参见聂珍钊：《文学伦理学批评：基本理论与术语》，《外国文学研究》，2010年第1期。

"上帝"走在了一起,实现了"自我"的伦理选择,体现了"在高处"的人生哲学思想以及所达到的崇高境界。因此他的伦理身份是相当复杂的,他时时处于伦理困境之中,然而他终于实现了自己的伦理选择,成就了自我的人生历程。这就是长诗最深刻与最独到之处,诗人让以"我"为中心的人物与人物置于十分尖锐的伦理现场之中,从而以让人惊悚的伦理景观爆发强大的思想力量与美学力量。让我们以长诗的最后一节,结束本文关于伦理景观与伦理现场的论述:"我受到了锻炼。自己做自己的主人。/从现在起我走在高处。/我并非白白地从低地向这里攀登。/这里有自由和上帝。我一人得到了它们,/其他所有的人都在谷地踱步。"①(142)"自我"所达到的高度本身也是一种伦理景观的存在,并且会永远留在我们的记忆深处。

---

① 易卜生:《泰尔耶·维根》,《易卜生文集》第八卷,卢永译,北京:人民文学出版社,1995年。

中国文学的文学地理学研究

毛泽东诗词中自然景观的五种形态[①]

——以山的意象为中心

文学地理学批评是一种新的批评与研究文学的方法，它的研究对象以作家与作品为中心，在此基础上自然也可以研究文学史与文学理论。从文学地理学批评的角度分析毛泽东诗词，也许是从未有人做过的工作，如果认真思考与反复探索，会有一些新的发现，也会得出一些新的结论。毛泽东的诗词写作从青年时代开始，虽然在时间上不是太集中于某个时段，但似乎也没有很长时间的间断，从比较权威的版本《毛泽东诗词选》（人民文学出版社，2004年）的"正编"来看，他最早的一首诗词《贺新郎》写于1923年，根据"副编"来看，最早的一首诗词《七古·送纵宇一郎东行》写于1918年，时间上早了五年。根据"正编"来看，他最晚的一首诗词《念奴娇·鸟儿问答》写于1965年秋，根据"副编"来看，最晚的一首诗词《念奴娇·井冈山》写于1965年5月，时间上大体相当。从1918—1965年，诗词写作贯穿了毛泽东的大半生，只是在他生命的最后十年（1966—1976），再也没有任何诗词作品的产生，然而几乎在他整个的一生中，都在以毛笔抄写自己的诗词作品，可见他十分看重自己的诗词作品，一直想以此在书法上精益求精，也许正是因此，其书法艺术才达到了至高的思想与艺术境界。毛泽东诗词虽

[①] 原载《延安精神研究》第19辑，武汉：武汉出版社，2013年。

然没有每一首都标明写作的地点,然而大部分都标明了写作的时间,据编者介绍,人民文学出版社这个本子,经过了诗人自己的亲自审定,因为附有作者的"原注"。因此,这个本子应当是相当可靠与可信的。在诗人的一生里,除了1935年诗词写得比较多以外,其他时间段基本上是随心所欲,想写就写,不想写就不写。从其整个诗词创作来看,诗人一生的革命经历与人生情怀,都在此得到了比较全面与完整的保存,得到了一种高度诗意化与艺术化的展示。从文学地理学批评的角度来看,从早年在长沙与北大的求学经历,到第一次国内革命战争时期、第二次国内革命战争时期,从红军长征到陕北边区,从人民解放军占领南京到人民共和国的建立,从回韶山到上庐山,再到重上井冈山,以及多次来到武汉段的长江游泳,其足迹所到之处,都留下了优美的诗篇。并且我们认为其绝大多数诗篇,都与特定的地理与地域相关,与特定地域的文化传统相关。其诗词里的地理景观不仅是十分丰富的,并且是相当突出与显著的,更为重要的是它们许多都具有重要的意义与价值。本文拟以"山"的意象为中心,探讨其诗词里自我与他者、主体与客体、自我与自然、自我与文化之间的种种关系,发现其诗词中地理景观的存在有五种不同的情况,或者说以山为中心的地理景观存在五种不同的形态,并可以以此透视毛泽东诗词的主体精神建构,以及在此基础上所进行的艺术选择。在当代中国文学里,旧体诗词写作是一种重要的现象,而毛泽东诗词具有引领潮流的地位;文学地理学批评方法作为中国学者提出的一种新的文学批评方法,在诸种文学批评方法中也具有领先地位,因此将此两者结合起来,自然就是一种有益的尝试。

一

毛诗中自然地理景观的第一种形态,是以客观实景作为诗的主体，它们可以作为一种史实而存在，而诗人自我却是隐藏到了背后，没有与自然客体形成一种对话关系，主要的目的也不是为了要表现诗人的自我情怀。在毛诗中，并不是所有的山水景观都体现了诗人自我的情感，而主要只是一种写实性的景观存在。早年的毛泽东，虽然也许有游山玩水的情怀，却少有时间与山水进行直接对话，因为在那样一个生存都产生困难的战乱年代里，他将自己的生命与身体全部交给了党的革命事业。然而，诗人所到之处，对于山水景观会自然而然地的观察，从而在诗作中留下影像，并得到了真实可靠的保存。1927 年所写的词作《菩萨蛮·黄鹤楼》："茫茫九派流中国，沉沉一线穿南北。烟雨莽苍苍，龟蛇锁大江。"(《菩萨蛮·黄鹤楼》)(10，1927 年)对武汉三镇江山胜迹的描写，基本上就是一种实写，表面上没有任何夸张，也不存在什么想象。词作中对于江城的描写虽然具体而形象，只是体现了一位诗人的眼光，体现了一个画家的角度。这种形态的自然景观，在毛诗中大量存在，特别是在其早年的诗词中。"山下旌旗在望，山头鼓角相闻。"(《西江月·井冈山》)(13，1928 年秋)这里的"山"也是一种实写，对于山下"红旗"与山头"鼓角"的描写是真实可信的，画家可以据此而描绘出当年游击战争的图景。一年多以后所写的另一首词："今日向何方，直指武夷山下。山下山下，风展红旗如画。"(《如梦令·元旦》)(22，1930 年 1 月)"红旗"并不表达什么个人信念，只是对当时革命运动的实景描绘而已。在毛泽东早年的诗词里，对于井冈山和武夷山的描写，基本上不是为了表现自我，而只是为了表现那样一种革命场景，记录当时的历史事件。所以在他的诗词中，"山"的形象与"山"的意象是并存的并以形象为主体，具有一种地理学意义上的真实性与可靠性。在其诗词中存在的自然景观并非都是意象，虽然有的作品里是意象化的存在，而在有的作品里只是一种形象化的存在。在唐诗里的"山"，多半是一种意象化的存在，所以它们对于主题表现与思想表达，往往发挥了重要的作用。在毛诗里存在的这类山水形态，往往以总体与真实的形象出现，是诗人目之所见、耳之所闻，是一种大量的、普遍的存在。在长征途中所写的一些作品，同样也是如此。"六盘山上高峰，红旗漫卷西风。"(《清平乐·六盘山》)(59，1935年10月)"六盘山"不是诗人想象的产物，也没有情感的投射，而只是一种实写。1930年所写，同样也是如此："漫天皆白，雪里行军情更迫。头上高山，风卷红旗过大关。"(《减字木兰花·广昌路上》)(24，1930年2月)不过，"红旗"在其早期诗词里出现次数如此之多，表现了诗人对于革命的一种向往，然而它本身并没有独立的意义，诗人将其与自然山水相关联，往往带来一种鲜艳的色彩。"雄关漫道真如铁，而今迈步从头越。从头越，苍山如海，残阳如血。"(《忆秦娥·娄山关》)(47，1935年2月)虽然有两个即兴式的比喻，然而"海"与"血"同样可以被认为是写实，有力地展示了诗人开阔与高远的精神境界。自然大千世界风情万种，诗人所记也许只是其中的一种，却是最为切合当时情景的一种。诗人既然有这样的选择，也是与其特定的心境相关，不然不可能只是一种如实的记录，其结果就像摄像一样的真实可信。"钟山风雨起苍黄，百万雄师过大江。"(《七律·人民解放军占领南京》)(66，1949年4月)这里"钟山"同样是一种实写，因为它不是历史上的钟山，也不是未来时代的钟山，更不是文化意义上的钟山，而只是诗人对于南京自然山水的一种印象，平实而稳健。"参天万木，千百里，飞上南天奇岳。故地重来何所见，多了楼台亭阁。"(《念奴娇·井冈山》)(161，1965年5月)"久有凌云志，重上井冈山。"(《水调歌头·重上井冈山》)(131，1965年5月)两首词作里的"井冈山"同样是一种实写。在这样的诗作里，有没有诗人的主体精神存在呢？自然也是有的，然而它并没有在诗里直接出现，也没有作为山水形象的部分要素而存在，而是另一只"看不见的手",只有通过我们的想象与分析才可以发现。因为诗词总是为诗人所写,那么"龟山""蛇山"也好,"六盘山"、"钟山"与"武夷山"也好,之所以能够在诗里出现与存在,总是因为诗人自己的观察与把握。只不过,它们的存在是一种原始性的存在,既没有变形,也没有变质。所以,我们读毛诗有的时候会觉得就像是在读史,一部毛泽东个人的历史,一部中国革命的战争史,一部现代中国的政治运动史,就是因为诗人的观察深刻与眼光独到,并且以一种写实主义的态度而创作。以客观的"山"为中心的形象,成为毛诗里自然山水重要的存在形态之一。这是我们阅读毛诗最初的一种印象,也是最重要的一种认识。也许有的人认为诗词里的山水自然就是一种意象,其实并非如此,诗人有不同的类型,诗作也有不同的层次,"形象"与"意象"在诗词里的并存,并且出现比较复杂的形态,并没有谁高谁低的问题。"意象"比"形象"更为深厚,然而"形象"的真实性与写实性,也自有其存在的意义与价值,就像抽象派的画与艺术摄影,它们分别具有不同的思想与艺术价值一样。

二

毛诗中自然地理景观的第二种形态,是诗人将"山"作为抒写与对话的对象,从而以此有力地表现出诗人的主体精神。一般而言,毛泽东诗词中的自我形象非常突出,具有独立而深厚的精神气质,它们正是作为一代伟人之精神写真而存在的,也是作为一位伟大领袖之人格魅力而影响后世读者的。在最早一首词作《贺新郎》里,诗人第一次写到了昆仑山:"要似昆仑崩绝壁,又恰像台风扫寰宇。重比翼,和云翥。"(《贺新郎》)(1,1923年)在那样一个愁云惨雾的时代里,诗人立志告别过去,投身于革命斗争,昂扬的革命意志以及对革命惨烈情景的认识，在此首词作里得到了充分而完整的表达。在"昆仑崩绝壁"意象里，表达的是对摧毁旧世界的坚强决心；在"台风扫寰宇"意象里，表达的是对重振乾坤的宏伟信念；在"重比翼，和云翥"意象里，表达的是要像天上雄鹰一样与友朋齐飞的崇高思想。作为中国西部最宏伟山脉的"昆仑"出现在这首词作里，与其说是实指，不如说是想象，是具有文化意义的一种原型意象，因为它自然而然地与中国古代神话相联系，而具有了某种特定的意义。在著名词作《沁园春·长沙》里，诗人更是借山的意象，抒写了一种英雄豪情："看万山红遍，层林尽染，漫江碧透，百舸争流。"（《沁园春·长沙》）（6，1925 年）"万山"是指诗人在"橘子洲头"所能够看见的岳麓山脉，被称为南岳衡山的第七十二峰，它们重重叠叠，诗人将其幻象化为"万山"，并且"红遍"，充分地抒写了诗人青年时代的青春心态，以及以我为主的才俊气度，因为"指点江山，激扬文字，粪土当年万户侯。"所表达的正是这样的青春主题与宏伟气度。主体情绪是青年时代的自我精神，同时也是对民族前途的美好展望。诗人通过对眼前自然风光的描写，表达了一代青年身上"谁主沉浮"的雄心壮志，以及未来时代可能存在的对于今天的一种想象性回顾。此词作所展现的时空跨度很大，自然山水境界相当开阔。无论是词里的"万山"还是"江山"，都只是诗人对话的对象，因为它们本身只是一种客观的存在物，它们并不是诗人自己，也不是诗人重新的创造。与此种形态相似的，还有另一首"七律"："红军不怕远征难，万水千山只等闲。五岭逶迤腾细浪，乌蒙磅礴走泥丸。金沙水拍云崖暖，大渡桥横铁索寒。更喜岷山千里雪，三军过后尽开颜。"（《七律·长征》）（50，1935 年 10 月）诗人在三处以自我之情写到了山：一个是概写的"万水千山"，一个是实写的"五岭"与"乌蒙"，一个是虚写的"岷山"。然而，无论是实写还是虚写，诗人总是把作为客观自在景象的"山",当成自己抒情的对象,而不是作为诗人的主体自我而呈现。1935年10月所写的一首词作,同样也是如此:"横空出世,莽昆仑,阅尽人间春色。飞起玉龙三万,搅得周天寒彻。"主要是对昆仑山的外在形象与气势的描写,它自然是外在于诗人主体之外的一种存在,接下来的诗句进一步证明了我的这种判断:"而今我谓昆仑:不要这高,不要这多雪。安得倚天抽宝剑,把汝裁为三截。"(《念奴娇·昆仑》)(55,1935年10月)"我"就是诗人自己,是作为一种外在力量与"昆仑"进行对话的诗人自我,与昆仑山是一种相对性的存在。在这里,主体没有突入客体,客体也没有进入主体,两者是一种分离的形态。值得注意的是,在毛泽东的诗词里作为自然山水的"山",并不是作为一种主体意象而出现的,而只是作为一种抒情对象而存在的,诗人把自我之情投射到了作为客体的"山"身上,从而体现出诗人主体的精神形态。这里的"山",自然只是一种观察的结果,而不是一种体验的结果,诗中的我是"我"而山还是"山",得到表达不是"山"而只是"我"。自我与"山"进行对话的情景,在其早年诗词中是一种大量的存在。其原因也许在于青少年时期的诗人,青春热血,意气风发,一切都是以自我为中心来观察与思考所有的问题,对所见的自然山水对象,也不例外。在人与自然的对话中,作为诗人的主体是相当突出的,而作为客体的自然山水也得到了表现,不然也不可能成为诗人对话的对象,不论是平等的对话还是不平等的对话。西方诗人喜欢站在自然之外,并与之进行对话,看来没有到西方留学并对西方文学不太熟悉的毛泽东,在诗词创作里也存在与西方诗人相似的情形,与自然山水对话的时候,"山"虽然并不具有深厚的内涵,由于它与"我"发生了关系,也具有了与诗人主体相似的意义。只不过它更重要的意义是依存于作为对话主体的"我"才可以实现的。

三

　　毛诗中自然地理景观的第三种形态，是诗人故意将"山"虚写，在诗词里是作为一种心理印象而存在，诗人的主体突入客体，主客交融一体，达到一种情景交融的高远境界。毛泽东诗词里的诸多山意象，也是一种虚有化的存在，因为按照其诗里所写，我们无法确切地知道它的方位、大小与形体。1931年春所写的一首词："唤起工农千百万，同心干，不周山下红旗乱。"（《渔家傲·反第一次大围剿》）(30，1931年春)"不周山"是中国古代神话传说里的一座山脉，其真实的位置与形态，也许无论如何考证，也是不可能落实的，因为有各种不同的传说，会有不同的"不周山"出现在不同的地方，然而它身上却具有某种深厚的历史与文化内涵。诗人在此所写的时代性群体事件，自然与"不周山"产生了这样那样的联系，起义与造反的象征意义，在这里是自动呈现出来的。在神话传说里，"不周山"也许是实有其山，然而在毛诗里，并不是一种实指，而是一种比喻式的说法。在1931年夏天所写的一首词里提到的"白云山"，似乎也不能确指："白云山头云欲立，白云山下呼声急，枯木朽株齐努力。枪林逼，飞将军自重霄入。七百里驱十五日，赣水苍茫闽山碧，横扫千军如卷席。"（《渔家傲·反第二次大围剿》）(36，1931年夏)在福建与江西交界的地方，是不是有一座山叫"白云山"，不得而知，并且即使考证得再清楚，也并不具什么诗学意义与美学价值。因为此处的"白云山"，多半只是言其山高而已，同时也以"白云"来衬托当时革命形势的紧迫，以造成一种动感与色彩感。"闽山"同样不是一种实写，也不是一种确指，哪里是"闽山"呢？自然是泛指福建所有的山，并且以一个"碧"字，写尽了其形其色，真是诗中的大手笔，带有相当浓厚的感情色彩，给人以丰富的联想。另一首词作里的"关山",也并非实指:"雨后复斜阳,关山阵阵苍。"(《菩萨蛮·大柏地》)(40,1933年夏)词题所示"大柏地"也许是一个地名,然而"关山"却是对关隘之地的一种泛称,并非特指某一座险要的山口,并且与中国古典诗词里的同名意象产生一种对应,充分而深入地表达了一种英雄豪气。另一首词作里所写的"青山",同样是如此:"踏遍青山人未老,风景这边独好。会昌城外高峰,颠连直接东溟。"(《清平乐·会昌》)(42,1934年夏)如果说"会昌城外高峰"是实指,而前面的"青山"则只是一种泛指,与李白诗里的"青山"是不一样的,因为李白诗作里的"青山"是实有其山,就是生前留下遗愿与谢朓共枕的那一座山,本名就叫"青山"。可以说,在毛泽东的诗词里,有的"山"并不是实指,而只是一种泛指与虚指,然而具有深厚的文化意义,因为它是一种虚写,我们可以将许多历史与文化哲学的东西,以想象的方式加入其间。毛泽东诗词是有境界的,这种境界与其虚写的自然山水意象有着重要的关系。中国古代诗词特别讲究虚实交融的艺术,看来诗人深得其传,在诸多实写山水的同时,也追求更多的泛指与虚指,让自我与古代传统同时进入其间,所以"青山"、"关山"、"白云山"、"不周山"、"闽山"等,都不是简单地指称某一座具体的山,它们也许是许多山的总称,也许是历史传说上的某一座山,其文化意义与美学空间是相当开阔的。从主客关系而言,这类山水意象中虽然也没有自我主体的直接出现,然而其背后所隐藏的思想与意义,却是相当厚实而深远的。如果自然山水意象过于实在,则难有想象的空间;如果自然山水意象过于虚化,意义则难于延展,诗质则比较稀薄。而如果情景交融,主客一体,则可以让诗达到很高的境界。所以,并不是诗里所有的形象都一定要具体而生动,也会有一种抽象的意象存在,它们在诗里所发生的意义是其他实体意象不可代替的。毛诗里存在的这种概写、虚写的整体自然山水意象，绝对不能为我们所忽略。

四

毛诗里自然山水景观的第四种形态，是在实写与虚写的基础上再赋予一种人格内涵，表面上看只是一种人格精神的影子而已，其实是有一种象征品格存在其中的。在毛泽东的诗词里，有的"山"意象并不仅是一种虚写，具有相当深厚的象征意义，并且达到了高远的思想与艺术境界。有一组直接并且全部写"山"的组诗《十六字令三首》，是其所有写山水诗作中最应当引人关注的：其一："山，快马加鞭未下鞍，惊回首，离天三尺三。"这哪里是写"山"呢？简直就是在写一位驾驭骏马的英雄，其气势、其气魄、其豪情，都得到了全方位的有力展示。其二："山，倒海翻江卷巨澜。奔腾急，万马战犹酣。"这哪里是写"山"呢？简直就是在写一场战争，千军万马正在激战之中，形成一种波澜壮阔的景象，与许多电影中所展示的宏大战争场面相比，有过之而无不及。然而，它所展示的自然也是一种少有的力，一种格外的美。其三："山，刺破青天锷未残。天欲坠，赖以拄其间。"（《十六字令三首》）（45，1934—1935 年）表面上突出的是"山"的尖锐与锋利，它的稳固性与战斗性，你看它处于天地之间，简直就是一位顶天立地的英雄了，所以本质上也是一种虚写。所以，这三首关于"山"的诗从整体上来说都是一种象征，因为在诗人眼里"山"已经是人化了的自然，是作为一种人格或者精神而存在的。同样具有象征意味的是《七律·答友人》："九嶷山上白云飞，帝子乘风下翠微。斑竹一枝千滴泪，红霞万朵重百衣。"（《七律·答友人》）（104，1961 年）毛泽东对于中国历史有很浓厚的兴趣，对古代神话和传说有精到的研究，特别是对于舜帝与炎帝、秦皇汉武、唐宗宋祖、成吉思汗等，在许多时候他总是与自己联系起来思考，将他们看作是与自己一类的英雄人物。因此，这里的"九嶷山"风光，多半出自于诗人的一种想象，而不可能是实写，正是出于想象，同时将古代的神话与传说与此"山"相联系，境界才上升到了一种高度，突破了眼前的限制，而延续到了历史与文化层面。毛诗中真正能够作为象征而存在的山水意象是不多的，因为在他所接受的诗歌艺术传统里，主要是中国古代的"赋""比""兴"论，而对来自于西方的象征论，并不是太了解，因此其诗里自然就很少象征意象。然而，正是在这一类诗词里，表现了毛泽东深厚的诗人情怀，体现了他身上浓烈的浪漫主义精神。真正的好诗还是要讲究变化，讲究在现实基础上的变形，总是在似与不似之间，美学的力量才可以生存与再生。所谓"似"就是真实，所谓"不似"就是不真实。"似"与"不似"的统一，也就是形似与神似的统一。他最有成就的几首作品，基本上是属于这种类型的，如两首《沁园春》即"长沙"与"雪"，成为20世纪中国文学史上的杰作，并不是无缘无故的。毛诗是不是具有真正的象征品格，不是不可以讨论，然而象征意象并不深厚却是一种共识。中国古诗里的"兴"与西方的象征具有相通之处，先言他物以引起所咏之辞也，屈原诗中的"香草美人"，在某种意义上也就是西方文学里的象征了。以此而言，毛诗里的上品总是与象征相关，如两首"沁园春"与几首"七律"。毛诗可以分成上、中、下三品，并不存在什么问题，并不是所有的毛诗都是上品，这是一种基本的学术判断。上、中、下，几乎是各占三分之一。一些游戏之作、题词之作，你能说它是上品吗？两首写重上井冈山的词，"念奴娇"比"水调歌头"就差了一大截，真正有见识的批评家也许都可以有如此的认识。象征或者说兴象给毛诗带来了十分可贵的品质，对于其诗词里山水景观的认识，也是如此。

五

　　毛诗里自然山水景观的第五种形态，是以想象的方式将所写的"山"与神话传说联系起来，从而上升到一种哲学与生命的高度。在毛泽东的诗词里，"山"的存在有的时候也完全出于诗人的想象。不得不承认毛泽东是一位本质上的诗人，他既具有诗人的情怀，也具有诗人的想象力，同时还有诗人的才华，文辞华美，语言功底深厚，对于中国古典文化传统非常了解，时时都有自己独到的见解。1956年所写的一词，就是其中最为典型的代表："更立西江石壁，截断巫山云雨，高峡出平湖。神女应无恙，当惊世界殊。"（《水调歌头·游泳》）(83，1956年6月)这里的"西江石壁"与"巫山云雨"，以及"高峡"，都是出于诗人的一种想象，虽然自然的景物也是客观的存在。因为诗人写此诗的时候，三峡工程并没有开工，他只是作为领袖曾经巡视长江三峡，有了这样一种构想，而现在已经变成了一种现实。这里的"神女"，既可以作为一种地理景观，也可以作为一种神话传说，其身上所拥有的文化与艺术意义是相当深厚的。有谁可以"更立西江石壁"而"截断巫山云雨"呢？自然是只有像诗人那样的英雄了。在"神女"身上，存在一种哲学思想与宗教精神，表现的是人间与天上的关系、爱情与自我的关系、现实与理想的关系。1959年所写的一首七律，也同样是如此："一山飞峙大江边，跃上葱茏四百旋。冷眼向洋看世界，热风吹雨洒江天。"（《七律·登庐山》）(99，1959年7月)这里所写的庐山之形与相，多半也是出于诗人的一种想象，并且因此想象而让庐山成为一座神山。这样的描写，既符合庐山所在长江南岸的山形水势，同时也符合从庐山之下曲折上山之真切感觉，就像乘坐旋梯而上，但目之所及，全是青葱无比的青螺与珠玉。这里表现的是毛泽东作为政治家的情怀，同时也具有相当的宗教与神话传说意味。庐山从何而来，历代都有许多传说存在，从远方飞翔而来是其中的一种，而为何要"飞峙"于大江边？自然是有其来历。也许它就是一种象征，要让上山的人感觉到人生的曲折与政治的复杂，虽然美丽却云雾缭绕，所以庐山才被称为"政治山"。想象是诗产生的主要方式，想象物也是诗构成的主要内容，如果诗人没有了想象力，如果诗中不存在丰富的想象物，那这样的作品则与真正的诗相去甚远。毛泽东真正优秀的作品，都是诗人自我高度想象的产物，写山水的诗同样是如此。由于其拥有诗人气质，所以从总体上而言其想象力是相当丰富的，包括"北国风光"、"万山红遍"、"万水千山"、"莺歌燕舞"、"大雨落幽燕"、"云横九派"等，都是一种想象物的存在。而在诗人的想象之下，昆仑山、九嶷山、龟山、蛇山、庐山、钟山、韶山、碣石、五岭、岷山，往往都与历史文化相关联，于是产生了某种特定的意义，这就是一般的自然山水景观所不可相比的了。无此种想象物的存在，哲学与生命的高度就无从表达，其诗词的思想艺术境界就会受到很大的损伤，从而无法建立毛泽东的诗词美学。

毛泽东诗词中以山为中心而构成的五种自然景观形态的提出，特别是对其诗词里主体与客体关系的五种划分，完全是出于我的阅读事实，并且是根据文学地理学批评理论而进行思考的结果。文学地理学批评强调从作家作品出发，探讨作品里的地理意象与地理空间建构，并以此解读它与作品主题、人物与结构之间的关系。从把自然山水当作一种实体之物进行描写到把自然山水作为抒情与对话的对象，从以想象的方式投入自我的情感到将自然山水当成一种虚写之物，最后到自然山水意象象征品质的拥有，毛泽东诗词比较完整地建构了中国南北各地的自然山水体系，完成了以山为中心的自然地理空间建构，让我们能够实实在在地把握其诗的思想与艺术现实，这是其诗词创作能够成为 20 世纪中国古体诗最高成就之一的重要原因。有的诗人眼中完全没有客观自然，有的诗人完全不重视自我之外的任何物体，总是沉醉在小小的自我世界里，老是在那里无病呻吟，总是在那里故作高深，因而写出的作品没有很大的意义，往往让人无法卒读，这是当代中国诗歌写作的最大毛病。作者从小喜爱毛泽东诗词，并且可以一口气背诵其中的三十多首，然而从来没有写过关于毛泽东诗词的论文。此次能够撰写关于毛泽东诗词中自然景观五种形态的论文，得力于关于毛泽东诗词会议主办者的邀请，同时也得力于文学地理学批评理论的提倡与运用。相信未来如果从文学地理学批评角度全方位地切入毛诗，一定会有更多的学术发现与更深的理论建构。

审美的力度：当代中国自然山水诗写作的得与失[①]

——以车延高华山诗为个案

正当我们为当代中国的自然山水诗写作与研究现状感到焦虑的时候，读到车延高先生的两本诗集《日子就是江山》、《把黎明惊醒》[②]，让我们感到由衷的高兴，并引起我们对自然山水诗写作问题的再思考。在车延高的自然山水诗中，有写东湖的、长江的，有写西藏的、青海的，有写平原的、高山的，有写草原的、高原的，有写春天的、秋天的，是不是每一首自然山水诗都可以进入文学史呢？在他所有的关于山水的诗作里，我们认为有关华山的诗作是写得最有意思、最有味道的，因为相比于其他自然山水诗来说，它们更深厚、更丰满，同时也更华美、更神秘。我们认为，其华山诗最具审美发现，视界最为开阔与深广，也最值得当代文学史家看重与研究。

在此，我们拟以车延高先生华山题材的诗为个案来谈当代中国的自然山水诗写作所形成的特点，以及尚存在的问题。

车延高以华山题材为代表的自然山水诗，是 20 世纪 90 年代以来中国诗人创作的自然山水诗里的一流作品。这些作品以诗人独到的审美为切入点，体现了对于自然山水的独到观察与发现、表现了

[①] 原载《江汉大学学报》，与周圣弘合撰，2011 年第 5 期。
[②] 《日子就是江山》，北京：人民文学出版社，2007 年；《把黎明惊醒》，上海：上海文艺出版社，2009 年。

诗人在自然山水里对自我的发现，并将这种发现上升到哲学与文化的高度进行探索，在审美的现实里凝聚了深厚的哲学意识与人文意识，让当代中国的自然山水写作形成了鲜明的特点，达到了一个全新的阶段；然而，在人类的生存处境日益恶化的今天，当全世界的知识分子都在关注自我与人类之外的自然山水所发生的重大变化的时候，车延高却很少在诗中关注人类自身的处境以及人与自然的关系，因此生态意识缺失，生态观念淡薄，没有完全融入时代的潮流，所以其自然山水诗的前沿性与探索性就存在严重的问题。如果诗人未来能够意识到此，将哲学、人文与生态意识有机地统一于诗人的审美发现与审美体验，最终以诗的方式进行表达，就可以推进中国的自然山水诗写作再上一个新的台阶，同时也为世界自然山水诗的写作做出自己的贡献。

一

车延高抒情诗中自然山水诗占有很大的比重，在自然山水诗里关于华山的诗有相当的分量。其十多首与华山相关的诗，我们称之为"华山诗"。总体上来说，车延高的系列华山诗具有对华山的敏锐观察与独到发现，他笔下的华山与前人笔下的华山，完全不同。诗人是根据自己的考察而写作的，并不是根据前人的作品，或者根据一些介绍华山的资料而写作的，也不只是根据一点想象对华山随意地加以点染与渲叙而成。有的人说范仲淹在写《岳阳楼记》之前，并没有到过岳阳，更没有见过岳阳楼，可是他却写得很好，可见想象在文学创作中所能够发挥的作用，这样的说法并非没有道理。然而，当代中国的自然山水诗写作不能再走这条路，因为想象的东西往往是不太可靠的。古代的中国诗人，交通与通讯条件不如当代，他们不可能像今天的诗人这样写诗，但是他们对中国自古以来的传统文化比较熟悉，也许范仲淹在写作之前的确没有到过岳阳楼，但根据自己的阅读，他对这座天下名楼也许是相当了解的。在这种情况下，虽然有的时候也可能歪打正着，出人意料，但许多时候毕竟是不可靠的。车延高的华山诗作，主要是观察与想象的结合，因此内涵丰富、特色鲜明，精神境界与艺术水平很高。

　　车延高有一双敏锐的眼睛，对自然山水有自己的观察与感觉，有自己的思考与发现，并且往往是哲学的思考与诗美的发现。先看一首着重于写景的华山诗："第一层，是梦醒中的朝阳峰/第二层，是渐渐扯去面纱的晨雾/第三层，是依次浮升的黎明/一颗太阳/在云丝和霞光缠绵的地方出世/像一枚新鲜的蛋黄/颤抖，还没有浮出第一声鸡鸣/东方/已经天光大白/加冕后的华山/气宇轩昂/是不要王位的千古一帝"（《加冕后的华山》）。所谓的"加冕"，就是指太阳出来的时候，其鲜明的光焰照在了华山的身上，本有的自然山水于是出现了另一番壮丽的景象，就像是一代帝王。在诗人的眼前与诗人的笔下，"华山"呈现出的正是一位古代帝王的形象：那样的威武与雄壮，具有如此宏大的气势，拥有那样伟岸的声威，虽然是默默无言，却又如此让人仰首，其精神气度与外在气象不让中国历史上任何一位杰皇帝，比如"秦皇汉武"之类也。然而在诗歌开始的时候，只是将华山当作一种自然风景进行描写，表达的只是诗人一种想象与一种感觉而已。这种描写是那样具有立体的感觉，第一层、第二层、第三层，呈现了远近高低各不同的华山风光，与画家笔下的华山山脉，具有同样的层次感与线条感；然后，当太阳出来的时候，在"云丝"与"霞光"的交织里，华山像一枚新鲜的"蛋黄"，此意象似乎并不是一种想象，而更像是一种实写；在此基础上，诗人又从形体到声音，让诗行跳跃到了"一声鸡鸣"，让读者不仅看到华山的光彩，并且听到华山的声音，把握到华山的精神气度。华山自然是有自己的形象，但是它有没有自己的声音与精神呢？在这种大胆的想象里，表现的正是诗人自己的气度与境界。如果说刘白羽的《长江三日》是当代中国散文中的名篇，那么车延高此诗也可以算得上是当代中国自然山水诗中的佳作了。最重要的理由，是诗人对华山自然风景的敏锐发现。这源自诗人的一种能力，那就是以画家的眼睛对华山自然风光进行细致的观察，并在此基础上进行独立描绘。由此可见，画家的眼睛与画家的笔墨对于诗人来说是何等的重要，特别是对致力于自然山水诗的写作者而言。如果没有画家一样的眼光，诗人在此诗中就不可能写出华山的雄伟与壮观，"太阳"的意象表面上比较平静，但其中所隐含的大气与豪气主要源于山势的雄险与山峰的高耸，诗人在实际登临华山的过程中的发现与体验，即以观察为基础的审美过程决定了此诗的成功。

　　如果说这首表现男性气质的华山诗来自于诗人的观察，那么下面一首表现华山女性气质的诗，同样说明了诗人观察能力的非凡。让我们欣赏一下这首表现华山女子的《应该把我醉在这里》："看她第一眼就遭遇了回眸一笑/那是很迷人的眼波，里面有故事/像山桃花从四月里回头/用蜜蜂才有的翅膀送来一片粉红/风不动，也令人心旌摇曳"。诗人在华山上的一次审美发现，是对于华山之美女的审美发现。结果就成为了精彩的开头："诗人们都叫她小党，华阴人/用大唐的审美标准衡量/她是一个比杨玉环略微漂亮的姑娘"。杨玉环是够漂亮的了，甚至可以说是中国古代四大美女之首了；然而，诗人却说用大唐的标准来看，这个华阴人却是比杨玉环"略微漂亮的姑娘"。这样的诗句读来让我们顿生兴味，甚至让人心旷神怡。诗人是如何发现这个北方美女的呢？作为一个男性，他自然也当然有这样的权利，诗人的第六感官对于美的女性自然是十分敏感的，哪里有他发现不了的美女呢？正因如此，他的笔下才出现了那么多的女性，包括母亲、妻子，包括自己的女儿与姐姐，包括天下所有的与他有过联系的女性。从此诗可以确信，他正是以一个艺术家的眼光,将那些女性作为一个观察的对象与一种审美发现的对象:"到分手时,我用了较长的时间看她/希望/一眼就是一千年"。这就是诗人喜欢观察美女的证据。诗人对于美好的事物自然是喜不自胜,然而由于那双审美的眼睛在另一个季节,即诗人自觉地意识到已经过了谈情说爱的季节,所以"我只好把一种叫父爱的东西藏在心里"。这样的结语让全诗达到了很高的精神境界,人格与精神在此全部显现:其情感的纯洁,其心灵的高远,其理想的高度。诗人的确是有超凡的审美眼光,这种眼光是建立在观察的基础之上的;如果没有观察,就没有诗的审美发现,从而就不可能有真正的美的诗作。有的学者认为,好的诗是建立在想象的基础之上的,没有想象就没有诗情的产生与诗意的萌生。想象的力量不可否认,然而在自然山水诗的写作里,想象也许要让位于观察。如果没有"一眼就是一千年"式的观察,诗人笔下的华山以及华山上的女性,就没有现在这样的富于情趣与光彩。当代中国的自然山水诗人在观察自然方面往往十分努力,如李白一样遍访名山大川的诗人不在少数,每一届的国际诗人笔会与国际诗歌节,以及中国诗歌节等大大小小的诗会与笔会,吸引了为数甚众的诗人,为他们观察自然与发现自然提供了基本的条件。审美的第一维就是观察,在眼见手到的亲身经历里,自然山水在诗人的心里才活跃起来,成为某种意象存在于诗人的作品里。如果没有观察与发现,就没有诗情与诗意,就没有诗味与诗美,艺术的魅力就不复存在。自然山水诗的写作要以观察特别是对于自然山水的观察为基础,以诗人审美的眼光进行的观察对于真诗的产生,往往具有决定性的意义。

二

以车延高为代表的当代中国自然山水诗人,在观察自然与发现自然方面是做得比较到位的。正是在对自然山水的审美投入里,诗人们才有了诗美的发现与诗美的经营。并且,他们往往将对自然的发现与对自我的发现相统一,从自我出发来表现自然,在自然对象里来表达自我。车延高的华山诗篇往往有着对自我的发现与表达。自然山水诗不只是表现自然风景,是不是只要客观地描写自然风光且发现一些自然之美的东西就算大功告成了?在人类看来,自然界的存在有客观的与主观的两种本质:有的人认为自然是客观的,自然界的存在是上帝创造的,它本身并没有生命,也没有思想;有的人认为自然是主观的、有灵魂的,如泛神论者就认为世界上一切的事物,除人之外的一切的东西都是有灵魂的,因为它们有灵,人类就可以与之进行对话,不论是东方还是西方,许多诗人也都是泛神论者,如郭沫若、歌德、泰戈尔等①。文学艺术创作者往往采取第二种看法,他们对自然往往有一种审美投入。为什么诗人认为自然山水是有灵的呢?因为诗人往往以有情之眼观察与对待无情之物,于是总是能在自然物象里发现自我、深化对自我的认识,同时也深化对人类的认识、对世界的认识。车延高写华山的诗亦如此:"在华山峪,我当了一次螃蟹/用诗人的脚尝试一次横行/我在前边时,谁都别想超过/不是我霸道/因为自古华山一条路/至此我才领略了华山的另一种境界/是禅悟后的学识"(《用诗人的脚尝试一次横行》)。诗人的"自我"好像是没有的,然而他从自己走上华山险道的体验出发,发现如果要想上去的话,只有"独断专行",不然就没有办法上这座天下名山。对此,诗人真的是有着自己的思考,并且也有着自己的发现。为什么要以诗人的脚来尝试一次"横行"呢?为什么说

---

① 泛神论是人类早期认识世界的一种哲学观念,认为世界上一切的东西都是有灵之物。它的起源有东方与西方两条线索:一条是中国古代哲学家庄子开始的关于天地万物的哲学与古印度哲学家加皮尔开始的自然神性哲学;一条是自古希腊神话时代开始的自然哲学,以及荷兰哲学家斯宾诺莎对泛神论与伦理学关系的论述。

它是华山的另一种"境界"呢？是想通过对这种上山情景的思考，表现当代中国所存在的一些重要问题，那就是权力过于集中与某些行业的垄断行为。有了这样的华山就会有"独断专行"，而有了这样的"独断专行"，就有了某一种人生与某一种品格。如果将华山当作必生的孩子的话，那它就得有自己的姓名，是叫"专横"好呢，还是叫"霸道"好呢？诗人以自嘲的口吻说，不如叫"独断专行"吧。之所以说这是具有日本风格的名字，其实并没有什么所指，只是诗人的一种智慧、一种想象而已。由此可见，诗人以自我的智慧与人格，对这种景象做出了深入的思考，发现了自我也发现了自己的民族。当然，首先是发现了华山的"另一种境界"。这首诗在车延高的诗里是比较另类的，一般不会引起批评家的重视，因为它所描写的并不是华山本身的形象，而是诗人行走在华山险道的时候所产生的种种联想，对当代中国许多独生子女性格的联想，对当代中国一些比较专断人格的联想，并将之与中国古代的宗教与日本文化联系在一起，给孩子们取了一个日本风味的名字"独断专行"，其实只是一种自嘲而已。然而，诗人对于历史与现实的思考也体现在这里，每一句诗都是诗人的自我发现，而此种发现又没有离开华山这个自然物象，因此从最终的意义上来说，也是对华山的一种发现，是两者的有机结合与统一。

不过需要我们注意的是，车延高的华山诗里自我在的存在，有的时候是显在的，有的时候是隐形的，在多数情况下是显在的，可以看到诗人自己的形象与性情。让我们看一看其华山诗的代表作之一《华山有太多的傲骨》："如果死亡在这里接驾／我愿意从南峰绝壁做一次无伞降落／不是为人间的胜景殉情／只为华山有太多的傲骨／每一处裸露的石壁都让我想起李白／我感觉这里到处是玉树临风的影子"。此诗表面上写自杀，其实是写自我；如果说是自绝，那也是一种想象性的假设。表现的主要是对于华山的向往，对华山品格的肯定。这里的"我"就是一种显在的存在。诗人为什么如此地向往华山？因为华山身上有"太多的傲骨"，它是那样的"超凡脱俗"。只有以这种方式，抒情主人公才有机会永远与华山在一起，并且得到永生。诗里直接写到了"我"，这个"我"是诗人自己，也是对华山有向往之心的历代知识分子的群像。华山是如此之美、如此之高大，让他时时想到李白那个"玉树临风"的样子，而李白正是诗人所特别推崇的。如果真的有如此的选择，那么他就可以与唐代大诗人李白在一起了。死亡，本来是令人恐惧的，而此处的死亡却是一种美的极致，一种绝对的美、一种无以复加的美；诗人的志趣与人格，在这样的死亡意象里表现得淋漓尽致。艺术想象并不是对事实的描写，也不是一种心理暗示，好像已经发生或即将发生这样的事情。那么，"我"就是一个唯美主义者的自我，一个对艺术的境界绝对推崇的艺术家自我，一个向往自然山水的诗人自我。

车延高的华山诗，往往不是吟风弄月的闲情逸致，而总是有着自我的血脉、自我的人生、自我的品格与自我的思想之物。如果没有自我的存在，如果不能在自然山水里看到自己，如果自己的品格不高、理想不远，即使对自然山水景观的观察再细致，也不可能有更大的意义。诗美的发现与诗美的表达，都不可能离开真实的自我。当代中国自然山水诗人们的作品，能够达到此种有我境界的并不是太多，有的作品只是吟风弄月而已，有的作品只是描写风景而已，有的作品只是抒写风情而已。如果说以华兹华斯为代表的西方自然山水诗人总是站在自然山水之外与自然进行心灵的对话，那么以车延高为代表的当代中国的自然山水诗人继承了中国古代自然山水诗的传统，总是将自我放置在自然山水之中，自我与自然达到了融合的境地，自我与自然成为了同一个生命体，华山就是车延高，车延高也就是华山了。诗人在艺术审美过程中能够坚持发现自我一维，并真正在具体的作品里有对于自我生命的审美发现与审美表现，是当代中国自然山水再现新境的标志之一。

三

　　车延高的华山诗之所以能够成为当代中国自然山水诗中的一流作品，在于诗人在艺术审美中并不止于以上两维，并不止于对自然的观察与自我的表达，更重要的是引入了哲学与文化两个维度，将对自然的观察与对自我的发现和对于人生与哲学问题的深层次探索结合起来，让自己的诗拥有比较深厚的哲学意味与文化品格。其华山诗不仅是自然诗篇，同时还是生命诗篇、哲学诗篇与文化诗篇。看见华山上的一块奇怪的石头，诗人就可以发现其中可能的哲学意味："蹲了上亿年，把苍天扛了上亿年／大智若愚的神态让我醍醐灌顶"（《一块石头的哲学》）。形象倒是形象，但表达比较直白，所以，在其华山诗里算不上优秀，甚至也算不得上品。一是因为其语言表达不甚讲究，一是它所揭示的"哲学"也过于直白："借力就是用力"、"以静制动"，如此之类的表达法让诗意失去不少，不如不说或者以意象暗示来得更具诗性。诗人在《过有人间烟火的日子》里面对华山的"巨灵神"留下的脚印与手印，一再地思考了人与神的关系："真有那么大的手印和脚印吗／它究竟出自于神／还是出自于比神更有能耐的人"。此时，诗人得出了最有诗意的几句诗："我用脚在它的脚窝里踩一踩／沾了点仙气。神态自若地走下华山／用自己的一双手作原始股／靠一座山给我的豁达和勇气／劳动，赚钱　过有人间烟火的日子"。现世的人间生活是令人向往的，而关于神的内容，"它只能隐居在比童话古老的传说里"。其思维轨迹是这样的：在这个世界上，到底是人重要还是神重要？是人决定神还是神决定人？是神的生活更美妙还是人间的生活更美妙？神与人是一种什么样的关系？我们究竟应当作出什么样的选择？车延高并不只是对自然景观进行了描写，也不只是抒发了自己的情绪，而是进一步思考了有关哲学与人生的重要问题，上升到了一个新的高度，达到了一种新境界。如果只是描写了自然的客观景象，如果只是表现了诗人的自我发现，我们也不能说这样的自然山水诗存在多大的问题，多么不好，因为每一个诗人有自己的选取与创造的权力；但是我们可以说这样的自然山水诗是不完美的，没有达到最高的思想与艺术境界。如果一位诗人不仅表现了对自然的独特观察，抒写了独立的审美发现，还将自己的思考上升到一种人生与哲学的高度，体现了一种思想家的气度，那么，他的诗就达到了一种至高的境地。

需要特别说明的是，车延高的华山诗如果包括写渭河流域与关中文化的一些作品，如《和麦子一起苦想》、《都有一张脸谱》、《米脂的婆姨》、《唱过秦腔的渭河》等，就形成了一个重要的系列。有的是写华山之下的平原，有的是写华山之下的文化，有的是写华山周围乡村的女性，并且都写得很美。华山并不仅仅只是中国西部的一座自然之山，它还是一座文化之山、宗教之山，因为它离千年古都西安很近，因为它曾吸引了成千上万的文人墨客来到这里，于是就产生了中国北方著名的三秦文化，成为中国传统文化的源头之一。车延高的华山诗并不就是要歌咏此种文化，而是在与自然山水相关的作品里表现出一种文化精神与文化品性。《米脂的婆姨》："喝了多少南瓜汤/才有那么一对奶/采了多少黄花蜜/才有那么一双眼"。民歌式的语言，短短的句子，却写出了陕北女子外在的美与内在的多情。没有一点夸张与想象，似乎全是写实，可我们读来却印象深刻，感觉到了一种双重的美，即女性的美与诗性的美。陕西地方的文化传统里，对于女性有特别的要求，求美求真，以劳动的双手把自己打扮起来，因为外力而性格刚烈，因为内美而让人入迷，诗人以短短的几行就把陕西女子的外形与内质表达到相当到位。头上黑色的河流，门上的大红喜字，美的奶与美的眼，一切都是那样的美。美，正是陕西的一种文化；美，也正是车延高诗歌的特质。

只要与华山相关的题材与意象，其精神气度与品格与华山相关，就可以划入其华山诗章。车延高最杰出的华山诗作，也许算是与自我的爱情相关的《最亮的星星做银婚纪念的钻戒》："那一晚,我摸一夜山道/摘星岩上没有路/我还是去了银河系/摘一颗最亮的星星做银婚纪念的钻戒/天亮前，还把一牙弯月摘了下来/在梦里想：等我到了九十九岁再拿出来/用劳动了一个世纪的手拂去岁月吹来的雪/把特制的发卡/别在她青山依旧的发鬏上。"这是一首想象大胆、气象开阔、意象优美、语言纯净的华山诗，也是一首当代中国少有的理想化的、以真情为基础的、华美无比的爱情诗作。以华山为背景，抒写与妻子之间相濡以沫的爱情，情真意切、令人感动。多半的情景是实写，也有一些民间传说与地方文化，更多的则是诗人自己的感觉：西峰的微颤是不可能的，因为当时并没有发生地震；去了银河系也是不可能的，只是自己的一种梦想而已。然而，诗人说他要将在银河系摘下的一颗最亮的星星，作为自己纪念结婚银婚的纪念钻石，并说天亮前还要摘下一牙"弯月"，到了九十九的时候再拿出来也是不可能的，却写出了诗人的天真与性情，写尽了俩人白头到老的情感与心愿：到了九十九岁的时候再拿出来，将"月亮"当发卡，别在她"青山依旧"的头发上。想象大胆而奇特，将爱情写得如此浪漫的诗，的确少见，而诗人之所以要这样写，是出于情感与想象的需要，诗情与诗美也就从这里产生。也许这首诗正是诗人与其妻子登上华山时的一种情感记录，也是华山这一自然景象给诗人带来的一种想象。华山如果不是那么高远，如果没有洞房花烛的古老传说，在诗人的笔下也许有纪念银婚的诗，但远不会如此地浪漫与灵动。自古以来，中国人最为向往的爱情模式就是白头到老，许多人到华山一游，最重要的目的也就是追求爱情的永远与永恒，车延高也未能免俗！此诗通过自己在华山之西峰上与爱妻之间感情的抒写，所表达的也正是中国传统的爱情观，许多意象都具有一种文化内涵，如"银河系"、"一弯月牙"、"青山依旧"等。因此，我们说车延高的华山诗自有一种文化品位，让其诗显得博大精深。如果我们当代中国的每一位自然山水诗人都能够认识到自然山水的文化属性，并从文化角度进行开掘，就会提高诗作的思想与艺术境界，把自己的诗与古老中国的文化传统相连接而产生新质。文化与哲学之维对于自然山水诗的审美是不可缺少的，对于自然山水诗的艺术生命力来说也是不可缺失的。

四

当代中国的自然山水诗创作取得了不凡的成就，相比于中国古代与西方近代以来的自然山水诗来说，形成了自己的特点与优势，具体体现在以上三个重要方面。然而，当代中国的自然山水诗写作也存在一些问题，我们认为最严重的问题是缺少前沿性与探索性，具体来说，就是少有体现当代世界人们比较关注的自然生态问题与生态意识。车延高所有的自然山水诗作里，关注自然生态问题的诗作基本上没有，其诗作的批判性与反思性不是太够，抒情性与哲思性是比较强的，所以在形成了自己的优势的同时，也存在一些重要的缺失。也许有人会说，不能从现实的角度来要求一个诗人过去的诗作，生态问题在今天才越来越严重，诗人可以关注也可以不关注。然而，我们认为自20世纪90年代以来，人类的生存处境发生了巨大的变化，生态危机在70年代就开始引起西方世界的注意，在文学批评领域引起了生态批评的发生。从文学创作来看，自19世纪开始就有许多作家与诗人开始反思人与自然的关系，并创作出了许多杰出的作品。当今中国的自然山水诗人，在自己的作品里不关注生态问题，无论如何是说不过去的。

　　与此相关的问题是，自然山水诗有多种多样的写法，不论是中国古代还是西方的自然山水诗的历史，都一再地说明了这一点。谢朓的山水诗主要着眼于对山的描写，体现了他对江南山水的细致观察，每一个季节的自然景观都在其诗中得到了不同的呈现；王维的山水诗虽然不是很大气开阔，而其对于乡村生活情趣的呈现及对自然山水的禅释性感悟，却是后世的诗人不可比拟的；李白以一个出世诗人的眼光来考察自然山水，无论是难于上青天的蜀道还是身□青云梯的天姥山，只是着力写出一种气势与精神，对人与自然的关系似乎不太关注。华兹华斯往往在回忆中来摹写自然，注重与自然山水之间的对话，抒写的自然是对于山水的发现，个人的气质与品格自在其间；柯勒律治诗中的自然多半是一种想象，你要在其诗中找到真实的处所，也许并不容易，因为他自己也没有去过，《老水手行》中所描写的南北半球海洋里的自然风光，都是想象性的表现，虽然具有艺术的真实与情感的真实，却并非具有地理上的真实①。而到了当代中国诗人车延高的笔下，自然山水却有了不同的表达，并且表达的方式也有很大的不同。从总体上来说，他的诗与西方的自然山水诗人有所联通，与中国古代的自然山水诗有所交汇。然而，他着重的是自我的创造。车延高所表现的是自己所见的华山，并以一个男性诗人的情怀，写出了华山的男子汉的气魄，写出了华山有别于黄山与泰山的优势，表现了敏锐的观察力与超强的想象力；同时，诗人也着重写了华山的人之美、之奇与之怪，华山的人特别是华山附近的女性是那么的秀气与灵动，表达了他作为一个男性诗人的性情与想象，同时也想以此表现华山的神秘与杰出。更重要的

---

　　① 关于柯勒律治长诗《老水手行》的创作过程与想象性质，参见邹建军、邓岚：《以自然风景呈现为基础的立体创构——"老水手行"主题表达与自然地理的关系》，《外国文学研究》，2010年第3期。

是，诗人通过华山表现自我的审美情趣与美学发现，通过华山而写出自己的个性与气质，自己的爱情与自己的哲学。所以，在车延高的笔下，华山是那样的丰富多样，诗作本身是多种多样的，但都能统一于诗人的个性与审美发现。

中国古代的自然山水诗对于自然的关注往往是物我相忘的，往往将自我当成自然，将自然当成自我，与自然的对话、对自然的挖掘是不够的，对于自然的观察往往也限于局部与细节，而对于整个地球与宇宙空间的想象，则显然有所欠缺。20年代宗白华有一点对于宇宙的观察与想象，30年代徐志摩有少量的对于自然风物的描写，五、六十年代贺敬之注重的却主要也是人间的生活。到了八、九十年代有一种向内转的倾向，关注的是自我的内心与情感。有哪些诗人真正关注了我们生存的环境？有哪些诗人真正关注了人类生存基础的自然山水？有哪些诗人关注了人类的生态问题？如今，人类生存环境的恶化问题越来越严重了，而引起重视的程度却是远远不够的。青海的三江源已经有了从来没有出现过的沙漠；喜马拉雅山上的冰川正在加速融化；根据美国科学家的观察，北极的冰川在一夜之间消失了1.6公里；冰岛的火山爆发让整个欧洲的飞机不会正常起飞，数十万人滞留机场；著名的科学家霍金要求人类考虑地球的命运问题，他认为在二百年内地球将不复存在，人类只有移民外星球才可存活[①]。而当代中国诗人有谁关注过这样一些事件？当代中国诗歌中有多少这样的主题与思考？车延高虽然写了不少的自然山水诗，但似乎也没有更多地关注这个方面的问题。他的诗有生态意识吗？他的诗关注了人类的命运吗？他的诗关注了自然的历史吗？他的诗关注了人类的历史吗？车先生尚且如此，就遑论一般的

---

① 20世纪90年代以来地球上所发生的自然灾害，发现以地震、洪水、火山、飓风为主的自然灾害，其发生越来越频繁、强度越来越大。更重要的是，这种情况还有继续发展扩大的趋势，不得不引起知识分子的高度重视。

诗人了。

  以车延高华山诗为代表的当代中国的自然山水诗，以观察与发现自然为基础、以内省与发现自我为主轴、以哲学与文化思索为维度，具有了审美的力度与生命的力量，标志着自然山水诗创作发展到了一个新的阶段；然而，如果一直缺失对于自然生态问题的关注与观照，弱化诗人的生态意识与生态观念，中国诗歌与西方诗歌对话也许就是一句空话。而我们的诗歌艺术要得到提高，中国诗人要更多地走向世界，在关注人类的生存问题、处理人与自然关系的问题上作出探索，是不得不引起我们重视的问题。

当代中国的生态寓言[①]

——阎志长诗《挽歌与纪念》中的四个意象

当代诗人阎志以众多的诗作为中国读者所知晓,其一些作品在《诗刊》、《星星》和《诗歌月刊》等发表后,获得多种重要奖项,产生重大影响,据此我们认为他已经成长为当代中国为数不多的几位著名中青年诗人之一。阎志倾十年之功打造的长诗《挽歌与纪念》,是一首思想深刻、艺术圆熟的长篇杰作:它思考了诗人的自我成长、心理与爱情等问题,也思考了当代中国的道德、生态等问题,其实,它正是一部关于当代中国社会生活的多声部大合唱。在艺术体式与艺术形式上,长诗也有独到的探索与创构:以短集长的艺术结构、以梦写实的艺术方式、以我写世的抒情角度、以象写意的艺术形态等,让它成为中国新诗艺术传统中一部融通中外的艺术杰作。本文探讨长诗中对人与自然关系的描写,认为关注人与自然的关系是体现诗人整体艺术构思的重要方面,集中表达了诗人对当代中国严重存在的生态问题的深入思考。诗人以自己独到而深厚的情感,在十年前就开始了对当代中国生态与环境问题的思考,并对此方面进行了突出的描写,让这首长诗具有明显的预言性质;从其主体内容与性质而言,它也是关于当代中国生态问题的一部寓言,并且是让读者大众十分关注的、甚至是令人惊心动魄的一部寓言。

---

① 原载《中国诗歌》,2010 年第 8 期。

诗人自己也认识到诗的"预言"性质:"十年后再一次修改充实时,翻阅这首诗,我感到害怕,这几年间的一些公共卫生事件历历在目。真的,我不希望我的诗是预言。"①

生态问题是当今世界所面临的重大问题,也是当代中国所面临的重要问题。诗人以自我的方式,以一部长诗关注此一关系人类生存与发展的重大问题,也是意料之中的事情。其实,诗人在第一部《泪水的完结》里就提出了这样的生态问题:"人类/我是在大自然的哭泣中/开始哭泣/人类/我是在自己出卖自己后/开始流泪"(《第一部·梦游一·9》)。诗人为什么要哭泣呢?他不是为自己哭泣,而是为整个人类而哭泣。在长诗的第二部里,我们发现有这样的诗行:"十岁时 我记得/麦穗盛开一种黑色的花朵/母亲在田埂下采摘/父亲在田埂下采摘"(《第二部·梦游二·1》)。"黑色的花朵"就是农业污染的一种标志。"父亲开始种植/栗树上盛开的花蕾/被黑色侵染/人类的耳朵/听到了黑色卷土重来的/步伐"(《第二部·梦游二·6》)。这里的"黑色卷土重来的步伐"表示人类"末日"的临近。在遥远的古代,由于人口相对稀少、能力弱小,在大自然面前,人类首先是要求得基本的生存空间,所以在当时的情况下,更多的是大自然对于人类生存的挤压,不存在发生生态问题的条件。当进入"工业化"阶段,人类的情况就发生了令人忧心的变化:远洋巨轮被用于水上运输,火车与汽车被用于陆上运输,交通工具得到极大的改善,人类可以在世界范围内到处行走。当进入"信息化"的时代,人类的情况更产生了令人忧虑的改变:交通与通讯发生了巨大变化,巨型飞机可以让人类在一天之内达到地球任何地方,卫星技术可以将宇宙间发生的种种信息迅速传遍整个地球。这些本来是由于人类的智慧而取得的可喜的进步,然而,同时也带来

---

① 阎志:《挽歌与纪念·后记:以自己的名义》,2008年10月。

了人类必须面对的生态问题:各种机器设备排放的废气充满地球,破坏了大气的臭氧层,让太阳光直射地球表面,更多的人得了不治之症;由于暖气的排放,地球表面的气温不断上升,冰山融化,海平面上升,海岛甚至大陆被淹没,人类生存的空间越来越小;森林等植被大面积减少,许多山体被无限度开挖,自然环境遭到极大破坏,人类的生存环境越来越差。上述情况的出现,让人与自然之间的关系越来越紧张,世界范围内发生了日益严重的生态灾难。因此,自19世纪以来,生态问题成为世界上许多国家的作家与诗人共同关注的对象,也成为文学作品的重要主题。然而,根据现有的资料,我们发现当代中国诗人作为时代生活的晴雨表,却少有集中关注与探讨生态问题的;如果要编选一部《当代中国生态诗选》,也许将十分困难,因为没有那么多的作品可以入选。在这种情况下,诗人阎志以自己的敏感与智慧,在十年以前就开始创作并经多次修订的长诗《挽歌与纪念》,集中关注当代中国的生态问题,表现了浓厚的生态意识与独到的生态思想,就显得特别难能可贵。

生态问题是长诗所关注的重要主题,却不是全部的主题;此诗以自我的成长为主线关注当今世界所存在的多种问题,比如道德问题、爱情问题、成长问题、城市问题等,然而生态问题却是其中最为重要的主题。诗人明确指出:"也许诗中有展现、有揭示、有预示、甚至有方向,那也是诗人的一种艺术表现手段,而不是目的。很显然,环境污染、道德观念动摇、社会冷漠是众所周知的,我写下这一切,有恐慌、有忧虑、也有愤慨,但仍不是我的目的。"[①]从此可以看出,诗人反复强调诗中是存在多个主题的,"环境污染"却是排在第一位的主题。同时,诗人强调诗就是诗,而不是任何明确的主题,反复强调了诗歌艺术本身的重要性。由于长诗的主体部分

[①] 阎志:《挽歌与纪念·后记:以自己的名义》,2008年10月。

是在十年以前就已经写就,因此,我深深地感觉到这是一部当代中国生态问题的寓言,并且是一部触目惊心甚至是惊心动魄的生态寓言。在此我根据自我的阅读体验,提出与生态相关的问题进行讨论,以期引起诗界与学界的重视。

一、"钴":工业化的悲剧

在《挽歌与纪念》里,诗人对于自近代以来开始的世界工业化进程,有着自己独到的思考。在第二部里,诗人这样写道:"工业的水/和黄色的尘土/飞扬在/人们无法归家的情感上/于是我歌唱/歌唱城市/在人类自以为是的青春期/陷落/陷落"(《第二部·梦游二·11》)。在此,诗人显然认为工业化给人类带来的并不只是利益,同时也有诸多毛病与问题,诗人对于"工业的水"与"黄色的尘土"是十分反感并且失望的,于是,他以自己的敏锐创造了一个生僻的汉语词汇"钴",营构了一个新的诗歌意象"钴"。什么是"钴"呢?按《现代汉语词典》的解释:"金属元素,符号 Co(Cobaltum)。银白色。用来制合金和瓷器釉料等,医学上用放射性钴(co60)治疗恶性肿瘤。"[①]开始我以为是一种物理或者生物元素,读到后来才知道,它也是一种药物。显然,诗人并没有在原始的意义上来运用这一词语,不是将其当成一种金属元素,也不是将其当成一种药物,而是将其作为人类自己所创造出来的一种机器人的指称。据我所了解,这是在世界上首次如此地运用,因此可以说是诗人自己创造出来的一个意象。这个奇怪的意象,开始出现于长诗的第五部:"人类与第三代的机器交配/产生了钴/钴的四肢是黑色的金属/面部有四只

---

① 中国社会科学院语言研究所词典编辑室编:《现代汉语词典》,北京:商务印书馆,1960年,第491页。

眼睛，前后左右各一只/机器说这便于观察/头是多面菱形/顶尖尖的/机器说这是天线/可以接受信息高速公路的/信号"（《第五部·梦游五·5》）。这里对于"钴"的描写是非常现实的，同时也是诗意化的。为什么呢？我们知道，机器人本来是为了代替人类的一些功能而研制出来的，是为了在特殊环境下去代替人类工作以减轻负担而研制出来的替代品，一句话，人类研制它本来是为人类自己造福的。然而，在诗人的笔下，机器人"钴"不仅没有为人类造福，反而给人类带来了许多麻烦，甚至可以说是种种的灾害。首先，"钴"将人类生活的地方变成了工业的"黄土"，将人类自己变成了一种类似于"植物"的东西，而直接地植入"泥土"之中。其次，"钴"虽然为人类所创造，然而正是他唱响了人类的"黄昏"、人类的"末日"。"钴"的出现不仅没有让人类感到高兴，反而成为了人类的对立面，成了人类真正的敌人，因为正是它让人类产生自我毁灭的悲惨结局。再次，诗的最后"钴"是以另一种生物的身份而成为人类朋友的，其实也就是敌人："钴"要为人类而哭泣，但他眼中并没有"泪水"；甚至在多少个世纪以后，"钴"后代中的古生物学家与考古学家们再来研究现在的人类，才发现人类的"黄昏"正是从"钴"那里开始的。"人类也许会在几百万年后/重新站立/但人类也还会在几百万年后/生下另一个钴/走向另一个轮回/于是我们的歌唱在海水漫过前/已经停止"（《第五部·梦游五·8》）。看来，诗人对于"钴"这样一种机器人给人类所带来的结果是相当绝望的，因为人类的不自觉，一代一代的"钴"会让一代一代的人类消失，此种意义上的生死轮回其实是人类最大的悲剧。诗人在这里所寄寓的悲剧精神是达到极致的，对于人类自身的批判也就是前无古人的了。"钴"意象并不是只与人类的"工业化"有关，还与诗人的"自我"有关："在钴失语的前夜/我准备在城市与乡村之间/做一桩交易/用城市的缤纷交换乡村的宁静/用乡村的翠绿交换城市的五彩/钴是我唯一的本钱//可是/我还是失去了钴/失去唯一一次能成为富翁的机会"（《第八部·梦游八·1》）。"但城市也并不缺少人类的器官/他们用克隆的/钴们的身体代替所需要的器官"（《第八部·梦游八·1》）。这里也许存在一种悖论：诗人自己既然认识到"钴"对于人类的重大损害，但他在自我的成长中也不能离开"钴"及其所带来的意义，作为诗人的自我与"钴"之间也存在这样那样的关系，他的喜剧、他的悲剧，都是如此。从总体上来说，长诗里的"钴"并不是一个简单的机器人意象，也并不是诗人自己的异想天开，而是有其深刻的思想内容与哲学意义的一种意象符号。它是诗人对"工业化"结局的不满而创造出来的符号：有限的"工业化"是人类社会的福音，无止境的"工业化"则是人类社会的灾难。人类只有一个地球，人类是靠自然界提供的适宜环境而居住并得到生存与发展的，由高山、大河、平原、湖泊、云彩、空气、森林、阳光、月华、星空等要素所组成的地球空间，是植物、动物等生物生活的场所，更是人类之所以能够生生不息的条件。然而，过度的"工业化"对于人类生存环境的破坏是巨大的，现今世界存在的许多问题，都是伴随着"工业化"进程而产生的。"钴"意象的出现，正是"工业化"走向更高程度的标志：人类不可能无处不在，然而机器人可以代替人类下海，甚至可以代替人类进行战争；然而，这样的代替及其结果正是种种破坏有机自然界的活动。"钴"意象不仅是诗人阎志的一种创造，也是当今世界人类的一种创造，其所寄托的思想内容与人类情感，是博大深广而值得我们批评界进行长期开掘的。但无论如何，它首先是诗人对工业化进程的批判与反思，是对人类自身命运的一种反思。

二、"干风"：沙漠化的悲剧

在《挽歌与纪念》中，阎志还创造了一个与人类社会的"沙漠化"现象相关的意象"干风"①。诗中这样写道:"干风——又称'沙风',由于环境污染严重,水资源浪费过大形成的地方性气候。风中有沙、灰及工业废料等,风干躁而锐利,所到之处植物枯萎,玻璃爆裂……"(《第七部·梦游七·13》)这里的文字并不是诗句,似乎只是引用的一条材料,但这是一条没有出处的材料,因为"干风"这样一个词是诗人自创的。诗人在长诗中做这样的处理,足以引起我们的重视,在诗中以散文的形式出现的文字,就像文章中的黑体字一样引人注目,可以显示其绝对的真实与可靠。地球科学家通过考察,认为人类所生活的这个地球,在最近数万年以来发生了巨大的变化,并且还正在发生着更大的变化,许多地区不断地"沙漠化"了。以前的地球到处都是森林密布、江河纵横,各种生物能够求得最大限度的生存,生物的多样性也最大限度地体现出来;然而,大约近万年以来,地球表面上的"荒漠化"开始了,越到后来这种倾向发展得越快,终于形成了非洲与亚洲地区的大面积的沙漠,整个地球的气候也由此发生了巨大的改变。由于人类活动的加剧,地球上森林与草原的面积也不断减少,沙漠里绿洲的面积也在不断缩小。因此,从整个地球来讲,沙漠的面积越来越大,湿地的面积越来越小,森林的面积也越来越小,人类的生存环境与发展空间受到越来越严重的威胁。从前的非洲是大片大片的青山绿水,而现在的非洲则是大片大片的沙漠;从前的新疆江河奔流、野草丛生,而现在的新疆许多河流已经没有水,有的大河断流达半年之久。这就是让人们触目惊心的"荒漠化"的现实。在长诗中,阎志并没有全面地、展开式地描写地球的"荒漠化"景象,也没有提出人类所面临的"荒漠化"事实,只是在好几处呈现了"干风"意

---

① 在《现代汉语词典》里,并没有"干风"词条,是来自于诗人老家湖北罗田乡村里的一个土语,原指冬天里干燥的寒风。

象,从而揭示了地球"荒漠化"的走向与结局。诗人第一次写到"干风"和"蚬"病毒:"在若干年后/城市和蚬病毒和干风/让我逃离/父亲再次以苍老的名义/收留我/但那一刻还无法/醒悟"(《第六部·梦游六·5》)。诗人在长诗中总是不断地"逃离",虽然出现了"父亲"的意象,但这并不是他一个人的逃离,而是一代人的逃离,甚至是整个人类的逃离。因为"干风"是一种全球性的气候,是对人类破坏大自然的一种强有力的惩罚,任何个人都承担不了这样的责任。正如刚才已经指出的那样,有的时候,诗人甚至是以散文体的方式,对此现实进行直接的陈述。可见,当诗人感到事态十分严重的时候,他不得不暂时离开自己的诗人角色,从一个现代人的角度直接告诉人们事态的严重性、人类所承担责任的紧迫性,正是在这些"无诗"的地方,体现了诗人高度的社会与历史责任感。长诗中的抒情主人公是十分关注"干风"气候的形成及其对整个人类的影响的:首先,"干风"让乡村的森林消失,让自己的父亲与母亲无法生存;其次,"干风"同时也让城市里的人们无法生存,从而不断地逃离多年的居所;最后,正是"干风"让城市陷落于死亡,成为一座真正的"死亡之城"。长诗中对"干风"意象的苦心经营是相当成功的,它与"钴"意象对于生态主题的表达同样重要,正是在这些具体的意象上寄寓了诗人的生态意识与生态思想。诗人对当今世界的观察、诗人由此而产生的情感,其实通过这些具体的意象就得到了完整而充分的呈现。

"干风"意象虽然并非只是对当今中国现实的直接写照,然而它的出现却是让人关注与引人深思的。原来的蒙古草原是青色的,而现在的蒙古草原是黄色的;在每年中的特定时期,中国北方的内蒙古、陕西、山西、河北等地区都有沙尘天气的出现,人们如果要上街不得不戴上头帽与口罩,有的时候,即使是这样的讲究也不能够外出活动,我们可以设想那会是什么样的一种情景?首都北京似乎也并不例外，与上述情况十分相似。一些人由于受不了每一年都会发生的沙漠化气候，近年来总是吵吵着要迁都，但具体迁到什么地方却没有结论。新闻媒体上这样的议论，已经有了许多年。2008年奥运会期间，一些外国人总是以北京的气候问题来做文章，对中国政府提出了更多的要求。更有报道说中国北方的沙漠化气候甚至影响到了韩国与日本，有的日本人甚至提出要帮助中国人治理北方的沙漠，改善全球的气候。甚至台湾岛上的人们都受到它的影响，而无法像往常一样正常地生活。可见，中国北方的荒漠化问题已经到了多么可怕的程度，然而许多人并没有重视这样的问题，事过境迁，还是在那里忙着赚钱与打麻将。长诗中对于"干风"意象的呈现，虽然并没有成为全诗一以贯之的意象，只是诗人关于生态问题的思考之一，但是它的意义却是不可低估的。诗人在此并不只是提出一个中国北方荒漠化的问题，而是体现了诗人对于人类处境与自然变化的思考，其所体现的意义是相当深远的。"荒漠化"是中国北方所面临的重大问题，也是整个人类所面临的重大问题。诗人以自己的敏锐与深刻，提出与讨论人类的生存方式以及人类所犯下的大罪，让我们能够重新思考人与自然的关系问题。世界上如此多的知识分子，如此多的所谓的社会精英，从事诗歌写作的人也不在少数，为什么许多人都没有看到人类所面临的生态问题的严重性？许多国家都有沙漠，而诗人与作家如何认识它们？阎志的长诗也许能够给我们一点启示。

三、"蚬"：公共卫生的悲剧

在长诗中，诗人除了创造了"钴"、"干风"意象之外，还写到了一种十分可怕的病毒："'蚬'病毒——由一起恶性公共卫生事件引发的一种极为可怕的传染性病毒。在人们还来不及分析病毒成分和抵制办法时，它席卷了整座城市。一旦染上该病毒，自生殖器、口腔两处开始霉烂，在七天内迅速蔓延全身，乃至骨髓……"（《第七部·梦游七·13》）。在《现代汉语词典》里这样解释"蚬"："软体动物，介壳圆形或心脏形，表面有轮状纹。生活在淡水中或河流入海的地方。"①可见，诗人并不是在原义上来运用这一词语的，并且诗人也不是从一般的意义上来加以介绍，并不是百科全书式的描述，而是有诗人自己的体验在内："当我发现'蚬'很值钱时／我已拥有了自己在立交桥下的梦想／母亲来信说／乡村上空到处漂浮着人类的器官／其中似乎有些器官来自她的儿子／这封信／并没有让我有所收敛"（《第八部·梦游八·7》）。与"钴"一样，此种"病毒"意象也让诗人产生一种向往，就是以此换来自己的发展机会与商业利益。诗人在此并不隐讳自己的真实意图，但表达的主要是自我的忏悔与痛苦。抒情主人公这样的想法及其行动结果是什么呢？"在某个世纪的某个清晨／我们在镜子中看到的不再是自己／而是一条丑陋的蛇／并且无法蠕动"（《第八部·梦游八·7》）。如果放任这种病毒流行，其结果是多么的可怕甚至恐怖。近几年来，中国内地发生的公共卫生事件越来越多，具有全国甚至全球影响的就有萨斯病毒SARS、流感病毒H1N1等。现在看来，这样的公共卫生事件也许并没有什么奇怪的了，可是在十年以前，阎志就以诗人的眼光发现了这类事件并感觉到了它的严重性，在长诗中加以直接的反映，实在具有一种先天的预见性。在他开始写作这首长诗的时候，世界上并没有发生影响全球的流行病现象，也似乎没有发生具有全球性的公共卫生事件，诗人却以诗的方式进行了引人注目的"预言"。后来果不其然，人类社会一再地受到类似"蚬"病毒的巨大干涉，

---

① 中国社科院语言研究所词典编辑室编：《现代汉语词典》，北京：商务印书馆，1960年，第1478页。

"蚬"病毒正是人类的敌人。诗人不仅将一种流行极广的传染性疾病命名为"蚬",而且还进行了细致的描述:如果感染上了它,人从口腔与生殖器两处开始溃烂,直到全身腐烂,最后不治而死,其情其景十分恐怖。在十年以前,诗人对此写得活灵活现,就像后来发生的事情那样,这就十分可贵。以此而论,这部长诗就是对世界性公共卫生事件的一种预言,并且是一个很大的预言,与法国的诺查丹玛斯的大预言具有同样的性质。诗人并不是卫生专家,也并不是未来学家,但他以诗人的敏锐,预测到由于人口在世界范围内的大流动,由于自然环境遭到前所未有的破坏,影响全人类的公共卫生事件一定会出现,许多时候也许是一发而不可收。果然,诗人不幸而言中。一直以来的艾滋病病毒的流行,易卜生在19世纪后期在《玩偶之家》[①]中就有了预测,所以人们说其戏剧具有现代性;那么,由于阎志长诗中对于"蚬"病毒的描写,我们也可以说其诗具有一种现代性。阎志以诗人的敏感提前写了影响人类的公共卫生事件,是一件了不起的事情。从前的一些专家对人类的未来有多种多样的预测,不知产生年代的一本民间《五公经》也对中国的未来发展作出了预测,主要就是两种方式:一种是天象,一种是气候。中外未来学家认为人类总是会灭亡的,而人类毁灭的方式是多种多样的,如原子弹爆炸、地球因外星撞击而失去轨道、地球气候的变化等,其中最有可能的一种方式就是全球性的病毒的大流行。长诗对此的预测不幸言中,我想政府的卫生部门是不是可以向诗人颁发特别奖状?如果可以这样的话,那我们的诗人则可以更关心人类的发展走向与整体命运了。

---

① 《玩偶之家》中有一个与娜拉关系暧昧的阮克医生,他得了一种当时的不治之症——骨髓痨,最后以一种绝望的心情进入黑暗之中等死,其父亲荒唐生活得了花柳病,遗传给了他。有学者据此认为易卜生对20世纪世界范围内艾滋病流行做出了预测,具有"现代性"。参见郑克鲁主编:《外国文学史》,北京:高等教育出版社,2002年。

四、"湖水":工业废水的悲剧

阎志对于当代世界的生态问题作出全方位的思考,因此出现了种种与生态相关的意象,除了以上三种之外,还有一种"湖水"意象。与前三种意象不同,这是一种在现实生活中存在的东西,并不是诗人自己的命名;但湖水并不是眼前的现实的湖水,而是出自于诗人的一种幻觉与想象。诗人对过度"工业化"有深刻的反思:"悲哀的是/我们的朋友/在工业的厂区里/被植入泥土之中/成为一株奇形怪状的/藤状植物/而且没有一个能够幸免"(《第五部·梦游五·2》)。这里的现代人变成了植物的意象,并且是植入泥土中的植物意象,是让人惊心动魄的;如果不是过度的工业化,人类所生活的环境就不会发生如此大的变化,人类就不会与大自然相分离;眼前的人类处境正是自己所造成的。如果说前述的"钴"意象只是"工业化"的结果,那么,诗人对于湖水中的某种植物的描写,则是对化学物品与工业废水排放的无情揭露与坚决批判。首先,诗人揭示了湖水身上存在的美与丑之间的关系,表面上看起来美丽的湖水,正如抒情主人公的"女儿"所说的好像她穿上了绿纱,有一种迷人的魅力,而她的内心世界却是那样令人恐惧,人们了解了她的时候,其产生的感觉正如诗人所说的"恐惧恐惧"。诗中这样写道:"有一天女儿指着湖水对我说/爸爸,你看湖面多么美/啊,真的很美/不知道从哪一天开始绿色的纱衣/洒满了湖面/湖水变得影影绰绰/湖水变得更加美不胜收"(《第十部·梦游十·升》)。多么美丽的诗句,多么美丽的意象;然而,这只是一种假象。"湖水"是从何而来的呢?她为何发生这样的演变呢?它来自于污水,来自于工厂。"那张着丑陋而巨大的口/喷射着各种气味各种有色的液体/以胜利者的姿态/宣告了对湖水的占领"(《第十部·梦游十·心》)。诗人毫不留情地揭示了湖水本来无辜却被工厂排放的污水所压垮的事实。"是谁在喧闹是谁在争吵/轰鸣声来自湖水的四面八方/所有的湖水显得非常不安四处奔跑/巨大的水浪拍打着船只与湖岸/它们挥舞着几千万双手/朝着我们/朝着我们建起的各种美丽的生活/奔袭而来"(《第十部·梦十·份》)。湖水如果来自于天上的雨水与地下的泉水,则相当纯洁,而问题就在于它来自于我们自己的事迹,来自于人类的不自觉与愚蠢的行为。这样的湖水对于人类有什么样的危害呢?如此的湖水污染事件最后的结果是如何呢?诗人写道:"没有人能回答/我看到我们在湖水中挣扎/挣扎/最后一动不动/淹没在彩色的湖水之中"(《第十部·梦游十·办》)。"湖水"虽然是彩色的,而对于人类的伤害却是致命的,这就是诗人眼中的"湖水"的现实与它可能造成的最后结果。其次,诗人以自身的体验发现那只是一种化学物品的变体,它死死地纠缠在人的身体上,让你不能离开,以至于只有走向死亡这最后一条路。"打开房门/客厅呢/客厅里怎么都铺满了植物/可以爬行的植物/向我迎面扑来/迅速地将我四肢纠缠/那是一种藤状的植物多么熟悉/凶猛而妩媚"(《第十部·梦游十·汾》)。在此,诗人不再局限于对"湖水"意象的描写,而是着重于写湖水中的一种"藤状植物",说她"凶猛而妩媚",再次揭示了她"美"与"丑"的两面性。再次,诗中写到这种湖中植物对于整个人类的威胁,并不亚于"蚬"病毒。"在即将窒息之际/我用尽最后一口气咬下那根藤茎/那不是什么植物/那是垃圾和化学物品"(《第十部·梦游十·外》)。诗人在这里创造的一个意象是令人恶心的,那并不是什么植物,而是一种"化学"与"垃圾"物品,是人类的死敌。由此看来,人类对于自己所居住的世界是如此的不了解,他们以为生活在湖边是美好的,其实现在许多的城中湖已经不是五六十年前的清静的湖水了,如我们所居住城里的沙湖、南湖、东湖等湖里的水都是有问题的。诗人在长诗里为何要描写湖水与湖水植物意象呢？这与诗人所生活的环境是密切相关的。诗人长期生活在武汉，这里江河纵横、湖泊众多，而在城市里与其周边却有许多工厂，如武钢、石化等，它们排放的污水与废气对本地人的生活产生了巨大影响，在某一时段东湖水变得更臭了，南湖水也臭了，是绝对地不能饮用了；长江与汉江的水虽然是活水，从其性质来说是可以喝，但是如果看到了江边的污水排放景象，也许任何人都不敢喝了。诗中的描写自然并不是一种写实，只是诗人对工业废水排放所产生的一种想象，是一种诗意化的表达，并不能说明现在的中国中部大城市里的人每天都在喝脏水，因为如果这样说的话也许不利于社会的稳定。但这样的事实却是不可忽略的：从前人们喝的是东湖水，而现在喝的是长江水，因为东湖水是死水，而长江水则是活水，说明东湖水是有问题的。无论如何，如果工业废水的排放问题不能解决，就像工业废气的问题不能解决一样，对于人类的生存与发展将是极大的威胁。如果说前面的几种意象是诗人的一种预言，那么诗人在长诗中所描写的"湖水植物"的意象，则在很大程度上是对中国中部大城市的一种写实，它所揭示的对象是如此的触目惊心，给我们的印象是如此的深刻。这主要是来自于现实对诗人产生的冲击，其中有诗人真切的人生体验在内。如果说"钴"、"干风"与"蚬"意象我们因为没有见过而感到比较陌生的话，那"湖水"意象特别是"湖水植物"的意象，则并不让我们感到新鲜，因为它就发生在我们的周围、发生在我们的身边。在诗人所创造的与生态相关的意象中，只有这最后一种与植物有联系，并且是美丑兼具的。前面几种意象不能给人一种美感，而此种意象却最少在表面上给人一种美感，有的时候还让人真假难辨，这样的意象就更让人深思。

五、一首立体的生态长诗

阎志从自我的感觉、自我的身世出发,将自己的家人如父亲、母亲、姐姐、女儿、恋人、情人、爱人等都写进了这首长诗,体现了当代中国诗人自我的真切体验,让此诗带有一种深深的自我成长的烙印,因此,我们可以说长诗是诗人个人成长的真实记录,是一部个人情感与心灵的历史。长诗的主题具有多重性与立体性,关注与探索了当代中国社会存在的多种问题,是一首了不起的杰作。但是,从整个艺术构思与艺术表达来说,诗人最为关注的还是人类生存困境问题,即人与自然的关系问题。那么,我们要问诗人是如何来构建它的生态之思的呢?

经过认真地阅读,我们认为诗人在关注与表现当代中国生态问题的时候,是以一种立体方式进行传达的,即诗人总是从当代中国社会所存在的生态问题的多个侧面进行观察与分析,并选取几个相关的意象进行直接的呈现,于是表现了生态问题的方方面面,形成一种立体的创构,从而以艺术的方式凸显了当代世界特别是中国生态问题的严重性,实现了自己的创作目标。

长诗以自我为中心进行环形观察,并以自我的方式进行环形表达。在长诗的前六部里,抒情主人公是一个正在成长中的少年;在长诗的后六部里,抒情主人公是一个正在成熟中的青年,这时抒情主人公已经生儿育女,成为中国当代问题的思考者。从长诗的具体描写来看,抒情主人公从乡村来到城市,经历过多种多样的人生形态:有远在乡村里的初恋情人,有近在城里的中年妇女,有提出以一个吻换一辆汽车的放浪女子,有看上了他的手掌的老板,有那些从洗脚城里出来不会吃饭的人们,如此等等。因此,"自我"在诗中是一个重要的角色,对于理解整首长诗的主题与艺术结构,十分重要与关键。同样,诗人也是从自我出发对当今社会与时代进行观察的:从由于工业废水排放而产生的怪样的藤状植物,到作为人类代替品的机器人"钴",再到由于人类对自然环境严重破坏而产生的"干风"气候,最后到将会影响整个人类生存的"蚬"病毒的流行,如此等等,长诗中都有生动而具体的呈现。我们要思考的问题是,所有这些生态问题的产生,都来自人类自己的行为,都是人类自身的罪恶,这些问题都是由于人类自身的欲望以及以此为基础而产生的自我堕落所造成的。试想,如果没有人类对于森林的砍伐,就不会产生如诗中描写的"干风"气候;如果没有工业废水的大量排放,就不会有绿色"湖水植物"对于人类生存的威胁;如果没有人类对于机器人"钴"的发明,人类也不会有自己的"黄昏"与自我"毁灭";如果没有人类对于自然环境的极度破坏,也不会产生如此严重的"蚬"病毒的流行。如果诗人不是以自我的感觉为触媒,以自我对现实生活中事物与自然界的变化之观察为起点,也许诗人发现不了当代中国还存在如此严重的问题。有的人没有感觉到人类的生态问题发生了,只有从报纸上看到一些报道,从电视上看到一些新闻,才得到一些相关的印象,并没有引起实质性的重视。因为一个人的视域是有限的,一个人也不可能满地球到处乱跑,当然也不是那么容易发现地球气候发生的变化,发现病毒在世界各地到处流行。所以,敏感的诗人从自我的生存出发,对当今中国与世界所出现的生态问题的认识,才会如此的真切与深刻。从总体上来看,最近十年的中国处于良好的发展时期,被有的专家认为是中国有史以来最好的发展时期之一,我们也认同这种观点;但是,一些人即使是看到了当代中国所存在的问题,也不敢于表达,反而对自己的祖国总是唱赞歌、对自己所生活的时代总是说好话,这就让人有话要说。对于一个诗人来说,如果没有对历史的穿透力,如果没有对问题的发现力,如果没有一种批判现实的眼光,如果没有在此基础上的高强度的想象力，在一首诗里哪会有如此深入的生态思考与如此深刻的哲学思想呢？因此，阎志在长诗中对于生态问题的观察与思考，的确是一种对当代中国生态问题的全方位探索，也是一种立体性的艺术表达，是诗人走向成熟与成功的标志。

诗人是将当代中国生态问题的严重性，放在这样两个维度里进行表现：一是在乡村与城市的对立中，他选择的是古老而宁静的乡村；二是在以人类还是以自然为中心的对立中，他选取的是自然。于是，长诗中生存着两大矛盾线索：一是乡村与城市的对立，一是人的欲望与自然本性的对立。抒情主人公来自乡村，作为少年的他有一天来到城市，却并不适应那里的生存环境，也不了解城里人的生存法则，所以，他总是一再碰壁而一无所有；在此情形下，他总想回到自己的故乡、回到从小生活过的森林里。在第一部里，诗人这样唱道："我的双眼／扑向母亲的衣襟／扑向一个不知名的村落"（《第一部·梦游·12》）。这是长诗里抒情诗人所具有的一种基本的情感走向，并且在长诗开始与结束的时候，都是如此。"紫蜻蜓是我们最喜爱的记忆方式／都市的尘埃／掩盖了它展翅欲飞的高度／于是只有用生存的方式死亡／于是只有用死亡的方式／生存"（《第四部·紫蜻蜓·四》）。其实，诗人正是那只"紫蜻蜓"，她来自乡村却无法忘掉乡村，她生活在城市却无法适应城市，在城里她注定不能够高飞，甚至她不能以自己的方式进行生存。"终于／父亲立起身子／接过清洁工手中的工具／对整个城市开始／清扫"（《第六部·梦游六·9》）。不仅"紫蜻蜓"与"城市"是对立的，就是抒情主人公的"父亲"在城市里也是一个清洁工的角色，不过他不是打扫垃圾，他是以对立的姿态在清扫城市里的一切。"歌唱还有什么用／反省还有什么用／／最后的城池／与父亲最后的山林／对峙"（《第七部·梦游七》）。抒情主人公在这里说得再清楚不过了，"最后的城池"与"父亲最后的山林"是如此的对立。抒情主人公自己与城市之间也是对立的，相比于城市的生活，他是那样地向往自己从小生活的乡村："现在我回来了／当然有炊烟／当然有母亲／当然有一碗热的酒／和着暗黄的油灯／一宿尽醉／母亲的月亮／与牛们、猪们尽情欢唱／蝉鸣／还有木棉"（《第十二部·梦游十二·2》）。当他全面了解了城里的生活原则以后，虽然一再地受到金钱与情色的诱惑，却并没有以"父亲的山林"换回金钱，也并没有以一个吻换上"一辆汽车"。"乡村"与"城市"的对立，这是长诗里生存的一对最基本的矛盾的线索。

同时，长诗中多次写到了城里人的欲望及其在这种欲望下产生的人格。许多人一切以满足自我物质贪求为标准，正是因此，他们在城里不断地陷入泥污，不断地落入了膨胀的欲望里，而失去了自己的高贵人格，从而成为没有灵魂的行尸走肉。而从乡村到城市生活与发展的抒情主人公，虽然在此也受到了城里生活方式的严重影响，却终于没有为物欲所局限，他在无奈中坐上了最后一班车，逃离了"陷落的城池"，回到了原始的乡村，同时，他又将希望寄托在自己的女儿身上。我们是要以"人类"为中心，还是要以"自然"为中心，这也许是诗人长期思考的一个问题：人类的生存只有以保护自然生态为条件，才有生存的希望与发展的空间；如果人类一味地以自我贪欲为中心，过度地破坏自然环境与自然生态的话，受到惩罚的只能是人类自己。这并不是一般的道理，而是诗人自身的体验与人生的发现。于是诗人这样唱道："最后的城池／陷落的精神／鸟群远离我们／山林远离我们／湖水远离我们／泥土远离我们／因为没有山林、湖水、泥土／这是最后的城池"（《第七部·梦游七·1》）。这就是诗人眼中的"最后的城池"，这就是诗人眼里的"人类的末日"。为什么没有"山林"、"湖水"与"泥土"？因为人类破坏了自然的生态系统，自然界的一切已经消失了；那么"乡村"呢？因为城市人的欲望的膨胀，全部都成为了"城市"的对象，"乡村"也消失了自己的踪影。直接的结果是：我们的后代子孙将无处生存，更谈不上更大的发展。"乡村的农作物/我们的粮食/我们的黎明与正午/我们的鲜血与热泪"（《第十二部·梦游十二·1》）。这也许是诗人最后的呼唤，但我相信并不是人类的最后的呼唤。

六、中国背景与历史时空

自然，诗人对于生态问题的表现，似乎只有中国背景而缺少世界背景。这种情况的造成，也许是因为诗人只注重以诗的方式来表达自己的生态观念。自西方工业革命以来，特别是进入20世纪后，整个人类所面临的生态问题越来越严重。当发达国家的大工业发展起来并进入信息化社会后，就将工业化的恶果转移到了发展中国家，如有的发达国家将生活垃圾运到发展中国家存放，有的发达国家将污染比较重的工业放到发展中国家，因此，发展中国家在最近三十年所发生的生态问题，比发达国家更为严重。在当前，日本、德国、美国、法国、英国等发达国家，生态问题已经得到了一定程度的解决；然而，在中国、南亚与非洲、南美的大部分国家，生态问题不仅没有得到解决，相反却越来越严重。从整个世界来说，生态问题越来越成为地区性的乃至世界性的重大问题。也许正因为存在这样的差别，所以诗人没有将生态问题世界化，而将重点放在了当代的中国。正如诗人所说："铁锈是我古老的眼泪/青铜与甲骨是我堕落的声音/我无法面对/我在梦中倒下"（《结语：开始·1》）。其实，由于发展中国家在世界上属于大多数，发展中国家的生态问题其实就很容易成为一种全球性问题，因此，如果诗人能够扩大自己的眼界，在关注当代中国的生态问题的同时，也关注世界各地区的生态问题，那就具有更广泛的意义。诗人自然是以诗的方式进行表达，诗歌最基本的表达方式是意象，而且总是以个人化的情感进行抒写，以私有化的语言进行传达，因此，在长诗中诗人并没有提出"生态"这样的词语，也没有直接议论人类眼前的环境问题，只是在某一特定的情节里，以散文体式直接点明"干风"气候与"蚬"病毒流行对于人类的影响，以此表现诗人的担心与忧虑。我们认为诗人如此的选择，是体现了自己独到的艺术构思与思想取向的。以当代中国的生态问题为着眼点，以自我的人生体验传达为基本方式，以自我的成长经历为基本故事框架，以与生态相关的道德问题、爱情问题、城市问题为相关的主题，让生态问题更加突出，让长诗成为了一首立体性的生态诗篇，成为了一组多声部的"大合唱"。

不过，诗人虽然在表现生态问题的时候缺少世界视野，但却是在一种少有的历史时空里进行探索的。"若干个万年以后/另一种生物在考证这一段历史时/惊奇地发现/被人类贩卖得最多的还是人类/而且最终连蚬、钴、电脑、蛇、蚂蚁……/都开起了人类专卖店"（《第八部·梦游八·8》）。在此诗人将"若干个万年以后"所可能发生的情景也一并呈现，让我们更感到人类的可悲：人类的毁灭不是来自于别人，而是来自于人类自己；对人类伤害最大的还是人类自己，而不是别的什么东西，甚至也不是前面提到的四种意象。"一路上/紫色的蜻蜓陪伴我/我们一起奔跑/我们一起飞翔/我觉得自己就是一只/紫色的蜻蜓/飞蛾扑火般地奔向你"（《第九部·梦游九》）。在未来的时空里，抒情主人公与他想象中的"紫蜻蜓"一起奔向未来，而有的时候他觉得自己就是那一只"紫蜻蜓"，这就存在一种对象的异化问题，究竟"我"是周公，还是周公是"我"，究竟是"蝴蝶"化成了周公，还是周公化为了"蝴蝶"？这就让我们进入了过去的未来的时空，让生态问题成为了一个永恒的话题。"当我在帝王大厦顶层/瞩目我们的过去/蛇、干风、蚬、钴正在集结/打扮成熟识亲切的模样/我预知了这一切/却来不及告诉人们/我只有纵身跃下/可当我发现那只是一场幻景时/我已朝着大地/扑面而来"（《第十一部·梦游十一·9》）。一个是"帝王大厦"的顶层，一个是低低在下的"大地"，这是诗人所创造的特别诗意空间：一个是被瞩望的"过去"，一个是眼下的那些可恶的人类敌人的重新"集结"，这就构成了诗意的时间，"过去"与"现在"的一种联结。"若干世纪后/我命自己的女儿为神/降临大地//以神的名义/再造/再生/再毁/再灭"（《结语：开始2》）。这也许是最能表现诗人开阔时空意识的几行诗句，并且具有某种哲学与宗教的意味。一个是"若干世纪后"，诗人将未来看得很长远；一个是生死轮回的观念，表明诗人的宗教之思。将生态问题放在如此巨大的历史时空里进行思考，就让长诗具有了其他长诗少有的哲学与宗教的意义。所以，从这个角度而言，诗人对于当代中国生态问题的思考是一种终极思考，是对人类世界的一种终极关怀。

诗人为什么要这样写？这也许是他在从事诗歌创作以来，一直都在深入思考的问题。正如诗人在第十一部里所说的："这是怎样的一个时代/我们要如何歌唱/我们的恐惧以及/我们的欢迎//我总是莫名地恐惧/恐惧睡去/恐惧醒来/恐惧恐惧"（《第十一部·梦游十一·8》）。诗人对于自己所处的时代，原来是如此的"恐惧"，为什么呢？因为他以诗人的眼光发现了这个时代存在的问题，并且许多问题都是极其致命的问题，所以他才思考人类自何处来又到何处去的问题，这其实是一种哲学的问题。"我是在这个清晨/发现母亲和五个姐姐/穿着五彩的衣服/走出灰色的尘埃/然后/拾起了这一切//而我并不悲伤/不，我发现有人/滚下/铁——眼——泪//那个人就是我吗"（《第十二部·梦游十二·7》）。这是他对自己亲爱的人的命运的一种想象。正如前面已经指出的那样，家庭里的几个重要成员是长诗的主要表现对象，如果离开了父亲、母亲、五个姐姐，长诗也许就并不存在，至少不是我们现在所看到的这样；那么，诗人最后以此表现母亲们以纯洁的方式走向"天堂",并不是一种对于生活的实写,也并不是一种合理的想象,而只是表明他自己的终极思考而已。诗人为什么要以哲学的方式思考生态的问题?也许我们从此可以得出答案。

《挽歌与纪念》里最为引人关注的,就是诗人对当今中国生态问题的发现,他以自己的方式创造了几个具有生态意识的意象,充分地表达了诗人对当代中国存在的生态问题的忧虑,其实这也正是诗人对当代中国问题的一种发现,一种有别于他人的发现,一种具有全局意义的发现,一种具有重大价值的探索。"紫蜻蜓停驻在父亲的双眼之中/紫蜻蜓与游荡的山林/合二为一"(《第六部·紫蜻蜓·六》)。这就是诗人的最后的结论,这就是长诗最富于诗意的诗行,显现了诗人长期思考的结晶。本文之所以集中讨论诗中那几个具有生态意识的词语,并以此来探讨诗人对生态问题的关注以及诗人的生态意识与生态思想,就是因为这几个词语是诗人的新发现与新创造。也许它们是诗人的一种新命名,因为在现有的《现代汉语词典》里,并没有如此词语,至少是没有在生态意义上来使用这样的词语。我想,就凭这几个生态词语的发现与命名,长诗以及它的作者也会在中国新诗史上留下闪光的一笔。

童年时代的地理记忆[①]

——江鸰抒情诗的思想艺术来源

江鸰诗集《诗水流年》(北京：人民文学出版社，2009 年)引起我们的注意，不仅在于其生活的充实与地方色泽的光鲜，从更深层次上来看，是由于他一开始就是以与华兹华斯"回忆诗学"相通的方式，来从事自己的诗歌写作，从而开启了自己的诗歌事业。有一些诗人热衷于"口占"，即兴作诗，也许是古代中国诗歌的传统之一，然而，我见过许多口占而成的诗作，多半没有深度与诗味，属于"打油"、"题赠"之类，基本上是属于游戏之作，往往无甚可观。我所欣赏的，多半还是以自己的敏感与多思，积累多年，沉潜于心、不得不发的那一种作品，由于可以看出华兹华斯"诗是在回忆中产生的"观点，可以说是至理名言。江鸰有一首诗《蜡笔画》，认为"少年"是"水粉画"，"青年"是"国画"，"中年"是"油画"，"老年"是"木刻画"，独到地揭示了人生不同的四个阶段所具有的色彩，不仅展现了诗人独特的想象能力，对于人生的领悟与人的心理的把握是相当深刻的，没有人生阅历的读者，也许难于读懂这样的诗行。相信此诗并不是其早年所作，也许是出于诗集出版前对自我诗歌写作的一种回顾，是对自己从事诗歌创作多年的一种总体上的认识。"我手里没有油彩，没有/毫毛竹管的笔，只有/

[①] 原载《世界文学评论》第 16 辑，世界图书出版公司广东公司，2013 年。

一小盒蜡笔,只能/画几幅童年的蜡笔画"。诗人在此显然是过于自谦了,然而也不是没有道理。对于"水粉画"、"国画"、"油画"与"木刻画",诗人显然有着自己的理解,称自己的多数作品只是"蜡笔画"是很有意思的,其诗并不以夸张、描绘与议论取胜,也不以时下的政治生活与政治事件为主题,更不是像有的诗人那样只是表达自我的小感悟、小情调,江鹄的诗作主要是对自己的故乡、童年时代的人物、少年时代的生活,特别是对那一片生我养我土地的集中忆念,是对生活于那片热土上人们的活写真,在当代诗人中,也许很少有人像江鹄这样,总是以自己亲身经历过的种种生活为基本素材,自己不熟悉的生活不会入诗,不写那样一些自己没有看到与理解的东西。其诗从总体上来说比较简略与朴实,说它们是"蜡笔画"也未尝不可,然而,它们也同时具有"国画"与"木刻画"的某些特点,因此不要小看这样的"蜡笔画",它们绝不是小儿科,而是大手笔、大艺术。如果我们提出这样的问题:江鹄的诗是从何而来的呢?作为一位领导人的他为什么要写诗呢?他有什么样的思想与艺术追求呢?经过分析可以得出这样的结论:江鹄的诗基本上是对自己童年与少年时代所见所闻的一种回忆,是以独到的视角对故土与故园的一种描写与歌唱,是对自我记忆的一种挖掘及其凝固,是对自己早年生活的真实观察与深情回忆。所有这些正是江鹄诗歌取得成功的基础与前提。

江鹄诗歌是如何表现自己的早年生活与童年记忆的呢?

其一,对自我出生地与成长地的一种地理回忆。我们从这样的标题就可以看出,他对那一片土地上的自然风光与人物生活,不仅是记忆犹新的,而且是刻骨铭心的:《火车站》、《铁道南那个坡》、《苍老的北塔》、《山东堡》、《老虎台》、《柳条湖的小河沟》、《炉灰山》、《我的小屋》、《鳞湖》、《我的小城》、《父亲的仓房》、《我的村落》、《碾沟和碾盘山》、《前陡村,我的乳母》、

《弯弯的山道》、《山中,有几棵白桦树》、《野菜,山的赐予》、《坟茔地》等。有一部分是描写当地下乡知青的生活,以及诗人参加高考的过程,还有一些是表现诗人大学里的生活,如《我的七舍》之类的,除此之外,其绝大部分作品都是一种童年记忆(如果宽泛一点也可以包括少年与青年记忆)。如果进行考证,可以清楚地知道抒情主人公的出生地与成长地:东北平原与华北平原交界地,一个叫碾子沟与碾盘山的地方,附近一条铁路线上时时有火车轰鸣而过,父亲是铁路上的信号员,母亲是一位农村妇女。在这个小山村里生活着各类人物,清朝皇帝努尔哈赤也曾经在这一带活动,有一条野狗曾经在这里救过他的命。抒情主人公的祖先早年生活在山东那边,后来在闯关东的历史潮流里来到本村,如此等等。因此,童年记忆与少年生活是其大部分诗作产生的基础,景物、人物、故事、生命、家庭、村落、山里与山外,一切都是以一个出身穷苦者的视角进行描写与叙述,抒情主人公对那一片土地有着深厚的感情,对那一片土地上的人物保持着敬佩,所以在那片土地上有着自己的深根,自己的血脉,也只有与那片土地接通血脉,才能感到充实与幸福。在《坟茔地》中,体现了诗人对那片土地上人们的生老病死之思考:"村东头那片坟茔地/聚居着裹着草屑沾着泥的/一群鬼魂/他们守着村口/护守着放不下搁不下的山村/他们总想拽住进村出村的乡亲/聊聊扯扯唠唠心情。"从已经离开这个世界人们的视角来看,那些鬼魂们对于小村的难舍与难分,表现他们对现世生活中人们的关心与关注;另一方面从现世的角度进行表达:鬼魂们因为有不同的后代所以有不同的待遇,在清明时节就体现得十分明显,然而无论如何他们也同样地关心与关注着自己的后代,表现了他们的开阔与旷达。而生活在眼下的人们,是如何看待这片坟茔地的呢?诗人对此有精到的描写:"路过村东头那片坟茔地/年纪越大的山里人/步态越缓慢目光越安详/他们正盘算着/坟茔地里自己的位置"。现在活着的人们心里明白，自己迟早总有一天要与这些逝者们为伍，要进入这片神秘的土地，表明他们以及诗人自己对于人间的生与死看得很透。由于中国传统鬼神观念的影响，诗人早年对于坟墓的记忆是最为深刻的，因此对于"村东头"那一片坟茔地的描写，正是一种对其童年记忆中重要部分的写真。任何人都生活在某一片土地之上，自然是构成人们生活最为基础的方面，而诗人能不能写出好诗，对于自然的观察是否独到而细致是相当关键的，江鹄的诗作首先得力于早年对于自然的观察，对于自然环境之中人们生活形态的体悟。正是因为如此，故乡小村里的湾湾道道、河河沟沟、坎坎坡坡、花花草草，都在江鹄的诗作中得到了几乎全方位的表现，我想那个本来是名不见经传的地方，经过出生于、成长于此地诗人的观察与描写，在当代文学史上自然会留下深深的印迹，而成为一种难得的意象。

其二，对于其童年与少年时代富有情趣生活的一种生动叙写。只是观察自然是不可能的，因为人与自然是你中有我、我中有你的关系，所以在诗人的作品中，表现人就是表现自然，表现自然也就是表现人，那首《坟茔地》就是典型的代表。同样典型的还有《泥鳅和鲫鱼》："河沟浑水的泥窝/鲫鱼酣睡的床笫/星月快要休息的时候/是摸鲫鱼的最佳时机//强压住太快的心跳/搂着装鱼的搪瓷盆/悄悄埋住心底的秘密/赤脚上路/披着星月到河里/处处失手 窝窝空虚/原来鲫鱼比我更早起"。诗人在这里细致地描写了自己少年时代的野外活动，那种即将面对向往已久的鲫鱼所产生的特有心理与情感，是特别富于情趣的。然而在更多的时候，他却是一个胜利者："鲫鱼的鳞片/我梦里闪烁的星/鲫鱼在手掌下的欢跳、挣脱/让我的心跳到了嗓子眼"。一位涉世未深的少年发现与捕捉鲫鱼时的快乐，意外的收获给他带来的希望，在此表现得很有生气与活力。在这首诗中，诗人多半是以梦想的方式，回想自己有趣的少年生活，人与动物、人与自然之间的关系,得到了十分真切的表达。在《剃头棚的畅想》中,诗人写到少年时代必不可少的理发生活,少年对于去理发店里理发是那样的好奇、那样的向往,而他却不能,唯一的原因是他家里太穷,作为家长的父亲一定要省掉这一笔费用。最引人入胜的是父亲不准他上理发店,所以就从旧货市场买了一把推子,这个家什可给他带来了一种难得的"享受":"父亲用慈爱的心/和吃奶的力气/把山里的梯田/修到我的头上/把狗的牙印/啃满我的后脑勺"。其实,这样像受刑一样的理发还不要紧,最让人难堪的是同伴们发出的评价,"傻二柱的锅盖头/让我掉价丢人",而遇见女生则只有"用头皮硬顶出/一条眼睛的缝"。也许是因为他因此在家里诉苦,父亲则提出考试一百就可以进"剃头棚"的方案,可是自己并不是每次都可以考一百分,所以"父亲的诺言没有兑现/继续在我的头上修梯田"。表面上看起来,这里的两首诗都比较搞笑,诗人用回忆的口气、自嘲的语气,叙述自己的童年旧事与少年趣事,然而却具有重要的意义。因为它们就这样成为了"童年记忆"的重要部分,与对于纯粹自然的描写有所不同。诗人对于自然的观察是现实主义的,体现了一种个人主义情感与眼光,所以一个北方小山村的原始影像才不断地出现在我们的眼前,并永久地存在于我们的记忆。在乡下出生并成长起来的人,每一个人都会有以乡村为主体的故乡,江鹄诗中的自然景象完全不同于四川盆地,自然也不会同于江南水乡。而诗人笔下的童年与少年人生,与我们自己所经过的童年与少年时代具有相似性,就像本人小时候也有过上街理发剃头与下河捉鱼的故事,与他产生过相似的心理与情感,然而我并没有江鹄那样的表现力,在诗中虽然写到了童年记忆,然而并不以此为主体。

其三,诗中对于乡村里种种人物的记忆,并没有停留在影像层面,对于人物的描写与叙述不仅是活灵活现的,并且许多时候都是入木三分的。除了自己的父母之外,最为重要的就是几类人物,一类是《大妗子》、一类是《汪木匠》,一类是《戴素香》。当然,最让人难忘的还是《怀念二平》。"大妗子素衣布褂/土蓝布阳光/印上一朵一朵泛白的花/下地缠的那条/蓝底儿碎白花头巾/裹住了她粗黑的秀发"。也许这就是大妗子的基本形象,朴实而大方。然而,在诗人的眼里,她不仅漂亮与妩媚,并且一生勤劳坚实,一直总是为大舅及其一家人操心不已:"大妗子使我想到了/蒙着眼睛/在磨道里一圈一圈/拉磨的驴"。在这首诗的最后,诗人以一个劳动着的动物为"大妗子"画了像,给读者留下了深深的记忆。在《汪木匠》中,诗人一方面赞美他在手艺上的本事:"木料在他手里像面团/做活儿就像变戏法/刨子一推,平亮光鲜的炕柜/映衬着新娘的媚眼/牢实的椅凳上/坐着新郎挺直的腰板",一方面却着重于表现他的人生悲剧:"手艺越来越精道了/他自己却让岁月/雕饰成一件残破家什"。是什么原因让他变成这样而产生悲剧,诗人并没有明确的进行揭示,然而我想诗人着力表现的是人间的困苦与人生的艰难,是某个特定社会阶段人们的生存形态与本质所决定的。不论是"大妗子"还是"汪木匠",诗人看到与表现的基本上都是山村里的悲苦人生。也许只有"戴素香"是一个例外的喜剧,因为作为少年眼里山村的青年女教师,她本身就是一种象征:"戴老师的眸子/放射的善美光芒/把我和全班/领进阳光明媚的苗圃/领进她开着鲜花的/灵魂的巢穴/我们的枝桠/愿意让她修剪/我们的灵魂/愿意让她设计"。由此看来,在少年诗人的眼里,她简直就是一位民间少有的"女神"了。然而,在《怀念二平》这首充满深厚悲剧精神的诗中,诗人全方位地展示了二平的一生行迹,以简洁的语言叙写了他简短却复杂的一生。诗人将其放在与其兄长"大平"的对比中,就更显得悲苦无比了:大平有媳妇,而他没有;大平越来越壮实,而他却越来越瘦小;他们兄弟俩以邻居的方式生活在一个小地方。诗人通过生产队让二平"放牛"、"放羊"、"喂猪"三件事,表现了他总是被自己的对象所欺压的现况,根源在于他过于弱小与善良,其实就是命运对他的不公与对自我命运的不能把握。诗人在最后写道:"一天夜里/大风掀掉了/二平草房的屋顶/像刮掉了头顶的草帽/衰朽的南墙塌倒了/二平睡在南炕上/正做着娶媳妇的梦/二平再也不用醒了"。诗人并没有揭示造成二平悲剧的原因,只是以人物素描的手法,描述了这样一个山村里的平凡人物,然而其意义与价值是不可小看的,因为他们弟兄两个都出自于同一个小山村,甚至是同一个家庭,而命运却有如此大的区别,既没有社会的原因,也没有家庭的原因,更没有个人的原因,那么只有怪命运与掌握这种命运的上天了,看来诗人思考的正是人生哲学的问题。所以,这样的形象不仅是一种写实,具有非常典型的思想与美学意义。在江鸫的诗中,写到的许多人物都具有典型的意义,因为它们与众不同,是诗人笔下的"这一个":"菜农"、"城里人"、"姥姥"、"父亲"、"大妗子"、"大舅"、"舅姥爷"、"表舅"、"四叔和四婶"、"四姨"、"戴素香"、"二伯父"、"大伯父"、"爷爷"、"奶奶"、"守夜人"、"母亲"、"焗碗的老人"、"小桂芝"、"灶王爷"、"仓库大叔"、"王老师"、"老葛头"、"烧砖的人"、"汪大爷"、"二平"、"家贵"、"拖拉机手"、"程刚"、"努尔哈赤"、"汪木匠"、"山里人"等,不下数十个。在一本诗集中写了如此多的山村人物,并且都是山村里的土生土长的人物,是诗人童年与少年时代所熟知的人物,如果以另一种方式表现他们,也许可以采用长篇小说或者系列的短篇小说形式才有可能性,以抒情短诗的方式表现记忆里的人物群像,其诗学意义与美学价值是相当重要的。"文学是人学",并且是"审美的人学",那么,江鸫诗中的众多人物形象是诗人观察与理解的结果,自然是经过自己的审美过程而产生的,并且赋予其独特的审美意义。并且我们发现其诗中不存在被否定的形象,也不存在被讥讽的对象，因为诗人并没有批判，也没有表现生活的阴暗面，对于那个山村里的人物，自然也是如此。因此，我们认为在其诗中系列人物的身上，体现的都是一种正能量，一种能够促使"中国梦"早日实现的能量。

江鹄诗歌的思想与艺术是有其根源的，它的根源就在于从小在乡下的生活，诗人自己中学以及大学时代的生活，诗人多次回到自己的出生地与生长地，多次去到父母的出生地与生长地，以及在这一过程中所获得的种种丰富而深刻的感受。我们可以从《父亲的山，母亲的河》这首诗中得到解释。这首诗应该算是他的代表作之一，一方面写父亲出生与成长的"青风岭"，他观察到了与体验到了一些什么东西；一方面写母亲出生与成长的西水码头，他观察与体验到了一些什么东西，在诗中得到了完整的保存。这首诗一再地说明了江鹄的诗与其上辈人生活之间所发生的密切关系，与生他养他的土地之间所发生的密切关系。如果没有他对于那片土地的熟悉与热爱，没有他对于那片土地上的人们的熟悉与热爱，没有对于那里的山与水的一往情深，就不会有他如此优秀的诗歌作品的产生，也不会有这样一位优秀诗人的诞生。江鹄先生的诗作再一次有力地证明了，童年经历、童年记忆与童年情结是一位诗人与作家斩不断的创作之源，没有哪一位诗人作家可以脱离自己的过去，特别是童年与少年时代的所见所闻，如果他没有复杂的走南闯北的人生经历，那么他从小所生活的自然环境与人文环境，就会成为其童年记忆的主要内容与根本来源，而这是一位诗人与作家取之不尽的宝库，用之不尽的材料。就是到了人生的晚年，当他再次从事诗歌写作的时候，也同样是如此。有的诗人总是去写那样一些自己不熟悉的东西，有的诗人总是想写"五四"题材、"文革"题材、"地震"题材，有的诗人没有出过国还想写"国际"题材，显然是有违于诗歌创作的规律。诗歌这种文体有其特殊性，它由于篇幅短小很难藏拙，由于本真而很难饰伪，因此如果没有真情实感则很难写出真诗与好诗。江鹆的诗歌比较求实求真，没有一句多余的话，也没有一行虚假的诗，一切都是以自我的童年记忆为基础，特别是对于从小生活的那个小山村的自然地理记忆为基础，自然景观、民情风俗、人物形象、人物与人物之间的情感与纠结、人物与自然之间的天然联系，都成为其诗的主体内容与重要来源，本真、本色、本我，这就是其诗之所以引起读者共鸣的最根本的原因，也是其诗歌区别于许多诗人诗作的最关键之处。

内江文化与内江名人及其地理基因解读[1]

——在内江市图书馆的演讲

非常感谢内江市图书馆、内江市图书馆学会和"大千在线"网站的邀请,让我有机会能够再次回到老家所在的内江市,与文学界与学术界的朋友们见面并在一起交流探讨有关内江文化发展问题。我 1963 年 9 月出生于威远县越溪镇的一个农民家庭。自 1980 年从威远中学毕业以后,首先在四川大学读本科,之后赴武汉中南民族大学任教,2003 年来到华中师范大学文学院任教,直到今天。我自大学毕业的时候开始,从事的都是文化、文学与学术研究工作,当然首先是高等教育工作,所以我不断对当代中国的文化和文学的相关问题进行思考,与此同时,我也从事文学创作,写了一些诗歌与散文作品。有生以来,无论我来到了哪里,不论我去到了何方,我一直对"内江"这个名称心存感念,因为这里是我生长与成长的故土,它已经成为了我精神上的一片圣土。我近年来创作的许多散文与诗歌作品,都是以内江的历史文化和自然山水作为背景,同时也是作为主体内容的,特别是以我老家越溪的自然风景与民情风俗作为背景与主体内容的。如果以后有的人要研究我的诗与散文作品的话,我建议他一定要去我的老家考察一下,去看一看我的那些文学作品所产生的地理环境、文化背景和历史语境。只有这样,对于这

---

[1] 原载陈涛等著:《大千讲坛》,北京:中国文史出版社,2012 年。

些作品才可以有更独到与深刻的认识与把握。

　　文学地理学批评是我近年来提出与提倡的批评与研究文学的一种方法，或者说是研究文学的一种新角度，文学研究的一个新的领域。文学地理学批评，作为比较文学中一个新的研究领域，主要是从地理空间的角度来研究作家、作品、文学流派和文学史。文学地理学批评中有很多新的概念与术语，其中有一个叫做"地理基因"，是由我首先提出来的。何谓"地理基因"呢？是指从小生活的自然环境、人文环境在某一位作家或者某一群作家身上所产生的烙印，特别是在作家身上所形成的一种基因以及生命的要素，它们主要体现在作家的个性、气质、心理、感情以及思维方式。比如出生并生活于平原地区的作家或者艺术家，他的作品直接或间接与平原的风貌有着密切联系；而出生并生活于山地的作家或者艺术家，他所创作的作品直接或间接与山地风情相关联，这种情况的出现是不言而喻的。因此，研究地理环境对一个地方文化与名人所产生的影响就是可以存在的，研究他们的地理基因问题就成为了一个重要甚至是重大的学术课题。

　　一个人在 20 岁以前所生活的环境，包括自然环境、家庭环境和社会环境，会影响他一生的成长与发展，而且极有可能对成长与发展具有决定性的作用。武汉大学的一位教授曾做过一个讲座，叫做"斩不断的创作之源——论作家的童年情结"，其所讲的内容比较广泛，其中就包括了我所讲的"地理基因"要素。因此，我今天想从"地理基因"这样一个角度，来理解与解读一下内江的文化和内江的名人。正如我们已经知道的那样，在内江的历史上，曾经出现了一大批文化名人，这在整个中国甚至在世界的历史上都是有口皆碑的。他们为什么能够成为名人？他们为什么能够创作出一系列具有鲜明的个性的文学艺术作品？研究他们的个性、气质、情感、心理、思维方式，研究他们作品的主题、题材、人物形象的塑造，以及其作品的艺术结构、艺术风格与艺术技巧，都是很有意义的。特别是研究这一切因素与内江的自然地理与人文环境之间的联系，是更有意义与价值的重要课题。

据我所知，内江是一座真正的历史文化名城，不仅是因为它在历史上出过很多文化与文学名人，并且也是因为它有深厚的文化传统与艺术传统。同时，在现当代的中国，内江也涌现出了很多著名的作家、艺术家、学者，代表人物有著名画家张大千先生和杰出新闻大师范长江先生，国际一流学者罗念生先生，胡绩伟先生，等等。因此，我们说从古代到近代再到现代，内江出现这么多在全国甚至在世界上都很有影响的人物，应该与这里的地理环境存在着非常密切的关系。一个地方的文化之所以形成特定的传统，并不是无缘无故，往往与此地的自然风水与历史发展有十分密切的关系。那么，我们如何来理解内江的自然山水与历史传统呢？

首先，"内江"到底处于什么样的地理位置以及包括有哪些区域？我们首先要有一个界定。我所讲的是"大内江"的概念，主要包括这几个县：内江市，资中、资阳、简阳、威远县、乐至县、安岳县、隆昌县。这就是从前的大内江，也是历史上的内江最核心的部分。内江地处沱江之滨，水路与公路交通都很发达，素有"川中枢纽，川南咽喉"之称。内江是蜀中腹地，是由四川周围的高山所环围的。大致而言：北边有秦岭、东边有大巴山、西南边与贵州相接处也是群山环围，正是这样的山形水势形成了四川中部的大盆地。具体来说，内江的东南与西南有长江环绕，西北部由荣县、威远山地所包围，形成了一种山环水绕的自然山水格局。内江的自然山水非常秀丽和神奇，与四川其他任何地方的自然山水相比，与江浙一带的自然山水相比，并不逊色。我的老家越溪附近有一座俩母山，传说里它是一座神山，为什么这样说呢？据说：内江所有的山系都由俩母山生发出来，如果我们在天气好的时候站在俩母山上，就可以看到神奇的自然景象：30千米以内的山是呈顺时针旋转，30千米以外的山脉是逆时针旋转的，因而形成了类似古代易经中的阴阳太极图形状。在我老家还流传着这样一种说法：在内江地段的沱江水波里，时常可以见到俩母山的倒影，不知是不是真有此事呵？昨晚有幸到内江市里参观了一下夜景，听说内江市区这个地方真的是有龙脉的，河的这边一条龙，河的对面一条龙，两条龙皆逆水而上，它们的相通共同构成了内江市整体自然山水格局。所以有人说：内江这个地方，为何出现那么多的名人，甚至还包括古时的宰相，应当是与此地的龙脉走向，有着密切的关系。

我们说内江是一个具有古老文化传统的地方，并不是没有根据的。这里有两条材料提供给大家为证：一是"资阳人"的来历。"资阳人"是古猿人中的一类，足以证明在很早的时候，就有人类在这一块土地上繁衍生息。这种说法是中国历史学家与考古学家所公认的，没有任何的疑问。二是内江最早的行政区划叫"汉安"，据说有两千多年的历史了。周朝有一个史官叫苌弘，与孔子这样的世界名人有着并不是传奇的交往。众所周知，孔子曾经"问乐于苌弘"，即向苌弘请教音乐的问题、数学的问题，因此苌弘被称为"孔子的老师"。据记载，苌弘被人诬陷最终被周王所杀害，因为千古奇冤，所以据说在被害的时候，其头流血不止，其鲜血经三年化为"碧玉"。这是有案可查的。苌弘与孔子是同时代人，并且稍早，那么他生活的时代至今已有了两千多年的历史，可见在古代时候，内江就已经出现过十分著名的公众人物了。也许有人说这只是一种传说，我查了一些古书，历史上的确有记载，因此我认为此说不虚。

内江之所以能出现这么多的名人，与这块神秘的土地，和自然山水是密切相关的。那么，今天我拟讲四个方面的问题：一是内江的作家与艺术家的量与质；二是内江的文化传统与文学传统；三是内江的文化地理形态与地理基因；四是文化及文学成因的地理解读及其科学性。

一、内江的作家与艺术家的量与质

（一）古代的作家与艺术家

在古代，内江先后出现了苌弘、王褒、赵大洲、陈抟、张孝祥、司马相如这些名传青史的人物，他们的文笔都很秀丽，作品文辞华美。到内江来过并留下作品的古代作家与诗人还有很多，据考察，司马相如曾经到内江生活过一段时间并且留下作品多种，李白也曾到内江并在这里留下许多作品。在古代，内江出现了很多的名人，在今天看来，他们都是著名的作家、学者、知识分子，也包括著名的政治家。由此可见，内江在历史上还是一个人文荟萃之地，因为古代交通的不发达，诗人作家艺术家要下长江中下游发达地区，要到江南看一看自然与人文风光，只有通过水路即长江，而内江是到达长江的一条重要路线。所以从地理上来说，内江与南北东西文化的交汇，是自然而然地发生的。从成都到重庆，必经内江；从重庆到内江，必经内江；从泸州到自贡再到乐山，也必经内江。在古代，四川人北上可以出秦川，也可以东出三峡，而许多人都采取走东边的水路。人们要出东门，多半都要经过内江。所以，自古以来内江并不闭塞，相反却是一个开放之地。当然，荣威地区可能相对封闭一些，但这些地方的人到内江也并不难。从自然地理的构成来看古时候内江的文化与艺术，其杰出的文化名人的出现，与特定地区存在重要关系，这是不难理解的。

（二）现代的作家与艺术家

内江不仅风景秀美，而且人杰地灵，与古代比较起来，现代出现的著名人物就更多了，比如被称为"东方毕加索"的张大千；中国无产阶级新闻事业的奠基人范长江，现在中国最高的新闻奖就是"范长江新闻奖"；还有开国元勋陈毅元帅，以及刘心武、罗念生、傅天琳、傅恒、黄济人、邵子南、康白情、罗淑、杨星火、张用生、吴玉章、魏明伦、朱先树、胡绩伟、谢元量、公孙长子、林如稷、郑拾风、柳倩、刘师亮、易和元、周克芹等等，这样一大批的作家和艺术家，都出生与成长于内江这一块神秘的土地上。当然，在内江本地还有很多的作家、诗人、艺术家，不可计数。我与内江市的文朋诗友曾经接触过，他们为人皆大方与正直，才华横溢。这些作家、艺术家的性格与气质、艺术风格与技巧，不能不说与内江这块土地有着莫大的联系，也不能不说他们及其作品正是内江优秀文化传统的传承与发展。最近一百年来出现的内江名人，不仅数量多，并且质量也相当高。在全国甚至整个世界上来看，有的人物也许是五百年才可以在一个国家里出现一个人，比如说张大千与范长江这样的人，还有像陈毅与罗念生这样的人，其他国家也只有大国才有，小国是没有这样的人物的。不论是从他们的影响还是从其内质来看，他们都不是一般性的历史人物，而是属于杰出人物行列之类的。他们代表着一种走向，他们体现了一种精神，他们正是一种独特的文化的载体，以后的历史不能忽略他们的存在。

二、内江的文化传统与文学传统

当我们历数内江这片土地上的名人时，发现他们个性鲜明而且缤纷多姿，然而这些各具个性与风格的人们，其性格背后必定隐藏着某些共性，正是这样的一些共同基因，让他们都获得了巨大的成功。正是这些共性，才在历史的长河里形成了内江特有的文化传统与文学传统。主要体现在以下四个方面，我们稍作展开论述：

第一，标新立异的传统。

但凡从内江地方上涌现出来的诗人与学者，都有自己鲜明的个性和思想，他们总是以具有独到而特别的品格与魅力的作品脱颖而出。最典型的可能要算范长江先生。范长江先生是一位新闻记者，20世纪30年代的时候就受《大公报》委派，开始自己一生的新闻工作，一直到悲惨地去世。但他的人生道路并不顺利，从政开始就从来没有官运亨通。什么原因呢？我认为就在于其独立性与对于真理的追求精神。他的真实、民主、自由的新闻观念，与当时共产党新闻主流思想存在部分的不同，有些时候，他的意见甚至是比较尖锐，往往与别人发生种种冲突。于是，在"文化大革命"开始的时候，就受到了红卫兵的严厉批斗，以至于最后竟不知时间地死于一口古井之中，而至今死因未明。从其一生来看，范长江先生是一位具有独立追求，坚持自己信念，不为他人所左右的人，是一个坚强的人、顽强的知识分子。倘若他能够像出生于乐山的郭沫若那样，能够做到左右逢源，在政治运动中并不以自己独特的个性为是，也许其人生结局就不会如此悲惨了。有人去看过他老家的房子，观察当地的山形水势，便戏谑地说：房子的后面没有大山作为依靠，因而他这一生没有靠山，才只有落得如此结局。这是戏谑，从古至今大凡有独立人格的人，多半是受到别人排挤的，就是再有一座山峰再高再大，就是有了所谓的"依靠"，也许也难免遭受如此的结局。在中国社会里，具有独立人格的人往往没有立足之地，因为中国社会从古以来并不允许独立人格的存在。然而，正义终究还是正义，无论世事如何变迁，无论风云如何变幻，历史总会还他们以正义与清白。范长江先生及其新闻思想的意义与价值，到了越是民主自由的时代，新闻媒体界的朋友们，才会更加全面而客观地认识到。

另外一个人物就是当代的小说作家刘心武先生。正如我们所知道的那样：他早年那具有独创性的小说《班主任》，成为中国当代文学史上"伤痕文学"的开山之作。并且，其后的20年，他还写有许多的杰出小说，获奖作品一再涌现。然而，他产生最大反响的，也许并不是他早年的小说，而是近年来他重新评说《红楼梦》时所发表的观点及其所产生的学术影响。他的评说突破了中国传统"红学"的框子，提出了许多独到的见解。新观点的出现自然会引起争议，尤其会遭受固守陈旧观念者的反对。但是，无论这些反对或者争议以何种方式存在，然而我以为刘心武至今依然在以作家的眼光，重新诠释《红楼梦》，提出了自己新的见解，成为"红学"研究中又一位瞩目的学者。此外，创作出著名川剧《潘金莲》的魏明伦先生，也是一位标新立异者的典范，具体情况我就不再分析。以上三位著名作家与新闻人士，在他们的身上都有一个共性，就是敢于以独立的作品提出自己的思想观点，在前人的基础上敢于创造并进行全方位的创新。他们及其作品，正是我们内江人所特有的传统和精神的体现。为什么出生于一个地方的人都是如此？这就值得思考了。内江山清水秀，但山石并不十分险峻，水流也并不十分曲折，然而内江的山自有自己的走向，如俩母山就由内圈与外圈两个系统所构成，它们不断地往前走，于是存在一股气势，向西向东，然而总体上是向西走的比较多。内江的水也是如此，许多水往南流如沱江，然而也有一些水向西流，如我老家的越溪。"世间流水都朝东"，而为何内江的一些水却朝南朝西，更多的山也是朝南朝西，因为山的走向与水的流向是基本一致的。从此可以理解内江人的个性与气质从何而来，与自然山水之间所存在的一些关联了。

第二，丰富而广大的传统。

如果我们了解内江的文学史，就会认识到一种事实：在内江出生的作家都很大气。他们具有宽阔的视野，活跃的思维，关心世间所发生的一些大事件，博学而多才，正义而富有历史责任感。他们虽然都是平常的人们，然而又都是了不起的人。其中包括很多现在的许多博士，都无法比拟的杰出人物。现代画家张大千先生是其中最为杰出的一位。张大千先生，追求艺术的真谛，其性格直爽而率真。这我们可以从其在台湾的与人交往看出来。他晚年在台湾生活与从艺的时候，曾经碰到过一位韩国的女演员，激发了他的艺术灵感，大千先生不顾世俗的眼光，与这位著名的女演员相交，多次邀请她赴台到其所在的艺术馆演出，也只是为能见到这位女演员。大千先生对于艺术的追求，不仅限于大家熟知的美术，其书法的造诣也是非常深厚的。更可贵的是，先生少年有成却不骄傲自满，亲自赴敦煌莫高窟进行艺术研究，以求深化自己的艺术造诣，在一段时间的勤奋临摹，经过几年的思考与探索之后，大千先生在绘画与书法艺术造诣上，的确突飞猛进，逐渐形成了自己独有的艺术风格。终于成为世界上最有成就的一批艺术家。当代的中国，没有任何文化人不知道他的大名的。其博大精深的艺术境界，能够与他相比的，在世界上也为数不多。

　　再一位就是20世纪中国著名的学者罗念生先生了。罗念生先生早年留学美国，其对古希腊文学研究甚为深入，曾经亲自赴古希腊及其周边国家留学，其一生里以最大的努力翻译了大量古希腊的经典著作。最近两年出版的《罗念生文集》，就多达15卷。由于学术造诣深厚，翻译古希腊经典成就卓越，他获得了雅典皇家科学院的最高学术奖。他在获奖时发表了一个著名的"感言"，其中说道：每天早晨，当太阳光照进我的书房，我于是翻开古希腊那些美丽而杰出的诗卷，我就是这样进行我的文学研究的，这样的时候是我一生里最幸福的时候。罗念生先生的一生，就是研究希腊文学的一生。由于我的专业是研究比较文学的，所以对于罗念生先生是比较熟悉与了解的；在他身上所体现出来的丰富而博大的知识体系和人生情怀，正是内江传统文化的代表。

内江有没有小气的人呢？我想也不是绝对的没有，然而在文化人里，我没有见过很小气的人。从诗人到作家，从画家到书法家，从学者到政治家，基本上都体现了广大而丰富的风格。我们就说两位从政的人：一位是吴玉章，他做过中国人民大学的校长，也是著名的教育家，毛主席也很尊重他的；一位是陈毅，他是诗人兼军事家，他的诗是当代诗人中以豪气著称。他们两位都很大气，并且深厚与丰富，江浙一带出生的诗人与学者，也并不一定在这个方面超过他们。这种广大而丰富的传统，我想与内江的自然山水也存在密切的关系，开阔起伏，龙蛇奔跑，没有阴暗，也少有风寒。这样地方出生的人，不大气也不可能。

第三，秀美而朴实的传统。

内江出生与成长起来的人才，往往秀美而朴实，犹如村姑，亦如村夫。内江市所在之地，自然风景秀丽，一条沱江蜿蜒曲折数十公里，正是所谓两岸峰峦叠嶂，一水碧玉迂回。沱江在内江市区这一河段，据说是有九曲十一弯之景，其秀丽婉约并不亚于江南美景。我一直在思考一个问题："沱江"中的"沱"字，因何而来呢？我想主要是因为沱江自北而南流经四川盆地中部，河水弯曲众多，而形成了许许多多的水沱，由于山势的峰回路转，让其水并不是直流入江海。我们乡间方言，管一个小水塘叫做"沱"，老家的山嘴之下就有一个叫"圆沱沱"的地方，那是一个河中的圆形水塘。以此推测，此河弯曲众多，弯曲处皆形成水湾，由此称为"沱江"。正因为一条沱江里有如此丰富多样的曲折之美，再搭配两岸丘陵的山青林绿，于是大自然才创造出了我们内江委婉、秀美、朴实的别样韵致。这也影响到了内江人的心态与性情。

根据我的观察与了解，内江人的心态平和，朴实真挚。因为内江自然山水的独特性所形成的这种秀美而朴实的自然山水与人文风俗传统，也在内江人的作品中体现了出来。"五四"时期出身于安岳的一位著名诗人康白情先生，其作品中就有着十分浓厚的故乡风情，我们现在读他的作品，也能够感觉到其间跟徐志摩、戴望舒作品有几分相似的因素，文笔清秀，意象委婉，小巧而秀丽。此外，出生于资中的、获得鲁迅文学奖的著名女诗人傅天琳的诗，秀丽而自然，韵致宁静，读来感觉曲径通幽，别有韵味，其诗句中很多意象清秀飘逸，似乎都与沱江两岸的自然风景发生着密切的关系。周克芹长篇小说《许茂和他的女儿们》，讲述的就是沱江边发生的故事，描写的就是沱江两边的自然景观与民情风俗。读他的作品，感觉又回到了故乡，让我们有了一种返璞归真的宁静感。在内江人身上没有浮夸的倾向，也没有奢华的传统，一个一个都是朴实的人，一个一个都有纯美的心。他们自然而生，自然而长，自然而活，自然而走向人生的归宿，没有任何怨言，也没有任何残暴的东西存在。内江出生而成长起来的诗人与作家，朴实而秀美是他们的追求，不论是男性还是女性，其作品里都没有过分喧哗的内容，也没有任何不真实的东西。出生于威远乡间的胡绩伟先生，在那么艰难的时候没有向任何人低头，坚持自己的信念不动摇，维护了朴实的而真实的人格，就是一种典范。

第四，敢于面对苦难的传统。

内江人往往都敢于面对任何苦难，很少有见风使舵的人格存在，也没有落井下石的事情发生。这是为什么呢？我认为有多种多样的原因。在四川盆地中部地区，也就是内江这一带，历史上曾经存在著名的袍哥组织，据说参与其间的人员无论男女，都很讲江湖义气，并且形成了当地十分复杂的社会组织形式，在近代以来的历史上发挥了重要作用。有人说他们身上全都是匪气，我认为不能这样简单认定。以往乡间有了争执,并不是依靠拳头来解决问题,而多半是通过袍哥组织的协调去解决。据说自近代以来,四川乡间的袍哥组织势力强大,担负起社会上主持正义的职责,据说他们从来没有尽做坏事、为恶一方的记录。内江文化中刚直不阿、正义凛然的传统,也许多半就来自于袍哥组织。我们可以通过传说里的苌弘被皇上杀害其流血不止的事件,范长江在"文革"中离奇死于古井中,以及传说中的宰相赵大洲无端地死去而坟中只有头盔的事件,还有胡绩伟先生在历史运动后人生低迷时期,仍然坚持自己的主张从不改变,如此等等,就可以看出内江人是敢于面对苦难与危难的,而且具有主持公道与正义的深厚人文传统。其他地方人也许并不具备这样的性格,有的地方连这一点气息都是没有。据说有的地方以讨口为传统,有的地方以偷油为传统,并且当地政府还任由当地人以此发家致富。这样的地方会出现一流的人才吗?这样的地方会形成进取的传统吗?我的老家有一个地主王有余,小的时候他是我的启蒙老师;据说他的父亲王松武就是因为主持公道与正义而为军阀所杀,如果他当时稍一转弯,也不至于如此悲惨地死于非命。据说仁寿所在地方有一个赖汤圆是一个有钱人,他生有六个女儿都很漂亮,并且都嫁给了当时的军阀为妻,但赖汤圆这样的土豪总是以势欺人,因此与许多人发生官司,而王松武是四川法政学堂毕业的高材生,那个时候在仁寿当议员,兼做律师。他帮助穷人与赖汤圆打官司,得罪了军阀,于是被他们暗害。因此,我认为王松武其实就是一个典型的内江人,在他的身上有袍哥的江湖义气,也有近代以来内江知识分子的大气与果敢。

然而,我觉得内江人身上的这种主持公道与正义的精神固然可贵,然而内心的正直还是需要一些外在的规约,在艰难险恶面前如果在机智的方式能够保存实力,其实是很重要的,否则,如果自己的生命都丢失了,如何再坚持自己的理念与理想呢?内江历史上一再出现历史悲剧，有的如范长江、赵大洲、罗世文，包括我刚才讲的王松武，简直是太离谱了，我认为有必要对此进行反思。勇敢并不等于不怕死，正义并不等于一定要与黑暗势力同归于尽。不过，对于内江历史上这样一些著名的正义之士，我是高度肯定的，并且心向往之。

三、内江文化的地理形态与地理基因：
四川之一"川"——沱江

内江之所以人才辈出，是与内江特有的自然地理环境息息相关的。内江山环而水绕的地理形态，只是自然地理一种外在的表现形态；而地理基因则是体现在人的身上，即诗人、作家与艺术家身上的，并且成为影响一个人一生轨迹的内在因素。在一个地方的一群人身上共同存在的一种要素，很有可能就是因为地理基因而形成起来的。

内江文化的地理基因，大致体现在以下四个方面：

第一，蜀中腹地、沱江两岸之秀水青山。

首先，内江作为四川盆地中部的高台地区，形成的是一种青山秀水的地理环境，它固有的这样一种深谷与沟谷相间的地理形态，对出生并成长于这里的人们的性格与气质，往往产生了很大的影响。与平原、海滨、高原地区不一样，内江市是一个由浅丘陵、高丘陵、高台与溪谷等所组合起来的独特地理形态，它本身并没有阴暗的角落，所以形成了内江人的阳光性格，他们的内心里似乎没有什么阴暗的地方。到处是圆圆的青山，到处是清清的溪流，到处是清浅的阳光，到处是自然的流风，这样的风景自然秀丽，所以在作家艺术家以及学者们的身上形成了一种共性，并且让他们的作品都呈现出秀丽温婉的风格。

在整个内江市，也有一些比较封闭的地方，因此并不是所有的地方及其生活其间的人们与此完全相同。主要有两个方面的原因：一是地理位置的偏远，二是文化传统比较保守。在那些地方出生与成长的人，也就形成了一根筋的性格，但是同时心态也是很阳光的，他们往往能够微笑地面对他人，待人待物都很善良。我的老家在威远的越溪镇：那个地方的人们，在一起交流的时候喜欢说笑，他们很少有板着脸与人说话的；即使有时候话语中带些讽刺的意思，旁人也是不会放在心里的。所以，那里的人基本上都生活得很幸福。我一直在思考一个问题：我老家的人为什么生活得很稳定？在他们身上似乎没有发生大起大落的事件，他们的情感也没有大起大落，他们天天日出而作、日入而息，我们也并不知道他们在想一些什么问题？有的人一天就坐在山坡上眺望远方，似乎什么也不想、什么也不思，然而他们并不是思想家，也没有什么作品发表。我想他们就是自然的人，他们整天与秀水青山生活在一起，他们也成了秀水青山的一个部分，秀水青山也成了他们身体的一种要素。这就是地理基因在发生作用。

"一方山水养一方人"，以沱江为中心的蜀中腹地是四川盆地里真正的风水宝地，秀水青山的地理基因决定了内江人的性格与气质，也决定了作家艺术家笔下的作品里所存在的秀丽温婉的风格。

第二，内江西部高台及深谷相间的自然园林。

许多人都不知道，内江除了市中区这一带的江南风光之外，还有西部高台及深谷相间的园林环境。我家乡的俩母山是内江的最高峰，其地理环境与内江大部分的地区不太一样，那里的人们的性格气质，与内江市区的人之性格，也并不相同。因为他们身居山区，可能更为豪爽一些，敢作敢为，并不考虑到许多方面，有的时候选择大事的时候，没有多少顾虑。乡里的人拿起锄头就将另外的人打死的事件，也曾经发生过。内江高台及深谷相间的园林环境，形成了这里普遍的温婉风气，因而与山里有些地区豪放的传统，有着一定的区别。正如我们所听到的音乐一样，有些时候如和风细雨般的温情，有的时候如狂风骤雨般的激烈，起伏跌宕是比较大的，于是产生了少有的丰富与曲折。然而，从总体上来看，内江地区的自然地理与山水环境，显得开阔与大气，而且高台与深谷相互间隔，因而当地的人们心胸比较开阔，也有一种坚韧的品格，无论面对多大的困难，都能坦然面对，并且无所畏惧。

我自己与此地的自然地理基因有着密切关系：多年来经历了不少世事风云，也曾受到过一些打击，一直都能够坚强地面对任何事情。我是尽力做好自己的事情，做好自己的教学、科研与文学创作工作，一步一步地、脚踏实地向前而行。有许多人认为我性格很坚强，意志很坚定，也许正是故乡的自然山水，赋予我的坚忍不拔的性格。我曾经说过，小的时候巨大的雷声一直在心灵的上空响过，所以我从来不怕有的人作怪；惊天动地的河水从越溪河中流向西方，所以我不怕有的人虚张声势，以势压人。我的作品也处于自然形态，所以有的人说我的作品上通天下通地，能够连接天地之气，我自己也这样认为。我认为在本人的身上，正是体现了内江自然地理基因的特点，及其所发挥的作用。

第三，亚热带温和而四季分明的气候。

内江地处北半球，是亚热带温和而四季分明的气候。其最大特点是四季中下雨较多，雨量也很是充足。在一年的四季里，内江多半是多雨的天气，许多时候雾气比较大。因为它处于四川盆地腹地，四周环绕高山，因而少有狂风大作的时候，风平浪静这样的环境，容易让人生出一些多愁善感来，同时也会因为天气比较温和，而让人心处于恬静状态，所以这里生活的人们其内心的起伏，往往并不是很大。正是在这样的自然环境之下，人们才可以静静地思考一些问题，而且也勇于思考人生与幸福方面的问题。今年十月，受德国外交部与德国文学伦坛的邀请，我到德国去访问了十来天，记得当时我请教过德国外交部一名副部长一个很有意思的问题：德国为什么会出现那么多世界一流的哲学家、思想家呢？她的回答也很有意思：德国天气不是太好，因此人们总是待在家里，思考一些严肃而重大的哲学问题。记得当时有的人在那里觉得这样的解释很好笑，其实我认为很有道理，值得重视。法国、意大利为什么没有出现那么多哲学家与思想家呢？他们都属于欧洲国家，并且也具有比较相似的文化传统。文化传统上的这样的区别，与各国的自然地理与自然气候，的确是有着很多关联。所以，内江众多名人的出现，也是与这里的亚热带温和而四季分明气候，是有着密切关系的。

记得小时候，我住在越溪山区的老家，夏季常会碰到暴雨大作的时候，也时常会听见雷声阵阵，几乎是惊天动地，有的时候感到害怕；暴雨之后，往往是洪水泛滥，下坝地方的稻田被淹没了，有的时候道路被冲毁了。这样的气候，对当地来说并不很好，严重地影响了庄稼的收成；然而，令人欣喜的是，在雨过天晴之后，会有彩虹挂在长天之上，美丽而壮观。这样的自然环境与气候变化，对我产生的影响是巨大的，直到今天都是如此。大学毕业以后，我一直生活在武汉这座大城里，故乡的风雨雷电与雨后彩虹，一再在我的脑海里闪现，有的时候，故乡的自然山水会以文字的方式呈现在我的作品里。更重要的是当我碰到人生坎坷的时候，就会想起故乡山谷里流动的雷电，那么厉害的风雨雷电都见识过了，难道还会怕人世间的风雨吗？因此，我认为正是自然的气候，让内江的人们有了一种坚韧的性格。显然，北方人与南方人在性格上是有差异的，黑龙江的人与海南岛的人在性格上也是有差异的。内江人的性格与气质与内江的气候有着切的关系,当然并不是说所有的内江人都是一样的性格,只是说从总体而言具有相当的一致性,那就是有的时候热情、有的时候温婉,有的时候激烈,有的时候平和,多数的人却敏感而多思,悟性高而喜深沉。

第四,盐、辣椒、花椒、甘蔗、天然气与煤铁等丰富资源。

我们讲地理基因,首先要对地理有一个清醒的认识:"地理"这个概念范围其实是很大的,不仅包含了地上生长的植物,还包括地上活动的动物,也包含了日月星辰、风雨雷电、山川湖泊、亭台楼阁等。内江这个地方有着非常丰富的矿物资源,它们也是属于地理的总体构成,并且这些为其他地方所无的自然资源,对生活在这块土地上的人们,影响很大。内江储盐量是很丰富的,而且辣椒、花椒的品种优良,盛产甘蔗;也正是由于这里的物产丰富,因此生活舒适、心境恬然。然而,由于这里的人们对辣椒与花椒的食入量较大,同时性格中也有敢爱敢恨、坚忍不拔的一面。毛主席曾经说过:"吃辣椒的都是革命家。"虽然不像湖南与贵州地区的辣椒那么辣,但是加上了花椒,麻辣相间,就别有一番地方风味了。特别我的老家新店出产有名的"朝天椒",在整个四川都是知道的,特别辣而有味,得到当地人的喜爱。我想当地的女人为什么特别敢爱敢恨,有的时候把男人骂得来无所适从,并且得理不饶人,白天的时候在外人面前都一直不理睬自己的男人,主要是因为吃了这种东西,生活得很激烈、机敏与大度。

这些具有自己特点的物产资源,以及在此基础上建立起来的民俗风情,同时也体现在内江人所创作的文学作品中。比如范长江报告文学作品《中国的西北角》和《塞上风云》,得到了毛主席和周恩来的高度赞赏。他对当时中国政局的准确分析,尤其是对西北角自然风景、民俗风情与社会文化现象的评述,相当到位,精彩绝伦，而且是非常丰富多彩的。另一个人物是刘心武，他早期小说对人性的穿透性，中期小说对于人间生活的分析，近年来对于《红楼梦》的研究，与内江本地的特产也并不是没有关系。并不是说其他地方就没有这些东西，其他地方的人就没有吃过这些东西，而是说此地出生与生活的作家艺术家，他们从小就与这些东西打交道，他们的口味与喜好，他们的审美个性与审美情趣，与此发生着重要的关联。比如江浙一带的作家与诗人，他们喜欢甜食，因此他们的作品再激烈也激烈不到哪里去。因此，把当地的特有的物产当作自然地理的一个部分来看，并且探讨其与此地出生的诗人作家及其作品之间的关系，不是没有道理的。人们都知道自贡产井盐，而内江离此地相当近，威远也有一些地方产同样的井盐，这种盐与海盐是完全不同的，它的质量对于人的身体来说，比海盐有利十倍以上。所以不能不认同当地特有的物产对于诗人、作家与艺术家所产生的影响。盐都是同样的盐，花椒也是同样的花椒，然而质地与味道完全不同。我想如果没有盐、花椒与白糖等物产资源的综合，则没有范长江与刘心武这样杰出的作家，也难于有这些杰出作品的产生。

四、文化及文学成因的地理解读

对于内江文化与文学成因的地理解读，可以从以下四个方面展开：

第一，秀水与云雾而带来灵秀飘逸。

在少年时代的不同季节，我曾经在俩母山上向四周观望，环境开阔，一切美景尽收眼底，只见一座座的圆山紧密相连，山形呈绵延起伏之势，山间层层云雾缭绕，让人们产生一种梦幻之感。在内江自然地理书里，俩母山地势很高，因此在其上才有一种"一览众山小"的感觉。天气晴朗之时,几公里开外的山峦河流看得清清楚楚;倘若是阴雨天气,四周云雾缭绕,恍若仙境。按照古代的民间传说与自然地理的形势而言,而俩母山则是四川最高的仙景、西海最大的龙宫。内江沱江这一地带,丘陵较多,周围没有太高的山,一些山上也修有寺庙,恰如俗话说的,"天下名山僧占多",因此内江还是一个有文化传统的地方,各种宗教文化、种种地方风味的文化,处处可见。正是这样的山水与云雾,以及在此基础上的产生并发展的文化传统,才培育了张大千等一系列内江人的艺术情操,使他们的作品富有情感,而且在飘逸之余,富有高度的想象力。内江的文化人很有气质,颇有灵气,更有气度,与此地灵秀的山水是相适合的。如果没有众多的溪流,如果没有众多的青山,则没有云与雾的产生,还有天上的彩虹与天边的云霞,那诗人作家的灵气从何而来呢?

第二,圆山与高台而带来开阔厚重。

内江的地形地相也很有特点。如果说市中区这一带是典型的江南风光的话,威远与荣县一带则是典型的"穹窿地貌"。威远县人大的副主任吴岳辉是我的亲戚,他对俩母山的风景名胜开发深有研究。据他所言,俩母山地区不乏千年的古寨,文化积淀很是深厚。而厚重壮实的大山,更是哺育了当地的人们,让他们的感情与思想十分厚重。这里的人都很热爱自己的家乡,也很喜爱学习,对于本地的自然山水与人文科学都有研究,而且相当深刻。我们知道,出生在平原之地或是海滩边的作家,与从大山里走出的作家的作品相比,两者的风格是迥然不同的。比如福建那边,出生于海边的渔民家庭的作家,作品中就以描绘渔民生活为多。我的老家右前方有一座圆山,它深深地烙印在我的记忆里,无论我走到哪里,那敦厚而浑圆的样子,稳重而朴纳,也正是本人的形象,也正是本人的性格。有人说我的诗里有一种自然开阔的气象，也许与高台地区的自然山水有着密切关联。

第三，煤与矿石而带来坚韧顽强。

我的父亲曾经负责当地东风煤矿的管理工作，让我从小有机会接触煤矿里工作的工人们。他们的工作是非常辛苦的，工作时间长，强度大，环境也恶劣，工资却很低。工人曾经因为工资太低而罢工，乡长和书记都去调解，但是却没能解决问题，最后还是我父亲出面，答应给他们涨薪水，方才复了工。可以看得出来，这些挖煤的工人的性格是相当坚韧的。这可以就是内江地区人们的性格特性，因而从这里走出去的作家，如胡绩伟、罗念生、罗世文等人，都有十分坚韧而顽强的品格。煤虽然外表很黑，但它会燃烧；矿石虽然表面圆滑，可是它也很坚硬。一个人从小看见了什么，感觉到了什么，会极大地影响它后面的发展。所以内江出生并成长起来的作家，之所以出现朴实而坚强、勇猛而顽强的性格，与此地的物产特征是分不开的。

第四，盐、辣与甜而带来幽默与趣味。

内江人吃东西很注重味道，多种调料搭配而成的饮食，吃起来很有味道，这样的习惯，使得内江的文人变得幽默而风趣。比如戏剧作家魏明伦，还有作家易和元，他们都有着这样的特点。易和元最擅长的便是讽刺诗，柳倩最有名的森林诗，杨星火最有名的战争诗，似乎都与他们喜欢吃辛辣的食物相关。只有傅天琳的诗歌比较温和而宁静，也许是属于甜的性格。一个地方的人喜欢吃什么，什么样的品位、什么样的爱好，都不是无缘无故的。

各位朋友，我今天只是初步分析了内江的文化与文学同地理环境之间的联系。我所提倡的文学地理学批评，就是研究作家和作品的地理基因问题；它是一种全新的研究方法和研究领域，值得我们重视，并进行深入探讨！"一方土地养一方人"，内江这个地方的灵气、传统是如何影响当地人的秉性，又是如何影响他们的精神追求，如何凝聚在这些作家和作品之中的，都是值得我们在今后的日子里不断深思的问题！我相信这是十分重要的问题，对于一个地方的文化战略的制定以及政治经济社会发展，都具有十分重要的意义与价值。

最后，将我在2008年创作的一组有关"内江"的十四行诗献给大家，献给这片养育过我、一直给我创作激情的热土！

内江十四行抒情诗八章

之一：艺术大师张大千

外江是不是川西那一条奔流不息的岷水
内江的千里波涛却滋养了这一片片麦浪
河谷的两岸起伏着一串串金灿灿的稻穗
青灰色的树叶间挂起一个明晃晃的月亮

当风起暮山的时候又吹动你长长的眉毛
万里波涛的长江就涌流在你山峰的脸庞
如画的山水在你的眼眶里青翠了又青翠
纷飞的黄叶在你的记忆里流浪了再流浪

台北的夜晚月亮在大海波涛里泛着青色
金色的月光总是照在外婆那蓝布衣衫上
卷卷的雪花纷飞在你那匆匆而过的旅程
东洋山水如旧亦非少年心中的艺术之邦

外江分流而入天府之后内江也并不孤单

它张开翅膀让大千描画出那惊人的想象

之二：新闻大家范长江

想起长城让我们看见那大哭不止的孟姜
想起长江让我们感觉了慈祥母亲的芬芳
举世闻名的石坝让岷江分为了内外两江
二千年前那只神斧似乎仍在我眼前闪亮

一江春水流入雅安而更涛涛地流向夹江
一袭秋水流入天府良田万顷而星烁大荒
曲折的河湾里纯美的村姑们正秀发飘飘
山村小屋里眼泪汪汪的母亲正暗自神伤

那水牛在午夜时分的五梅花下吃着青草
守候多年的风水先生在此实在难分阴阳
一个少年手握狼毫让塞上风云卷起波涛
一个中年却无形地消失于一口古井中央

铁骨铮铮的汉子成为中国一面新闻大旗
千里银波就这样流入了万里烽烟的长江

之三：西学大师罗念生

中峰寺自然是不如那俩母山的神奇天象
可那绵延不断香火里却闪烁着千年时光
一片松树与月光相伴而眠的那条山谷里
一条清溪总在少年的梦谷间流浪再流浪

一朝走出这条山谷你就从来没有再回来

却总没有忘记在柜子崖边的那书声琅琅
大西洋的风雨又让他开阔了少年的眼界
一部《龙诞》在地中海浪花中自由生长

普罗米修斯的悲叹总是让他从梦中惊醒
亚里士多德又让他连接起东西方的桥梁
古希腊字典真是他大半生的心血所凝结
他总在东方晨光中展开古代文明的华章

中峰寺的钟声总在黄昏的时候依次响起
它敲响的也并不只是东方人的百年梦想

之四：当代作家刘心武
千里的沱江流域在太阳照射下烟气腾腾
明朝的晨曦中状元楼却在大荒闪烁文星
诗语与词声在历代科场的空间龙飞凤翔
东方的山水哲学又在文人笔下得到再生

内江的文风自古以来就是如此炉火纯青
谁说只有自贡的山水才能走出满腹经纶
一个青年在那乱云如烟里揭开心灵伤痕
那只雄笔实在比古代文士们更让人惊魂

京都的男子在月光里喝瘦了自己的影子
那乡下女子却只有在沱江边悲秋又惜春
那一双眼睛里流出的是童年时代的热情
而他的想象却在沱江的波涛里穿越古今

红楼只有在那只眼的观照中显露出清雅
那个少年在一群女子的幽梦里夜夜伤情

之五：草鞋书记杨汝岱

花白的头发似在北方的秋风里漂泊流浪
那秋天的果实正是他如那石榴红的思想
在二十五瓦灯光下批阅一叠又一叠文件
而稍一抬头就望见了故土间那一片汪洋

那一头青狮似在抬头看着那怪异的天景
在河边观水的山峰下匆匆奔出一头大象
还记得昏暗山路上那一只奇异的麻袋吗
是善良的乡下人给你这受难者带来吉祥

那一双焦黄草鞋挂上了首都大报的报头
它虽然破旧却吸引了全世界人们的目光
先人也许永远只有在那五皇的龙眼长眠
那双脚却不得不走向故乡那多沙的山冈

雪花飘飞的日子随着黑龙沉入了深潭里
时光也许永远就那样沐浴在有月的晚上

之六：诗人元帅陈毅

谁说自贡才子内江官，朱先树也这样讲
可陈毅元帅的双目在欧洲城头闪着灵光
在那缕缕硝烟中他手执钢枪头系着红巾
井冈山里诗词首首让湖南才子颇为欣赏

那个青梅竹马的女子在记忆里永远年轻
那英俊少年在少女的眼中永远风流倜傥
在朋友们中间你是多么儒雅而谈笑风生
在敌人面前你如大雪下的青松挺起脊梁

一座青山在你的眼中不断地升起再升起
那清清的泉水一直在你的阔大胸间流淌
那些来自西方的人在你笑声中乱了思绪
那些来自东方的人在你手势中自由豪放

大铁塔下一位金发少女忧愁在你的记忆
而你那如虹的气息却相伴着至乐的故乡

之七：少年将军熊克武

从井研的河流旁边走来了一个小小情郎
至今他仍然未能离开自己那清秀的故乡
据说熊克武的少年功夫曾经震动了西川
他曾经迷失自己后来又见到清朗的天光

九个美女出生在一个大家族里闪亮昨天
却消失于正气正义相伴而生的涛涛白浪
据说九个美女发出了狐狸那样的鸣叫声
曾经让律师王松武消失自己少年的模样

一个伟岸的男子行走在长长河湾的水边
他的一声怒吼给黑暗夜空带来丝丝光亮
他总是想将人民的利益高高地举过头顶
当那缕温和的太阳光射向了世界的东方

在北方古城的秋风里如海的柳叶波浪间
他总是将自己迷蒙的眼抬起将内江瞭望

之八：人大校长吴玉章

那些祖先们已经在赖河坝的山坡上长眠
他们那高强武功曾经让此地豪强们溃散
高山下流传着何年何月就开始了的故事
一个少年在这草坡上举起了手中的雨伞

先人们还在和那头大水牛日日夜夜对话
难忘的故土情结却深深地印在他的心间
去到成都走向西方又回到了自己的土地
人才成其为他心中永远不可磨灭的信念

是那一盏神灯点燃了他对孩子们的热情
那大江的波涛却在他的心目中叠叠向前
蓉城的红砖碧瓦里回响着他温和的笑声
紫禁城里的讲台上留下了他独立的理念

他是护城河边那一棵顶天立地的大槐树
小鸟群群在那枝桠间欢叫着而快乐无边

文学地理学研究与比较文学

以世界文学为基本对象的比较文学研究[①]

当代中国的比较文学研究,与世界其他国家的比较文学文学研究一样,也存在一个严重的问题,那就是理论的"空洞化"倾向[②]。也许有的学者认为比较文学本来就是一种理论研究,而理论本身就只能是一种抽象化的表述,因此比较文学就只能是一种理论化形态,不免会"空洞"一点;然而,我们认为并不完全是这样。比较文学研究有三种基本形态:一种是实践形态,一种是理论形态,一种是历史形态。其中,实践形态的比较文学研究在整个比较文学研究体系中应该占据基础地位,成为主体形态。首先,我们要对相关概念进行界定:所谓理论形态的比较文学研究,是指将比较文学理论本身当作研究的对象与主体,讨论比较文学的理论观念与基本概念,比如当代美国学者所从事的比较诗学研究、当代中国学者所从事的比较文学学科理论研究;所谓历史形态的比较文学研究,是指关于比较文学学科发展历史的讨论,比如探讨世界比较文学史上三个学派的构成、世界比较文学史三个阶段的发展、比较文学学科的"史前史"形态、比较文学研究方法论等;所谓实践形态的比较文学研究,是指以超越民族文学之文学史上作家作品为主要对象的比较文学现象探讨,比如对各民族文学之间发生的影响关系的研究、

[①] 原载《中国比较文学》,与杜雪琴合撰,2010 年第 4 期。
[②] 参见邹建军:《中国比较文学学科建设的三种运行模式》,《湖南社会科学》,2008 年第 4 期。

各民族文学之间所构成的平行关系的研究、文学与其他相关学科之间关系的研究,以及各民族文学如何构成世界文学的研究和共同诗学如何建构等问题的研究。

在上述三种形态的比较文学研究中,当代中国学者最热心的是理论形态的比较文学研究,并以此形成了自己的特点。由于受到前苏联文学发展模式的影响,文学理论研究在中国文学界最受重视,当代中国高校的文艺学学科,在所有语言文学学科里面地位最为显著,因此,比较文学往往被作为文学理论形态之一种,当代中国比较文学研究的理论形态就由此而来。其实,当代中国的文学理论一直被认为是缺少原创性,而作为一种理论形态的比较文学研究之原创性,往往也受到质疑。由于学界精英往往只对作为理论形态的比较文学研究感兴趣,对作为历史形态的比较文学研究与作为实践形态的比较文学研究则较为忽略,因此,比较文学作为在世界范围内的一门学科发展的历史与作为一种研究方法探讨的历史就少有人关注,比如世界比较文学史上几位大家,即比较文学三大学派中的代表性人物及其理论贡献,时至今日,不要说大学生与研究生,就是从事比较文学研究多年的人也没有搞清楚,至少是在相关的教材中也语焉不详[①]。甚至可以说,作为理论形态的比较文学研究,我们至少有过近百部《比较文学》概论与比较文学教材;然而,作为历史形态的比较文学研究,则似乎只有曹顺庆教授主编的《比较文学史》。而作为实践形态的比较文学研究,则更不受当代中国学者的重视,虽然有过一些实际的成果,却少有十分独到与深入系统的论述。为什么会出现这样的问题呢?我们认为主要是当代中国比较文

---

① 在几种重要的比较文学教材里,叙述了西方比较文学史上的三大学派,但比较文学的史前史与三大学派中具有代表性的学者及其比较文学观念与研究方法,则较少论及。参见陈惇等主编:《比较文学》,北京:高等教育出版社,1997年,第16—34页;杨乃乔主编:《比较文学概论》,北京:北京大学出版社,2005年,第9—24页。

学界的学者们在比较文学与世界文学关系的认识上出了问题，存在诸多的误区。因此，正确处理作为学科的比较文学与世界文学之间的关系，正确处理作为批评方法的比较文学与世界文学之间的关系，对于当代中国比较文学来说显得特别重要。甚至我们可以说到了必须讨论这个问题的时候了。为什么当代中国的外国文学研究老是低水平的重复呢？为什么中国比较文学研究老是受到其他学科学者的质疑呢？为什么有的学者总是将"比较文学"与"世界文学"当成水火不容的两个界面呢？首先，我们要认识到当代中国的比较文学研究存在三种形态，而需要我们强调与重视的，就是作为实践形态的比较文学研究。要让更多学者注重研究比较文学的基础——世界文学，让更多学者注重研究世界文学史上的比较文学现象，在此基础上，我们才有资格深入与系统地探讨当代中国所面临的理论问题。

  在作为一门学科的比较文学与世界文学中，世界文学是比较文学研究的基本对象，同时也是比较文学学科建设的重要基础。1998年之前，在我国高校汉语言文学专业的学科建制里，没有"比较文学与世界文学"这个专业，而只有"外国文学"专业。1998 年，教育部根据一些权威专家的意见，出于新时代人才培养的需要，为了更好地与国际学术前沿接轨，对国家的学科设置作出了较大的调整。出于作为新兴学科的比较文学需要得到长足发展的现实需要，经过广泛讨论，将原来的外国文学专业撤销，将原来的比较文学课程并入，组建起一个新的专业——比较文学与世界文学。这样，比较文学的地位在中文专业各学科中得到了实质性的提升，而原来的外国文学专业则扩展成为包括中国文学在内的世界文学[①]。比较文学

[①] 在高校汉语言文学专业中的比较文学与世界文学学科里，"世界文学"其实只是作为一种背景而存在，并不可能包括所谓的"中国文学"，主要的研究对象还是中国之外的其他国家的文学，其实也就是原来的"外国文学"。然而，"世界文学"的本义则是指整个人类的文学。

与世界文学业成为一门新的专业之后,从理论上说可以增强自身的活力,得到极好的发展机会。

然而,我们并没有很好地处理比较文学与世界文学的关系,更没有很好地解决由于两者的合并所带来的新问题。在有些高校中文系里,作为一门学科的比较文学与世界文学之间则产生了矛盾,并由此带来一些令人困惑的问题。因为《比较文学》课程原来多半属于文学理论教研室,原来的外国文学教研室的教师对于所谓的"世界文学"则有不同的看法,对于"比较文学"也有不同的看法,与文学理论教研室的教师在一些问题上产生分歧。因此,在将近20年的时间里,"比较文学"与"世界文学"一直没有得到很好的融合,有的甚至出现了严重的问题。如果我们不带任何感情进行分析的话,比较文学与世界文学成为一门新的学科是自然而然的事情,因为它们两者本身存在着再密切不过的关系,甚至可以说本来就是一回事,或者说是一个问题的两个方面:世界文学是比较文学研究的基本对象,也是比较文学学科建立的基础,没有世界文学就没有比较文学;比较文学是世界文学研究的方向,从事中国文学与外国文学研究的学者,如果不能上升到比较文学阶段,其学问要做到博大精深是很难的;同时,比较文学也可以为世界文学研究提供新的批评方法。所谓世界文学,并不等同于原来的外国文学,而是包括中国文学在内的整个世界的文学;不过这只是一种理理论上的概念,在实际的文学研究与文学教学中,因为与中国文学相关的还有其他许多课程,如中国古代文学史、中国近代文学史、中国现当代文学史等等,所以世界文学并不可能包括中国文学在内;比较文学与世界文学教研室的老师,也没有可能去上中国文学史方面的课程。但是,当时教育部为什么不将新学科命名为"比较文学与外国文学"呢?"外国文学"只是一种约定俗成的说法,并不能体现一种新的观念与研究的方法,而"世界文学"则是从歌德与马、恩那里来的，本身就是一种新的观念与方法的产物，因此"外国文学"与"世界文学"并不能成为一个级别上的两个概念。①

从历史层面来说，比较文学学科正是由于世界文学观念的建立与人们将整个世界的文学当作一个整体而出现的，如果人们的视野没有跨越一个民族与一个国家的范围，人们没有清楚地认识到民族与民族文学之间交流的事实，并对此产生强烈的研究兴趣，就不会出现"世界文学"的观念；而如果没有"世界文学"的观念及其所体现的研究方法，就没有比较文学学科的产生。所以，处于历史层面的比较文学是以世界文学为主要研究对象与学科基础的。从学理上来说，世界文学的构成与产生是由于世界一体化进程而带来的文学交流与文学影响，正是这种文学交流与文学影响，才造成了世界文学学科的产生与发展。因此，比较文学研究的基本对象其实就是世界文学，不论是法国学派所提倡的作为国际文学关系史研究的"影响研究"，还是美国学派所提倡导的作为审美关系的民族文学与民族文学之间的"平行研究"，还是美国学者所提倡的作为以文学为中心的其他学科对文学所产生影响的"跨学科研究"，都构成了世界文学史上以作家作品为主体的种种比较文学现象。作为比较文学之重要部分的"跨学科研究"，也是建立在跨文化的基础之上的；如果不能同时跨越文化的界限，就不能成其为真正意义上的比较文学研究。因此，当代西方所有的比较文学研究，都是以世界文学史上的种种比较文学现象作为研究对象的。为什么有的西方学者不无惊恐地宣称"比较文学"已经死亡了呢？就是因为有的比较文学研究者，完全漠视甚至是完全离开了世界文学的历史事实，他们的比较文学研究离以作家作品为中心的文学现象是越来越远，在许多时候

---

① "外国文学"是1992年教育部学科调整前中国学者所做的外国文学研究，有传统的中国立场与中国观念，而"世界文学"则来自于西方，指包括中国文学在内的整个世界的文学，具有比较文学的跨文化性质与整体思想。

根本就不是一种文学研究了。那么，比较文学当然就只能是"死亡"了。所以，作为一门学科的比较文学与世界文学与作为一门专业的比较文学与世界文学，其构成本身都不应当存在与出现任何的问题，因为后者是以前者为主要对象与基础的。如果没有对世界文学史的了解与研究，如果没有在中国文学基础之上的对于世界其他国家的文学的研究，我们要从事比较文学研究是没有基础的；只研究中国文学的学者无力从事比较文学研究，只研究西方文学的学者也无力从事比较文学研究，只研究东方文学的学者自然更无力从事比较文学研究；而只有当我们将整个世界的文学当作一个整体，并研究其中存在与出现问题的时候，比较文学研究才可能上升到新境界，比较文学与世界文学学科才可能完整地建立起来。并不是要求每一个学者都要研究整个世界的文学，而只是要求将整个世界的文学当成一个整体，我们关注的也许只是一个点，而我们的视野与知识背景却是整个世界与整个人类。因此，离开了作为一个整体的世界文学研究，比较文学就失去了自己的研究对象与学科基础。

作为思维方式与批评方法的比较文学与世界文学，也具有相当的共通性与互补性。比较文学与世界文学研究具有不同的研究方法，也体现出不同的学术观念，比较文学批评方法会对世界文学的研究产生重要影响，比较文学的批评方法就是为世界文学研究而发展起来的。当然，比较文学与世界文学在批评方法上存在种种重合现象。

世界文学（也就是原来的外国文学）经过多年的积累，形成了自己的研究方法，主要有：文本细读法、历史传记法与中外互证法。文本细读法是指在外国文学研究中，首先要有对作家作品的细致阅读，通过对文本的语言、形式、结构与情感的感悟与体验，独到地分析作品在主题、思想、结构与风格方面的特点，揭示其在思想与艺术方面的创造性，从而确立文学史地位。文本细读法为英美新批评学者所倡导，对作家作品分析特别有效，与中国古代文学批评中的"小说评点"与"戏曲评点"很相似，它们首先都要求对作品有一个详细的阅读过程，然后才可能进行精心的点评与精确的判断。历史传记法是指当代中国学者在研究外国作家作品的时候，注重对作家生平经历与思想情感的考察，从历史唯物主义观念出发，探讨作家人生经历与艺术创作之间的联系，并将对作品的阅读与相关历史传记资料结合起来，对作家进行深入的心理分析与思想研究。历史传记法的基础是历史批评与文化批评，这种批评方法对作品之外的一切与作家相关的资料十分看重。中外互证法是指当代中国学者在考察外国文学的时候，总是将本民族的文学与之联系起来，清楚地认知两个民族文学的特点与优势；有的时候即使没有进行直接的对比，也总是将中国文学与中国文化作为知识背景与学术资源，来观察与研究外国作家与作品。也许正是因此，有学者才提出"外国文学就是比较文学"的论点。世界文学研究者所采用的批评方法，并不表明其他学科的学者不会使用或者没有使用过，但是相对来说在世界文学学者那里得到了比较多的使用，或者说更加得心应手与富于成果。外国文学学者对于西方文学批评比较了解，因此对本来是从西方来的文本细读法与历史传记法首先使用；在研究外国作家作品等文学现象的时候，必定会采中外互证的角度进行分析，是自然而然的事。作为包括中国文学在内的世界文学研究，其批评方法必然具有这样的特定性。作为学科形态的世界文学并不包括中国文学在内，而作为一种批评方法的世界文学，则包括了中国文学，从此种意义上来看，世界文学也就是比较文学。世界文学的批评方法是为比较文学研究而运用的，并且已经成为比较文学研究方法的重要内容。比较文学作为一种新的批评文学的方法，是伴随着世界文学观念的形成与世界文学对象的产生而产生的，因此可以说没有世界文学就没有比较文学。但是，作为一种批评方法的比较文学，在人类远古的时代就已经产生了。如在古罗马时代，有学者将罗马文学与古希腊文学联系起来，所做的研究其实就是西方早期的比较文学研究；在东方，当佛教文学传到中国的时候，就有学者分析它的特点以及对中国文学所产生的影响，其实这就是早期中国的比较文学研究。无论如何，"比较"作为比较文学研究的首要方法，本身也是有其特定意义的，不能因为克罗齐的反对就认为比较文学研究与"比较"无关。[①] 比较文学研究首先是一种比较视角的采用与比较方法的运用，所以，如果有人将两种以上的文学现象进行对比，相互参照，共同辩析，看出它们的同与异、高与低、左与右、上与下，这就是比较文学研究。当然，作为一门学科的比较文学的建立，的确不仅仅是因为比较方法的采用，因为比较文学还有更为重要的批评方法。

世界比较文学史每一重要学派，往往都创造了有自己鲜明特点的批评文学的方法，甚至是体现了自己的方法论。在世界比较文学研究史上，值得重视的有以下四种批评方法：一是实证，二是审美，三是统计，四是演绎[②]。首先是实证的批评方法。实证是由法国学派所开创的批评方法，主要用于影响研究及其分支领域，如流传学、渊源学、媒介学等。在唯科学主义哲学思潮的影响下，法国学

---

① 克罗齐认为他自己看不出因为一种比较方法的采用而能够建立起一门学科，似乎认为比较文学学科就是因为比较方法的提出与运用，从而反对比较文学，艾金伯勒后来也发表《比较文学：名称与实质》，认为比较文学学科的建立并不是由于比较方法的采用。他说："仅仅对两个不同的对象同时看上一眼就做比较，仅仅靠记忆和印象的拼凑，靠一些主观臆想把一些游移不定的东西扯在一起来找点类似点，这样的比较决不可能产生论证的明晰性。"参见干永昌等编选：《比较文学研究译文集》，上海：上海译文出版社，1985年，第33页。

② 胡亚敏认为，"比较文学"中的"比较"应当是"方法"的代名词，"它包括考证、演绎、统计、对比等多种方法"。参见胡亚敏主编：《比较文学教程》，武汉：华中师范大学出版社，2004年，第1页。

派认为所谓的比较文学研究，其实就是对国际文学关系史的研究，而国与国之间的文学是不是发生过关系与发生过何种关系，是可以从历史事实中得到求证的。如果不能证明，我们就不能说两者之间发生过关系。从此，实证的批评方法终于成为西方比较文学研究最基本的方法，至今仍为世界各国比较文学学者广泛使用。其次是审美的批评方法。审美的批评方法虽然在古代西方与中国就得到了运用，但作为一种自觉的文学批评方法，则直接来自于英美新批评学者，同时为比较文学美国学派广泛使用。从事平行研究的学者们首先借用了此种方法，并在自己的研究中进行了较大的发展。他们认为相互之间不存在实际影响关系的国家与国家之间的文学现象，也可能存在一种美学价值上的联系，如果能够找到这种美学上的联系，探讨其背后存在的成因，就可以进行比较研究。如果两个艺术作品之间存在的艺术上的同构与美学规律上的同质，也只有通过审美阅读与审美把握才有可能被发现。因此，我们说平行研究就是基于审美阅读与审美发现的一种批评方法，只不过这种审美是对具有跨越性的两种文学现象的审美，不论是类比研究还是对比研究，不论是对作家之间的比较还是作品之间的比较，正是因此才成为比较文学研究中最基本的对象。再次是统计的批评方法。这种批评方法本来主要运用于科学实验与科学研究，而比较文学学者在进行影响研究与跨学科研究的时候，借用过来并发挥出了自己的优势。比如在研究某一国文学中的异国形象的时候，就可以了解同一类文学作品中他国形象出现了多少次，男性与女性形象各出现了多少次，正面形象与反面形象各出现了多少次；比如在研究《圣经》对于某一作家作品产生影响的时候，就可以统计在这个作家的作品中《圣经》意象出现过多少种类，植物意象有多少、动物意象有多少、洪水意象有多少，与《圣经》相关的人物形象有多少、文化意象有多少，如此等等。可见，统计的批评方法在比较文学研究中是其他批评方法所不可代替的。最后是演绎的批评方法。演绎本来是哲学研究中用于逻辑推理的一种方法，西方的比较文学学者时常加以运用，并取得了意想不到的效果。比如俄苏学者在历史比较文艺学研究中，讨论在具有跨越性的文学现象之间存在类型学相似的时候，往往就运用逻辑推理的方法来进行判断。如果两者之间存在相似的文学现象，就可以看一看这种相似主要是由于什么原因造成的，是对外的借用还是历史上的多源。因此，在比较文学研究中演绎的方法成为了一种最基本的方法，在许多时候都需要根据时代背景与文化语境进行判断，如果根本没有可能性，那就不可能发生影响关系，只能是一种类型学上的相似。那就不能运用影响批评方法进行考证，就只能用平行批评方法进行审美阅读与判断，从而才有可能得出有价值的结论。

比较文学学者在具体的批评方法上，有着多种多样的创造，远远不止于上述的四种，比如中国学者所创造的"双向阐发方法"、"文化模子寻根方法"等。作为一种批评方法的比较文学，更主要是体现出一种基本的观念与基本的品质，即比较文学是一种综合研究的方法，研究主体具有一种多元视域，研究客体具有跨越性即文学间性。在对同一种对象进行研究的时候，可以采用一种批评方法，也可以采用多种批评方法，因为比较文学研究本身就是对同一对象的综合研究。为什么会如此呢？一方面是因为它研究的对象往往是比较复杂的文学现象，一方面是如此则可以同时发挥全方位观照与多角度切入的优势。因此，作为两种不同的批评文学的方法，比较文学与世界文学具有相通性，同时也可以构成一种互证与互补的形态。世界文学研究者所常用的文本细读法、历史传记法与中外互证法，也可以成为比较文学研究者在从事比较文学研究的时候重要的批评方法，并且成为比较文学研究方法论的基础。无论是从事影响研究及其各分支领域的研究，还是从事平行研究及其各分支领域的研究，抑或是从事比较文学的跨学科与历史比较文艺学的研究，以及从事比较诗学的研究与比较文化的研究，都不可能完全离开文本细读法与中外互证法。一般而言，历史传记法主要用于对具有比较文学意义上的作家、文学思潮与文学流派的研究，文本细读法主要用于对具有比较文学意义上的作品的研究，及其文学与其他学科关系的研究。世界文学所采用的批评方法是在长期积累的过程中发展起来的，为新兴学科的比较文学研究提供了许多的借鉴，而比较文学批评方法，从根本上说也不可能离开世界文学研究所经常使用的批评方法。另一方面，比较文学作为世界上文学研究的一门新兴学科与边缘学科，能够深化与细化对世界文学的研究，为世界文学研究提供新的研究理念与批评方法。比较文学将整个世界的文学当成一个整体来看待，从前学者总是做一个国家的文学研究、一个民族的文学研究，甚至只是研究一个外国作家或作品的研究，如果是文学思潮与文学流派的话，也只是限于某一个国家与族群之内，比较文学研究则可以改变这种狭小的格局与个体的局面。比较文学研究客体的跨越性观念，就让从前的世界文学研究者从一国与一族文学的研究中跳了出来，着重研究国与国、族与族文学之间的关系，让自己的文学研究进入到比较文学阶段，开拓了文学研究的新天地。由于比较文学研究主体的多元视域，就让从前的外国文学研究者不能再以一种眼光打量外国文学，而有可能从多种视角出发来研究外国文学，他们既可以从中国学者的立场来研究英国文学，也可以从英国文学的立场来研究中国文学，还可以从法国学者的立场来比较中国文学与英国文学的不同特点。而实证、审美、统计与演绎等多种比较文学批评方法的运用，可以让世界文学研究上升到比较文学研究的新阶段，共享比较文学理论与研究方法的优越性与超越性。所以，从批评方法的角度来看，世界文学批评方法是比较文学批评方法的基础，而比较文学批评方法则可以为世界文学研究提供新的理论观念与新的批评方法，让世界文学研究发展到一个新的、更高的阶段。

总之，不论是作为一门新的学科还是作为一种批评方法，比较文学与世界文学本来就是二位一体的形态，它们的学术理念是具有相通性的，它们的学术目标是具有共同性的，其所采用的批评方法也具有相当的共生共融性。作为中国学者所从事的世界文学研究，本来拥有中国学术立场与中国文化观念，只要与外国作家作品等文学现象一接触，就产生了一种比较视域或多元视域，在无意之中就让自己的文学批评成为了一种比较文学研究，因此，从此种意义上来说，中国学者对外国文学的研究其实就是比较文学研究。世界文学的一个基本理念，就是由多个民族的文学发展到一定阶段就产生了一种世界的文学，或者就由民族文学的时代进入了一个新的世界文学的时代，也就是将文学当成了世界性的东西，将世界上所有的文学当成了一种共同的东西。当然，我们在从事文学研究的时候，首先还是要对一个的国家的文学或者一个民族的文学进行研究，更多的时候则只是对一个国家或者一个民族内的一个作家、一部作品进行研究。但是，世界文学的确具有了一种整体观念，它本来是全球化进程中的产物；而比较文学也有一个基本的理念，就是将整个世界的文学当成一个整体，在此前提下来探讨各民族文学之间的关系，首先是要发现它们之间的联系，清理它们产生关系的路径。其实，每一种批评方法都可以为所有学科所共用，没有哪一种批评方法只为一门学科所使用，何况作为相关学科的比较文学与世界文学？所以，世界文学的批评方法比较文学研究者可以采用，比较文学的批评方法世界文学研究者也可以采用。这才是一种合理的、正常的、科学的形态，也只有这样，比较文学与世界文学研究才能够得到共同发展，让学科发展到一个新阶段。

本文的出发点是着眼于比较文学与世界文学的共同性，同时也是因为有的学者总是指责比较文学存在的合理性，不能很好地处理两者之间的关系。那么，比较文学与世界文学有没有区别与差异呢？如果要说比较文学与世界文学的区别，主要体现在以下两点：一是世界文学研究的对象大多是个体，而比较文学研究的对象主要是关系；二是世界文学研究的目标是对于作家作品的精深理解，而比较文学研究的目标则是共同诗学的建立。我们想打一个比方，比较文学与世界文学就像一个母亲所生的两个兄弟，他们具有血缘关系，却具有不同的个性与气质，具有不同的人生道路与发展方向，难道我们要强求两个弟兄长得一样一样吗？难道两个兄弟一定是要水火不容吗？两个兄弟为什么不可以和平共处、共同发展呢？比较文学与世界文学本来就是一个专业，许多高校是将比较文学与世界文学作为一个专业的两个方向，那么，随着学者们的共同努力，两个方向会越来越接近，获得越来越大的生机与活力，许多时候还可以水乳交融、相存共生、共同发展。更重要的是，从学理上与实践上来看，它们真的能够相得益彰，相互促进，共享美好学术前景！

中国比较文学研究存在的问题及其发展前景[①]

比较文学作为一个学科已经有150多年的历史,从欧洲到美洲,从美洲到东方的中国以至于其他的国家,在不同的文化语境与学术体系中得到了不同程度的发展,产生了一批丰硕的成果,引起了世人的强烈关注。从总体上来说,比较文学的学者基本上都是各国的一流学者,他们在本国文化、文学与学术发展的进程中,以比较文学的方式作出了特有的贡献。在西方,虽然比较文学从学科的概念到学术研究的方法,学者们之间往往产生分歧甚至是严重的分歧,但许多重要甚至重大的问题的提出与解决,都离不开比较文学的学科理念与比较文学的研究方法,或者说当今世界的许多重大问题的解决,都与比较文学有关。比如一百多年以来法国学者对国际文学关系史问题的研究,最近50年以来美国学者对文化理论的生产与消费问题的研究,最近一百年以来俄国学者对历史比较文艺学问题的研究,最近20年以来中国学者对东西方异质文化对话问题的研究,如此等等,都是以比较文学的方法才得以实现的。比较文学研究理念与研究方法引进中国并在中国学界普遍采用与发展起来以后,虽然其本身也有了一个"中国化"的过程,但中国的比较文学研究所处的历史语境与欧洲当年的文化语境毕竟是不一样的,与美国学者当时所面临的理论与现实问题也是不一样的。中国的比较文

[①] 原载《江汉论坛》,2012年第1期。

学学科如何才能发展起来？中国的比较文学学者是不是还要去解决西方学者已经提出或者解决了的问题？中国的比较文学学科究竟存在什么样的问题？中国的比较文学应当解决什么样的问题？中国比较文学研究的基本目标是什么？中国的比较文学学科具有什么样的发展前景？这是我最近几年在从事比较文学研究的时候，集中时间思考与探讨的一个核心问题。本文主要回答这样三个问题：一是中国学者认识比较文学所存在的四个误区；二是中国比较文学学者需要解决的五个问题；三是我们应当集中精力从事什么样的比较文学研究？只有认识与解决了这样一些根本的观念与理论问题，中国的比较文学研究才可能发展起来，比较文学的中国学派才有可能完整地建立起来。

一、中国学者认识比较文学的四个误区

比较文学研究观念与方法被引进中国之后，受到了广泛的重视，并在文学与文化研究领域得到切实的运用。但是，中国学者（自然包括中国的读书阶层）对来自西方的比较文学的认识是有偏差的，本人所说的存在偏差，并不只是说中国学者对比较文学的认识不太准确，而是说中国学者是对比较文学的认识与理解是存在问题的，并且有的时候问题还相当严重。从历史上来看，每一个国家的学者对比较文学（无论是作为一个学科、一种文学研究方法，还是一门课程）的认识与理解都是各不相同的，据说世界上曾经有过的比较文学定义就有一万种之多。西方学者与东方学者之间对比较文学的看法差距甚大，在对一些具体问题上的认识更是缺少共同性。因此，所谓对比较文学认识的十分准确与科学基本上是不可能的，从学理上来说也是说不通的。正如一个民族的作家及其作品流传到其他民族里肯定会产生变异一样，作为一门学科的比较文学及其理论、作为

一种研究方法的比较文学及其理论,流传到其他国家与民族里的时候也往往会产生变异,因此,我们往往不能说哪个国家与民族的学者对比较文学的认识是十分准确的,而其他国家或者民族的学者对比较文学的认识则是不准确的。所以,我们这里所说的"偏差",不是说准确不准确的问题,而是存在的种种非学术与非科学的倾向,即对中国比较文学学科的发展起到不良影响的种种因素。当人们大谈中国比较文学研究所取得的成就与产生的影响的时候,我们来谈中国比较文学研究存在的问题,是不是有点不合时宜呢?"学术乃天下公器",学术研究的根本目标就是追求真理;既然如此,那么我们讨论中国学者对比较文学的认识与理解上存在的问题,目的也是为了追求学术真理与实现中国比较文学学者的宏伟企图,这样的思考与探讨就是建设性的、有积极学术意义的。

就目前而言,中国学者对比较文学的认识与理解存在的误区,主要体现在以下四个方面:

1. 异同论

有的学者认为所谓的"比较文学",就是比较分属于不同民族与文化的两个作家、两部作品或者两种文学现象之间的同与异,甚至同一个民族与国家里的不同的作家与作品等文学现象之间的同与异的比较。只要找到了两者之间的同与异,并涉及背后的一些原因,比较文学研究也就大功告成了。于是,有人将李白与杜甫进行比较、汤显祖与莎士比亚进行比较、《阿诗玛》与《格萨尔王传》进行比较,某一时期,如此题目的论文发表不在少数。有的学者认为如果能够找到两者的相同与差异,一篇比较文学论文的写作就算是基本完成了。资料显示,这是中国学者一种对比较文学的普遍认识,那样一些对于比较文学学科没有真正了解与理解的人,似乎都是这样的看法。其实,这样的比较文学论文不论是从研究方法还是从学术理念来说，多半与比较文学的本义无关。因为这样的对两种文学现象的认识采取一种比较的视角与方法，在人类的历史上自古就有，并不是比较文学学科产生以后，才发生的文学批评事实；这种对人类文学史上的一般文学现象进行比较分析，只是一种机械的、想当然的比较文学研究，体现的是一种为比较而比较的比较文学理念，从根本上来说它缺少任何真正的学理性基础，在方法论上也没有体现出一种基本的立场与观念。我们大学本科阶段的学生以及一些与文学相关专业的研究生，在没有学习比较文学课程或者开始了解比较文学学科的时候，基本上都有类似的认识；他们所写作的有关比较文学的论文，基本上是属于比较两者异同的范围。由此可见，要真正地了解与认识一门学科是何其艰难！有的学生写的关于《老人与海》与《红岩》传播学比较分析，《红楼梦》与《追忆逝水年华》家族角度的比较分析，就说明这样的认识在初学文学的人那里是大有市场的，并且比较稳定①。这样的基于异与同的比较文学研究，并不是完全不可以做，但是，对于真正有出息的学者来说，我们的研究一定要有特定的文化与学术背景，并且要能够说明自己之所以选取研究题目的根本原因，以及这样的研究最终可能会得出的结论。可以这样说，上述对于比较文学的基于异同论的认识，表明中国学者对于比较文学学科与比较文学研究方法的最浅层次认识，体现了一般中国学者的比较文学观念，在社会上与文学界影响甚大。正由于如此，一些其他学科学者对比较文学学科产生误会，觉得比较文学研究真是太简单不过，似乎只要对文学有兴趣的人，将两部作品读一读，比较一下，找到同与异，就可以做比较文学方面的

---

① 据对中国知网的查阅，自1982—2011年，以主题项输入"中西文学比较"，发现有69篇论文。这就说明中国学者发表的直接对中西文学进行比较研究的论文数量庞大，许多学者都认为比较文学就是中西文学的平行对比研究。（查询时间：2014年5月8日）

论文了；同时，在他们看来，被其他国家学者奉上神明的高端学科比较文学，原来不过如此简单。也许正是基于此种认识，一些人甚至是一些有影响的学者，对中国学者所从事的比较文学研究都表示怀疑，有的学者甚至是对比较文学提出了质疑，有的学者甚至不顾自己的气度，想方设法要否定这门学科存在的合理性与科学性。可见，在中国学界存在多年的、基于同与异的比较文学认识论，原来产生了多么严重的问题，甚至可以说它误导了中国学者对比较文学的理解，这种似是而非的比较文学认识论，对中国比较文学的生存与发展构成了严重的威胁。同时，我们也要认识到，这种对比较文学的认识在西方也是存在的，意大利哲学家克罗齐对于比较文学的批评，也与此相关。但那已经是一种历史的事实，与我们中国学者对比较文学的误识没有很大的关系了。我们关注的是当代中国人如何认识比较文学，如何从事比较文学研究，因为这直接关系到中国比较文学学科的前景，关系到比较文学中国学派的建立与发展。

2. 学科论

有的学者认为中国比较文学主要就是研究比较文学的理论问题、比较文学的"中国化"问题、中国比较文学的学科建设问题，中国比较文学研究也许可以研究其他的问题，但首先是要研究与探讨有关学科发展的理论与构想的问题。有的学者甚至认为，从总体上来说比较文学学科与比较文学研究是从国外传进来的，其理论在西方国家发展得比较充分、形成了各自不同的学科理论体系，只要我们能够将其引进到中国来，并且能够在文学研究实践中加以运用，中国比较文学学科也就建立起来了；有的学者认为西方的比较文学学科一直以来基本上是靠理论领先于其他学科的，并以此对其他学科的发展产生了影响,因此中国比较文学要得到发展,首先要注重对于理论问题的考察与研究,如果要能够发展出自己有特色的比较文学学科理论体系,就可以与西方比较文学学派进行对话,甚至可以平起平坐了。有的学者认为西方所谓的比较文学研究,在本质上就是一种理论研究,于是,中国学者纷纷讨论比较文学如何才能"中国化"、中国比较文学走了一条什么样的道路、未来的中国比较文学如何才能得到发展等宏观问题。不能否定这些也是需要关注的重要方面,然而它们不是一般初学比较文学者与进入比较文学领域不深的学者能够进行有效探讨的问题,因为这些问题的深入探讨,需要长期的学术积累与非常深厚的学术功底。正是如此研究取向,加上30年来中国学界普遍存在的其他一些根本原因,导致了中国比较文学研究的"空洞化"倾向。《中国比较文学》杂志自然是一本优秀的杂志,为中国比较文学的发展做出了巨大贡献;然而它发表的论文也存在这样的偏向,从中看到的是一些是大而空的理论推断,缺少真正的问题探讨。学科论是中国比较文学学者需要探讨的重要方面,但不是唯一的方面;比较文学中国学派要真正建立起来,得力于中国学者对于学科理论的建构,同时更要得力于对与文学史以及文学史上的作家作品中存在的关键问题的深入探讨,比如中外文学史的关系研究、其他学科对作家作品的影响关系的研究、中西不同的世界文学观念的研究,特别是世界各国文化与文学交流的历史的系统研究。如果将一切比较文学研究都"学科化"与"理论化",而不注重对实际问题的研究,中国比较文学就走进了一个很大的误区。"学科论"的产生主要是出于中国学者的爱国热情,同时也是受到了俄苏历史比较文艺学的影响。在比较文学研究方面中国落后于西方,如何在理论上有所突破,自然就成了中国学者的一块心病。西方比较文学历史上已经有三大学派,中国比较文学研究要得到国际承认,也确实需要建立自己的学派,所以比较文学的中国化与比较文学的中国学派自然有其合理性①;然而,中国比较文学要得到发展与国际学界的认可,需要建立在对有关问题进行扎扎实实探讨的基础上。如果说"异同论"的误区主要存在于一般读者与社会上,那么学科论的误区则存在于学术界甚至是比较文学界,有的甚至是著名学者所从事的比较文学研究,也体现了这种误识与误解。正是因此,许多中国学者并没有多少人真正地认识到了这是一个问题,或者说许多人没有从根本上认识到这是一个问题。因为比较文学界的一些杰出学者都是这样做,并且也都倡导研究这样的问题,谁还能表示怀疑呢?其实是一个很大的问题,因为我在另文中有所论述,不再展开。

3. 比附论

有学者认为比较文学就是跨越两种民族文化之间的文学现象的比较分析与研究,在两者之间,只要存在相似性与差异性,就可以进行比较研究。正是因此,在当代中国学术期刊上,发表了不少诸如"中西古典悲剧"、"中西古典神话"、"中西民间童话"、"中西叙事诗与史诗"、"中西家族小说"、"中西爱情小说"、"中西爱情诗歌"等题目的论文,有的论文被认为是中国比较文学研究所取得的重要成果,而收入一些重要的年鉴与选本。其中有一些论文与论著因为在中西文学之间,进行了沟通交流与平等对话,也是很有意义的。有的学者做得不错,撰写了亚里士多德与刘勰文艺思想的比较分析、柏拉图与庄子诗学思想的比较分析、华兹华斯与陶渊明诗中

---

① 据对中国知网的查阅,自 1982—2011 年,以主题项输入"比较文学中国学派",有 87 篇论文,说明许多中国学者关注比较文学中国化与比较文学中国学派的问题,甚至是初涉比较文学的人,也在写这个方面的论文。(查询时间:2014 年 5 月 8 日)

自然山水意象的比较分析、柯勒律治与李贺诗歌审美艺术的比较分析，李清照与狄金森抒情诗中爱情主题的比较分析，如此等等，对两种文化背景下产生的两种文学作品进行对比分析，有根有据，发现与提出了一些有趣的问题进行讨论，体现了一代学者的学术眼光与深厚功底。然而，也有许多论文比较的是在两种文学现象之间没有任何联系的作家与作品，只是找到一些相似点就匆匆忙忙地进行比较研究，没有得出令人信服的任何结论。平行研究本来是基于审美的，但一些论文作者没有对于作品的阅读与审美过程，就开始对一些相似的文学现象进行比较分析，一段时间之内这样的比较研究论文非常流行，似乎这就是我们中国特色的比较文学研究，有的还认为这些宏观性的比较研究就是中国比较文学新阶段的标志。这种 $X+Y$ 的研究，就是我们所说的"比附论"。从一百五十多年来国外已有的比较文学实践来看，比较文学研究的确具有十分广泛的内容，甚至有的学者认为比较文学的研究对象没有边界，比较文学研究本来就没有边界，因为比较文学具有各种不同的定义与研究的角度及研究的方法。我们也不否定这样的研究不是比较文学的范围，因为这样一些论文从本质上来看是美国学者所提倡的平行研究；但是，如果只是找到一点相似性就进行比较，那就只能是流于浅层次的比附，而不是真正意义上的比较，这样的比较研究其实得不出什么有价值的结论。比较文学平行研究的学理基础在于"可比性"，平行研究的起点在于艺术审美；如果两者或者以上的文学现象之间没有可比性，那就不能进行比较研究，如一块石头与一只狗，一棵树与一滴水，不是同一类型的东西，没有任何可比性存在，自然不能扯到一起来。而"可比性"是指两种以上的具有跨越性的文学现象之间，既存在相似性也存在差异性，并且这种相似性与差异性是同时存在的，这才具有可比性。而这种"可比性"是通过对于作品的审美阅读而发现的，不是一种印象与外在的观察，并且是通过作者自己的阅读才可能实现。而上述"比附论"作者往往缺失审美阅读，也就没有真正的审美发现。没有真正的审美发现就没有做比较文学平行研究的条件，因此，"比附论"的比较文学研究在学理上是说不通的，在方法上是行不通的，在结论上是不可靠的。"比附论"与"异同论"表面上看起来好像是一回事，其实是另外一种现象，所以我们分别加以表述。

4. 扩展论

所谓"扩展论"是指中国比较文学界存在的一种将比较文学研究范围无限扩大的倾向，凡是自己认为与比较文学相关的内容都纳入比较文学研究，让比较文学大到无所不包的形态，其实是侵占了别的学科领域。有学者认为文学的问题在本质上来说属于文化的问题，因此比较文学研究其实就是一种文化的研究；正是因此，有的学者认为只是作一点作家作品的比较分析意义不大。于是，一些学者总是将比较文学导向比较文化，让比较文学研究失去了文学内容，成了一种大而化之的比较文化的研究。有的学者热衷于作"跨文化"的研究，有的学者甚至要作"跨文明"的研究，有的学者热心于"跨学科"的研究，因此，跨来跨去。最后还是回避不了文学本身的问题、文学审美的问题。自从法国学者提出比较文学学科理论以来，从"影响研究"到"平行研究"、"跨学科研究"，从"历史比较文艺学研究"到"比较诗学"的研究，从"跨文化"的研究到"双向阐发"研究再到"跨文明"的研究，走过了一条不断地扩展化的道路。这种无限扩展论的结果，是将20世纪的西方文论、所有的文学理论以及哲学与语言学理论等与文学相关的内容，全部纳入比较文学研究的领域。这样做的结果是取消了比较文学研究本身，让比较文学消失了自己的学科特征。这不是对中国比较文学的推动，而是对中国比较文学学科建设的破坏。比较文学有没有边界，中国比较文学研究有没有自己的特定对象？中国比较文学研究需不需要有自己的特定对象？我认为比较文学学科之所以能够成为一门学科，就在于它有自己特定的研究对象，而不是在于有自己的研究方法；没有哪一门学科只有只属于自己的研究方法，也没有哪一种研究方法只为自己这门学科所用，研究方法可以为所有的学科所运用；正是因此，比较文学之所以能够成为一门学科引人关注，不在于它使用了比较的研究方法，而在于它有自己比较稳定的学科对象，就是文学间性的存在，即本身存在文学间性的文学现象就是比较文学研究的对象。因此，以文学为中心的"文学间"现象成为了比较文学研究的特定对象与具体内容。从这个意义上来说，中国比较文学的"扩展论"是存在问题的，正如西方比较文学的"扩展论"会导致危机一样，这条道路也是走不通的。

中国学者认识比较文学的四个误区，严重在干扰了中国比较文学研究的水平，影响了中国比较文学学科的建设，也对比较文学中国学派的建立发生了混淆的效用。对此，我们要有清醒的认识。

二、中国比较文学研究要解决的五大问题

世界各国的比较文学研究具有不同的目标与责任，比较文学的历史就是这样构成的；那么，中国的比较文学研究究竟要解决什么问题？这是我最近一再思考的一个核心问题。[①]一门学科不可能解决

[①] 近年来发表的比较文学论文主要有：《以世界文学为基本对象的比较文学研究》（与杜雪琴合撰，《中国比较文学》，2010年第4期）、《中国比较文学学科建设"下潜模式"的建立》（《江汉论坛》，2009年第1期）、《中国比较文学学科建设的三种运行模式》（《湖南社会科学》，2008年第4期）、《比较文学基本理念和中学语文教育改革》[与胡雅玲合撰，《语文教学与研究》，2010年第11期（上），《高中语文教与学》（人大复印资料）全文转载。]

所有的问题,比较文学也不能解决别的学科的问题,中国比较文学学者要解决自己所面临的问题。我认为以下五个方面的问题,是现有的中国其他学科的学者所无法解决的,而只有中国比较文学学者才能解决;中国比较文学学者也只有通过自己的艰苦努力,圆满地解决了这些问题,才能确立自己的学科地位,比较文学的中国学派才能完整地建立起来。

1. 解决更清晰地认识与准确地理解中外文学的特点问题。

中国文学有什么样的总体特征、中国文学具有什么样独立的发展道路、中国文学具有什么样的艺术传统?只是研究中国文学的学者能不能够清楚地认识与科学的理解呢?我认为少有这种可能性。英国文学或者美国文学具有什么样的总体特征、什么样独立的发展道路、具有什么样的艺术传统?英国或者美国只研究美国文学或者英国文学的学者自己能不能够认识到呢?我认为也不具有可能性。为什么会如此呢?因为自己要认识自己的特点是不容易的,自己通过自己要有一个准确的定位是难的。因为只有将一个对象放在与他者的比较中,才能清晰地显示出自己的特点,其优势与特点才可能从总体中分离出来,并呈出在我们的面前。这是西方哲学认识论的基本理论。因此,中国现当代文学的学者如果自吹自擂,说现代中国的作家取得如何了不起的成就,或者中国古代文学的学者自吹自擂,说中国古代的小说取得了如何伟大的成果,其实是不可靠的,因为在外国学者来看,却远不是那么回事。到目前为止,中国为什么没有一个作家获得诺贝尔文学奖呢?没有一个中国作家的全集译成除英语之外的其他语言呢?只要有人提出这一个问题,就可以让中国现当代与中国古代文学的学者无话可说。然而,如果从比较文学的角度来考虑这个问题,如果用比较文学的方法来对比中国文学与外国文学的特点,一切就更加清晰地呈现出来了。如果将西方的十四行诗与中国古典七律诗进行比较,就可以清楚地认识到中西格律诗的相似与差异,其在体式上的特点与音律构成上的特征,不言自明;两者都取得了很高的成说,各自产生了许多一流的诗人诗作,从艺术结构到艺术语言、从艺术体式到艺术审美意象都具有可通约性,同时也具有各自不同的建构。如果将中国古代的叙事诗与西方的史诗相比较,就可以发现中国古代有许多短小的叙事诗,但具有明显的抒情特点;而西方的史诗则高度发达,与小说具有许多的相关性。但是如果将华夏各民族的史诗一并纳入中国文学范围,则可以与西方叙事诗或者史诗相提并论,但也具有各自不同的特征,缺少可比性。所以,只有将中国文学与外国文学纳入同一学术平台,以比较文学的视野与方法来观察中国文学,中国文学与外国文学的特征才突显出来,中国文学与外国文学才产生了联系。由此可见,如果没有建立在中国文学与外国文学基础之上的比较文学研究,就没有办法认清中国文学与外国文学的特点,那么各自的价值与意义也就无法体现。中国学者从事比较文学研究,首先是要有对中国文学的了解,因此对中外文学的认识与研究就是必不可少的内容,中国学者做比较文学研究不可不关注中国自己的文学,同时也不能忽略对除中国之外的各国文学特点的认识与价值意义的追寻。这是中国比较文学学者首先要解决的一个问题,也是可以解决的一个问题。并且这个问题的解决对于中国比较文学学科的建设意义重大。

2. 探讨其他学科的发展对文学所产生的影响问题。

各国的文学是如何产生与发展起来的?文学是不是只是单纯的艺术层面的东西?文学的发展除了时代与社会历史背景之外,是不是还有其他学科的发展为其所提供的条件?文学的发展是不是受到了自 19 世纪自然科学与人文社会科学发展起来以后的强大影响?

如何将文学放在一个更大的艺术、文化与学科系统中来看待其自身的发展历程与成长道路？这就需要我们从其他学科的角度研究文学的本质特征、艺术本体的构成与艺术技巧的构成体系。因为文学虽然首先是一种审美的艺术，首先是语言与艺术层面的东西，但其他种种因素的构成与影响也是绝对不可忽略的，甚至可以说离开了其他思想与文化因素，我们在许多时候就无法准确地理解作家作品等文学现象。美国学者正是从这种意义上提出比较文学的"跨学科研究"，并以自己的实践开拓出了这一比较文学研究的新领域的。于是，从其他学科的角度研究文学就理所当然地成为了比较文学研究的重要方面，并且也已经成为世界文较文学研究的新倾向与新热点。不过我们也注意到，有的学者提出跨学科研究不能是比较文学研究的对象，真正的比较文学学者并不研究文学与其他学科之间的关系，如果研究其他学科与文学的关系能够成为比较文学研究，那其他学科的学者也可以研究这个方面的内容，那他们是不是也就成为了比较文学研究的专家了呢？这样的观点表面上看起来似乎很有道理，其实他们只说对了一半，不是所有的对文学与其他学科的关系的论文都可以算作比较文学，这有一个重心与落脚点的问题，即你的研究要达成什么样的目标。我认为，从其他学科的角度研究他们对文学所产生的意义与影响是有价值的，这可以成为比较文学研究的重要方面与主要对象，而研究文学对其他学科所产生的影响，则不属于比较文学研究的范围。也许当初的美国学者并没有意识到这个问题，因为他们当时提出比较文学的跨学科研究是一种双向的研究。而我们认为比较文学并不研究文学与其他学科的一般关系，也并不关注文学与其他所有学科的双向关系。我们也不可能来研究文学与其他所有学科的双向关系，现在学科分类越来越细，数以千计的学科与文学的关系，我们如何研究呢？当然，有的学科与文学的关系比较近，而有的学科离文学的关系则比较远。而有的学科也许与文学不存在任何关系。所以,比较文学要研究的其实只是其他学科对文学所产生的影响,首先是对作家与作品所产生的影响。比较文学的跨学科研究,要求研究的对象是文学现象而不是其他学科的现象,研究的目的是要说明文学问题而不是其他学科的问题,研究的方法也是文学研究的方法,首先是审美批评与文本分析的方法。最近三十年在西方兴起的生态批评、环境批评与空间批评,其实就是比较文学的跨学科研究;我们最近几年所提倡的文学伦理学业批评、文学政治学批评与文学地理学批评,其实就是标准意义上的比较文学的跨学科研究①。中国古代文学与中国现当代文学的学者,有的时候也注意到这个方面的研究,但他们已经是跨越界限了。比较文学的跨学科研究本来是一个开放的体系,其他学科的学者都可以参与,但研究一定要是文学问题;从前钱学森等人研究文学对其他学科所产生的意义,我认为那不是文学研究,自然就不是比较文学的跨学科研究。只要能够认识到这一点,就可以认识到探讨与解决其他学科对文学所产生的影响的重要性与可行性。无论是中国文学史还是西方文学史都一再地说明,文学的产生与发展与人类的历史、地理与宗教是密不可分的,文学虽然对其他学科也产生过影响,但这种影响是有限的并且是通过人的中介而发生的;而每一门新兴学科的产生往往会对文学产生极大的影响。最远的可以推到伦理学与哲学,最近的可以推到语言学与计算机科学。甚至有的学者还认为文学起源于人类的伦理需要,虽然我并不完全认同这样的看法,但我认为人类的伦理观念与思想对于文学所产生的重要意义是不可忽略的。因此,因为其他学科对文学产生了如此巨大的影响,许多重要的文学现象如果只从作品与作家本身出发是无法得到

---

① 据对中国知网的查阅,以主题项查询"文学伦理学批评",论文121篇;以主题项查询"文学地理学批评",论文12篇。(查询时间:2014年5月8日)

解释的；那么，从其他学科角度研究文学无论是对于文学来说还是对于理论来说，就显得特别重要。如此的文学研究并不是出自于比较文学学科建设的需要，而是出自于人们对于真理的寻求与探索。所以，虽然有的学者反对将跨学科研究列为比较文学研究的重要对象，但从其他学科的角度研究文学现象与探讨文学问题却不可逆转地成为了当代比较文学研究的题中应有之义。中国比较文学学者在这样一个科技高度发达并且高度综合的时代，如果不关注其他学科对文学所产生的影响，那自然是放弃了自己的责任，也失去了发展自己有特色的比较文学研究的时机。所以，其他学科对文学所产生的影响就这样成为了中国比较文学学者学术研究的重要领域。

3. 建立具有整体性的世界文学观念。

比较文学学科的历史发展表明，比较文学学科的产生正是人类的世界主义意识觉醒的结果，也是世界文学观念产生的一种必然结果。如果没有能够建立起一种世界文学的观念，我们的眼光没有达到一国文学与一民族文学之外，或者说没有将整个世界的文学当作一个整体来研究，就不可能产生真正意义上的比较文学。自从德国诗人歌德先生提出"世界文学的时代"这种新观念以后，人们才真正地认识到世界文学与民族文学的区别了；当马克思与恩格斯在著名的《共产党宣言》中提出作为一种新的文学类型的"世界文学"概念以后，"世界文学"在全球一体化的过程中才开始真正的形成，不过到现在为止，世界文学的时代进程也没有能够完全完成，但许多人相信我们已经进行世界文学与民族文学共生共存的时代，也可以说是初步进入了世界文学的时代，但真正的世界文学观念并没有完整地建立起来。具有整体性的世界文学观念能不能建立起来，世界文学的时代能不能够真正地到来，这正是比较文学研究者关注的问题与需要完成的一个目标。我相信，只有通过对世界各国各民族的文学进行比较文学的研究，才能让人们更好地建立起真正的世界文学观念，也才能进一步地探讨比较诗学与共同诗学的问题，自然也包括与总体文学相关的理论问题，这正是比较文学研究者要解决的一个问题。这样的学术目标，只靠一国文学的研究者或者者只靠研究一国与一民族的文学是不可能完成的。歌德之所以能够提出"世界文学的时代"这样一种具有新的意义的概念，马恩之所以能够提出"一种世界文学"这样一种新的文学类型与文学观念，也正是因为他们的眼光超越了一个国家与一个民族，达到了欧洲其他国家的文学，甚至是东方国家的文学。不过，"世界文学的时代"或者"一种新的世界的文学"，在歌德与马思那里也只是一种理论的构想与时代的观念而已，他们并没有进行深入而系统的研究和论述。这样的任务责无旁贷地落在了我们中国学者身上。关于世界文学是存在争议的，有的人认为世界上并不存在一个具有共同性的世界文学，也没有必要去建立一种所谓的世界文学；但是我认为虽然文学的价值是以个性与特征为前提的，但世界上的多个民族文学中的确是存在共性的东西，而这些共同的东西是我们认识文学的基本层面。在各民族文学没有交流的时代，民族文学的生存与发展是独立的；但各民族文学发生交流并加强了这种交流以后，文学的共同性就得到了发展，以至于形成一种具有世界性的文学，并进入世界文学的新的时代。世界文学并不是单是一种文学类型，它是由多种多样的民族文学所构成的，并且世界文学的形成与构成也不可能离开民族文学与国家文学。究竟什么是世界文学？世界文学是由什么东西所构成的？世界文学的魅力在哪里？民族文学与世界文学是一种怎样的关系？世界文学的理论是如何建构的？世界文学是一种历史的进程还是一种发展的结果？所有这些问题都需要中国比较文学学者来探讨与回答。西方的学者已经作出了一定程度的讨论，但在理论上并没有系统的发现；中国比较文学学者站在中国文学的立场上，全面了解西方学者对世界文学研究的成果，跨越东西方两大文明体系，对世界文学的相关问题进行全方位的研究是可能的，也是可行的。伴随着中国国力的全面提升，中国学者从事世界文学的研究更有条件，也更有必要性，也许成为了一种历史的必然。

4.建立与完善共同诗学，为文学研究提供理论支持。

所谓共同诗学是指一种指涉与涵盖世界上所有民族文学的文学理论形态。如果只是停留在民族文学与国家文学时代，没有世界文学的观念与背景，共同诗学是无法寻求的；只有到了比较文学方法的普遍采用，只有将整个世界的文学纳入一个共同的研究平台，只有在比较文学研究大量实践基础上，共同诗学的建立才会提上议事日程，也才能取得实质性的进展。也就是说，共同诗学是比较文学研究者的任务，也只有比较文学研究者才可能完成建立涉及整个世界文学的共同诗学的任务。在世界各民族的文学之间存不存在共同诗学，这是存在很大争议的；但是，不论存不存在争议和存在如何的争议，共同诗学始终是各国学者特别比较文学学者感兴趣的一个话题，并且已经成为了一个十分重要与重大的话题。现今世界各国流行的文学理论中所讲述的主要内容，20世纪西方文论所构成的主体对象，其实构成了世界共同诗学的主要内容与基本对象。人类文化与文学的东方与西方、南方与北方，虽然存在巨大的差别，但无论如何还是存在基本的共同点，比如在情感、心理与爱恨情仇等问题上，往往具有高度的一致性，这就是共同诗学之所以能够建立的根本原因。正是因此，建立共同诗学是可能的；当然这种共同诗学在内部结构上也可能是有差别的，不可能是绝对的；同时，建立共同诗学也是的必要的，因为后来者可以以我们的共同诗学为起点，并且以此为武器与工具来认识历史上的文学现象，以及未来可能产生的种种新的文学现象。总之，共同诗学只有在比较文学的框架内才能建立,在单一的一国与一民族的框架内是不可能建立的,甚至不可能提出整体性的概念。当前我们所能阅读的《文学理论》之类的著作与教材,不论是韦勒克的还是伊格尔顿的,不论是童庆炳的还是王先霈的,都是来自于对世界上主要国家与民族的文学的研究才得出来的,其实这就是共同诗学的研究,也是共同诗学的起点。

5. 为世界各民族文学与文化之间的平等对话建立平台。

各民族文学与文化之间的平等对话,对于当今世界的稳定与发展而言,至关重要。最近几十年来世界发生的重大冲突甚至战争,都与文明的冲突与对立直接相关;而各文明之间的冲突与对立之所以发生,与各民族之间的对话与沟通不够存在直接的关系。文学是作为文化的直接载体与主要方式,民族的心理与个性、民族的情感与传统,往往直接地体现在具体的作家与作品中。所以,加强各民族文学之间的交流与对话,对于各民族之间的理解与共生共存,对于整个世界的和平与稳定繁荣,往往产生极为重要与重大的意义。而在现有的各门学科中,比较文学在这个过程中所产生的作用与发生的意义是十分明显的。虽然中国古代文学的学者可以到世界各地讲学,中国现当代文学的学者也可以到世界各国讲学,各民族文学的研究者自然也可以到其他国家讲学,交流自己的研究心得与对于文学研究的意见;但是,由于这些学科的学者只是研究一个国家与民族的文学,这种文学与文化的交流所发挥的作用就是有限的;如果本来就研究各民族文学之间关系的学者,懂得本国文学也懂得外国文学,懂得文学与文化甚至也懂得其他学科的情况,那么比较文学研究者到世界各国讲学,那各民族文学之间的对话与交流就会更顺畅、更有成效,更受到世界各国学术界的重视。其实,比较文学研究者本身就是进行各民族文学之间的对话工作的,只不过他们的对话具有一种学术探讨的性质,而不是政治性或经济性的对话。要引起我们重视的问题是,文学交流与文化交流往往是其他学术的交流所不可代替的,因为它离人类的精神世界更近,它与人们的日常生活更加密切,因而比较文学学者以比较文学研究的方式所进行的文学交流与文化交流,其发挥的作用往往是其他学科的学者不可比拟的,甚至具有一种长效机智。中国的比较文学学者站在第三世界国家的立场,将世界各民族的文学联系起来,一定可以搭建起世界文学平等对话的有效平台,为世界的和平稳定做好出自己的巨大贡献。

"以诗译诗"：一种必须坚持的诗歌翻译观念[①]

20世纪中国的译学理论多种多样、丰富多彩，有严复的"信"、"达"、"雅"，有鲁迅的"硬译"，还有一些人所提出的"西化"或者"化西"、"化古"、"古化"等，然而它们都只是触及到了文学翻译的某一个方面或者某一种文体。我认为不能从一般的意义上来谈译学理论，因为每一种文体的翻译具有不同的讲究，比如说文学翻译与科技翻译也许就完全不同，政治学、伦理学等学术翻译与小说、戏剧等文学翻译也不可能完全一样；就是在文学的范围内，小说的翻译与戏剧的翻译、散文的翻译与诗歌的翻译也存在很大的差别。而在所有文学文体里面，我认为诗的翻译也许是最难的，主要就是因为诗歌在文体上存在许多的讲究，从而拉开了它与其他文体的差距。而在所有的诗歌作品里，不同时期的诗歌与不同流派的诗歌翻译起来，其难易程度也有所不同：古英语诗歌也许比现代英语诗歌的翻译起来更难，古典主义时期的诗歌也许比现代主义时期的诗歌翻译起来更难；在所有的诗歌文体里，自由体的诗不如格律体的诗翻译起来难，散文体的诗不如十四行诗翻译起来难。以上只是相对而言，不是绝对的认定。因此，我认为不能以译学理论来通称对于所有文体翻译的理论观念与方法，而要在此之下进行细分；如果说研究文学翻译的理论叫译介学，那么在译介学之下，

[①] 原载《内江师范学院学报》，2012年第7期。

也许还要细分诗歌译介学、小说译介学、戏剧译介学、散文译介学、影视译介学，如此等等。这样的划分是有必要的，也是有可能的。严复的"信"、"达"、"雅"理论也许主要属于小说译介学，鲁迅的"硬译"理论也许主要属于诗歌译介学了。如果我们有时间也有兴趣，可以清理一下世界各民族现有的译学理论，看一看哪些是属于小说译介学，哪些是属于诗歌译介学的，而哪些是属于戏剧译介学的。以上所说，也只是限定在文学译介学的范围内。翻译是一门很大的学问，涉的范围太大、领域太广了。这样的研究与理论建构工作，一时可能难以理清，不比组织一批人来撰写一本文学史教材那么容易操作！但是其意义却是相当重要的，因为它涉及语言的本质、文学的本质、文学文体的差别以及译者的基本观念与基本方法，更是人类文化交流与文学传播里最为关键的理论之一了。

译诗为什么难，这是有其原因的。"译诗之难"是一个有共识的命题，似乎没有哪个提出过不同的甚至反对的意见。而为什么译诗是难的？对此进行深度探讨的人，也许就不多了。译诗之所以难，我认为主要在于四个方面：

一是诗人内在化的情感与意识不太容易理解与把握。从文体而言，诗歌是一种内视性很强的文体，不论是古典诗还是现代诗，基本上是一致的。古典诗主要讲究情感的表达，现代诗主要讲究意识的传达。这种诗人内在化的情感与意识的理解与把握，比起讲故事的小说与展开场面景的戏剧来，就要艰难得多。可以打这样一个比方：小说是可以听的，戏剧是可以看的，而诗则只是让人感应的；显然，供人看的与供人听的，要比供人感应的，操作起来更简单一些。

二是因为诗歌的语言更加内在化与精致化，对于读者来说不是敞开的而往往是内聚性的，所以，从字词入手对一首诗进行阅读与理解，也不是那么容易的。诗人所用的语言往往不是日常口语，有的诗人运用日常口语比较多，却被人讥笑为"大白话"，在中国古代，就被认为是"打油诗"，如著名的"张打油"一样让人笑话。诗的语言往往以"陌生化"为主要特征，讲究隐而不是讲究显，讲究曲而不是讲究直，比喻、比拟、象征、暗示以至于假借等修辞手段，往往是诗人的拿手好戏，所以读诗是不易的。有的人甚至认为，一个不懂得"诗家语"为何物的人，是不可能懂诗，更是不可能写诗的。由此可见，"诗家语"与一般文体的语言是不一样的，甚至存在很大距离。中国古典诗词甚至可以允许诗歌语言的断裂，也就是说在诗里上言可以不对下语，不讲究现有的语法规则，有的时候不讲语法规则的语言更被认为具有诗意的。这样的语言留下的空白太多，因而不符合一般的语言规则，所以常人特别是不懂诗的人会认为这样的诗句在语言表达上存在问题，那这样的人理解起真正的诗来，自然就更有难度了。如果自己都读不懂诗，又要译诗，那如何是好呢？

　　三是如果用典较多的话，诗诗还需要一定的文化与艺术积累。中国古典诗词最为讲究用典，有的时候达到了被人称为"平典似道德论"的地步。在一首诗里面，总是要在比较固定的地方用上一两个典故，这样的艺术行为被认为是有涵养的表现，有学识的征象。在苏东坡先生的诗词里，如果有哪一首作品里不用典，那就被视为例外的情况。在《赤壁怀古》里，就有"三国周郎"、"小乔初嫁"等典故，如果不懂得三国历史，也许就无法理解这首千古绝唱。用典在西方诗人那里也是相当广泛的，如在但丁长诗《神曲》里面，就有许多古希腊神话与《圣经》里的东西，相当于中国古典诗词里的典故。在西方现代诗里也存在这种情况，在艾略特长诗《荒原》与《四个四重奏》里就用了许多典故，如果我们不了解西方的历史与神话，往往是无法读懂的；如果不能够了解其基本意思，那无论如何也是无法进行翻译的了。

四是形式要素讲究很多，而这些东西是必须保持并且转化的。中国古典诗词讲究押韵与对偶，律诗还要讲究平仄，特别是后来的曲与小令，讲究越来越多，叫做填词，就表明某一种词的写作，是要按照已经有的词牌与曲牌进行，你只有将自己的内容填充到里面就可以了，在形式上是不能突破的，更不能自以为是。那么，这种比较固定的形式讲究，要译成另一种语言的时候，就特别难于把握。暂且不说各种不同的诗体存在不同的讲究，即使我们对所有的诗体构成要素都有所认识，并不一定就有了准确把握，因此我们对于诗在形式上的理解是很难到位的。更为重要的问题的是，某一种特定的诗体往往是附着于一种特定的语言，七律与五律就只能以古代汉语进行表达，用现代汉语写作所谓的五律七律，肯定是不合适的了。在一种语言范围之内况且如此，要将一种语言形式的诗，转化为另一种语言形式的诗，可见其本身是何其艰难的事情呵！每一种语言的构成要素都是不一样的：英语就没有讲平仄的要素，也没有讲究对偶的要素，只有汉语里面才有这种可能，因此汉语可以有对联而英语则无法，英语的每一节单词所占的时间与空间都是不一样的，而汉语的每一个字所占的时间与空间，是完全一样的。可见英语与汉语是完全不同的两种语言，由此构成的艺术规则与艺术形式，自然相差甚远。

　　基于以上四个方面，将英诗译成汉诗或者把汉诗译成英诗，就具有相当的难度。特别是将英语中的格律诗译成汉语，难于将其固有形式因素转化为汉语的相关形式；同样，将汉语的格律诗译成英诗，也很难将汉诗的格律形式因素译成英诗的。所以有人说诗具有抗译性，诗具有不可转译的因素，诗是不可译的，译诗是难的，这样的说法表述的都是同样的意思，同样的道理。为什么没有人讲译小说是难的、译散文是难的呢，而只是说译诗是难的呢？最主要的就是因为诗是最讲究形式的文体，它与其他文体的构成要素并不一样,并且不只是不一样,简直是具有相当大的差别,它具有小说等文体并不具备的形式要素,它本身要密集与高远得多。

  中外诗歌互译规模与成就虽然引人注目,然而也存在诸多问题,其中之一就是有的译者没有把诗当作诗来译,没有以诗的形式来译诗,所以许多译诗像散文、像小说,而与原作相差甚远。20世纪以来中国翻译家对于外国小说的翻译成就是显著的,产生了许多著名的翻译家;对于戏剧的翻译次之,也有一些大的翻译家,只是由于西方大家有许多作品本来就是诗剧,因此其翻译与诗是同样的困难;对于诗的翻译虽然有所成就,也产生了像查良铮、江枫、屠岸、卞之琳等杰出的翻译家,有的时候也有很好的译诗,比如飞白先生就曾经主持了《诗海——世界诗歌史纲》①的庞大工程,上海译文出版社、译林出版社、湖南人民出版社、四川人民出版社与漓江出版社等出版机构,都有大型的诗歌译丛。西方一些大诗人的诗集与诗选也有汉语出版,有的人还有全集或者全编。然而,正是由于译诗之难,所以诸多译本是不成功的,有的译本存在很大的问题。华兹华斯的诗有好几种译本,只有江枫的译本是比较到位的;有的译本完全没有将诗当诗,而是当成了历史材料,当成了原诗基本意思与诗人思想的转译,根本没有考虑到华兹华斯诗歌在形式上的种种讲究。易卜生诗作的汉语翻译,收入《易卜生文集》②第八卷只有61首,而英语诗人根据挪威语翻译成英语的有一百多首,主要是因为有人认为易卜生的文学创作成就主要是戏剧,其诗无甚可观,所以不重视。而根据我们的了解,事实远非如此。且不说易卜生的诗对于理解其戏剧有极其重,易卜生诗歌本身也极有思想与艺术价

---

① 飞白主编:《诗海:世界诗歌史纲》(传统卷、现代卷),南宁:漓江出版社,1990年。

② 《易卜生文集》(共八卷),北京:人民文学出版社,1995年。

值。这两位诗人及其作品的汉译,大致体现了其他外国诗人及其作品在中国汉译情况。当然不同的诗人有所不同,然而基本相似。

"以诗译诗"是针对当代中国有的人对诗没有基本了解与根本理解,却在那里译诗并且自鸣得意的现象而提出来的。前一个"诗"对译者而言,是指在译诗的时候要考虑到自己所在的母语诗歌形式特点与优势;后一个"诗"对译者而言,是指在译诗的时候,要充分认识到原诗本有的形式特点与艺术优势。一个诗歌译者,首先要对自己国家的诗歌传统有所了解,在此基础上要对诗之所以为诗的文体特征有所认识。中国是一个诗的国度为世所公认,然而如果你对中国自先秦开始的诗歌作品没有基本的阅读,对于中国古典诗歌的黄金时期唐诗宋词没有基本有认识,特别是对诗词作品没有系统地审美阅读与感受,就不能说你对诗歌传统有了基本知识。如果没有这种审美阅读的经验,那你根本没有诗歌的概念,那你知道真正的诗会是什么样子呢?一个研究小说的人也许知道小说,一个研究散文的诗也许知散文,一个不研究诗歌的人就不能说他知道诗、懂诗。因此,有的人没有本我的诗歌基本概念就译诗,只能根据所译对象来进行语言对译工作,那不可能认识到位,更谈不上准确地理解了。只译其思想与情感,或者只译其字面意思,那与计算机的翻译有多大的区别呢?计算机也可以成为诗歌翻译家吗?计算机有可能翻译科技著作与思想著作,但也不可能靠它就可以全部完成,离开了人脑也就没有真正的计算机。所以,一个译家对于自己民族本有的诗歌经典,要有基本的阅读与基本的了解,要使自己成为一个对诗有修养的人。这样的要求是翻译好诗、做一个诗歌翻译家的最基本的条件,也是最重要的条件。

同时,"以诗""译诗"的后一个"诗",就是要求我们要有对于所译诗歌作品有独到的认识,最大限度地发现诗美与诗意,最大限度地发现诗形与诗式,最重要的问题是我们不能把原来的诗作之各种美质,在有意与无意中丢掉了。英语的十四行诗,虽然不同时期与不同诗人的十四行诗有不同的讲究,然而作为一种诗体形式的十四行诗,却有着共同的讲究,形成了自成一体的技巧体系。关于英语十四行诗之文体特征与技巧体系,聂珍钊先生在其专著《英语诗歌形式导论》①中作过集中而具体的论述,有兴趣的研究者可以参看。从总体上来说,英语十四行诗的写作,在不同的诗人那里有不同的讲究,不同国度的十四行诗人也会有不同的讲究,然而,追求艺术表达的圆满与艺术形式的完美却是共同的,诗人们总想在一首诗里,让种种因素得到照应与统一,多种因素同时具备,语言精美而富有诗性,韵律和谐,形式整齐,行与行、节与节、开头与结尾之间总是存在这样那样的关系,情景与情感相互融通,思想与材料相互表达,特别在艺术结构上层层上升又层层下降,反反复复又重重叠叠,就是要以最小的体积以求表达最多的信息、最大的思想容量。如果我们对于英语十四行诗有了如此独到的认识,同时又能够认识到每一首十四行诗独立的讲究,那么在将其译为他种语言的时候,就会尽量地将原诗之美转化为译诗之美,以一种新的语言尽量地保存原诗里的艺术讲究,甚至语调的高与低,甚至用词的色彩与软硬。

同时,我们在将汉语的十四行诗译成英语的十四行诗的时候,也需要尽量地将汉语的十四行诗之美转化为英语的十四行诗之美,与上述之理是相同的。然而这种转化又加上了一层难度,因为十四行诗本来来自于英语,人们对于英诗十四行已经有了固定的认识,用汉语写十四行本来不易,因为汉语的构成要素与英语的构成要素

---

① 聂珍钊:《英语诗歌形式导论》,北京:中国社会科学出版社,2007年。

存在区别，因此汉语诗人必定会有不同的讲究，这种不同的讲究只有对汉语比较精通的译者，才有可能体会到。笔者最所写一百多首汉语十四行组诗，利用汉语的种种特点进行艺术探索，从而形成特点与优势①。然而，英语世界的诗人也许并不能体认到这些讲究，因为在英语世界里真正懂得汉语的人才并不多；因此，以汉语为母语的译者才能更好地将汉语的十四行诗译成英语的十四行诗，并取得最大程度的成功。译者要把所要译的诗当诗看，不能当成散文与小说来看。即使我们译在格律上不太讲究的史诗与长诗，也要从其内质与外形上来理解其何以为诗？它们是以何种因素而构成了诗？诗人在其中有何种与他人不同的追求？如果能够以欣赏者的眼光发现原诗之所以美在何处，以批评者的眼光来发现原诗之所以形成的优势，那么译诗成功就有了基础。最好的译者也并不就只是诗人，当然也并不就只是批评家与学者，而是诗人、批评者与学者的有机统一，三者统一于一人，那么译诗就会达到更高的境界。

只有当两个"诗"即"原诗"与"译诗"达到相通与相融时，优秀的译诗才有可能产生。不然的话，一个根本不懂诗的人"以文译诗"，没有任何形式上的讲究，没有将原诗在思想与形式上的特点转化为另一种诗歌话语方式，实在是害人害己。这就是我们发现的读译诗不如原诗的根本原因。一个优秀的译者对于本民族的诗歌要有深厚的积累与独到的认识，了解诗之所以为诗的最基本的方面，特别是认识到与其他文体并不相同的文体特征，才会形成对于诗的基本观念。诗的文体特征是相对的，不是绝对的，然而相对的文体特征对于诗来说也至为关键，一个懂诗的人与一个不懂诗的人，在写诗与译诗的时候其结果是完全不一样的。有的人根本不懂诗，写

---

① 汉语十四行诗收入《邹惟山抒情诗选》，长江文艺出版社，2012年，《邹惟山十四行抒情诗集》，长江出版社，2013年。

了多年所谓的诗，到头来处于十分可悲境地，因为他所写的根本进入不了诗的层面，没有任何人会承认其诗的意义与价值。同时，一个优秀的译者对于所译对象所在民族的语言与文化，也要有所了解，特别是对于所译的诗人与诗作，要有独到的体认与审美的发现，才可能进入对方的内部，才能够发现美质与美形。只有当一个诗人将此两个方面统一起来的时候，才不会留下漏洞与遗憾，一流的译诗才有可能产生。从译诗的历史来看，最经典的诗歌译作，都是如此才产生的。屠岸译莎士比亚的十四行诗之所以优秀，就在于他本来是一个诗人，同时也是一位外国文学研究者，特别是一位中外诗歌的精深研究者。如果他对于中外诗歌没有自己的研究，他在译诗的时候就不会有种种的讲究，就不会有自己的追求。

　　因此，"以诗译诗"不仅不是一个伪命题，很有可能是一个极有价值的命题。首先是因为它具有很强的针对性，以"文"译"诗"，漠视诗歌文体特殊性，是没有前途的。其次是因为作为原诗而存在的艺术作品，往往是经过了多少年的陶洗，披沙沥金，总是在思想与艺术上有特别之处，就是诗之所以为诗的最突出之处。当然，不同时代的诗具有不同的特点，不同的诗人诗作也有不同的讲究，然而作为诗美与诗形而存在的经典诗歌作品，却有其本有的共同性。译者并不能只是认识到这种共同性，更是要认识到这种其特殊性，因为只有认识到了每一首诗之独立个性与美质，才有可能将其译得最恰当、最圆满、最精美。再次，母语诗与外语诗的讲究肯定是并不相同的，一个有丰厚学养的译者在接触到外语诗的时候，对于诗的认识肯定会有所修正，也许会改变其基本的诗学观念，让两个民族、两种语言的诗产生碰撞与交汇，从而让译者建立起一种新的诗学观念，进入到比较诗学的层面来认识自己所译的对象。这就是"以诗译诗"之基本内容与一般过程。这是多么美好而愉快的审美过程，也是充满发现与再创的心灵，更是让一首诗得到重生与得到提升的艺术化过程。

如何才能从根本上解决这个问题呢？加强对原诗的品位与理解是一个方面，讲究对原诗思想与艺术特点的化用也很重要，然而，关键是我们的译诗观念需要得到根本改观，要建立一种"以诗译诗"的观念，并以长期的努力坚持践行之。首先要有懂得多种语言的条件，特别是所译诗人所在国的语言，一定要有较高的语言水平与丰厚的文化艺术积累，能够进行阅读与吟诵，每一个词与每一行诗之美，要能够以自己的感觉进行解读，不仅要能够理解原诗的情感、思想、心理与意识，同时还要能够感觉其语调、节奏、韵律、音节，包括种种标点符号的运用，每一个句子的语气、每一个词汇的色彩、每一个用典、暗示与象征，每一个反讽与双关语，如此等等，都要一一进行品读，争取有最多的发现，这是译诗的前期工作。其次，要能够进行相关的转化，以另外一种语言表达进行化用，让新的表达承载原诗所有的美质与美形，同时也可以按照译者自己的理解有所发展，以形成新的特点与优势。裴多菲的一首诗有多种译法，其中之一是："生命诚可贵，爱情价更高。若为自由故，二者皆可抛。"这首译诗之所以流传甚广，得到了广大读者的认可，主要是因为它是用汉语格律诗来译，最大限度地适合了中国读者的审美趣味。首先它讲究层层递进，语气上有一种连贯性，有节奏，讲押韵，与中国古典律诗在形式上的讲究相似。如果只是转述其意思，也许诗味全无，更无诗美可言矣！

"以诗译诗"这种说法并不是自今日开始，然而作为一种新的诗歌翻译标准，则是我在本次国际学术研讨会上所提出来的，相信会引起越来越多的译者与学者的重视。由此可以延伸地讨论一些相关问题：第一，诗人译诗是不是比学者译诗更到位？本人有从事诗歌创作的经验,或者本身就是一位诗人,他在对原诗的理解上相信更接近于原作者的写作心境,也更接近原诗作的内在本质。我主持《中国诗歌》①"外国诗歌"栏目多年,请了许多诗人与学者译诗,读者就有如此的反应:诗人译诗比学者译诗更有诗意、诗美与诗味,因为它更懂诗之内质与外形。第二,懂诗的学者与不懂诗的学者,懂诗的学者译诗肯定会超过不懂诗的学者。学术界的情况也是多种多样的,有真正的学者有虚假的学者,有专业的学者有不专业的学者,就是研究文学的,也有小说、散文、戏剧与诗歌的区别,因此,读诗较多甚至专门研究诗的学者译诗则比较到位,读诗较少或者不关注诗歌的人硬着头皮译诗,肯定是存在问题的。我们自然不能随便说哪个不懂诗,并且也不存在绝对的懂与不懂,然而的确是存在有的译者不懂诗、有的译者稍懂诗,而有的译者更懂诗的情况。不然,当代中国译诗界为何有蛇有龙呢?因此,在当代中国所有文化艺术形式都处于转轨变型的时期,提出"以诗译诗"的新的诗歌翻译标准,不仅有其实际的意义,同时更具有理论意义。

---

① 《中国诗歌》,每月一期,北京:人民文学出版社,2010年1月创刊,至2014年4月,已经出版52期。

后 记

《比较文学与世界文学名家讲堂丛书》真可谓是群贤毕至，名家云集，其学术意义与理论价值，不需要我在此多说。拙论之所以能够进入阵列而得到出版，完全是主编王向远教授的错爱。王向远教授高瞻远瞩，胸怀天下，中央编译出版社实力雄厚、气魄宏大，所以才有中国比较文学与世界文学学者的学术成果有史以来规模最大的一次集结。因此，我首先要向王向远教授、中央编译出版社表示最诚挚的感谢！

六年以前，承蒙长江文艺出版社的关怀，我的第一本比较文学论文集《多维视野中的比较文学研究》，有幸得到湖北省政府公益图书出版资助而出版，后来获得了中国高等教育学会外国文学专业委员会的优秀学术著作奖。六年以来，在关注比较文学学科建设问题总的框架之下，我主要从事文学地理学批评理论的研究以及中外文学个案的研究，本书所收就是发表在各学术期刊上的主要论文。需要说明的是，与文学地理学没有关系的论文，以及已经收录在《多维视野中的比较文学研究》中的论文，自然不再收录。

本书之所以能够编辑出版，与我在华中师范大学比较文学与世界文学学科所指导研究生们的努力是分不开的。博士研究生张一鸣，早在2012年就花了半年的时间，为了编好了一本论文集，只是其规模远比现在的要大，体例也远比现在的要复杂。硕士研究生王婉、刘夙、钟秀与袁循，在完成硕士论文之后的十来天时间里，以非常认真的态度，分别校对了本书书稿的四个部分；硕士研究生桂延松、叶雨其帮我调整了论文的格式，因为它们在发表的时候，各刊在格式与规范上存在很大的差别，他们的努力让全书统一。他们完成了初步的工作以后，我再一一进行了校订，有的则删去了一些不必要的注解，以便于读者阅读；有的则因为是在在演讲稿的基础上整理的，就增加了一些必要的材料。更重要的是，本书所收录的一些论文是我与博士研究生、硕士研究生合作发表的，论文虽然由我执笔，但也有他们所付出的劳动。在此，也一并对他们表示衷心的感谢！

  比较文学是一个宽广的学术领域，作为其中一个分支的文学地理学研究，也同样是如此。即使我们穷尽自己的一生，也难于窥其冰山之一角、大海之一滴、高山之一脉。然而，如果我们在以后的日子里有切实的付出，也可以知其所知、识其所识、获其所获、得其所得，为人类文学与文化事业的发展，尽一份绵薄之力。

2014 年 5 月 4 日

江南云台

图书在版编目（CIP）数据

江山之助／邹建军著.—北京：中央编译出版社，2014.9
（比较文学与世界文学名家讲堂／王向远主编）
ISBN 978-7-5117-2316-1

Ⅰ.①江…　Ⅱ.①邹…　Ⅲ.①地理学-文学研究
Ⅳ.①I0-05

中国版本图书馆 CIP 数据核字（2014）第 214985 号

江山之助

出 版 人：	刘明清
责任编辑：	邓　彤
责任印制：	尹　珺
出版发行：	中央编译出版社
地　　址：	北京西城区车公庄大街乙 5 号鸿儒大厦 B 座（100044）
电　　话：	（010）52612345（总编室）　（010）52612352（编辑室）
	（010）52612316（发行部）　（010）52612315（网络销售）
	（010）52612346（馆配部）　（010）66509618（读者服务部）
传　　真：	（010）66515838
经　　销：	全国新华书店
印　　刷：	北京时捷印刷有限公司
开　　本：	787 毫米×1092 毫米　1/16
字　　数：	297 千字
印　　张：	23
版　　次：	2014 年 9 月第 1 版第 1 次印刷
定　　价：	68.00 元

网　　址：	www.cctphome.com	邮　箱：	cctp@cctphome.com
新浪微博：	@中央编译出版社	微　信：	中央编译出版社（ID：cctphome）

本社常年法律顾问：北京市吴栾赵阎律师事务所律师　闫军　梁勤
凡有印装质量问题，本社负责调换。电话：010-66509618